झील के उस पार तथा अन्य कहानियाँ

श्याम कुमार

BecomeShakespeare.com

First Published in 2021

Becomeshakespeare.com

One Point Six Technologies Pvt Ltd
123, Building J2, Shram Seva Premises, Wadala Truck Depot,
Wadala (East), Mumbai 400037, India
T: +91 8080226699

ISBN - 978-93-5438-996-2

मेरी “हैप्पी फैमिली” के उन सभी सदस्यों को
समर्पित जिन्होंने मेरे 75वें जन्मदिन पर मुझे
ढेर सा प्यार और सम्मान दिया.

परिचय

श्याम कुमार (पूरा नाम श्याम सुंदर कुमार), एक भाई और पाँच बहनों के इस सबसे छोटे सदस्य का जन्म 5 दिसम्बर, 1945 को अविभाजित भारत के मुल्तान प्रांत (जो अब पाकिस्तान में है), में हुआ. इनके पिता नन्द लाल कुमार का कराची और मुल्तान में कपड़े और ड्राइ फ्रूट का पारिवारिक व्यवसाय था. सन् 1947 में भारत विभाजन के समय इनका पूरा परिवार शरणार्थी के रूप में दिल्ली आ गया.

नव निर्मित पाकिस्तान से रेल द्वारा दिल्ली पहुँचने पर माता-पिता, उनकी चार युवा बेटियों और इस छोटे बच्चे के पूरे परिवार को कोई रहने का ठिकाना न होने के कारण कई रातें पुरानी दिल्ली रेलवे-स्टेशन के सामने फुटपाथ पर बितानी पड़ीं. कुछ समय पश्चात इनके बड़े भाई ने इस सात सदस्यों के परिवार के रहने के लिए पुरानी दिल्ली के सदर बाज़ार इलाक़े में एक-कमरे का मकान किराए पर लिया. पुरानी दिल्ली के नई सड़क इलाक़े में इनके पिताजी को बहुत ही कम वेतन पर एक कपड़े के व्यापारी के यहाँ मुनीम की नौकरी मिल गई.

उनके इस कम वेतन से घर को चला पाना कठिन था. इसलिए परिवार का हर सदस्य कुछ अतिरिक्त आय जुटाने के लिए कार्य-बद्ध था. ये सब बाहर से काम लाकर घर में ही करते थे जिसमें जुराबों की सिलाई, धागों की नलकी पर लेबल लगाना, बादामों की गिरी निकालना जैसे काम शामिल थे. श्याम का स्कूल दोपहर की शिफ्ट का होने के कारण, वह सवेरे ही पुरानी दिल्ली की छोटी और तंग गली में बनी एक लॉली- पॉप और कैंडी बनाने की फैक्ट्री में जाता. यहाँ उन्हें तीन घंटे रोज़ काम करने के 25-30 रुपये महीने में मिल जाते.

श्याम कुमार की अधिकतर पढ़ाई दिल्ली के सरकारी स्कूलों में हुई है तथा बी. ए. जयपुर में राजस्थान विश्व-विद्यालय से किया. इंग्लिश लिट्रेचर में एम. ए. का केवल एक वर्ष करने के पश्चात इन्हें अध्ययन छोड़ देना पड़ा क्योंकि इसके दूसरे और अंतिम वर्ष की पढ़ाई के लिए उनके पास पुस्तकें खरीदने के पैसे नहीं थे.

वर्ष 1968-2003 के बीच ये नई दिल्ली वाई. एम. सी. ए., जय सिंग रोड, नई दिल्ली में कार्य-रत रहे. इसी दौरान ही इन्होंने इस पुस्तक में लिखी हुई कई कहानियाँ लिखीं. इनके अतिरिक्त वर्ष 1996-1999 के बीच एक अँग्रेज़ी उपन्यास - दी लास्ट डॉन (The Last Dawn) भी लिखा जो वर्ष 2019 को प्रकाशित हुआ.

वाई. एम. सी. ए. से सेवा-निवृत होने के तुरंत बाद वे एक ट्रेवल मैनेजमेंट कम्पनी में प्रशासनिक-प्रबंधक के रूप में पाँच वर्ष तक काम करते रहे. इसके पश्चात लगभग छः वर्ष तक लोधी रोड, नई दिल्ली के श्री साईं भक्ता समाज में प्रशासनिक-प्रबंधक के कार्य में व्यस्त रहे.

विषय-सूची

लकीरें

वेग से लहरें उठती और अपनी परिसीमा लाँघती हुई रेतीले किनारे के आलिंगन में खो जातीं. और जब लौटतीं तो अपने साथ किनारे पर फैली हल्की बालू अपने साथ ले आतीं और अथाह जल-राशि में यूँ छिपा लेती जैसे किनारे का उन्हें दिया यह प्रेमोपहार हो जिसे संजों कर रखना ज़रूरी था. लहरों का स्पर्श पा किनारा स्नेह से भीग जाता. चंचल लहरें शुरू से उसकी संगिनी रहीं थीं, फिर क्यों न उन्हें अपने उन्मुक्त आलिंगन में ले लेने को बेचैन रहे. ऊपर नदी के सेतु पर खड़ा वह कब से लहर और किनारे की क्रीड़ा देख रहा था. उसे किनारे के भाग्य पर रश्क हो रहा था. चाहता था कि वह भी ऐसी ही क्रीड़ा में खो जाए और कोई लहर आकर उससे लिपट जाए और कहे, 'मानव, मैं तुम्हारी हूँ, तुमसे प्यार करती हूँ.' प्यार! वह प्यार जिसके अभाव में वह पागल हो जाता था. लेकिन यह उसकी केवल कल्पना थी, जिसकी भ्रांति ने उसके जीवन को उलझा के रख दिया था. वह स्वयं किनारा न बन सका था. कुछ था तो एक लहर, एक भटकती लहर जिसे कभी कोई किनारा न मिला था.

सामने दूर तक, नज़र की पहुँच से भी परे फैला एक लंबा चौड़ा मैदान था, रेत से भरा, निर्जन, उपेक्षित सा. बिल्कुल ऐसा ही जीवन था उसका - ठीक उस रेगिस्तान की तरह, जिसमें मीलों तक रेत ही रेत होती है और कोसों तक हरियाली का नामों निशान नहीं दिखता. उस रीते जीवन-प्रदेश में वह एक पथिक था जिसकी दूर तक कोई मंज़िल न दिखती थी. लेकिन फिर भी वह चला जा रहा था. जीवन के उस रेतीले पथ पर उसे कई मिले, कुछ दूर साथ-साथ चले, फिर अलग हो गये. रास्ते अलग थे उनके. उसे इसका कभी दुख नहीं हुआ था.

मगर आज वह जितना उद्विग्न था, उतना वह कभी मायूस नहीं हुआ था. उसे पहली बार अनुभव हुआ कि प्रेम के विषय में वह कितना अभिशप्त था. हाथ में पड़ा बंद लिफ़ाफ़ा उसे बार-२ याद दिला रहा था कि आज वह फिर अकेला था, आज फिर वह ठुकराया और अपमानित किया गया था. कंचन ने आज वह पत्र तक लेने से मना कर दिया था जिसे देने को वह कब से बेचैन था. दिनों की प्रतीक्षा के बाद उसे अवसर मिला था कंचन को देखने का और इतनी जल्दी उसमें परिवर्तन आ जाएगा, उसने कल्पना तक न की थी. जब उसके साथ काम करती थी तो उसे बिना बात किए चैन नहीं आता था और

आज वह इतना बदल गयी थी कि उसके साथ खड़ा तक होने में कतराने लगी थी. पिछ्ले पाँच दिन से पत्र लिख रखा था जिसमें उसने उसकी नई सर्विस लगने की मुबारक दी थी और उसके नये जीवन के मंगलमय होने की कामना की थी. उसने सोचा था कि उससे मिलते ही उत्सुकता से बह हमेशा की तरह उससे पत्र ले लेगी और उसके मना करने पर भी उसे खोलकर सबके सामने पढ़ने लग जाएगी. फिर बार-२ उसके कहने पर उस अधपढ़े पत्र को घर जाकर पढ़ने के लिए अपने ब्लाऊज के ऊपरी हिस्से में छिपा लेगी.

मगर जब वह उससे मिला तो उसे एक धक्का सा लगा जब उसने पत्र को उपेक्षा से देखते हुए कहा था, 'तुम्हें देख लिया है, पत्र की क्या ज़रूरत है?' उसने पत्र को बिना छुये ही कहा. कंचन के इस व्यवहार पर आज उसे आश्चर्य हुआ. उसमें परिवर्तन स्पष्ट अनुभव कर रहा था. उसे अगले स्टॉप तक छोड़ आने के लिए जब बस पर बैठा तो सीट पर वह यूँ बैठी जैसे वह उससे बिल्कुल अपरिचित हो. कितनी जगह छूटी हुई थी उनके बीच उस छोटी सी सीट पर.

'मुझसे नाराज़ हो, कँची?' कंचन की लंबी चुप्पी जब सहन नहीं हुई तो वह बोल पड़ा था.

फीकी हँसी कंचन के होंठो पर उभरी थी, ' नहीं, ऐसी कोई बात नहीं है.' और वह फिर चुप हो गई. बस स्टॉप तक कोई बात नहीं हुई. वह भी चुप था, मगर सोच रहा था कितना बनावटीपन था आज की इस हँसी में. वह हँसी जिसे देखकर वह पुलकित हो जाता था और सारे दुखों से हल्का हो जाता था. लेकिन आज की इस बेजान मुस्कुराहट ने उसके दिल पर एक हथौड़े की सी चोट की थी.

कंचन जब दूसरी बस में बैठने लगी तो उसने पूछा, 'कल मिलोगी?'

'नहीं, मानव, अब हमारा मिलना संभव नहीं. अब हमें अपने को बदलना होगा.' और वह बस में जा बैठी. बस चली गई. वह जाती बस को अपलक देखता रहा. जैसे-२ बस दूर होती जा रही थी, उसका प्यार, उसकी खुशी, उसका विश्वास सब उससे दूर होते चले जा रहे थे. बस आँखों से ओझल हुई तो वो भी लौटा. आज वह अपने को अपमानित महसूस कर रहा था. उसे लग रहा था जैसे किसी ने उसके मुँह पर तमाचा मार दिया हो. आज उसी लड़की ने उसका मज़ाक उड़ाया था जो कभी उसके रूठने पर कहा करती थी, 'मानु, तुम तो मत रूठो मुझसे. मुझे सचमुच तुम्हें मनाना नहीं आता. तुम जानते हो मैं तुम्हें कितना प्यार करती हूँ! तुम भी अगर नाराज़ हो गये तो फिर....!'

तो फिर क्या यह सब ढोंग था, धोखा था! मन की भावनाओं से सिर्फ़ एक खेल-मात्र! शायद यही वास्तविकता थी. वरना कल और आज में इतना अंतर न मिलता उसे.

आज भी उसे याद था जब पहले-२ दिन वह उस ऑफिस में ट्रांसफर हो कर गया था. उसके एक साथी ने अपने वहाँ के काम करने वाले साथियों से उसका परिचय कराया था. नीला, मीरा और आशा ने 'वेरी नाइस' कह कर उससे मिलने की प्रसन्नता के भाव प्रकट किए थे. उनमें एक बंगाली लड़की भी थी - कंचन, जो कुछ भी न बोली थी.

'आपको शायद अच्छा नहीं लगा मुझसे मिलकर !' सबसे आँखें चुरा कर मानव ने धीरे से उससे कहा.

'सब को एक नया साथी पाकर खुशी होती है .'

'मगर आपने कुछ कहा नहीं ?'

'कहने और समझने के सबके तरीके एक से नहीं होते.' कहते-२ कंचन की आँखों में एक विशेष चमक पैदा हो गयी थी जिसे देख मानव मुस्कुरा दिया था .

उस दिन लंच सबने एक साथ लिया. मानव उनका विशेष अतिथि गिना गया खाने की मेज़ पर. जब सब बैठ गये तो उस समय कंचन भी वहाँ आ गई. मानव के पास कुर्सी खिसकाते हुए बोली, 'आमि आपनार साथे बोसते पारी?'

'जी ?' मानव ने अर्थपूर्ण दृष्टि से उसकी ओर देखा .

'मेरा मतलब है क्या मैं आपके साथ बैठ सकती हूँ?' और वह मुस्कुराते हुए पास आ बैठी .

'बंगाली होते हुए भी बड़ी अच्छी हिन्दी बोल लेतीं हैं आप !'

'हिन्दुस्तानी हूँ न !' आप बंगला बोल सकते हैं ?'

'अभी तक तो नहीं, अगर आप यूँ ही मेरे साथ बंगला बोलती रहीं तो जल्दी सीख जाऊँगा

'अच्छा, ज़रा मेरी यह भाजी तो चख कर देखिए, कैसी बनी है ?' कंचन ने एक कौर बना कर मानव को देते हुए कहा. तभी सामने से नीला ने कहा, 'माफ़ करिएगा मानवजी, मैं आपसे बहुत दूर हूँ, अपने हाथ से खिला नहीं सकती, आप इसे खुद ही खा लीजिए.' और उसने भी एक कौर 'पास ऑन' कर दिया मीरा की ओर. इस पर सभी की हँसी एक साथ निकली थी.

अपने नये ऑफिस का वातावरण उसे बहुत पसंद आया. नये साथियों के प्रति एक विशेष रूचि अनुभव की उसने. बहुत खुश था वह मन ही मन उस दिन. घर आकर माँ को सब कुछ बता दिया जो-२ उसने अनुभव किया. वहाँ के लोगों के बारे में भी बताया जिनके साथ उसने काम करना था. छुपाने की कोशिश करते हुए भी वह कंचन के बारे में माँ से बहुत कुछ कह गया. माँ सुनते-२ मुस्कुरा रही थी उसकी बातों पर और जब वह

बोलता ही गया तो उसने उसे पास खींच उसके माथे पर ममता का स्नेह-चुंबन अंकित कर उसे चुप करते हुए कहा, 'तेरा मन तो लग जाएगा न वहाँ! मुझे खुशी है इस बात की कि वहाँ के लोग तुझे पसंद आए हैं.'

उस दिन सचमुच बहुत खुश था वह. और इस खुशी में कंचन की स्मृति एक महत्वपूर्ण भूमिका निभा रही थी. रात सोने से पहले फिर उसने कंचन के बारे में सोचा. प्रथम भेंट में ही कितना अपनत्व था उसकी बातों में - उसने सोचा और उसके सरल, सुन्दर और मुस्कुराते चेहरे को अपनी आँखों में छुपा वह करवट बदल कर सो गया.

यह संयोग था या मानव की किस्मत कि उसकी टेबल भी उसी कमरे में थी जिसमें कंचन बैठती थी. उसके ठीक सामने वाली सीट कंचन की थी. इधर कॉर्नर की सीट नीला की थी और उधर बाईं ओर आनंद बैठता था. फाइलों से नज़र उठाते ही मानव की आँखें कंचन से जा टकराती. और कभी अचानक नज़रें मिल जाती तो दोनों के होंठों पर एक हल्की सी मुस्कुराहट थिरक उठती और फिर दोनों अपने काम में खो जाते.

लंच-ब्रेक में जब वे साथ बैठते तो उस समय सब खुल कर बातें करते. सब वहीं ऑफिस की कैंटीन से ही खाना मँगाते थे, सिर्फ़ कंचन ही थी जो अपने घर से खाना लाती थी. जब सब खाने बैठते तो वो अपने हैंड-बैग से एक छोटा सा डिब्बा निकालती और उसमें पड़ी अख़बार के काग़ज़ में लिपटी तीन चपातियाँ निकाल कर प्लेट में रख देती और चुपचाप खाने लगती. मानव रोज़ देखता वैसी ही मोटी तीन चपातियाँ होती उसके पास और जब भी उन्हें निकालती तो अपनी सब्ज़ी की प्लेट मेज पर रखते हुए उन सबको कहती, 'टेस्ट कीजिए इसे, कैसी बनी है ! शायद अच्छी न लगे आप लोगों को, जल्दी में बनाई थी.'

मानव सोचता कितनी चतुराई से वह बात बना लेती थी. मगर वह महसूस करता कि उसकी बातों में कोई न कोई ऐसा दर्द भरा था जो वह अपनी मुस्कुराहट में छिपा लेती थी. उसके दिल में कई अनदेखे आँसू थे जिन्हें अपनी हँसी की आड़ में चुपचाप पी लेती थी.

'आप यहाँ से खाना क्यों नहीं लेतीं ? घर में इतनी जल्दी तैयार करने में कितनी परेशानी होती होगी.' मानव ने उसके मन की थाह पाने की कोशिश करते हुए पूछा.

'मुझे यहाँ का खाना पसंद नहीं .'

'मगर देखिए चपातियाँ कितनी मोटी बनी हैं, ताज्जुब है कैसे खाती होंगी उन्हें?' मानव ने गंभीर हँसी में कहा. कंचन जवाब में चुप रही. मगर मानव ने देखा वह गंभीर हो गयी थी. उसकी बातों से उसे कुछ चोट लगी होगी, किंतु सबके सामने कुछ और कहना उसे उचित नहीं लगा. वह मेज़ से उठ गया.

कमरे में पहुँचा तो कंचन पहले से ही मौजूद थी. उसकी आँखें क्रोध से लाल हो रहीं थी.

'सबके सामने मेरा अपमान करने की क्या ज़रूरत थी आपको ? यह खाना मेरी मां का बना हुआ था. जैसा भी था, मुझे मेरी माँ का बना खाना बहुत पसंद है. आपने मेरी मां का भी मज़ाक उड़ाया है सबके सामने.' उसकी आँखों से टप-२ आँसू गिरने लगे. मानव अपराधी की भाँति खड़ा उसे रोता देखता रहा. अपने पर ग्लानि हो उठी उसे.

'मुझे अफ़सोस...'

'मुँह पर चाँटा मार कर अफ़सोस करने से दर्द दूर नहीं हो जाता, मिस्टर मानव.'

'मिस कंचन, मुझे समझने की कोशिश करिए. मैने आपका अपमान करने की नीयत से ऐसा नहीं कहा था . मेरी इस बात से आपको कुछ आघात पहुँचा है तो मैं क्षमा माँगता हूँ अपनी बात पर.'

'और मज़ाक मत उड़ाईये मेरा. हर आदमी सबकी मजबूरियाँ नहीं समझ सकता. आप अमीर हैं, यहाँ से खाना मँगा कर खा सकते हैं, मगर मैं इन रूखी-सूखी रोटियों को नहीं छोड़ सकती. यहाँ की कैंटीन में पैसा खर्च करने की हालत में मैं नहीं हूँ.'

'मैं बहुत शर्मिंदा हूँ , मिस कंचन. आपके जज़्बातों को ठेस पहुँचा कर अपने को मैं कभी माफ़ नहीं कर पाऊँगा. मैं आपसे क्षमा चाहता हूँ.'

तभी कमरे में किसी के कदमों की आहट हुई तो उसने झट से अपनी साड़ी से आँसू पोंछ डाले. नीला के कमरे में आते ही उसने हंसते हुए मानव की ओर देखा और ज़ोर से बोली,

'आप सुस्त क्यों दिख रहें हैं, मिस्टर मानव ?' साड़ी की सलवटों को ठीक करते हुए उसने नीला की ओर देखकर कहा, ' मानवजी को आज घर की याद आ रही आई शायद. देखो नीला, कैसे उदास हो रहे हैं!'

मानव एक अपराधी की सी हँसी हंस कर रह गया. बात को कितना जल्दी छुपा लिया था उसने. बात ख़त्म हो गयी. लेकिन उसका असर मानव के दिमाग़ पर बुरी तरह छा गया. वह काम में मन नहीं लगा सका. घर में भी आराम से नहीं सो सका. वह कंचन के बारे में सोचता रहा. वह उसे जानना चाहता था. उसके मन की भीतरी तहों में गम की जितनी परतें लिपटी पड़ी थी, उन्हें निकाल बाहर फेंकना चाहता था. अनजाने में ही उसने आज उसके दिल को दुखाया था, उसे इस बात की असीम वेदना थी.

दूसरे दिन वह जल्दी ही ऑफिस पहुँच गया. कंचन आ चुकी थी. नीला और आनंद अभी नहीं आए थे.

'गुड मॉर्निंग मिस कंचन .'

'गुड मॉर्निंग, मिस्टर मानव .' खिड़की के बाहर से नज़रें हटा उसने मानव की आँखों में झाँकते हुए कहा.

'खिड़की में खड़ी क्या सोच रही थी ?'

'हम लोगों की ज़िंदगी में अब सोचने के लिए रखा ही क्या है? मैं कल आपको गुस्से में बहुत कुछ कह गयी थी, आप नाराज़ तो नहीं हैं मुझसे?'

'यही सवाल मैं आपसे करने वाला था. मैं सोच रहा था आप मुझे मेरी गुस्ताख़ी के लिए कभी माफ़ नहीं करेंगी.'

'ऐसी बात नहीं है, मि. मानव. आपकी बातों का क्या बुरा मानना. मगर छोटी-२ बातें मुझे अक्सर परेशान कर देती हैं. एक तो दिल मेरा वैसे ही घुटता रहता है और फिर जब कुछ ऐसी बात सुनती हूँ तो संभाल नहीं पाती अपने को. मुँह में जो भी आता है कह देती हूँ बिना सोचे समझे. यही कारण है कि मुझे यहाँ कोई भी नहीं समझ सका है. मेरी मज़बूरियाँ, मेरे हालात कोई नहीं समझता. मेरे मन में जो तूफान उठा करते हैं उनका अंदाज़ा कोई नहीं लगा सकता. बस मुझे अगर कोई समझ सका है तो मेरी माँ है, जो मुझे सबसे ज़्यादा प्यार करती है. उससे मैं कोई बात नहीं छुपाती. हर बात बताए बिना नहीं रहती. कल मैने जब अपनी माँ से आपके बारे में बताया तो उसकी आँखें भीग गयीं. मुझे अपने गले से लगाते हुए बोली, 'कंचन बेटी, अगर आज तुम्हारे बाबा होते तो कभी तुम्हें ऐसी बातें सुनने को न मिलतीं.'

'तो क्या आपके पिताजी...?'

'नहीं हैं. अगर वह होते तो मुझे दो सौ रुपये के लिए ऑफिस की धूल न फाँकनी पड़ती.'

'आपके घर में कौन-२ है अब ?'

'हम तीन बहने हैं जिसमें एक का ब्याह हो चुका है और एक भाई है जो आप कह सकते हैं न के बराबर है . शादी कराते ही वह भाभी को लेकर दूसरे शहर चला गया, हमें हमारी किस्मत के सहारे छोड़कर. अब घर में सिर्फ़ मैं, मेरी माँ और मेरी छोटी बहन है. माँ मेरा ख्याल रखती हैं और मुझे माँ का ध्यान रखना पड़ता हैं. दोनों एक दूसरे के लिए जी रहे हैं. माँ को मेरी बहुत फ़िक्र रहती है. कभी घर पहुँचने में देर हो जाए तो खिड़की में खड़ी बाहर सड़क की ओर आने जाने वाले लोगों में से अपनी कंचन को ढूँढने लगती हैं.'

मानव का मन भर आया कंचन की बातें सुनकर. कंचन जो उसके लिए कई दिनों से एक पहेली बनी हुई थी, आज उसके सामने स्पष्ट हो गयी. वह कंचन की गंभीरता की

गहराई तक पहुँच चुका था. मगर वह सोच रहा था कि कितनी समानता थी उन दोनों की जीवन गाथा में. मानव ने भी तो कुछ कम मुश्किलों का सामना नहीं किया था. बचपन से लेकर आजतक संघर्ष के थपेड़ों के कितने निशान उसके मन पर बने थे जिनका रंग अभी भी फीका तक नहीं हुआ था. उसका भी तो एक ही भाई है जो कंचन के भाई की भाँति उन लोगों को आर्थिक संकट के गहन ताल में डगमगाता छोड़ अपनी अलग दुनियाँ बसाने चला गया था. मगर माँ मानव का कितना ध्यान रखती है. उसी में उसकी जान जैसे अटकी रहती है. जब कभी घर पहुँचने में उसे देर हो जाए किसी कारण से तो उसके मन का चैन छिन जाता है. सीढ़ियों में बैठी उसकी बाट तब तक जोहती रहती हैं जब तक वह घर पहुँच नहीं जाता. जब कभी वह किसी उलझन में उलझ कर परेशान हो जाता है तो वह अब भी अपनी गोद में उसका सिर रख सहलाती रहती हैं. सोचते-२ वह विचारों में खो गया.

'आप क्या सोचने लग गए ?' कंचन ने उसकी तंद्रा तोड़ी .

'मैं सोच रहा था कि हम लोगों का जीवन कितना मिलता-जुलता है ! आपकी बातें सुनने के बाद यूँ लगता है जैसे एक ही कहानी के हम दो पात्र हों.'

और उसने अपने उबड़-खाबड़ घरेलू जीवन की हर घटना कंचन को सुनाई. कंचन चुपचाप सुनती रही.

'इतना सब होने पर भी,' मानव ने अपनी बात ख़त्म करते हुए अंत में कहा, 'मैंने ग़रीबी को कभी ग़रीबी नहीं समझा, उसे हमेशा वरदान के रूप में स्वीकार किया, क्योंकि इससे मुझे हमेशा आगे बढ़ने की प्रेरणा मिली है. बचपन से ही मैं मेहनत करता आया हूँ और चाहता हूँ कि मैं इतनी मेहनत करूँ कि माँ-बाप को ऐसा न लगे कि मैं भी अपने भाई के पद-चिन्हों पर चला हूँ. अब भी जब मैं दिन में तेरह घंटे काम करने के बाद थकावट से चूर घर लौटता हूँ तो मुझे आत्मिक संतोष होता है.' बिना रुके वह कहता गया, ' लेकिन कभी-२ जब मैं अकेला बैठता हूँ तो मन करता हैं रो दूं. मगर आप देखिए मैं कितना खुश रहता हूँ. आपने शायद ही मेरे माथे पर किसी तरह की मायूसी की शिकन देखी होगी. मैं हमेशा अपने पर परदा पड़े रहना देना चाहता हूँ और चाहता हूँ कि इसी हँसी में अपने सारे दुखों को समेट कर रख दूं.'

उसने कंचन की ओर देखा. वह खामोश थी उसकी बातें सुनती हुई. मानव ने उसकी आँखों में झाँकते हुए कहा, 'और आप समझती हैं कि जो आदमी स्वयं गमों की आग में झुलसा हुआ हो, वह कभी दूसरों के दिल को दुखाना चाहेगा! कल आपने सोचा होगा कि मैने आपका मज़ाक उड़ाया सबके सामने? सच पूछिए तो जो कुछ भी मैने कहा था वह सिर्फ़ इसलिए कि आपके हृदय में दबे हुए जज़्बातों और आँखों में छिपे आँसुओं का अंदाज़ा लगा सकूँ और देख सकूँ कि आपकी हँसी के झीने आवरण के पीछे कितनी

टीस भरी कहानियाँ छुपी हुई हैं. आपके खाने के डिब्बे और कपड़ों की सादगी को देखकर कोई भी आपकी मजबूरियों का अनुमान लगा सकता है. मैने लगाया और आपके विषय में और अधिक जानने की उत्सुकता ने ही मुझे कल वह सब कहने पर विवश कर दिया जिससे आपके स्वाभिमान को ठेस लगी.'

'अच्छा अब तो सब जान गये हैं न !' कंचन हंस दी थी.

'सब नहीं, कुछ-२. सब तो साथ रहने पर धीरे-२ मालूम हो जाएगा .'

दोनों में कुछ देर खामोशी रही. फिर मानव ने कहा, ' अच्छा कंचन जी, क्या यह संभव नही की हम दोनों मित्र बन जाएँ? मित्र से मेरा मतलब 'मित्र' से है. इस शब्द में उदार दृष्टिकोण की थोड़ी आवश्यकता है.'

'मुझे कोई आपत्ति नहीं है.' कंचन ने अपनी स्वीकृति देते हुए कहा .

'तो लाओ अपना हाथ .'

कंचन ने उसके हाथ पर अपना हाथ रख दिया. दोनों में मित्रता का गठबंधन हो गया.

'मगर एक बात है . यह 'आप' और 'जी' के चक्कर हटाने होंगे.'

'मैं समानता में विश्वास करता हूँ .'

'तो आप मुझे सिर्फ़ 'कंचन' कहेंगे .'

'उँ, हूँ, अगर तुम बुरा न मानो तो मैं तुम्हें 'कँची' कहा करूँ. एक छोटी सी प्यारी सी 'कँची'.

'और अगर मैं तुम्हें 'मनु' कहूँ तो ?'

'नहीं चलेगा .'

'क्यों ?'

'जानती हो 'मनु' कौन था ? विश्व सृष्टा. और मैं एक साधारण आदमी. इतना बड़ा दायित्व नहीं ले सकता. मैं सिर्फ़ मानव ही रहना चाहता हूँ. चाहो तो 'मानु' कह सकती हो.'

'मंज़ूर है .'

इस तरह कल के 'मि, मानव' और 'मिस कंचन' आज 'मानु' और 'कँची' में बदल गये. कल के अजनबी और आज के साथी, आने वाले कल के पारस्परिक विश्वास और आस्था के बंधन में बँधते चले गये. आने वाला हर कल उन्हें स्नेह के अटूट सूत्र में

बांधता चला गया और मानव ने एक दिन अनुभव किया कि वह कँची के बारे में सोचे बिना नहीं रह सकता था. कंचन जहाँ भोली-भाली, मगर भावुक लड़की थी, वहाँ उसकी भावुकता और गंभीरता एक हद तक इतना प्रभावित कर देती थी कि वह कई बार उसके बारे में सोचने पर विवश हो जाता. जितना वह हँसती, वह सोचता कि वह यूँ ही हमेशा हँसती रहे ताकि उसकी ग़रीबी, उसकी आर्थिक मजबूरियों की कालिमा उसकी इस उन्मुक्त हँसी की आभा में ही लुप्त हो जाए. और जब आँखों से आँसू छलकते तो मानव का मन करता कि बढ़ कर उन्हें पलकों की परतों पर ही रोक ले. वह महसूस करता कि कंचन अपनी परेशानियों के साथ-२ उसके लिए भी सोचने लगी थी. एक दिन वह उसे कहे बिना न रह सकी थी, ' मानु, मुझे तुम्हारी ज़्यादा चिंता है. मैं चाहती हूँ तुम खूब खाओ, सेहत बनाओ.'

'ज़रा अपनी ओर तो देखो पहले.' मानव ने हंसते हुए कहा था . मगर वह हंस नहीं सका था क्योंकि कंचन ने मक्खन-टोस्ट के बीच रखे आमलेट के बड़े टुकड़े को उसके खुले मुँह में भर दिया था और खुद खिल-खिला कर हंस पड़ी थी.

उनकी इस पवित्र और पाकीज़ा हँसी पर अब कितनी नज़रें उठने लगी थी. मानव उससे भी परिचित था, मगर उसे उसकी चिंता नहीं थी. उसे कंचन के सामने दुनियाँ का कोई गम परेशान नहीं कर सकता था.

मगर एक दिन एक घटना घटी. विधि ने शायद उसकी परीक्षा लेने के लिए एक जाल फेंका. भ्रम के एक काले बादल ने कंचन के प्रति उसके शाश्वत मित्रता की जड़ों को हिलाने की कोशिश की.

उस दिन वह ऑफिस की गैलरी से गुज़र रहा था. अपनी ही धुन में वह तेज़ी से निकला जा रहा था कि अचानक उसके पाँव ठिठक गये. उसने मुड़कर देखा, सेक्शन 'बी' के दो क्लर्क वहाँ खड़े क़हक़हे लगा रहे थे. उनके मुँह से कंचन का नाम सुनकर मानव चौंक पड़ा. वह वहीं एक खम्बे की आड़ लेकर उनकी बातें सुनने लगा. कुछ दूरी होने के कारण वह उनकी बातें ठीक तरह से नहीं सुन पा रहा था, लेकिन फिर भी उसे मालूम हो गया कि वो कंचन के नाम के साथ बार-२ शिनौय का नाम ले रहे थे. शिनौय 'बी' सेक्शन का हेड क्लर्क था. उसके विषय में वह अधिक कुछ नहीं जानता था, क्योंकि उससे कोई विशेष काम नहीं पड़ता था. कभी-२ किसी फाइल के सिलसिले में उससे मिल लिया करता था, बस इससे अधिक कुछ नहीं.

लेकिन कंचन शिनौय के साथ...!

उसे कुछ समझ में नहीं आया. लेकिन वह उसे समझने के लिए बेचैन हो उठा. वह उनकी बातचीत में शरीक होना चाहता था, मगर कोई बहाना नहीं था. अचानक उसकी नज़र सामने से आते आनंद पर पड़ी.

'आनंद भाई, एक सिगरेट तो देना.'

'तुम सिगरेट कब से पीने लगे ?'

'बहुत दिनों से, मगर आफ़िस में कभी नहीं पी.' उसने बहाना बनाते हुए कहा .

आनंद ने सिगरेट केस से एक सिगरेट निकाल कर दे दी.

'माचिस ? '

'नो, थैंक्स. मेरे पास है .'

आनंद के चले जाने के बाद मानव उन क्लर्कों की ओर गया.

'एक्सक्यूज़ मी, माचिस होगी तुम्हारे पास ?'

एक ने माचिस निकाल कर दे दी.

'क्यूँ दीनू भैया, क़हक़हे लगा रहे हो आज! क्या बात है?' उसने एक से पूछा.

'कोई नई बात नहीं है , मानव भाई, वही लड़की जात की बात पर हँसी आ रही थी. लड़की साली आदम-जात को उल्लू बनाए बिना नहीं रहती.' दूसरे ने जवाब दिया.

'फिर क्या हो गया ?' मानव ने उसके दिल को कुरेदते हुए पूछा.

'क्या बताऊं . इन दिनों तो दफ़्तर में गुल खिल रहे हैं. आजकल हमारे साहब और वो जो बंगाली लड़की है न! क्या नाम है ...क..क..कंचन, दोनों में खूब घुट रही है.'

'अच्छा ! लेकिन वह लड़की तो ऐसी नहीं लगती.' हैरानी की सी मुद्रा बनाते हुए मानव ने कहा.

'अरे साहब, क्या कहते हैं आप भी ! सोनू, ज़रा साहब को बताना, कल कैसे दोनों एक दूसरे की कमर में बाहें डाले बोट क्लब के पास से जा रहे थे!'

'जो भी हो, मानव बाबू , छोकरी है बिजली की तरह. क्या चाल है उसकी! पास बैठ जाओ, भगवान कसम, गर्मी आ जाए. मानव साहब को तो यह खूब मालूम होगा. लेकिन अफ़सोस तो इस बात का है की उसने आँख भी किससे लड़ाई है, चार बच्चों के बाप से. यहाँ इतने बड़े दफ़्तर में और कोई कुँवारा उसे मिला ही नहीं!' दीनू ने पान से रंगी अपनी बत्तीसी दिखाते हुए कहा.

लेकिन मानव की हालत बुरी हो रही थी. क्रोध से उसके नथुने फूलने लगे थे. दीनू जब हँसने लगा तो उसके मन में आया उसकी गर्दन पकड़ कर बत्तीसी यहीं बाहर निकाल दे. क्रोध और नफ़रत से उसके रोंगटे खड़े हो गये. उसने सिगरेट वहीं फेंक बूट के नीचे मसल दी और तेज़ी से अपने कैबिन की ओर मुड़ा. उसे याद आया, कंचन क्यों बार-२ शिनौय के कमरे में जाती थी. फाइल का बहाना बना कर उस दिन वह कितनी देर उसके कमरे में रही थी. परसों ही जब बारिश हो रही थी तो बह शिनौय के साथ गयी थी, उसी के छाते के नीचे. एक दूसरे से कितना सटे हुए थे उस छाते के नीचे!

मानव जब अपने कैबिन पहुँचा तो कंचन फाइलों में डूबी हुई थी. वह अपनी मेज़ पर जाकर बैठ गया. कंचन ने उसे देखा तो मुस्कुरा दी. लेकिन उसकी मुद्रा में कोई परिवर्तन नहीं आया. कंचन की मुस्कुराहट आज उसे विष से बुझी हुई लगी. उसे लगा जैसे उसकी इस हँसी में कई नागों का ज़हर भरा हुआ था.

'क्या बात है, मानु ? उदास हो?'

'नहीं, आज मन ठीक नहीं है .' उसने ढीलेपन से कहा और एक फाइल उठाकर स्वयं को व्यस्त रखने की कोशिश करने लगा. लेकिन उसका मन नहीं लग रहा था. हर क्षण वह कंचन को नज़र चुराकर देख लेता. दीनू के शब्द बार-२ उसके कानों में गूँज रहे थे - '...एक दूसरे की कमर में बाहें डाले.' उस दिन बारिश का दृश्य उसकी आँखों में तैरने लगा. उस दिन छाते के नीचे एक दूसरे के आलिंगन में भी बँध गये हों तो क्या मालूम - उसके दिल ने आहिस्ता से कहा.

मानव अधिक नहीं सोच सका. सोच-२ कर उसका सिर भारी हो रहा था जैसे किसी ने भारी बोझ उठाकर रख दिया था. आज की इन बातों से उसका मन उचट गया. उसने फाइल बंद कर दी और छुट्टी लेकर घर चला गया. कंचन को 'विश' भी नहीं किया. उसका मन टूट गया था. उसे लगा यह मित्रता, विश्वास, सब ढोंग था, एक धोखा था. वास्तविकता कुछ और थी.

घर पहुँचने पर भी उसका मन स्थिर नहीं हुआ. वह कंचन के बारे में ही सोचता रहा. कंचन से उसे ऐसी आशा नहीं थी. लेकिन इस घटना ने उसे उदास बना दिया. उसे लगा जैसे दुनियाँ की हर खुशी उसके लिए बेकार थी, हर शह की चमक फीकी थी. कंचन ही उसकी एक मात्र खुशी थी, अब वह ही नहीं रही तो उसका मन जैसे मिल्टन की इन पंक्तियों को दोहराने लगा – '

'हेल, डिवाइनेस्ट मेलेनकॉली !

....

कम, पेन्सिव नन, डेवाउट एंड प्योर,

सोबर, स्टेडफ़ास्ट, एंड डेमयोर,
ऑल इन ए रोब ऑफ डार्केस्ट ग्रेन,
फ्लोयिंग विद मेजेस्टीक ट्रेन,
एंड सेबल स्टोल ऑफ साइप्रस लॉन
ओवर् दाई डीसेंट शोल्डर्स ड्रॉन .
कम, बट कीप दाई वांटेड स्टेट,
विद ईवन स्टेप एंड म्यूज़िंग गेट,
एंड लुक्स कुर्सिंग विद दी स्काइज़,
दाई रेस्ट सोल सिटिंग इन दाइन आइज़.'

दूसरे दिन भी ऑफिस में उसे ऐसी ही बातें सुनने को मिलीं. आज उसी के सेक्शन के ही एक व्यक्ति ने कंचन के चरित्र के बारे में कहा था - 'गंदा? मैं कहता हूँ बहुत गंदा केरेक्टर है उसका.' मानव के होंठो पर एक रहस्यमयी हँसी उभरी, और उसके हृदय के किसी कोने से आवाज़ आई -

'मुझे तुम्हारी कंचन पर पूरा विश्वास है . मानव, यह मत भूलो की वह एक ग़रीब लड़की है, और हर ग़रीब लड़की पर लांछन लगाने की कोशिश की जाती है, क्योंकि उसमें उन आरोपों का सामना करने की हिम्मत नहीं होती. तुम जो सुन रहे हो वह सब झूठ है. सब बकवास है. कह दो इस आदमी से कि तुम जो कुछ कह रहे हो वह सब बेबुनियाद है."

तुरंत मानव का विरोधी हृदय चिल्ला उठा - 'तो क्या इसका बार-२ शिनौय के पास जाना और उससे फ़ोन पर धीरे-२ बातें करना भी बकवास है, झूठ है? मुझे इसका स्पष्टीकरण चाहिए कि कंचन निर्दोष है."

विरोधी हृदय की इस ललकार के आगे मानव का शांत हृदय निरुत्तर हो गया. उसका उसके पास कोई जवाब नहीं था. लेकिन मानव को स्पष्टीकरण चाहिए था.

उसने फाइल से नज़र उठा कर कंचन की ओर देखा. उसका चेहरा वैसे ही गंभीर था. उस पर कोई शिकन न थी, जैसे उसे किसी बात का पता नहीं था कि उसे लेकर मानव के मन में क्या तूफान उठ रहा था. कुछ क्षण तक वह उसके चेहरे को पढ़ने की कोशिश करता रहा जैसे वह उसे समझने की कोशिश कर रहा हो. अचानक कंचन ने इंटरकॉम का रिसीवर उठाया और नंबर पाँच का बटन दबा दिया. मानव की झपकती पलकें पल भर के लिए स्थिर हो गयीं. एक्सटेंशन पाँच पर शिनौय ही बैठता था, यह उसे मालूम था. कंचन उससे बातें कर रही थी. मानव ने सुनने की कोशिश की, लेकिन बातें इतनी धीरे-२ हो रहीं थी कि उसे कुछ सुनाई नहीं दिया.

वह स्थिर नहीं रह सका. कंचन के प्रति मन में दबे क्रोध और नफ़रत लावे की तरह बाहर फूट पड़े. वह अपनी कुर्सी से उठा और सीधे शिनौय के कमरे में जा पहुँचा. उसका संदेह विश्वास में बदल गया. शिनौय ही फोन पर था. वह भी वैसे ही धीरे-२ बात कर रहा था. बीच-२ में हंस भी लेता था.

शिनौय ने जब उसे देखा तो 'ओह सॉरी" कह कर मानव उसके कमरे से बाहर निकल आया. बौखलाहट में वह अपना संयम खो चुका था. वह कंचन से उसी क्षण बात करने को आतुर हो गया. लेकिन उसके सामने खड़े होकर ये सब बातें पूछना उसके लिए संभव नहीं था. वह ऑफिस में लगे पब्लिक बूथ पर गया और वहाँ से उसने अपने ही ऑफिस का नंबर मिला कर कंचन से बिना कोई भूमिका बाँधे ही प्रश्न किया - 'तुम्हें मालूम है, तुम्हारे बारे में लोग क्या-२ बातें कर रहे हैं?'

'मालूम है . मगर तुम भी लोगों की बातों में आ जाओगे, यह मालूम नहीं था, मानू.' उसके क्रोध भरे प्रश्न का उसने यूँ हंसते हुए जवाब दिया, ' लेकिन ये सब बातें निराधार हैं, मैं तुम्हें इसका विश्वास दिलाती हूँ.'

'तो क्या तुम शिनौय को उसी नज़र से देखती हो जिस नज़र से मुझे ?'

कंचन हंस दी, ' मालूम है तुम्हारे लिए मेरे दिल में क्या जगह है? खैर जाने दो, नहीं समझोगे. लेकिन शिनौय को अपने परिवार के एक सदस्य की तरह मानती हूँ. उसकी पत्नी, उसके बच्चों से जो घनिष्ठता बना रखी है, वह मुझे कभी ग़लत रास्ते पर नहीं ले जाएगी.'

और फिर अचानक उसकी आवाज़ गंभीर हो गई - 'मुझे यही डर था कि तुम्हारे दिल में भी ऐसी बात आ सकती है. लेकिन तुम्हें मैं याद दिला दूं, मानू कि मेरी भी अपनी इज़्ज़त है. मैं एक अच्छे परिवार से संबंध रखती हूँ. मेरी माँ है, बहन है, भाई है. मैं कभी ऐसा नहीं कर सकती.'

उसकी बातों से मानव का लावे की तरह खौलने वाला क्रोध एकदम शांत हो गया. वह अपने कमरे में वापिस आया. लेकिन उसने कंचन की ओर नहीं देखा. चुपचाप अपनी टेबल पर आकर बैठ गया. कंचन के होंठों पर एक दुख भरी मुस्कुराहट फैल गई उसे देखकर. वह कुछ देर तक उसकी ओर देखती रही, तब भी जब मानव ने उसकी ओर नहीं देखा तो वह उठ कर उसके पास आ खड़ी हुई.

'अभी तक नाराज़ हो, मानू ? गुस्सा दूर नहीं हुआ? भगवान के लिए तुम तो नाराज़ न हुआ करो. सच कहती हूँ, मानू, अगर तुम नाराज़ हो गये तो मुझे तुम्हें मनाना नहीं आता.'

'लेकिन तुम शिनौय से मिलना जुलना, उससे बातें करना बंद क्यों नहीं कर देती? शिनौय के साथ तुम्हारा यह फोन पर धीरे-२ बातें करना किसी को भी संदेह में डाल सकता है. उसके लिए अगर तुम्हारे दिल में वास्तव में कोई ऐसी बात नहीं है तो कहो तुम उसकी ओर इतना नहीं झुकोगी.'

'नहीं, मानू, मैं ऐसा कोई वचन नहीं दे सकती जिसे मैं पूरा न कर सकूँ .'

'मगर क्यूँ !'

'कुछ मजबूरियाँ हैं मेरी अपनी जिन्हें मैं अभी नहीं बता सकती . लेकिन तुम्हें यह ज़रूर आश्वासन दे सकती हूँ कि कंचन को तुम कभी अपनी मर्यादा की सीमा-रेखा लाँघते नहीं पाओगे. लोगों का मुँह बंद करना मेरे बस की बात नहीं है, लेकिन मुझे तुम पर विश्वास है कि तुम मुझे समझने में ग़लती नहीं करोगे.'

वह चुप हो गई. मानव की ओर निरंतर देखते हुए उसने पूछा, 'बोलो, अब भी नाराज़ हो तुम मुझसे? बोलो?'

प्रतिउत्तर में मानव ने अपनी भारी होती पलकों को उठाकर उसकी ओर देखा - 'नाराज़ था ही कब मैं तुमसे?'

'तो अब तक यह मुँह क्यों फुला रखा है. चलो, हंस कर दिखाओ अब !' और फिर बरबस ही उसके उदास होंठों पर मुस्कुराहट थिरक आई जो कंचन की हल्की हँसी से और भी फैल गई.

मानव के लिए कंचन अजीब पहेली बन गई थी जिसे समझना सचमुच उसके लिए सरल नहीं था. वह खुशी और उदासी का ऐसा मिश्रण थी जिसका विश्लेषण आसान नहीं था. किंतु कुल मिला कर उसने पाया कि वह बेहद संजीदा और 'सेन्सिटिव' लड़की थी. हालाँकि शिनौय को लेकर वह उसके चरित्र पर संदेह करने लगा था, लेकिन फिर भी उसे देखे बिना रह नहीं पाता था. उसके साथ रहने में उसे जो खुशी मिलती थी, उसका स्थान कोई और खुशी नहीं ले सकती थी. जब वह अच्छे मूड में होती तो उसे छेड़ने में एक खास मज़ा आता और मानव की सब शरारतों का शिकार बनती उसकी पतली नर्म सी नाक जो लोगों की नज़रों से बचती हुई मानव की उंगलियों में आ फँसती और विरोध में कंचन 'हाय' करके रह जाती.

धीरे-२ मानव को अनुभव हुआ की कह कंचन की ओर झुकता चला जा रहा है. उनके बढ़ते संबंधों की घनिष्ठता ने उनके व्यवहार में परिवर्तन ला दिया था. कंचन को लेकर अब वह कुछ और ही सोचने लगा था. उसकी शरारतों को देखकर कंचन उसके बारे में क्या सोचती थी, यह वह नहीं जानता था, लेकिन उसमें आ गये परिवर्तन का एक बहुत बड़ा कारण स्वयं कँची थी जो उसकी सब हरकतों को नज़र अंदाज़ कर जाती

और उसकी इस ओर की खामोशी और अविरोध की भावना से ही वह इतना प्रेरित और उत्साहित हुआ कि एक दिन अवसर पा कर कँची से कह बैठा -

'आमि तुमाय भालो बाशी.' उसने बांगला में कहा .

'अच्छा ! तो अब बोलना भी आ गया!'

'हाँ , कँची, मेरा मन कहता है कि मैं तुमसे प्यार करने लगा हूँ. तुम्हें देखे बिना एक पल भी नहीं रह सकता.'

'बहुत बुरी बात है यह.' वह हंस दी थी .

'तुम हँसती हो, कँची, लेकिन मैने कभी ऐसा नहीं सोचा था कि लियो की 'शी' की तरह मेरी आएशा भी वर्षों खोजने, भटकने के बाद यूँ ही अचानक इस ऑफिस में सामने वाली टेबल पर बैठी मिल जायगी. जिस प्यार और खुशी की खोज में मैं वर्षों भटकता रहा, वह तुम्हीं में मिल जाएगी, अगर मुझे यह पहले मालूम होता तो मैं सबसे पहले इसी ऑफिस में आता.'

मानव कुछ क्षण रुका, साँस लेने के लिए. लेकिन उसने अपनी चिर-सिंचित भावाभिव्यक्ति की शृंखला को तोड़े बिना कहा था, ' सच कहता हूँ, कँची, मेरे जीवन का रीतापन तुमसे भर जाएगा, मेरे जीवन की कमी की पूर्णता तुम्हारे ही भीतर कहीं छिपी है.'

वह भावातिरेक बहता गया था और कँची हंस रही थी, एक कोमल हँसी.

कंचन को लेकर उसके मन की उलझनों में वृद्धि होने लगी थी. उनमें एक बेचैनी, एक प्यास और एक उत्साह की झलक प्रतिबिंबित होने लगी थी. शायद यही कारण था कि घर में जब भी उसके विवाह की बात चलती तो उसके सामने एक चेहरा उभरता. वह एक लड़की की कल्पना करने लगता जो ग़रीब है, किंतु जिसके पास स्त्री-सुलभ गुणों की अपार राशि है, जिसके दिल में स्नेह और आँखों में प्यार का सागर हिलोरें लेता है. और इसी कल्पना में एक धुंधली सी आकृति कंचन की उभरने लगती. उसे विश्वास था की यदि दोनों साथी एक ही स्तर के होंगे तो उनका पारस्परिक प्रेम चिरस्थायी होगा.

इस विषय को लेकर जब कंचन से बात होती तो वह गंभीर होकर कहती, 'मुझे तुमसे कोई लगाव है, इस ग़लतफहमी में मत रहना.' मगर उसकी यह गंभीरता अधिक देर तक अभिनय नहीं कर सकती थी. उसके पीछे छिपी हँसी शीघ्र ही बाहर आ निकलती और वह मानव को और अधिक चिदाने के लिए बनते हुए पूछती - 'सच मानू, तुम्हारी सेहत का मुझे बहुत ध्यान है. तुम बताओ, कौन सी लड़की तुम्हें पसंद है, मैं उसे किसी भी तरह मनवा लूँगी.' और मानव कहता, 'मैं उस लड़की से परिणय करना चाहता हूँ जिसका मुझसे कोई लगाव नहीं है.' तब मानव को कंचन की लजाति नज़रों

को देख कर यह समझते तनिक भी देर नहीं लगती कि वह उसके संकेत को समझने के बाद भी बन रही है.

यही प्रश्न उसने उस दिन भी किया था जब मानव पहली बार उसे अपने घर ले आया था. उसे याद है उस दिन उनके ऑफिस का पे-डे था. ऑफिस से छुट्टी होते ही उस दिन वे बाज़ार तक चले गए थे. कँची को कुछ शॉपिंग करनी थी. मानव के लिए यह खुशी की बात थी कि कँची और वो एक साथ बाज़ार निकले थे. लेकिन फिर भी वह कुछ अजीब सा महसूस कर रहा था. जब वे वापिस लौटने लगे तो मानव ने उससे कहा था - 'कँची, मेरी एक बात मानोगी? मेरे घर चलोगी आज?'

और इसके उत्तर में जो जवाब उसने दिया था, उसे सुन कर मानव एक बार तो उलझन में पड़ गया क्योंकि इस लापरवाही से किए गए प्रश्न के ऐसे उत्तर की संभावना उसे कभी नहीं थी. कंचन ने पूछा, 'ज़्यादा देर तो नहीं लगाओगे!'

'ऊँ हूँ, बस थोड़ी देर. और फिर मैं तुम्हें यहाँ तक छोड़ जाऊँगा.' उसे कहना पड़ा था. उसके घर चलने पर वह बेहद खुश था, मगर वह सोच रहा था की घर ले जाकर उसे बिठाएगा कहाँ? और उसके अस्त-व्यस्त घर को देखकर वह क्या सोचेगी जहाँ ढंग से बैठने तक की भी जगह नहीं थी. यही बात उसे परेशान किए हुए थी.

घर में माँ नहीं थी. उसने दरवाज़ा खोला और कंचन को भीतर ले आया.

'तुम्हारे चरणों से यह कुटिया पहली बार पवित्र हो रही है.' मानव ने कंचन के कान में धीरे-२ कहा .

'धत, ऐसा नहीं कहते . मैं कोई देवी हूँ क्या?'

'कम से कम मेरे लिए तो .'

कंचन ने एक हल्की सी चपत लगा दी, 'बहुत बोलना आ गया है तुम्हें.'

'यह है मेरा घर, कँची, जहाँ मैने अपना बचपन बिताया, अपनी ज़िंदगी के बीस साल गुज़ारे हैं . यह घर तुम्हें पसंद न आया हो शायद, लेकिन मुझे इससे बहुत प्यार है. इस चार-दीवारी में रहकर मैने बहुत कुछ सीखा है, बहुत कुछ पाया है. बचपन की एक-२ स्मृति इसकी एक-२ ईंट से जुड़ी हुई है. मगर तुम्हें बिठाने के लिए हमारे घर में एक कुर्सी तक भी नहीं है. कितने शर्म की बात है कँची!'

'इसमें शर्म की क्या बात है . तुम्हें क्या मालूम, मानू, हमारे घर में तो इतनी भी जगह नहीं है.' कोने में पड़ी एक चारपाई पर बैठते हुए कंचन ने कहा.

इसके बाद एक दूसरे के हाथों में हाथ लिए देर तक वे बातें करते रहे थे. बातों-२ में कंचन ने मानव से पूछा था, 'तुम बताओगे नहीं, मानू, वह लड़की कौन है जो तुम्हें बहुत ज़्यादा पसंद है?'

'क्या करोगी पूछ कर !'

'अरे वाह ! हर समय मुँह लटकाए फिरते हो, उसे समझाऊंगी कि इतने अच्छे लड़के को तंग क्यों करती हो. जो तुम चाहते हो उसके लिए मनवा लूँगी.'

'तुम्हें विश्वास है तुम ऐसा कर सकोगी ?'

'मुझे आज़माना चाहते हो तो यह भी करके देख लो .'

'ठीक है, मैं बता दूँगा .'

'अभी बताओ न !'

'नहीं कल बताऊँगा .'

'अच्छा, यह तो बताओ वह है कैसी !'

'देखने में बिल्कुल तुम्हारे जैसी. मगर तुमसे कुछ ज़्यादा भोली है, एकदम सीधी-सादी. आँखों ही आँखों में प्यार करती है, दिल से चाहती है, लेकिन मुँह से कहती है – मुझे तुम से कोई लगाव नहीं है. मुझे उससे प्यार है और सच कहूँ तो मुझे प्यार करना ही उसने सिखाया है.'

जो कुछ आँखें देखती हैं, वही होंठ बोलते हैं. लेकिन जब कभी होंठ नहीं कह पाते तो आँखें होंठों का काम करती हैं. मानव ने कंचन की आँखों में झाँका - उनमें लज्जा की लाल डोरियाँ बन आईं थीं. वह अपने होंठों के भीतर ही अपनी हँसी छिपाने की कोशिश कर रहीं थी जो मानव से छुपी न रह सकी. वह जानता था कि कंचन सब जानते हुए भी न जानने का अभिनय कर रही थी. लेकिन वह स्वयं भी अभी अपने मुँह से कुछ कहना नहीं चाहता था.

इन सब बातों के बाद कंचन ने मानव को जो गीत सुनाया यह उसे कभी भुला नहीं सकेगा. अब तक उसे यह मालूम था कि कंचन की आवाज़ अच्छी है, लेकिन उस दिन उसने जब स्वयं उसे गाता सुना तो वह आवाज़ उसके भीतर घर करती चली गई. गीत के बोल थे -

'...ले जाएँ ज़माने में कहाँ दिल की लगी को,
अश्कों से तो यह आग बुझाई नहीं जाती.
इस दिल से तेरी याद भुलाई नहीं जाती,
यह प्यार की दौलत है लुटाई नहीं जाती.'

दूसरे दिन जब वह ऑफिस पहुँचा तो अभी कोई नहीं आया था, लेकिन कंचन हमेशा की तरह उस दिन भी सब से पहले आ गई थी और खिड़की के पास खड़ी बाहर फैले कोहरे को देख रही थी. सुबह से ही बादल बने हुए थे, मगर सर्दी कुछ अधिक नहीं थी. बादलों की वजह से चारों ओर धुन्ध छा रही थी.

'केमन आछो !'

'भालो आछी.' मानव की ओर देखे बिना कंचन ने जवाब दिया .

'बाहर क्या देखा जा रहा है ?'

'कितना कोहरा फैला है बाहर. मौसम साफ नहीं है न!'

'हमारा जीवन भी बिल्कुल ऐसा ही है .'

'क्या मतलब?' इस बार कंचन मानव की ओर जैसे ही मुड़ी, मानव के वक्ष से जा टकराई. मानव ने चाहा की उसे यूँ ही अपनी बाहों में समेट ले, मगर कंचन ने उसके प्रयास को असफल बना दिया - 'कोई आ जाएगा.' कहकर वह उससे दूर हो गई. और मानव हंस दिया - 'मतलब यह कि आशाओं और निराशाओं का कोहरा हमारे जीवन् पर भी कुछ इस तरह छाया हुआ है कि स्पष्ट कुछ दिखता ही नहीं है.'

'तुम्हारी ऊँची बातें मुझे समझ में नहीं आती.' अच्छा अब बताओ वह लड़की कौन है ?'

'बताऊँ ?'

'हूँ .'

'मगर शर्म आती है .'

'अजीब आदमी हो ?'

'अच्छा आओ बताता हूँ .'

वह उसे खिड़की के पास ले गया जिसका शीशा कोहरे से धुँधला हो रहा था और जहाँ तहाँ ओस की बूँदें इकट्ठी हो रही थीं. ओस से भीगे उस शीशे पर उंगली से उसने 'कंचन' शब्द अंकित कर दिया.

'म...म...मैं ?' कंचन ने हकलाते हुए कहा .

'हाँ, कँची तुम . यही मेरे जीवन् की सबसे बड़ी खुशी है. यह मैं तुम्हें पहले भी बता चुका हूँ. मैं चाहता हूँ तुम मेरे जीवन में आ जाओ, हमेशा-२ के लिए.'

'न..नहीं मानू, ऐसा नहीं हो सकता. यह संभव नहीं है.' कंचन की गर्दन झुक गई, जैसे विवशता के बोझ से दब गई हो.

'मगर क्यों ? यह सब संभव क्यों नहीं, कँची?'

'यह सब मैं नहीं जानती . ऐसा ही समझ लो कि मैं तुम्हारे काबिल नहीं हूँ.' वह फिर से खिड़की की ओर देखने लगी. शीशे पर अंकित 'कंचन' शब्द धूमिल हो गया और उस पर ओस की बूंदे पानी बन उसे मिटाने लगी थीं. कंचन ने अपनी उंगली से उसे बिल्कुल ही मिटा दिया.

'इसलिए कि मैं एक ग़रीब लड़का हूँ ?'

'मैं ही कौन तुमसे ज़्यादा अमीर हूँ !'

शाम को जब मानव उसे बस स्टॉप तक छोड़ने जा रहा था तो कंचन ने बस में बैठते हुए पूछा, 'तुमने मेरी बात का बुरा मान लिया मानू?'

'जब किस्मत ही ऐसी है तो तुम्हारी बात का क्या बुरा मानना .'

'तुम मेरी मजबूरी नहीं समझ सकते, मानू.' कुछ क्षण रुक कर उसने कहा - 'यह तो तुम्हें मालूम है कि मेरी माँ कहीं रिश्ता पक्का करने की कोशिश कर रही है . जहाँ बात चल रही है, उसे मैं भी जानती हूँ अच्छी तरह. मैं कभी उसके बारे में सोचा भी करती थी. लेकिन अब मुझे ये सब बातें अच्छी नहीं लगती. मैं इन बंधनों में बंधना नहीं चाहती. और फिर तुम जानते हो कि मेरी माँ है, एक बहन है, जिन्हें मुझे देखना है. अगर मैं ही घर में न रही तो उनकी देखभाल कौन करेगा? मैं उन्हें किसी भी तरह दुखी नहीं देखना चाहती.

'उन्हें किसी भी तरह की परेशानी नहीं होगी, कँची, आख़िर तुम्हारी माँ, मेरी भी तो...'

'नहीं मानू, नहीं, ये सब अभी की बातें हैं. मैं अपने को जानती हूँ. मुझे डर है कि तुम्हारे साथ रहकर मैं सब कुछ भूल जाऊंगी.' कहते-२ उसकी आँखें भीग गयीं.

मगर दूसरे ही क्षण अपनी भीगी आँखें पोंछते हुए उसने हंस कर कहा, 'कैसी बातें करने लगे हैं हम भी, अभी तो ज़िंदगी बहुत लंबी है.' उसने मानव की ओर देखा, वह अभी तक दूर कहीं खोया हुआ था.

'उदास क्यों होते हो मानू ? कुछ करेंगे. आज थोड़े ही सब कुछ सोच लेना है. फिर बात करेंगे. हँसो. हँसो न!'

'अच्छा, हंस रहा हूँ.' मानव ने वैसी ही गंभीरता से उत्तर दिया .

'तुम्हें मेरी कसम, हँसो.' और मानव को बरबस हँसी आ गई .

कैसी विडंबना है, वह सोच रहा था. उसी समय उसे एक कहानी याद आ गयी जिसमें एक लड़का एक लड़की से प्यार करता है. दोनों एक दूसरे के विषय में ज़्यादा नहीं जानते, मगर फिर भी वे दोनों रोज़ शाम को मिलते हैं. नदी के तट पर ऊँचे टीले पर बैठे वे घंटों बातें करते रहते हैं. कभी-२ दूर तक घूमने भी निकल जाते हैं. प्यार बढ़ता चला जाता है तथा इस बीच लड़का उसे अपना जीवन मान लेता है और फिर उस जीवन को अपने जीवन में मिल जाने को कहता है. लड़की हंस देती है उसकी बात पर.

'तुम्हें शायद मालूम नहीं , मैं विवाहिता हूँ. मेरे पति आर्मी में हैं. घर में मैं अकेली होती हूँ.' वह वैसी ही संतुलित हँसी में कहती है - 'अपने अकेलेपन को दूर करने की लिए ही मैंने तुमसे दोस्ती की थी.'

और दोस्ती के लिए कुछ न कुछ तो रियायत देनी ही पड़ती है. इसलिए वह लड़की हर शाम नदी के पास वाले टीले पर उससे मिलती, उसे प्यार करने पर रोकती नहीं.

उस शाम टीले से लौटते हुए मोड़ पर अलग होते समय वे पीछे मुड़ एक दूसरे को देखते नहीं. बिना किसी से कुछ कहे वे अलग हो जाते हैं. लड़का चुपचाप पश्चिम में जाने वाली सुनसान सड़क पर आगे बढ़ जाता है. दूसरे दिन से नदी के पास वाला टीला फिर से वीरान हो जाता है.

कंचन को यह कहानी सुनाने के बाद मानव को लगा जैसे उसे और कंचन को लेकर ही यह कहानी लिखी गई थी. कहानी का नायक मानव से भिन्न नहीं था और नायिका कंचन की भूमिका अभिनीत कर रही थी.

उस कहानी और इन दोनों की वास्तविकता में यदि कोई अंतर था तो सिर्फ़ इतना कि कहानी के नायक को यह मालूम नहीं था कि जिस लड़की से मित्रता बढ़ा रहा है, उसका साथ नहीं पा सकता क्योंकि वह पहले ही किसी की विवाहिता है. अंजाने में ही उसे पाने की चाहत कर रहा था. मगर मानव की स्थिति यह थी कि जो कंचन किसी दूसरे की होने वाली थी, वह उसे पाने को बेचैन था. कहानी के नायक की भाँति कंचन के साहचर्य का प्यासा था. और कंचन रेतीले मैदान में खड़े मानव को पानी की याद दिला-२ कर उसकी प्यास और भी बढ़ाए जा रही थी.

एक विरक्ति का सा भाव उसके चेहरे पर उभरा. उसे लगा जैसे वह कंचन को युगों-२ तक नहीं पा सकेगा. वह कंचन का विश्वास ज़रूर पा सका था, मगर उसके दिल पर उसका कोई अधिकार नहीं था. कहानी के नायक की तरह उसे भी अपनी दिशा चुन लेनी चाहिए. उसने सोचा - 'प्यार दिलों का बंधन होता है, ज़बरदस्ती का संबंध नहीं.' और फिर हर नदी को समुंद्र का किनारा तो नहीं मिलता. खुशनसीब होतीं हैं वे नदियाँ

जो समुद्र को पा लेती हैं, मगर बहुत सी नदियाँ ऐसी भी होती हैं जो रास्ते में ही सूख जाती हैं. ऐसी ही एक नदी के समान था मानव जो सागर की लहरों में मिल जाने को बेचैन था, मगर सागर तक पहुँच पाना उसके लिए संभव नहीं था.

किंतु फिर भी कहानी के नायक की तरह वह अपनी जीवन-नायिका को भुला नहीं सकता था. उसके दिल में, उसकी साँसों में कंचन पूरी तरह बस चुकी थी. पलभर के लिए भी उसकी याद को अपने से अलग नहीं कर सकता था. उन्हीं दिनों जब वह पहाड़ पर गया तो पहली बार उसे अनुभव हुआ कि कंचन के बिना उसका जीवन कितना अधूरा था. उसके बिना वहाँ की हर खुशी व्यर्थ थी. पहाड़ के उस शांत वातावरण में वहाँ चारों ओर ऊँची-२ पहाड़ियों में उसे केवल कंचन की खामोश गूँज ही सुनाई देती.

वहीं पर कंचन का उसे एक पत्र मिला जिसमें उसने मानव को लिखा था कि जिस शिपिंग कंपनी में उसने अपनी सर्विस के लिए एप्लाई किया था, वहाँ से उसकी इंटरव्यू कॉल आ गई थी और उसे आशा थी कि वह इस इंटरव्यू में सफल हो जाएगी. इस समाचार से मानव को प्रसन्नता हुई थी की वह एक दूषित वातावरण से निकल कर एक अच्छे स्थान पर जाएगी और सबसे अधिक खुशी उसे उस बात की थी कि वह शिनौए से दूर हो जाएगी. शिनौए जो कंचन की ओर अपना फन फैलाए बैठा था, और जिसे कंचन से बातें करते देख मानव का खून खौल उठता था, अब कंचन से नहीं मिल पाएगा. इसी बात पर उसने कंचन की सफलता की कामना की, मगर तभी इस विचार ने उसे झिन्झोर दिया कि वे दोनों भी हमेशा-२ के लिए अलग हो जाएँगे और असंभव नहीं की एक दूसरे को खो ही दें हमेशा के लिए. उसे डर था की मित्रता के ये बँधते बंधन टूट ही न जाएँ मज़बूत होने से पहले ही.

और जब वह वापिस लौटा तो उसके अरमानों का घरोंदा टूट गया. अगर वह जानता की उसकी वापसी की उसे इतनी बड़ी कीमत चुकानी पड़ेगी तो वह कभी वापिस न आता. ऑफिस ज्वाइन करते ही घटनाओं का एक ऐसा धमाका हुआ जिसने मानव को पंगु बना दिया. उस दिन ढेर सारी बातें हुईं थीं उन दोनों के बीच, इतने दिनों बाद जो मिले थे. दोनों ही प्रसन्न थे. कंचन का साथ, उसका स्नेह पाकर मानव अपने को भूल जाता था. मगर कंचन उसे यही कहती, 'इतने भावुक मत बनो मानू. तुम्हें अभी बहुत ऊँचा उठना है. मेरे साथ रहकर तुम कुछ भी नहीं कर पाओगे.' किंतु मानव जानता था कि जिस प्यार की तलाश उसे थी, वह कंचन में ही छिपा था. लेकिन उसे पाने के लिए कितनी तपस्या उसे करनी होगी, यह वह नहीं जानता था.

यूँ ही हँसी खुशी में आधा दिन बीत गया. लेकिन धीरे-२ कँची की मुद्रा कुछ गंभीर होती गई और शिनौय के पास से आने के बाद तो उसमें इतना परिवर्तन आ गया कि उसने मानव की तरफ आँख उठाकर भी नहीं देखा. और जब वह उसके पास गया

तो उसकी आँखें भीगी हुई थीं. बोली, 'भगवान के लिए मानू, मुझे परेशान मत करो. मेरा मूड ठीक नहीं है आज.'

मानव को उसके उस अचानक परिवर्तन पर आश्चर्य हुआ. लेकिन उसने कुछ नहीं कहा उसे और वह वापिस लौट आया.

अगले दिन कंचन को जब विश करने गया तो रोज़ की तरह उसका हाथ उसकी जानी-पहचानी नर्म सी नाक की ओर बढ़ गया. किंतु कंचन ने उस बढ़ते हाथ को झटक दिया - 'देखो मानू, आज मुझे टच मत करो और मुझसे कोई बात भी नहीं करना.'

'आख़िर हुआ क्या है तुम्हें, कँची ?'

'कुछ नहीं. मेरे पास मत आना वरना मैं उठकर चली जाऊंगी.'

आश्चर्य हुआ उसे कि यह सब क्या हो गया है. उसने कँची से पूछने की लाख कोशिश की, लेकिन वह चुप रही. उसकी भारी-२ आँखें बता रहीं थी कि वह बहुत ज़्यादा परेशान थी और रात भर सो नहीं सकी थी. वे लाल हो रही थीं और उनमें गीलापन अभी भी था. मानव को चोट सी लगी और उसने महसूस किया कि ऐसे खिंचे-२ वातावरण में वह काम नहीं कर सकेगा. उसने छुट्टी की एप्लीकेशन लिखी और ऑफिस से चल दिया. बाहर जाते ही उसने कँची को फ़ोन किया और उसे मिलने के लिए कहा. उसने उसे मिलने से इन्कार कर दिया. वह सिसक रही थी. इन्हीं सिसकियों में मानव ने सुना वह कह रही थी कि वह कहीं आत्म-हत्या ही न कर ले. मानव के शरीर में कंपकंपी दौड़ गई जैसे एक बर्फ़ीली लहर उसकी पीठ पर रिसने लगी हो. उसे लगा जैसे उसकी अपनी हत्या हो रही थी.

शीघ्र ही मानव को मालूम हो गया कि कंचन के इस ख़तरनाक इरादों और उसके इस परिवर्तन के पीछे शिनौय का हाथ था. वह मानव और कंचन की मित्रता के पीछे साए की तरह पड़ा हुआ था. उनके बढ़ते संबध उसकी आँखों में काँटे की तरह चुभने लगे थे. उस दिन जब उसने उन दोनों को आत्मीय की तरह बातें करते देखा तो उसके सीने पर जैसे साँप लोटने लगा था. उसी शाम उसने कंचन को अपने कमरे में बुला कर मानव से सभी संबंध तोड़ डालने के लिए उसे मजबूर कर दिया था. और उसी क्षण से कंचन को मानव से मित्रता करने की ग़लती का जैसे अहसास हुआ. इन घटनाओं से वह इतना घबरा गई थी कि अब मानव से बात तक करने में कतराने लगी थी.

'शिनौय !' यह नाम मस्तिष्क में कौंधते ही मानव अपना मानसिक संतुलन खो बैठता . क्रोध से उसके नथुने फूलने लगते और उसका मन करता कि वह शिनौय के कमरे में जाए और उसका गला दबा कर पूछे कि आख़िर उसका कंचन पर क्या अधिकार है!

वह उसके जीवन पर इतना हावी क्यों हो रहा है? क्यों वह मानव की सारी खुशियों का गला घोंट कर उसके जीवन में एक तूफान खड़ा कर रहा है?

कंचन भी एक पहेली बन कर रह गई थी उसके लिए. वह शिनौय से इतना डरती क्यों थी? वह इन दोनों के बीच के संबंघ के रहस्य को नहीं समझ सका. उसने कंचन के सामने लाख सिर पटका इस राज़ को समझने के लिए, मगर वह इस विषय में जड़ बनी रही. ऑफिस में कंचन और मानव रोज़ आते, लेकिन यूँ बैठे रहते जैसे दो अजनबी हों. कभी कोई बात न होती. अब तो कंचन ने अपनी टेबल भी दूर लगवा ली थी. अब मानव के सामने और कोई रास्ता नहीं रह गया था सिवाय इसके कि वह भी स्वयं को बदल डाले. वह यह निर्णय लेने पर मजबूर हो गया कि अपने दिल को किसी न किसी तरह समझाना ही होगा कि वह प्यार के काबिल नहीं है.

उस दिन बस स्टैंड पर खड़े होकर मानव ने कंचन को घर चलने के लिए मनाने की कोशिश की तो उसने मना करते हुए कहा था - 'मानू, यह जो आँधी चल पड़ी है, उसकी वजह से तुम्हारी कोई भी बात न मानने के लिए मजबूर हूँ.'

'तो स्पष्ट क्यों नहीं कह देती कि अब तुम्हारा मुझसे कोई संबंध नहीं, कोई मित्रता नहीं है!'

'ऐसा मत कहो मानू , जब तक मैं यह शहर छोड़ कर नहीं जाती, यह मित्रता नहीं तोड़ूँगी.' उसने जैसे मानव के मन को बहलाने की कोशिश की. फिर भी उस झूठे आश्वासन से मानव को कुछ सहारा मिला. कुछ आशा बँधी.

इसी आशा-निराशा में धीरे-२ कई दिन निकल गये. उसके जीवन में जो तूफान आ गया था, वह धीरे-२ शांत होने लगा. लेकिन तभी एक हल्की सी गूँज उसके कानों में गूंजने लगी. किस्मत फिर अपनी पुरानी हँसी दोहराने लगी थी. कंचन ने जिस शिपिंग कंपनी में इंटरव्यू के लिए एक बार मानव को लिखा था, उसमें उसका सलेक्शन हो गया. यह बात जब उसने मानव को उस दिन फ़ोन पर बताई तो खुशी के साथ-२ मानव का दिल डूबने लगा था.

उस दिन कंचन के बिना ऑफिस की हर शह उसे फीकी लगी थी, सूनी, आभाहीन. सारा ऑफिस जैसे वीरान था. वह कमरा जिसमें वे दोनों बैठते थे, वहाँ की दीवारें, ईंट पत्थर जैसे कंचन के अभाव में सिसकते लगे. उसे एक ही मौन आवाज़ सुनाई दे रही थी - जैसे कंचन की प्रतिध्वनि हो. मानव ने पूरे कमरे में नज़र दौड़ाई जो चारों ओर घूमती हुई सामने रखी खाली टेबल पर पड़ी जहाँ कल तक काम में व्यस्त, सिर झुकाए कंचन बैठी रहती थी. मगर आज वह भी जैसे उदास थी, मानव टकटकी लगाए उस मेज की ओर देखता रहा, जहाँ से एक पल के लिए कंचन की आकृति उभरती जो

अपनी कोमल उंगलियों से चेहरे पर झुक आई लट्टों को पीछे करते हुए एक हल्की नरम सी मुस्कुराहट बिखेर देती, लेकिन दूसरे ही क्षण वह आकृति गायब हो जाती और शेष रह जाता मेज़ का वही ख़ालीपन.

घर पहुँच कर मानव ने कंचन की नई सर्विस का समाचार जब माँ को सुनाया तो माँ ने सबसे पहले उसके चेहरे को देखा जैसे उस पर बदलते रंगों को समझने की कोशिश कर रही हो. बोली, 'तू उदास हो गया है बेटा! तेरे दिल को कुछ हो रहा है! ऐसा ही होता है जब दो दोस्त अलग होते हैं.'

माँ ने उसके उदास मन को धीरज बँधाया. लेकिन उसके मन का चैन छिन चुका था. मानव समझ नहीं पा रहा था की वह कैसे समझाए अपने दिल को. बार-२ वह यही सोच रहा था कि वह कंचन को हमेशा के लिए खो न दे.

जो आँधी उनके जीवन में कुछ दिन पहले आई थी, वही, उससे भी कहीं ज़्यादा ज़ोर की आँधी वह अब महसूस कर रहा था. उस समय एक दूसरे से दिल खोलकर बात नहीं कर सकते थे, किंतु एक दूसरे के पास थे, एक दूसरे को देख सकते थे. लेकिन अब स्थिति विपरीत थी. अब एक दूसरे से मिलना, एक दूसरे को देख पाना तक संभव नहीं था. कंचन की याद उसे बराबर परेशान करती रहती. इसी परेशानी में मानव को उसके वो गीत याद हो आए जो कंचन ने कभी उसके सामने गाए थे,

'मेरा प्यार मुझे लौटा दो, मैं जीवन में उलझ गया हूँ, मुझको जीना सिखला दो...' और, *'इस दिल से तेरी याद भुलाई नहीं जाती, यह प्यार की दौलत है, लुटाई नहीं जाती....'* इन पंक्तियों में कंचन की आवाज़ गूंजने लगती उसके कानों में. अब वह आवाज़ नहीं रही थी, मगर उसकी गूँज अब भी बाकी थी जो मन-वीणा के टूटे तारों में एक कंपन पैदा किए दे रही थी.

उसके कुछ दिन बाद शहर में एक भयानक तूफान आया, आँधी और पानी से भरा तूफान. उस समय ठीक ऐसा ही तूफान मानव के मन में भी उठा जिसने करीब-२ उसके जीवन को रौंद के रख दिया था. काश, उस फ़ोन पर वह कंचन को न मिला होता, कंचन की बात सुनने से पहले ही वह बहरा क्यों नहीं हो गया था. अच्छा होता अगर मानव ने कंचन से यह न पूछा होता कि अपने वायदे के अनुसार वह उस दिन उससे मिली क्यों नहीं? इसी के जवाब में ही तो कंचन ने उसे कहा था - 'कल मानू, एक अनोखी घटना हो गई थी.' कहते-२ वह चुप हो गई थी और मानव के पूछने पर उसने दबी आवाज़ में बताया, 'मेरी एंगेज्मेंट हो गई है.'

मानव को लगा जैसे किसी ने उसके हाथ पर अचानक बिजली का कोई तार रख दिया हो. वह काँप कर रह गया. एक आशा की जिस कच्ची डोरी पर वह आस लगाए

बैठा था वह भी आज टूट गई थी. मगर फिर भी उसने कंचन को अपनी बुझती आवाज़ में कहा था - 'नया जीवन मुबारक हो.'

'...और मुझे मेरा रीता जीवन .' उसके डूबते दिल ने कहीं से आवाज़ दी.

आज उसे फिर से उस कहानी की याद आ गई जिस का नायक अपनी प्रेमिका की दी गई रियायतों को और अधिक लेने की शक्ति खो बैठता है जब उसे यह मालूम होता है कि उसकी प्रेमिका किसी की विवाहिता है और वह अपनी भूल पर पश्चाताप करता हुआ अकेला ही किसी अग्यात दिशा को चला जाता है.

मानव को भी अब वही करना चाहिए, उसने सोचा. 'गीतांजलि' की वे पंक्तियाँ भी शायद इसी ओर इंगित करती थीं जो कंचन ने अपनी बंगला भाषा में उसे एक बार सुनाई थीं और जिनका अर्थ उसने मानव को समझाते हुए कहा था -

'अब यह सब व्यर्थ है , निश्प्रयोजन है.
समय आ गया है कि उस सबका विसर्जन कर दूं -
जानता हूँ - तेरे हाथों से यह सब अनायास हो जाएगा,
जो कुछ करना शेष है अविलंब हो जाएगा.
इसलिए हे मेरे ह्रदय! चुपचाप अपनी हार मान ले,
जिस स्थान का सम्मान तुझे प्राप्त है, उसी में संतोष कर.
जो नहीं है, उसकी आकांक्षा भी छोड़ दे.'

उस दिन उसकी आँखें भीग गई थीं. होश संभालने के बाद पहली बार उसकी आँखों पर आँसुओं के कतरे जमा हुए थे. कंचन का वह चेहरा बार-२ उसके सामने घूमता रहा जब हंसते हुए उसने कहा था, *'तुम अभी से उदास क्यों होते हो, मानू! सारी बातें अभी थोड़े ही सोच लेनी हैं! ज़िंदगी बहुत लंबी है, ज़रूर कुछ करेंगे.'* और उस लंबी ज़िंदगी की शुरुआत शायद यहीं से हुई थी.

मानव वह पत्र खोलकर पढ़ने लगा जो उसने कंचन की सर्विस लगने पर उसे देने के लिए लिखा था और कंचन ने उसे लेने से इनकार कर दिया था. उसने उसे लिखा था -

'प्रिय कँची, फिर एक बार दिल में एक तूफान सा उठ खड़ा हुआ है. एक घुटन सी महसूस हो रही है मन ही मन. एक साथ कई सारे प्रश्न उठ खड़े हुए हैं दिमाग़ में जिन्होने एक क्रांति सी, एक उथल-पुथल सी मचा दी है. आज जब तुम्हारी सर्विस एक अच्छी जगह पर लगी है तो समझ में नहीं आ रहा कि ऐसे अवसर पर मैं तुम्हें क्या कहूँ! कहूँ – 'मुबारक हो.' या कि 'मुझे अफ़सोस है?' दोनों की प्रतिक्रिया एक साथ हो रही है. खुशी भी है कि तुम एक अच्छी जगह पर चली गई हो और दुख भी. दुख इसलिए कि

अब तुमसे मिलना, तुम्हें देखना तक मुश्किल हो जाएगा. मैं महसूस करता हूँ कि एक बहुत बड़ा मोड़ आ गया है हमारे रास्ते में.

' मैं देख रहा हूँ कि आज फिर किस्मत मुझ पर हँसी है. उसकी हँसी की गूँज एक बार फिर मेरे कानों को छेड़ने लगी है. तुम्हें याद होगा, कँची, मैने तुम्हें एक बार कहा था कि मुझे लगता है हम जल्दी एक दूसरे से अलग हो जाएँगे. और आज वह दिन आ गया है जिसकी मुझे आशंका थी. तुम्हारे यहाँ से छोड़ने की बात जब मालूम हुई तो सच पूछो दिल बैठ सा गया था. घर आकर माँ को जब तुम्हारी खुशी का समाचार सुनाया तो सबसे पहले उन पर जो प्रतिक्रिया हुई वह यह थी कि उन्होंने मेरी ओर देखा. मेरे चेहरे को पढ़ना चाहती थीं वह. बोलीं, ' उदास हो गया है न तू? तेरे दिल को ज़रूर कुछ हो रहा होगा. ऐसा ही होता है बेटा, जब कोई दोस्त बिछुड़ जाता है, कोई साथी अलग हो जाता है. खैर, तू उसके दफ़्तर में मिल आया करना.' उन्होनें ने मुझे जैसे धीरज बँधाया. हाँ, कँची, ऐसा ही होता है जब दो साथी बिछुड़ते हैं. ऐसा होना ही था एक दिन - यह बात दिल को समझाने की कोशिश कर रहा हूँ, लेकिन समझा नहीं पा रहा हूँ. समझ नहीं आ रहा की कैसे मनाऊँ दिल को कि ऐसा होना ही था, सो हो गया अब.

'समझ लूँ तो भी क्या होगा. जब मैं काम पर जाऊँगा तो यादें परेशान करेंगीं. हम कहाँ बैठते थे, क्या सोचते थे, क्या बातें करते थे, कितनी शरारते होती थीं, एक-२ करके सभी याद आएँगी और फिर यह मुमकिन नहीं कि मन की शांति बनी रह सके. इन सबके अलावा तुम्हारी ओर से मुझे एक और डर है कि तुम मुझे भूल जाओगी. ''आँख से दूर, दिल से दूर .' तुम्हारी कही बात अब मेरे कानों में गूंजने लगी है. लेकिन यह सच है कि मैं तुम्हें कभी नहीं भुला सकूँगा. तुम्हें मैं पल भर भी नहीं भुला सका हूँ. जब तुमसे कोसों दूर था तब भी तुम्हें याद करता था. पहाड़ों और रेगिस्तान में भी तुम मुझे बराबर याद आती रहीं. उन दिनों हमेशा एक कवि की पंक्तियाँ मेरे होंठों पर आ थिरकती थीं –

'पतझर को मधुमास बनाता, सूने वीरानो में गाता,
स्वर्ग ह्रदय से दूर नहीं था, साथ तुम्हारा जो मिल पाता.
...तुम्हें राधिका नाम दिलाता, और स्वयं कान्हा बन जाता .
मरुस्थल भी लगता ब्रज मंडल, पग-दो-पग जो संग चल पाता.'

लेकिन साथ कहाँ मिलता है अपने को! किस्मत में किसी के साथ की रेखाएँ ही नहीं बनी हैं. यह मुझ पर सबसे बड़ा अभिशाप रहा है कि किसी का साथ नहीं मिला मुझे. जो भी मिला, तनिक सा साथ देकर चला गया. फिर मैं अकेला ही अकेला था. अब फिर वैसा हूँ. आख़िर ऐसा तो होना ही था. खैर, कँची, तुम जहाँ भी रहो, ऐसे ही ऊँची उठती जाओ, सफलता तुम्हारे कदम चूमती रहे और तुम प्रगति की उन ऊँची बुलंदियों

पर पहुँच जाओ जहाँ जीवन के हर कोण से खुशी और प्रसन्नता की लहरें उठती है. इन्हीं कामनाओं के साथ ही - तुम्हारा (?) - मैं.'

आज शाम वह उसी पत्र को लेकर कंचन से मिलने गया था. उसके ऑफिस के बाहर बस स्टैंड पर उसके आने की कब से प्रतीक्षा करता रहा था. मगर उसने यह कल्पना तक न की थी कि पराई हो जाने पर वह इतनी बदल जाएगी कि मानव का अपमान तक कर देगी, उसी मानव का जिसके रूठ जाने पर उसे यह कह कर मनाया करती थी - 'मानू, तुम मत रूठा करो. तुम भी रूठ गये तो सच कहती हूँ, मुझे मनाना नहीं आता.'

यह सब सोचते-२ मानव का मन भर आया. अब उसका जीवन उस सूखे पेड़ की भाँति था जिस पर हरियाली नाम मात्र को भी न रह गई थी. चारों ओर पतझड़ था. उसने नीचे नदी की ओर देखा. रात काफ़ी घिर आई थी, मगर चाँद की चाँदनी नदी की लहरों में चमक पैदा कर रही थी जैसे वह मानव की किस्मत में लिखी काली अंधेरी लकीरों पर हंस रही हो. मानव ने हाथ में पड़े उस पत्र के टुकड़े कर दिए और उन्हें नीचे पानी में फेंक दिया. काग़ज़ के छोटे-२ टुकड़े पानी में इधर-उधर फैल गये. उन टुकड़ों को देखकर मानव का मन कुछ हल्का हुआ, उसे लगा जैसे उसकी किस्मत की लकीरें नदी की इन लहरों में धुल रही थीं. उसने एक लंबा सांस लिया और फिर उस वीराने में आगे बढ़ गया.

______:0:______

दरवाज़े के बाहर

दरवाज़ा खुला. हवा के लगते ही दोनों अनभिड़े दरवाज़े एक दूसरे से दूर हो गये और हवा का एक ठंडा झोंका तेज़ी से कमरे के अंदर आ मेरे बालों को झकझोरता हुआ कमरे की दीवारों से टकरा कर उसी में ही विलीन हो गया. यकायक झोंके का स्पर्श पा मेरे रोंगटे खड़े हो गये और मेरी उनीन्दि आँखें दरवाज़े की ओर उठ गयीं. बाहर आकाश पर बादलों की परतें छा गयीं थी. सामने पूर्व दिशा से काले घने बादलों की एक और परत चढ़ती आ रही थी. अंधेरा बढ़ता जा रहा था और उस दोपहर के समय भी ऐसा लगता था जैसे शाम ढल रही हो. ठंडी हवा से शरीर में कंपकंपी होने लगी. मेज पर पड़ी मैने सिगरेट उठाई और लेटे-२ ही उसे सुलगा दिया. एक लंबा कश लेकर मैने एक गोल सा छल्ला बना बाहर छोड़ा जैसे उस मनहूस इतवार की वह सारी उमस इस छल्ले के दायरे में ही निकाल दी हो.

छल्ला तेज़ी से छत की ओर उठने लगा और मैं उसे उठते देखता रहा. वह जितना उँचा उठता गया, मेरी खुशी बढ़ती गई क्योंकि मेरी सारी उमस उसमें थी और वह मुझसे दूर होती जा रही थी. लेकिन जब दिन ही मेरे लिए मनहूस था तो फिर खुशी भला कहाँ से नसीब होती. हवा का एक और झोंका आया और छल्ला गायब हो गया. खुशी का बढ़ता काफिला एकदम रुक गया. छल्ले के गायब होते ही मेरी नज़र सीधी छत से जा टकराई. लेकिन इससे पहले कि वह वहाँ स्थिर होती और मैं किन्हीं ख्यालों में डूब पाता, दीवार पर लगे कैलेंडर की खरखराहट ने मेरा ध्यान अपनी ओर आकर्षित कर लिया. देखा, जुलाई का पन्ना ऊपर उठ सीमेंटेड ठोस दीवार का आलिंगन कर रहा था और उसके नीचे अगस्त महीने का केलेंडर हवा के दबाव से ऐसे लगा हुआ था जैसे वह दीवार में धँस ही जाना चाहता हो. अचानक मेरी नज़र उसके कोने में लिखे नीले खूबसूरत शब्दों पर पड़ी. निस्संदेह ये शब्द मीना के ही थे. उसने अपने घर का टेलिफोन नंबर लिखा था उस पर. इस नंबर के नीचे ही उसने बड़े-२ अक्षरों में अपना नाम भी लिख दिया था. जब वह नाम लिख रही थी तो मैंने उसे बहुत कहा था - 'नाम लिखने की क्या ज़रूरत है? कोई देख लेगा तो क्या कहेगा?'

किंतु उसने अपना पेन चलाते हुए कहा था, 'कहेगा क्या? यही तो पूछेगा - यह मीना कौन है? तो कह देना ...' कहते-२ वह रुक गयी.

'क्या?'

'कि...एक है.'

मेरे मना करने पर भी उसने लिख ही दिया अपना नाम. हर जगह अपना नाम लिखना उसकी आदत सी बन गई हैं. मेरी फाइलों, किताबों और काग़ज़ों पर जो भी उसे दिखाई देता है, उस पर वह अपना नाम लिख देती है. उसकी यह आदत बहुत पुरानी है. कालेज में भी जब वह मेरी किताबें मुझसे माँग कर ले जाती तो कोई किताब मुझे ऐसी वापिस न मिलती जिस पर किसी न किसी कोने में 'मीना' शब्द न लिखा हो.

जब मैने उससे एक बार पूछा, 'मीनू, यह क्या बीमारी पाल रखी है तुमने! जहाँ देखो 'मीना, मीना, मीना'. तो हंसते हुए उसने जवाब दिया - 'कान्तु, मुझे अपना नाम बहुत प्यारा लगता है.'

मेरा नाम बिगाड़ कर कहने की भी उसकी बुरी आदत है. वह कांत न कह कर 'कान्तु' ही कहती है. कालेज में जब सबके सामने मुझे 'कान्तु' कहती तो मुझे बहुत बुरा लगता था. एक दिन तो उसने प्रोफ़ेसर से ही कह दिया-

'सर, मिस्टर कान्तु हॅज़ प्रिपेयर्ड ए पेपर ऑन क्रिस्टोफर मारलो.'

उसने 'कान्तु' शब्द पर ज़ोर देते हुए कहा था. सारी क्लास इस पर हंस दी थी और मैं गुस्से से लाल-पीला हो रहा था. उस दिन क्लास से बाहर निकलते ही मैने उससे कहा था, 'देखिए मिस मीना...'

'ओ, यू! इसमें बुरा मानने की क्या बात है, मिस्टर कान्तु?' उसने फिर 'कान्तु' शब्द पर ज़ोर डाला और हँसती हुई मेरी बगल से निकल गई. उस दिन के बाद मेरी क्लास के लड़के और लड़कियाँ भी मुझे चिढ़ाने के लिए 'कान्तु' कह कर बुलाने लगे. लेकिन धीरे-२ मैं यह सब सुनने का अभ्यस्त हो गया.

इस बात को हुए तीन वर्ष हो चुके हैं, लेकिन मीना अब भी मुझे उसी नाम से पुकारती है. उसकी इन दोनों आदतों का मैं आदी हो चुका हूँ. पिछले इतवार जब वह आई तो मैने उसे कहा था -'मीनू, तुम कान्तु की बजाए कान्त नहीं कह सकती?'

'ऊँ हूँ! अभी नहीं.' उसने मेरी आँखों में आँखें डालकर हंसते हुए कहा, 'कान्तु, जानते हो 'कान्त' किसे कहते हैं? अभी से बेताब मत बनो कान्त कहलवाने के.' और मैं निरुत्तर हो गया.

मेरी रिस्ट वॉच ने चार बजाए और मैं हर इतवार की तरह सोफे से उठा और दरवाज़े के बाहर गैलरी में आ खड़ा हुआ. मेरी नज़र सीधी ज़ीरो रोड के उस किनारे के कोने पर लगे बरगद के घने पेड़ की ओर स्थिर हो गई. हर इतवार चार बजे उस पेड़ के

पीछे से मुझे मीना का हाथ हिलता हुआ दिखाई देता और उसके उत्तर में मेरा हाथ भी अनायास उठ जाता है. उसके निःशब्द 'हेलो' का मेरा यही उत्तर होता है. बरगद के पीछे से आने वाली यही मात्र सड़क है जो मीना को यहाँ पहुँचाती है. वह हर इतवार चार बजे आती है और चार बजे तक का सारा समय मुझे यूँ ही अकेले और सोफे पर लेटे ही काटना होता है.

बादल आकाश पर पूरी तरह छा गये थे और दूर-२ तक छाए काले घने बादल ऐसे लग रहे थे जैसे नीले आकाश पर श्याम वितान तान दिया गया हो. मौसम सुहावना हो चला था. तेज़ी से बहती हुई ठंडी हवा शरीर में सिहरन सी पैदा कर रही थी. ऐसे में दूर तक फैली लंबी ज़ीरो रोड की वीरान सड़क के एक किनारे ऊँचाई पर खड़े होकर एकांत में नज़र की पहुँच तक निहारना मुझे न जाने क्यों अच्छा लगता है. और ऐसे समय में अक्सर विचारों के झुर्मुट में खो जाता हूँ.

बरगद के हिलते पत्तों ने मुझे अपनी ओर आकर्षित किया और मुझे लगा जैसे उनकी ओट से मीनू का हाथ हिल रहा है. आँखें स्थिर को गयीं उस ओर. लेकिन यह मेरा भ्रम था. वहाँ कुछ भी न था. बरगद के पेड़ की ओर देखने का मैं इतना आदी हो गया हूँ की प्रायः इस भ्रम का शिकार होना पड़ता है. उठते-बैठते जब भी नज़र दरवाज़े के बाहर जाती तो बरगद से टकराए बिना न लौटती और तब मुझे ऐसा लगता जैसे मीनू अपना हाथ हिलाकर अपने आने की सूचना दे रही हो. लेकिन शीघ्र ही मुझे अपने इस भ्रम का आभास हो जाता. हंस पड़ता अपने पर. आज भी ठीक वैसा ही हुआ. घने बादलों की परतों के बीच चमकती बैंगनी रंग की बिजली से हुए इस धोखे के कारण कवि पंत की ये पंक्तियाँ मेरे होंठों पर आ गयीं -

'सघन मेघों का भीमाकाश
गरजता है जब तमसा कार,
दीर्घ भरता समीर निःश्वास
प्रखर झरती जब पावस धार
न जाने तपक तड़ित में कौन
मुझे तब इंगित करता मौन!'

बूँदें गिरनी शुरू हो गयीं और देखते ही देखते अच्छी ख़ासी बारिश होने लगी. वातावरण में निखार आने लगा. सब कुछ भीगने लगा. मुझे बारिश में भीगना और दूसरों को भीगते हुए देखना बड़ा अच्छा लगता है. जिस दिन बारिश हो और मैं उसमें भीगू नहीं, तब तक मुझे चैन नहीं मिलता. जब तक कपड़ों से पानी नहीं बहने लगता, बारिश से किनारा करने का दिल ही नहीं करता. भीगते बालों से जितना अधिक पानी बह-२ कर गालों पर गिरता, उतनी ही अधिक मुझे खुशी होती. भीगने का मूड आज भी था, लेकिन

मीना के साथ. अकेले बारिश में खड़े होने का आज मूड नहीं था. जी कर रहा था कि जल्दी से मीनू आ जाए और हम दोनों एक दूसरे के बिल्कुल करीब सटे हुए, एक दूसरे की बाहों में घिरे, यूँ ही नंगे पाँव इस सुनसान ज़ीरो रोड पर निकल जाएँ और उस सामने वाले ऊँचे टीले पर बैठे भीगते रहें.

जब दृष्टि आख़िरी बार भी उस कोने से निराश लौट आई तो मैं झट से गैलरी छोड़ कमरे में आ गया. कमरे के दोनों दरवाज़ों को अच्छी तरह खोल दिया और सामने सोफे पर बैठ मैं बाहर गिरती बौछार को देखने लगा.

वातावरण में पहले से कुछ अधिक ठंडक आ जाने के कारण मैने सिगरेट सुलगाई और सोफे पर लेट गया. खाली क्षणों में सिगरेट ही मेरी एक मात्र संगिनी होती है. उसके गहरे कश लेता हुआ ज़ीरो रोड की उस वीरान सड़क को देखता रहा जो पानी में भीग जाने से और भी काली, लेकिन साफ हो गई थी. सड़क पर पानी काफ़ी भर चुका था और जब कोई तेज़ी से आती कार निकलती तो सड़क पर फैला पानी उछलता और शोर करता हुआ किनारे पर बहते पानी में खो जाता.

आख़िरी सिगरेट भी समाप्त होने को थी, लेकिन अभी तक न तो बारिश थमने के चिन्ह लक्षित हो रहे थे और न ही मीना के आने के आसार दिख रहे थे. लेटे रहने से हुई बोरियत ने मुझे उठकर तनिक टहलने पर मजबूर कर दिया. सोफे से उठते ही मेरी दृष्टि बरगद से, जहाँ मैनहोल के पास काफ़ी पानी इकट्ठा हो चुका था, टकराती हुई सामने वाले ऊँचे टीले पर जा रुकी, जहाँ से दो युवा शरीर एक दूसरे से सटे, धीरे-२ संभल-२ कर नीचे उतर इसी ओर आ रहे थे.

मेरे टहलते पाँव उत्सुकता से ठिठक गए, और मैं कुर्सी के सहारे खड़े होकर उंधर देखने लगा. कुछ ही देर बाद वह मेरे मकान के नीचे से गुज़रे. मैंने देखा, वे दोनों बिल्कुल भीगे हुए थे. बालों से बहता पानी उनके चेहरों को धोता हुआ, भीगे कपड़ों को और भी नम किए जा रहा था. लड़की अपने भीगे शरीर से चिपकी काली साड़ी और ब्लाऊज़ में ऐसे लग रही थी जैसे वर्षा के बाद निकला श्वेत, धवल भीगा सा निकला चाँद. उसके गालों पर पड़ी काली भीगी लटे उसके सौंदर्य को और भी बढ़ा रही थी. दोनों ही एक दूसरे पर झुके कुछ बहके-२ कदमों से धीरे-२ चल रहे थे - स्वतंत्र, स्वच्छंद, उस खुली सड़क पर कुछ कहते हुए, प्यार भरी बातें शायद, जिन्हें मैं सुन नहीं पा रहा था.

मेरी नज़र उनके साथ चलते-चलते बरगद तक पहुँच गई. बरगद के नीचे वे रुके. युवक ने लड़की को अपने आलिंगन में भर लिया. दोनों खामोश थे - एक दूसरे के कंधों पर सिर रखे. युवक ने लड़की की ओर देखा. उसके होंठ लड़की के नम होंठो के ओर झुके, लेकिन लड़की शर्मीली मुस्कुराहट के साथ सिर झुका कर उसकी बाहों के घेरे से अलग हो गई. युवक भी मुस्कुरा दिया.

कमरे के अंदर खड़ा मैं उत्सुकता से दरवाजे के बाहर का यह दृश्य देखता रहा. शीघ्र ही वे फिर एक दूसरे के करीब थे, बिल्कुल करीब. युवक ने अपना बायां हाथ लड़की के कमर में डाला और दाएँ हाथ की उंगली उसके गुलाबी अधरों पर रख मुस्कुराते हुए वह उससे कुछ कह रहा था जैसे वह मेरी नकल करते हुए उस लड़की को कह रहा हो - 'मीनू, तुम एक होटल की ' मीनू ' से कम नहीं हो. उस जैसे तुम में भी हर स्वाद की चीज़ें मिलती हैं - ठंडी, गर्म, मीठी, चटपटी और कभी कभी कौफी के घूँट जैसी कड़वी भी....' लड़की ने भी युवक मे होंठों पर अपनी उंगली रख कर उसी तरह मुस्कुराते हुए कुछ कहा.

फिर उनकी उंगलियाँ हटीं और दोनों के अधर एक दूसरे के क़रीब आने लगे. जैसे-२ वे एक दूसरे पर झुकते गये, कुर्सी की पीठ पर पड़े मेरे हाथों की पकड़ मजबूत होती गई. और मैं व्यग्रता से यह दृश्य अपलक देखने लगा. लेकिन तभी हवा का एक तेज झोंका आया और कमरे का दरवाज़ा बंद हो गया.

__________:0:__________

टूटते बंधन

न जाने कितने स्टेशन पीछे छूट गये, सरटि के साथ गाड़ी चली जा रही थी अपने पीछे छोड़ते हुए वृक्षों को, नदी-नालों, पगडंडीयों को, ईख के खेतों और ढाल के वनों को. इंजिन अविराम दौड़ता चला जा रहा था अपने अनंत पथ पर. लेकिन विजय को इसकी परवाह नहीं थी. उसके विचारों का इंजिन शायद उससे भी तीव्र गति से चल रहा था. वह कोस रहा था अपने भाग्य को, उस भाग्य को जिसकी कठोरता ने उसकी इच्छाओं को, उसकी आकांक्षाओं को कुचल दिया था. जिसने उसके जीवन की सुख-शांति और स्वप्नों को एक ही बार में रौंद डाला था. कल्पना की दुनियाँ में कभी उसने सोचा था वह मन-चाहा जीवन साथी चुनेगा, एक ऐसा साथी जिसके साथ जीवन का लंबा रास्ता हँसी-खुशी से कट जाएगा. परंतु नहीं, अरमान अरमान ही रहा. कल्पना के उस कोमल प्रांगण में उसके पिता ने कुछ ऐसे फूल फेंक दिए जो उसे शूल की भाँति चुभ उठे और 'जीवन-साथी' उसके लिए एक स्वप्न-मात्र ही रह गया.

उमा पढ़ी-लिखी भी थी और गृह-कार्य में दक्ष भी. लेकिन फिर भी न जाने क्यों विजय उससे दूर ही रहना पसंद करता था. उस दिन तो विजय को उमा से जैसे बिल्कुल घृणा सी हो गई थी जिस दिन प्रकाश ने उमा के श्याम-वर्ण पर व्यंग करते हुए कहा था, *'विजय भैया, भाभी को पाऊडर ज़रा ज़्यादा लगाया करो.'*

इन शब्दों ने जैसे जले पर नमक छिड़क दिया था. वहाँ से सदा के लिए भाग जाना चाहता था और चाहता था कि हमेशा-हमेशा के लिए तोड़ दे अपने और उमा के उस बंधन को. और एक दिन सचमुच वह वहाँ से निकल भागा - चुपचाप, बिना किसी से कुछ कहे. अपने जीवन से ऊब चुका था. जीवन उसे भार सा लगने लगा. लेकिन फिर भी वह जीना चाहता था, एक ऐसा जीवन जिसमें हलचल हो, संघर्ष हो - ज़िंदगी और मौत का. और इसलिए वह सेना में भर्ती हो गया. सेना में जाते ही उसकी कामना पूरी होती प्रतीत हुई. शीघ्र ही वह लड़ाई में भेज दिया गया. सचमुच ही वहाँ जीवन और मृत्यु में संघर्ष होता था. इसी संघर्ष में ही उसे खुशी होती. मौत की वादियों में घूमने में कितना आनंद था!

लड़ाई में जाते ही उसने सोचा अब वह जीते जी मौत की इन वादियों से कभी वापिस न लौट सकेगा. लेकिन किस्मत ने यहाँ भी उसकी न चलने दी. लड़ाई समाप्त

हुई और सैनिकों को अवकाश मिल गया. सब अपने घरों को लौट गये. वह भी लौटा. पर जाता कहाँ? निश्चय नहीं कर पाया.

उसके कदम अनायास ही कल्याण की ओर बढ़ गये. आज जाने कितने वर्षों बाद फिर अपनी छोड़ी हुई मंज़िल की ओर जा रहा था, परंतु अनिच्छा से ही. इन विचारों ने उसकी आँखों के आगे उमा की अस्पष्ट आकृति उपस्थित कर दी. उसने आँखें बंद कर लीं. लेकिन नहीं, बंद आँखों में भी उसकी धुंधली आकृति प्रवेश कर गई. विजय ने आँखें खोल दीं और उस अस्पष्ट छाया को आँखों से दूर करने की लिए खिड़की से बाहर देखने लगा. किंतु उसे हवा में भी उमा तैरती हुई दिखाई दी, जैसे वह अट्टहास कर रही हो, मानो कह रही हो, 'तुम पुरुष हो, लेकिन कायर, डरपोक! पत्नी के कुरूप होने पर उसे छोड़ कर भाग जाने वाले.' उसे लगा जैसे हवा में तैरती उमा उसे देख कर ज़ोर ज़ोर से हंस रही थी.

विजय ने अपनी नज़र खिड़की से हटा ली. उसके ठीक सामने वाली बर्थ पर एक लड़की सोई हुई थी. कितनी सुंदर थी वो लड़की. खिड़कियों से आते शीतल समीर के झोंके जब उसके बालों की लटो को उड़ा कर उसके सुंदर गोरे चेहरे पर डाल देते तो ऐसा प्रतीत होता जैसे चाँद से काली घनी घटायें अठखेलियाँ कर रहीं हों. उसके ललाट पर बँधी पट्टी ने जहाज़ में लगी आग के उस दृश्य का स्मरण करा दिया जिसमें वे दोनों बड़ी कठिनता से मौत के मुँह में जाने से बच गये थे. विजय को गर्व था कि उसने एक ऐसी लड़की की जान बचाई थी.

यकायक उस लड़की ने अंगड़ाई ली और आँखें खोल दीं. विजय को एकटक अपनी ओर देखता देख वह झेंप गई. आँखें मिलीं और झुक गईं. कितनी मादकता थी, कितनी मस्ती थी उन आँखों में. एक उन्माद था उसके यौवन में जो विजय को निरंतर उसकी ओर निहारने का निमंत्रण दे रहा था.

'ओह! दिन ढल गया!' उसने अपनी झेंप मिटाने का यत्न करते हुए कहा और उठ कर बैठ गई.

'जी हाँ.' विजय ने अपने होंठों पर मुस्कान बिखेरते हुए कहा.

अपरिचित लड़की खिड़की से बाहर देखने लगी. विजय उसके चंद्र-मुख की छवि का आनंद लेने लगा. वह उसे सुंदर परी की तरह लग रही थी.

'इतना लम्बा सफ़र और हम-सफ़र से कोई परिचय नहीं.' खिड़की से दृष्टि हटाते हुए उसने दबी आवाज़ में कहा, 'क्या मैं आपका नाम...?'

'ओह, यह तो मैं भूल ही गया.' विजय ने उसकी बात काटते हुए कहा, ' मुझे विनोद कहते हैं.'

'लेकिन आपकी अटैची पर तो 'विजय' लिखा है!'

'यह अटैची मेरे एक सैनिक मित्र की भेंट है और यह नाम उसी का ही है.' वास्तविकता को छुपाते हुए विजय ने उत्तर दिया. 'तो मैं आपको किस नाम से पुकार सकता हूँ?' परिचय पाने के उद्देश्य से वह पूछ बैठा.

'मुझे कविता कह सकते हैं.'

'कविता!' दोहराते हुए विजय ने कहा, 'नाम तो बहुत सुंदर है.'

और मुस्कुरा दी वो, 'शुक्रिया. आप शायद अपने बीवी-बच्चों के पास...?' साड़ी के कोने को हाथों में लिपेटते हुए उसने धीरे से पूछा.

'अभी मेरा विवाह नहीं हुआ.'

'माता-पिता के पास जा रहे होंगे?'

'ऊँ हूँ, वो तो कब के दूसरी दुनियाँ में जा चुके है.'

'तो?' प्रश्न-सूचक दृष्टि से देखते हुए उसने पूछा.

'नौकरी के लिए अपने मित्र के पास जा रहा हूँ.' विजय ने एक और झूठ का सहारा लिया. अपनी ज़िंदगी पर पर्दा पड़ा रहने देना चाहता था, उस ज़िंदगी पर जिसमें न बहार थी, न कोई कशिश. नीरसता के अतिरिक्त और कुछ न था उसके जीवन में. इसके बाद दोनों में से कोई न बोला. दोनों ही मौन खिड़की से बाहर देखते रहे. गाड़ी भागती जा रही थी अपनी मंज़िल की ओर. वे दोनों विभिन्न दिशाओं मे अपलक निहार रहे थे. विजय देख रहा था उस दिशा की ओर जहाँ पृथ्वी और आकाश परस्पर मिल कर अलग हो रहे थे और कविता देख रही थी उस क्षितिज की ओर जहाँ पृथ्वी और आकाश परस्पर मिल रहे थे.

'आपका...?' चुप्पी तोड़ने के विचार से विजय ने कुछ कहना चाहा, परंतु बोलते-२ रुक गया.

'जी?' शायद वह सुन नहीं पाई थी विजय की बात.

'मैंने कहा, पढ़ती हैं क्या?'

'जी हाँ, बी. ए. का आख़िरी साल है.'

'धन्यवाद.'

'धन्यवाद! किसलिए?'

'इसलिए कि आपने अपना परिचय देने का कष्ट किया.' हंसते हुए विजय ने कहा.

'ओह, बहुत खूब.' और उसने भी हँसी में विजय का साथ दिया.

दोनों फिर बातों के दौर में बहने लगे. परंतु शीघ्र ही उनकी बातों का सिला टूट गया. गाड़ी की गति धीमी होने लगी थी. कल्याण आने वाला था. कल्याण, जहाँ विजय की यात्रा समाप्त होनी थी और कविता और विजय ने एक दूसरे से अलग होना था. थोड़े समय का साथ था. कविता ने बम्बई जाना था.

धीरे-धीरे रेंगती हुई गाड़ी स्टेशन पर आकर रुक गई. विजय और कविता ने अपना सामान संभाला और बाहर प्लेटफॉर्म पर आ गये. कविता को बम्बई जाने वाली गाड़ी की प्रतीक्षा करनी थी.

'आपकी मंज़िल तो आ गई.' प्लेटफॉर्म पर पैर रखते ही कविता ने कहा.

'जी हाँ.' थके स्वर में संक्षिप्त सा उत्तर देकर विजय मौन हो गया. कल्याण पहुँचते ही उसकी मुस्कान, प्रसन्नता जो कुछ समय पूर्व उसके मुख पर कविता के मिलने और उसकी बात-चीत से आ गई थी, लुप्त हो गई. उमा की आकृति उसकी आँखों के आगे नाचने लगी. गंभीर हो गया वह.

'आप उदास क्यों हो गये इतने?' उसके मलिन मुख को देख कविता ने पूछा, ' आपको यहाँ आना अच्छा नहीं लगा क्या?'

'नहीं, ऐसी बात तो नहीं है.' कृत्रिम मुस्कान चेहरे पर लाते हुए विजय ने कहा.

'तो फिर?'

'हम-सफ़र जो मुझसे बिछुड़ रहा है.' और इस पर दोनों हंस पड़े.

गाड़ी आँखों से ओझल हो गई थी, परंतु कविता को विदाई देने वाला रुमाल अभी तक विजय के उठे हाथों में लहरा था. विजय एकटक उस दिशा की ओर देख रहा था जिधर गाड़ी विलीन हो गई थी. उधर देखकर वह हाथ ऐसे हिला रहा था जैसे अभी तक कविता उसकी विदाई का उत्तर दे रही हो. मौन, निस्तेज खड़े विजय का ध्यान भंग किया एक कुली ने जो उसके उठे हुए हाथ को देख मुस्कुरा कर कह रहा था, 'बाबूजी गाड़ी जा चुकी है.' चौंक उठा वह.

'ओ...हाँ!' उठा हुआ हाथ नीचे आ गया. एक लम्बा किंतु ठंडा निश्वास छोड़ा उसने. झट से अटैची उठाई और स्टेशन से बाहर आ गया. पाँव भारी हो रहे थे, हृदय विक्षिप्त हो रहा था. आँखों के सामने बार-२ कविता का सुंदर चेहरा आ जाता और हृदय की धड़कन और भी बढ़ जाती. लेकिन उमा का ध्यान आते ही दिल जैसे बैठने लगता.

उमा!

कविता!!

कविता!

उमा!!

एक चिर-परिचित थी और दूसरी अजनबी. एक कुरूप तो दूसरी उर्वशी का सा अवतार. एक विचित्र उथल-पुथल मची हुई थी उसके हृदय में. इन विचारों में झूलता विजय घर पहुँचा तो काफ़ी रात बीत चुकी थी. चारों ओर अंधकार फैला हुआ था. वह दबे पाँव घर में प्रविष्ट हुआ. कितने अरसे बाद वह इस घर में कदम रख रहा था. घर में भी अंधेरा था. केवल सामने वाले कमरे में ही रोशनी हो रही थी. विजय अंधेरे में अपने को बचाता हुआ कमरे की बंद खिड़की के पास गया और एक सुराख में से अंदर की ओर देखने लगा.

देखा सामने एक स्त्री बैठी थी. यही थी उमा, विजय की पत्नी, अर्धांगिनी. चेहरे पर छाए काले अस्त-व्यस्त बाल जैसे उसकी व्यथा की कहानी सुना रहे थे. पास ही एक पुरुष आकृति बैठी थी. यह था उसका भाई, पवन. विजय ने सुना उमा कह रही थी, 'बताओ भैया, मैं कहाँ जाऊं, कहाँ ढूंढूं उन्हें? उनके बिना मेरे जीवन की नैय्या डूब जाएगी, भैया डूब जाएगी...' सिसकियों से उसका गला रुँघ गया. अश्रु-बिंदु कपोलों पर बह निकले.

'विजय!' सहसा उसके अंतर से आवाज़ आई, 'भाग चलो यहाँ से.' विजय चौंक उठा उसके मुँह से दबी आवाज़ निकल गई, 'कहाँ?'

'बम्बई, कविता के पास.' हृदय की आवाज़ सुनाई दी.

'लेकिन क्यों?'

'क्यों का समय नहीं है, विजय. जितना जल्दी हो सके यहाँ से निकल चलो. यही अवसर है. किसी ने अब देख लिया तो यह मौका फिर नहीं मिलेगा.'

'लेकिन उमा...!' उसे उमा का विचार आया.

'पागलपन है विजय, यहाँ क्यों काँटों में अपना दामन उलझाते हो. भूल जाओ सदा के लिए इन काँटों को जहाँ केवल चुभन के सिवाय और कुछ नहीं मिलेगा. अब महकते चमन का आनंद लो जहाँ फूलों की सुरभि से तुम्हारे जीवन का प्रत्येक कण महक उठे.' विजय ने कुछ सोचा, उसे याद आया कि उसने कविता को बम्बई आने का वचन दिया था और कहा था कि अगर उसे यहाँ नौकरी न मिली तो वह ज़रूर बम्बई आएगा. उसने अटैची उठाई और दबे पाँव घर से बाहर आ गया. सड़क पर पूर्ण सन्नाटा था. कभी-२ कहीं दूर से कुत्तों के भौंकने की ध्वनि इस सन्नाटे को चीरती हुई विलीन हो जाती थी. विजय ने एक अंतिम दृष्टि अपने मकान पर डाली और लंबे-२ डग भरता हुआ वहाँ से चल पड़ा.

और चार दिन बाद -

विजय एक गगन-चुंबी अट्टालिका के नीचे खड़ा था. यही कविता का मकान था जिसका पता उसने विजय को दिया था. विजय ने कॉल-बेल बजाई. नौकर ने दरवाज़ा खोला. विजय ने तसल्ली के लिए उससे पूछा, 'कविताजी इसी मकान में रहती हैं क्या?'

'जी हज़ूर.'

'घर पर हैं क्या?'

'जी हाँ, कहिए!'

'उन्हें कहो विज...ऊँ-हूँ...विनोद आया है.' कंधे उचकाते हुए विजय ने कहा.

नौकर अंदर चला गया. थोड़ी देर बाद कविता अंदर से आई. विजय को देखते ही प्रसन्नता से चिल्ला पड़ी, 'ओह, विनोद जी आप!'

'नमस्ते, कविता जी.' कर जोड़ते हुए विजय ने कहा.

'आख़िर आप आ ही गये न! मुझे आपको यहाँ देख कर कितनी खुशी हो रही है!' कविता इतनी पुल्लकित हो रही थी कि विजय की बात ही न सुन पाई.

'आइए, आइए.' अपना हाथ उसकी ओर बढ़ाते हुए कविता ने कहा.

'कौन है बेटा?' पीछे से एक आवाज़ आई.

'ओह पापा, विनोद जी हैं.'

'वही विनोद जिसके बारे में तुमने मुझे बताया था?'

'हाँ, हाँ पापा, वही.'

'ओह, बेटा विनोद तुम!' कहते हुए उन्होंने उसे बाहों में भर लिया. विजय को कुछ सूझ नहीं रहा था कि वह क्या कहे. कविता के पिता ने विजय को कंधे से पकड़ कर अंदर ले जाते हुए कहा, 'बेटा, मैं...मैं किस तरह तुम्हारा धन्यवाद करूँ! मेरी बेटी की जान बचा कर तुमने मुझ पर जो अहसान किया है उसे मैं जिंदगी भर नहीं चुका सकूँगा.'

विजय ने कनखियों से कविता को देखा जो उसकी बगल में ही सिर झुकाए धीरे-२ चल रही थी. 'अहसान कैसा! यह तो इंसान होने के नाते मेरा फ़र्ज़ था.' बड़ी कठिनता से वह इतना ही कह पाया. समझ में नहीं आ रहा था कि वह क्या कहे. उनके सामने संकोच सा अनुभव कर रहा था. तीनों चुप थे. कविता के पिता उनकी बेटी को नई ज़िंदगी देने के लिए विजय का धन्यवाद करने हेतु शब्द खोज रहे थे. कविता अपने जीवन्-रक्षक को सामने देख कर इतनी प्रसन्न थी कि मुँह से बात ही नहीं निकल रही थी. विजय छिपी निगाहों से चारों ओर भवन के भीतरी ढाँचे को देखकर आश्चर्य चकित

हो रहा था. कितना सुंदर मकान था. घूमती-फिरती दृष्टि साथ चल रही कविता पर पड़ती तो एकाएक उसके हृदय में आनंद की एक लहर सी उठने लगती थी.

तीनों स्तब्ध प्राणी अपने हृदयों में विचारों का तूफान लिए गोल कमरे में पहुँचे.

'कविता बेटा, इन्हें बिठाओ, मैं अभी आया.' कह कर राधाकांत कमरे से बाहर चले गये. विजय अभी तक कमरे की सुंदरता निहारने में ही व्यस्त था. उसकी दृष्टि कभी दीवारों पर लगी तस्वीरों पर जाती तो कभी छत पर लटके फानूसों पर.

'ग़रीब-खाना पसंद आया आपको?' विजय को आश्चर्य भरी नज़रों से कमरे को निहारता देख कविता ने हंसते हुए पूछा. विजय को जैसे किसी ने सोते से जगा दिया हो, चौंकते हुए कहा, 'हूँ, अति सुंदर. लेकिन इसे ग़रीब-खाना कहना इसका उपहास करना है. मुझे तो ऐसा लगता है जैसे मैं स्वर्ग में पहुँच गया हूँ.'

'इतनी ऊँची कल्पना मत कीजिए. और फिर ऐसी वस्तु से तुलना की भी कैसे जा सकती है जो कभी देखी ही न हो! कौन जानता है स्वर्ग कैसा है?' कुछ रुक कर कविता ने फिर कहा, 'यह भी तो नहीं मालूम कि स्वर्ग नाम की कोई चीज़ है भी या नहीं संसार में!'

'लेकिन लोगों ने किसी स्वर्ग को अपनी कल्पना में तो उतार रखा है न!'

'कल्पना-मात्र से क्या होता है.'

'वाह! यह आप कैसे कह सकती हैं कि...'

'विनोद बेटा,' राधाकांत जी ने कमरे में प्रवेश करते हुए कहा, 'चलो पहले नहा-धो लो, फिर दिन भर बातें ही तो करनी हैं.'

दोपहर हुई, सभी फिर उसी कमरे में आ जमे.

'अब क्या करने का विचार है, बेटा?' राधाकांतजी ने कुर्सी को विजय के निकट सरकाते हुए कहा.

'रिसर्च.'

'रिसर्च?' कविता ने मेज पर हाथ फैलाते हुए प्रश्न-सूचक दृष्टि से उसकी ओर देखा, 'कैसी रिसर्च?'

'नौकरी की.' विजय ने ये शब्द कुछ ऐसे अंदाज में कहे कि दोनों को हँसी आ गई

और वह खुद भी अपनी बात पर मुस्कुरा दिया.

'लेकिन अब आप को रिसर्च की कोई ज़रूरत नहीं.' अपने पिता की ओर इशारा करते हुए कविता ने कहा.

'क्यों?'

'कविता ठीक कहती है, बेटा. जब मैं यहाँ बैठा हूँ तो फिर नौकरी के लिए परेशान होने की क्या ज़रूरत है.' कविता की ओर देखते हुए राधाकांत जी ने कहा, 'इसे यकीन था कि तुम ज़रूर आओगे और इसलिए तुम्हारे लिए मैने एक काम चुन रखा है.'

'लेकिन...'

'तुम्हें काम की ज़रूरत है और मुझे काम करने वाले की. तुम न आते तो मुझे किसी और को रखना पड़ता. तुम आ गये हो तो अब किसी की ज़रूरत नहीं. और फिर तुम्हें हमेशा अपने पास देख कर खुशी होगी मुझे.'

विजय इसका कोई जवाब न दे सका. चुप बैठा सोचता रहा कि वह उस बात का विरोध करे या नहीं. कभी उसके मन में आता कि इन्कार कर दे और कभी सोचता, 'और कहीं जाने से अच्छा है यहीं काम कर ले. कविता का भी...' इस 'हाँ' 'न' के द्वंद को सुलझाने लगा वह.

'क्या सोच रहे हो, बेटा?'

'सोच रहा हूँ कि आपका काम संभालने योग्य हो भी सकूँगा या नहीं!' मेज पर कोहनियाँ टिकाते हुए विजय ने कहा. राधाकांत हंस पड़े, बोले, 'तुम्हारी योग्यता तो तुम्हारे चेहरे से ही टपक रही है.' फिर कविता की ओर देख कर पूछा, 'क्यों बेटी?'

विजय ने देखा कविता भी उसकी ओर देखकर मुस्कुरा रही थी. हंस पड़ा वह भी.

और दूसरे दिन से ही विजय काम पर जाने लगा. कई विदेशी कंपनियों से सम्बंधित थी रमाकांत की यह फर्म.

तन-मन से जुट गया विजय अपने काम में. वह चाहता था कि अपनी योग्यता और अपने काम के ढंग से कविता के पिता का मन जीत ले. एक महीने के अंदर ही उसने कम्पनी की कार्य-व्यवस्था में कुछ ऐसे सुधार कर दिए कि उसका काम पहले की अपेक्षा सुव्यवस्था और सुचारू रूप से चलने लगा. राधाकांत विजय की योग्यता से अत्यंत प्रभावित हुए. उन्होनें उसे देश-विदेश जाने के काम सौंप दिए.

विजय के रहने का प्रबंध अभी राधाकांत के मकान में ही था. विजय के वहाँ रहने से उन्हें काफ़ी सुविधा थी. कई बातों पर विचार-विमर्श आसानी से हो सकता था. इसके अतिरिक्त पिछले कुछ दिनों से विजय की योग्यता और कम्पनी के बढ़ते काम को देख कर उससे इतना लगाव हो गया था कि उसे अपनी आँखों से दूर रखने को दिल ही नहीं चाहता था.

विजय भी वहाँ प्रसन्न था. घर की सुख-सुविधाएँ और कविता जैसा साथी, उसे वहाँ रहने के लिए विवश कर देते थे. ज्यों-ज्यों समय बीतता गया, कविता और विजय एक दूसरे के निकट आते गये. धीरे-धीरे उनके बीच की लज्जा और दीवार की खाई पटती गई.

'मुझे 'आप' मत कहा करिए.' एक दिन कविता ने विजय से कहा.

'तो? क्या कहूँ?'

'कविता. सिर्फ़ कविता.'

'लेकिन...'

'लेकिन वेकिन कुछ नहीं. मुझे अपना नाम ही अच्छा लगता है. यह 'आप' आप' की रट कतई पसंद नहीं.'

'मुझे मंज़ूर है. मगर तुम भी मुझे 'आप' कह कर सम्बोधित नहीं करोगी. सिर्फ़ 'विनोद' कहोगी.'

'किंतु मैं आपको...!'

'किंतु विन्तु कुछ नहीं, मैने जो कह दिया है, मुझे अपना नाम ही अच्छा लगता है. यह 'आप-आप' की रट कतई पसंद नहीं.' विजय ने भी उसी लहजे में कहा और दोनों हंस पड़े इस पर.

समय बीतता गया. दो दिल एक दूसरे के करीब आते गये. दिल की शहनाईयों ने राग छेड़ने शुरू कर दिए जिसके मधुर स्वरों से दोनों एक दूसरे के पास खिंचे चले आते. कविता को आभास होने लगा कि वह बिना विजय के नहीं रह सकती और विजय भी जानता था कि कविता के बिना उसका जीवन अधूरा है. लेकिन पास-२ रहते हुए भी उन्हें लगता जैसे एक दूसरे से बहुत दूर हों. सामाजिक बंधनों को तोड़ वे एक हो जाना चाहते थे. दोनों बहुत कुछ कहना चाहते एक दूसरे को, लेकिन कोई इस विषय में कुछ न कह पाता.

उस दिन शाम को राधाकांत घर पर नहीं थे. विजय भी जल्दी आ गया था आफ़िस से. आज उसका मन नहीं लग रहा था. चेहरे पर उदासी का साया पड़ा हुआ था. अतः कविता को साथ ले वह झील के किनारे कुछ क्षण बिताने चला गया.

शांत गंभीर झील में विजय ने किनारे पर बँधी नाव खोल दी. कविता को हाथ का सहारा दे पानी में हिलती नाव में बिठा उसने चप्पू संभाल लिए. नाव धीरे-धीरे किनारे से अलग होने लगी. संध्या का समय, झील के चारों ओर नीरवता थी. स्थिर पानी पर पड़ते चप्पू के स्वर के अतिरिक्त शांत वातावरण में और कोई आवाज़ सुनाई नहीं देती थी. हवा

स्थिर थी, प्रकृति मौन. कविता और विजय भी खामोश थे. लेकिन उनके ह्दय में एक शोर था, एक संघर्ष था. विचारों के उथल-पुथल ने मस्तिष्क में क्रांति सी चला रखी थी. विजय ने चप्पू चलाना बंद कर दिया. नाव मन्थर गति से आगे बढ़ती जा रही थी. लेकिन कविता और विजय मौन थे. वे लेटे-२ दूर शून्य में आँखें गड़ाए जाने किन विचारों में डूबे हुए थे.

'कविता!' आकाश पर आँखे जमाए नीरवता को भंग करते हुए विजय ने धीमे स्वर में कहा.

'हूँ?' कविता की आँखें भी शून्य में स्थिर थीं.

'आज तुमसे कुछ कहना चाहता हूँ.'

'जानती हूँ.'

'क्या?'

'जो कुछ तुम कहना चाहते हो.'

'आख़िर यह कब तक चलेगा कविता? कब तक यूँ ही तड़पना पड़ेगा?' विजय उठकर उसके निकट आ गया था.

'यही तो मैं भी सोच रही हूँ, विनोद.' कुछ क्षण रुक कर कविता ने उठते हुए कहा, 'लेकिन मैं तुम्हारी हूँ, विनोद, सिर्फ़ तुम्हारी. दुनियाँ की कोई ताक़त हमें एक-दूसरे से अलग नहीं कर सकती.' उसने अपना सिर विजय के कंधों पर टिका दिया. कहते कहते उसकी आँखों में आँसू आ गये. आज तक का यह मौन शायद इन आँसुओं द्वारा बाहर निकल जाना चाहता था.

'कविता!' भावावेश में विजय ने उसे अपनी बाहों में भर लिया. उसने उंगलियों से कविता के कपोलों पर गिरते आँसुओं को पोंछ दिया. अधर मिले और अलग हो गये. कोई न देख पाया उस शांत नीरव वातावरण में.

अंधेरा काफ़ी हो चुका था. विजय ने नाव वापिस किनारे की ओर कर दी. कविता थकी-२ सी लेटी शून्य में निहार रही थी, जैसे अपने धड़कते ह्दय को शांत करने की चेष्टा कर रही हो. आँखों से आँसू सूख चुके थे.

'उठो कविता,' विजय ने उसके चेहरे को हाथों में ले उसकी शून्य में स्थिर आँखों में झाँकते हुए कहा, 'बहुत देर हो गई है. अब चलें!'

कविता उठी, नाव से बाहर आ उसने अपने बिखरे बालों को ठीक किया और शीघ्रता से घर की ओर कदम बढ़ा दिए उन्होंने. ठीक उसी समय पेड़ों के झुरमुट में खड़ी एक कार भी स्टार्ट हुई और धुआँ छोड़ती भाग गई.

घर में पहले कविता ने प्रवेश किया.

'कहाँ गई थी बेटा?' राधाकांत ने देखते ही पूछा.

'मैं...मैं ज़रा चंचल के घर तक गई थी, पापा.' घबराते हुए धीमे स्वर में कविता ने कहा.

'घबराई हुई क्यों हो? क्या बात है?'

'ब..बात कुछ नहीं पापा, बस कम्बख़्त छोटी सी बात पर झगड़ बैठी मुझसे.'

इतने में विजय भी वहाँ आ गया. उससे भी राधाकांत ने पूछा, 'कहाँ घूम कर आ रहे हो, विनोद बेटा?'

'जी, दोस्त के साथ ज़रा झील तक चला गया था घूमने के लिए.'

'बड़ी देर लगा दी वहाँ. यह कपड़ों की क्या हालत बना रखी है?'
'जी..जी बात यह है कि...' विजय कपड़ों की ओर देखने लगा.

'अच्छा खैर, जल्दी से जाओ, कपड़े बदलो फिर खाना खा लो.'

कविता और विजय ने कनखियों से एक दूसरे को देखा और जल्दी से अपने अपने कमरे में खिसक गये. चैन की साँस ली जैसे.

'पगले समझते हैं खूब उल्लू बनाया मुझे.' राधाकांत मुस्कुराते हुए धीरे धीरे बुदबुदाए.

राधाकांत की आजकल मैरीन ड्राइव पर एक बिल्डिंग बन रही थी. उनका विचार था कि उसके बन जाने पर अपना आफ़िस वहीं ले जाया जाए. अब तक वह बिल्डिंग करीब करीब तैयार हो चुकी थी. उन्होंने शीघ्र ही अपना आफ़िस वहाँ ले जाने का निश्चय कर लिया.

'विनोद, मैं चाहता हूँ अपने आफ़िस को वहाँ शिफ्ट कर लिया जाए. क्यों, तुम्हारा क्या विचार है?'

'ठीक है, जितना जल्दी हो सके उतना ही अच्छा है, यहाँ जगह कम होने से बड़ी दिक्कत का सामना करना पड़ता है.'

'मेरा भी यही ख्याल था. और बेटा, एक बात और...'

'क्या?'

'इतनी बड़ी कोठी है, वहाँ किसी का रहना भी ज़रूरी है.'

'जी.'

'मैं चाहता हूँ बेटा, अगर तुम ही वहाँ रह जाओ तो अच्छा होगा.'

'म...म..मैं?' एकदम जैसे सोते से जाग पड़ा विजय.

'अगर चाहो तो. मैं मजबूर नहीं करूँगा.'

'ठीक है, मैं रह लूँगा.' अपने को संयत करते हुए उसने कहा और खड़ा हो गया. 'अच्छा चलूं, आफ़िस को देर हो रही है.' कहते हुए विजय निकल गया अपने कमरे से.

दूसरे दिन आफ़िस शिफ्ट हो गया. सारा सामान नये स्थान पर चला गया था. उसके साथ ही विजय के रहने की व्यवस्था भी हो गई. शाम को जब विजय अपने कपड़े समेट रहा था तो उसे दुख हो रहा था वहाँ से जाते हुए. लेकिन करता भी तो क्या! कविता भी खामोश थी. अन्यमनस्क भाव से खड़ी उसे सामान समेटता देखती रही. स्पष्ट था कि वे एक दूसरे से अलग नहीं होना चाहते थे. परंतु विवश थे. विजय सोच रहा था राधाकांत तो उसके बिना रह ही नहीं सकते थे तो फिर आज कैसे वहाँ से जाने के लिए कह दिया? शायद वे नहीं चाहते कि अब कविता और वह साथ-साथ रहें. कहीं उन्हें इन पर शक तो..?

सामान बँध चुका था, बाहर खड़ी कार में नौकर ने सामान रख दिया और विजय तथा राधाकांत बाहर आ गये.

'अच्छा, कविता.' बुझे स्वर में विजय ने होंठों पर कृत्रिम मुस्कान लाते हुए हाथ जोड़ दिए. प्रतिउत्तर में कविता केवल हाथ जोड़ कर रह गई. कार स्टार्ट हुई और धुआँ छोड़ती आगे बढ़ गई और कविता की आँखों में अटका आँसू गालों पर आ गिरा.

* * * * *

जब से विजय वहाँ से गया था तब से राधाकांत देख रहे थे दोनों उदास रहने लगे थे. कविता घर में खोई-खोई सी रहती. उधर विजय आफ़िस में आता तो किसी से बात न करता. चुपचाप अपने काम में लग जाता. अब वह पहले से अधिक स्वयं को काम में व्यस्त रखने की चेष्टा करता. उसने राधाकांत के घर जाना भी बहुत कम कर दिया था. यदि उनसे कोई विशेष काम होता तो चला जाता वरना झील के किनारे बैठकर समय बिता दिया करता. राधाकांत यह सब देख रहे थे. लेकिन फिर भी चुप थे.

एक दिन दोपहर को जब विजय फाइलों में खोया हुआ था तो राधाकांत ने उसे बुलवा भेजा.

'जी, कहिए!' गंभीर स्वर में विजय ने कहा.

'आओ बैठो विनोद बेटा. क्या बात है आजकल कुछ खोए-खोए रहते हो. लगता है दिल नहीं लगा यहाँ मेरे बेटे का. क्यों?'

'ऐसी तो कोई बात नहीं है. दिल तो भला क्यों नहीं लगेगा ऐसे सुंदर स्थान पर! चारों तरफ फैला प्रकृति का यह शांत वातावरण मन बहलाने के लिए काफ़ी है.' किंचित मुस्कुराने के चेष्टा करते हुए विजय ने कहा.

'आज तुमसे एक सलाह लेनी थी विजय बेटे.' आँखों से चश्मा उतार कर मेज पर रखते हुए राधाकांत ने कहा, तुम देख रहे हो कविता अब बड़ी हो गई है. बी. ए. कर चुकी है और समझदार भी हो गई है. मैं चाहता हूँ अब जल्दी से अपनी बेटी के हाथ पीले कर दूं.' तनिक रुक कर राधाकांत बोले, 'तुम्हारा क्या विचार है?'

'ठीक कहते हैं आप.' पेपर-वेट को घुमाते हुए लापरवाही से धीमे स्वर में विजय ने उत्तर दिया.

'वैसे मैं पिछले कुछ दिनों से उसके लिए एक अच्छे वर की खोज में था. और आज मेरा काम ख़त्म हुआ. मैं अपनी खोज में कामयाब हो गया हूँ.'

'जी? मैं समझा नहीं आपका मतलब.' इस बार चौंक पड़ा विजय.

'हाँ बेटा, जैसा लड़का मुझे चाहिए था, वैसा मिल गया है. लड़का अच्छा है. नेक पढ़ा लिखा और अच्छी नौकरी पर है. यह देखो उसका फोटो, तुम्हें दिखाने के लिए लाया हूँ.' जेब से एक फोटो निकाल कर विजय को देते हुए राधाकांत ने कहा.

विजय के माथे पर पसीने की बूँदें झलकने लगी. उसने बड़ी व्यग्रता से वह फोटो राधाकांत के हाथों से ले ली. फोटो देखते ही वह चौंक पड़ा.

'क्यों कैसा है लड़का? पसंद आया!' चश्मा आँखों पर लगाते हुए राधाकांत ने पूछा.

'लेकिन पापा, यह तो...!'

'हाँ, हाँ, मैं जानता हूँ यह फोटो विनोद की ही है. जिसने मेरी बेटी की जिंदगी बचाई है, मैं चाहता हूँ उस जिंदगी पर उसी का ही हक़ है.'

विजय कुछ न कह सका. प्रसन्नता के मारे उसके कंठ से स्वर ही नहीं निकल रहा था.

'इसलिए तो मैंने तुम्हें यहाँ भेजा था.' राधाकांत ने कुर्सी से उठते हुए कहा, 'अब दोनों का एक ही घर में रहना मैं अच्छा नहीं समझता था. तुम चुप क्यों हो गये?'

'मैं इस योग्य कहाँ...!'

'अच्छा, अच्छा अब बातें मत बनाओ. हाँ, सुनो, आज शाम को घर आ जाना. कविता ने बुलाया है.' कहते हुए राधाकांत बाहर निकल गये.

राधाकांत चले गये, लेकिन विजय विचारों के झुर्मुट में खो गया. कुछ देर पहले वह मायूस चेहरा अब प्रसन्नता से फूला नहीं समा रहा था. उसे याद आए कविता के वे शब्द जो उसने उस दिन झील के तट पर कहे थे, '*...मैं तुम्हारी हूँ विनोद, सिर्फ़ तुम्हारी. दुनियाँ की कोई भी ताक़त हमें एक दूसरे से अलग नहीं कर सकती.*' न जाने कितनी देर तक वह यूँ ही खड़ा रहता अगर टेलीफ़ोन की घंटी न बजती.

अब विजय और कविता दोनों प्रसन्न थे, अति प्रसन्न. अलग-अलग रहने में उन्हें अब कोई दुख नहीं था. इस विरह में एक मीठा दर्द, एक कसक सी उठती जो अंग-२ में सिहरन पैदा कर देती. कितना मज़ा था उस पीड़ा में भी. उन्हें अपना भविष्य सामने नाचता दिखाई देता और खो जाते अपनी भावी कल्पनाओं में. अपने भावी जीवन के ताने-बाने बुनने उन्होने आरंभ कर दिए.

राधाकांत दोनों को विवाह-सूत्र में शीघ्र ही बाँध देना चाहते थे. बड़ी कोशिशों से एक माह बाद यह शुभ दिन निश्चित हुआ. समय कम था. विजय के विवाह का सारा भार कविता के किसी दूर के संबंधी ने ही लिया. दोनों ओर से विवाह की ज़ोर-शोर से तैयारियाँ होने लगीं.

कविता का कहीं आना जाना भी बंद हो गया था अब. कई दिन हो गये थे चंचल से मिले. कई बार उसने उसके पास जाने का सोचा, लेकिन पापा हमेशा यह कह कर रोक देते, 'बेटा, थोड़े दिन ही तो और रह गये हैं, फिर मर्ज़ी जितना घूमना.' और वह लज्जा से सिर झुका देती. लेकिन आज तो चंचल स्वयं ही वहाँ आ धमकी.

'शादी क्या करवा रही हो, बस ईद का चाँद बन गई तुम तो!' आते ही प्यार भरी डाँट दे दी चंचल ने, 'इतने दिनों से आई क्यों नहीं?'

'इजाज़त ही न मिलती थी कहीं जाने की.'

'क्यूँ?' उसके निकट बैठते हुए चंचल ने पूछा और स्वयं ही उत्तर दे दिया जैसे वह समझ गई हो, 'ओह, समझी, कहीं मुस्कुराते चाँद को किसी की नज़र न लग जाए.' और एक हल्की सी .चपत उसके मुँह पर लगा दी. खिलखिला पड़ी दोनों.

'कैसे आना हुआ कुमारी जी का?'

'देवी जी को लेने आई हूँ.'

'क्यों?'

'काम है.'

'क्या?'

'कोई मिलने आया है.'

'मुझे? कौन?'

'यह सब बाद की बातें है. तुम जल्दी से तैयार होकर मेरे घर चलो, सब मालूम हो जाएगा.'

कविता ने फिर कुछ कहना चाहा, मगर चंचल बीच में ही बोल पड़ी, 'ओ हो, चिंता मत करो, वह तुमसे शादी नहीं करेगा.'

'लेकिन पापा...!'

'उनसे मैं छुट्टी ले लूँगी.' विवशताः कविता को उठना पड़ा. जल्दी-जल्दी तैयार होकर वह चंचल के साथ चल पड़ी. बाहर निकल कर उसने चैन की साँस ली. कितने दिनों बाद वह आज घर से बाहर आई थी.

चंचल के घर पहुँच कर उसके आश्चर्य की सीमा न रही. सामने उसके बचपन की सखी बैठी थी.

'अरे उमा, तुम!' कहते हुए कविता लिपट गई उससे, इतने वर्षों बाद उसने उसे आज यूँ अचानक देखा तो आश्चर्य और प्रसन्नता से कुछ बोल ही न पाई. कितनी देर यूँ ही एक दूसरे की बाहों में लिपटी रहीं. पास खड़ी चंचल जो हंस हंस कर उनका यह मिलन देख रही थी, उन्हें छुड़ाते हुए बोली, 'बस, भई, बस कोई देख लेगा तो क्या कहेगा.' फिर कविता की ओर इंगित करते हुए कहा,' तुम तो पराई होने जा रही हो, किसी से इस तरह मिलना ठीक नहीं.' और इस पर तीनों खिलखिला पड़ीं.

'तू यहाँ कैसे आई?' पास पड़ी कुर्सी पर बैठते हुए कविता ने पूछा. उमा से पहले ही चंचल बोल उठी, 'मेम साहिबा इन दिनों अपनी आंटी के यहाँ आईं हुईं है. कल शाम को जब मैने इन्हें मार्केट में घूमते हुए देखा तो इन्होंने नज़रें चुराने की कोशिश की. लेकिन बेचारी पकड़ी गईं.'

'ओह तो यह बात है! अरे उमा, तूने चुपचाप शादी कर ली, हमें खबर तक नहीं दी. कैसे हैं हमारे जीजा जी?'

उमा को अब भी बोलने का मौका न देते हुए चंचल ने कहा, 'यह भी कोई पूछने की बात है! हमारी उई-माँ को तो फर्स्ट-क्लास 'वो' मिले होंगे, शत-प्रतिशत सीधे सादे! बेचारे हर हुक्म बजा लाते होंगे साहिबा का. क्यों, ऐसे हैं न!' उमा ने कोई जवाब नहीं दिया. उसके चेहरे का रंग उड़ गया. एक ठंढी सी साँस ली उसने जिसे वे दोनों न देख पाईं.

'अच्छा, अब मैं तुम्हें एक खुश-खबरी सुनाती हूँ,' उमा की ओर देखते हुए चंचल ने पुनः कहा, 'आज से ठीक तीन दिन बाद हमारी यह कविता जी कुमारी से श्रीमती होने जा रहीं हैं.'

'अरे सच!!' अपने को संयत करते हुए उमा ने कहा. अपने अंतर-दुख पर काबू पाने की चेष्टा कर उसने हंसते हुए कहा, 'बधाई हो, कविता बहुत-बहुत बधाई हो.'

'जीजाजी नहीं आ...?'

'बारात यहीं से आएगी क्या?' उमा ने कविता की बात काटते हुए उससे पूछा. उत्तर में कविता ने सिर हिला दिया.

'जीजाजी...!' इससे पहले कि कविता उसी बात को पूरा करे, उमा उठ खड़ी हुई और 'अभी आई' कह कर बाहर चली गई. वह कुछ भी नहीं बताना चाहती थी अपने विषय में. कविता ने कई बार पूछने की चेष्टा की, किंतु हर बार वह टाल गई.

__________:o:__________

दिनों की प्रतीक्षा के बाद आख़िर वह दिन भी आ गया जिस दिन राधाकांत के घर शहनाईयां बजनी थीं. आज सुबह से ही घर में हलचल मची हुई थी. सभी अपने-अपने कामों में व्यस्त थे. वंदनवार सजाए गये थे. घर का कोना कोना बिजली के प्रकाश से जगमग कर रहा था. द्वार पर सवेरे से ही शहनाईयां बज रही थीं. राधाकांत बड़े प्रसन्न थे आज, विवाह की पूरी तैयारी में जुटे थे. कोई कसर न छोड़ना चाहते थे वे. जितना कर सकते थे उतना करने में कोई कमी न रखी, आख़िर उनकी इकलौती लड़की ही तो थी कविता. कितने वर्षों बाद आज ही तो खुशी का दिन आया था. वे ऐसे खुश थे जैसे उनके बेटे का विवाह हो रहा हो. लेकिन उनके चेहरे पर जितनी प्रसन्नता थी, उतना विषाद भी था. कविता उनकी है, लेकिन है तो पराई अमानत ही न! आज उसके हाथ पीले हो जाएँगे, कल वह ससुराल चली जाएगी. फिर वे अकेले ही रह जाएँगे इतने बड़े घर में. अकेले, बेसहारा. बुढ़ापे का संबल भी उनसे छिन जाएगा आज. काश! आज कविता की माँ जिंदा होती. कितने वर्ष हो गये है उसे काल का शिकार हुए. कविता नन्हीं बच्ची थी जब लक्ष्मी उसे छोड़ कर चल बसी थी.

लक्ष्मी का मुस्कुराता चेहरा उनकी आँखों के सामने आ गया. आँखें भर आईं और छलक पड़ा एक अश्रु-बिंदु भी गालों पर. अचानक पास वाले कमरे से हँसी की आवाज़ आई. राधाकांत चौंक पड़े. विचार-तंद्रा टूट गई. जल्दी से भीगी आँखें पोंछी,

स्वयं को संयत किया और उस कमरे की ओर चल दिए जहाँ कविता अपनी सखियों के साथ बैठी थी.

'कुछ चाहिए, बेटा?' उन्होनें विमला से पूछा.

'नहीं, अंकल.' कविता की ओर देखते हुए चंचल ने कहा, 'अब तो बस एक दूल्हा चाहिए.' और सभी खिलखिला पड़ीं. राधाकांत भी हँसे बिना न रह सके. बच्चों की चंचलता पर मुस्कुराते हुए वे कमरे से बाहर आ गये.

कविता नयी परिणीता के वस्त्रों और आभूषणों से सजी बैठी थी. सवेरे से ही उसकी सखियाँ उसे घेरे हुए थीं. बारात आने में अभी थोड़ी देर शेष थी. घर में आने वालों का ताँता बढ़ता ही जा रहा था और साथ ही बढ़ता जा रहा था उन चंचल सखियों का गुदगुदा देने वाला हँसी मज़ाक. रह रह कर हँसी की फुलझड़ियाँ फूट पड़ती थी.

'अरे कविता, कैसे हैं 'तेरे वो'?' उमा ने छेड़ते हुए कविता से पूछा.

'अरे क्या कहना है!' चंचल बीच में ही बोल पड़ी, 'मस्ती भरी बांकी चितवन, लंबी पतली नाक, गुलाबी ओंठ...!'

'ये तो औरतों जैसे लक्षण हैं.'

'अरे तो वह औरत से कम थोड़े ही हैं. बिल्कुल सीधे बेचारे. कविता जिधर रस्सी घुमाएगी, उधर ही घूम पड़ेंगे. अहा, क्या नज़र पाई है. आँखों से ऐसे तीर बरसते हैं कि देखने वाला तो एक बार घायल हो जाए.'

'तू भी कभी घायल हुई है?' विमला ने हंसते हुए पूछ लिया.

'शुक्र है - बच गई मैं तो, यह जो हो गई है घायल!' कविता की ठोढी पकड़ते हुए चंचल ने कहा.

'तब तो कविता बी, पहले उनकी तस्वीर दिखा दो.' रोशन ने उसके बालों में अपनी ऊँगली घुमाते हुए कहा.

'तो इन आँखों में झाँक कर देखो न जहाँ हमेशा उनकी तस्वीर रहती है.' विमला कविता की ओर देख हंस पड़ी

'चल हट शरीर कहीं की.' और लजा गई कविता.

बाहर धीरे-धीरे शोर बढ़ता जा रहा था. बज रही शहनाईयों का स्वर भी अब तेज हो गया था. बारात आ गई थी. सभी खिड़की की ओर भागने लगे. कविता की सखियाँ भी कमरे से बाहर आ गईं, उसके होने वाले पति की पहली झलक देखने के लिए. लेकिन उमा वैसी की वैसी बैठी रही कविता के पास. उसका दिल न जाने क्यों बैठा जा रहा था.

हृदय में एक हूक सी उठने लगी. ज्यों-ज्यों बाहर शोर बढ़ता जा रहा था, उसके दिल की धड़कन भी वैसे-वैसे तेज़ होती जा रही थी.

'अरे उमा, तुम यहाँ बैठी हो, मैं तुम्हें बाहर ढूँढ रही हूँ कब से!' बाहों से पकड़ते हुए रोशन ने कहा, 'आओ, तुम्हें तुम्हारे होने वाले जीजाजी दिखाऊँ.'

'तुम जाओ, मैं बाद में देख लूँगी. कविता अकेली रह जाएगी.'

'इसे अकेले ही थोड़ी देर शहनाईओं की आवाज़ सुनने दो. कविता बी, अगर इज़ाज़त हो तो हम जाएँ?' और बिना उत्तर की प्रतीक्षा किए रोशन उमा को लेकर बाहर चली गई.

उमा ने देखा वंदनवारों से सजाए गये द्वार के पास लोगों की काफ़ी भीड़ लगी हुई थी. अपना-अपना काम छोड़ सभी उत्साह पूर्वक उधर देख रहे थे. शहनाईयों का स्वर अब थम चुका था. शायद दुल्हे को अंदर लाया जा रहा था. उमा कुछ देर तक खड़ी यह दृश्य देखती रही. पर अधिक देर वहाँ न रुक सकी. उसने धीरे-धीरे अपना हाथ रोशन के हाथ से छुड़ाया और कुछ दूर अंधेरे में एक कोने मे पड़ी कुर्सी पर बैठ गई. कुर्सी से सिर टिका कर आँखें बंद कर लीं जैसे इस दुनियाँ से बिल्कुल बेख़बर हो जाना चाहती थी.

उसके दिल की धड़कन बढ़ने लगी. उसे याद आया वह दिन जब ऐसी ही भीड़ उसके घर भी इकट्ठा हुई थी. ठीक ऐसा ही शोर था लोगों का. सारे घर में शहनाईयों की आवाज़ गूँज रही थी. कितनी खुश थी वह स्वयं भी मन ही मन. कविता के विनोद की भाँति उसका भी तो विजय आया था उसे लेने. लेकिन...लेकिन पाकर भी पा न सकी उसे. वह उसे छोड़ कर चला गया. निर्मोही - न जाने कहाँ.

उमा क्षुब्ध हो उठी. बंद आँखों में टप-टप आँसुओं की बूँदें गिरने लगीं. लेकिन उसने उन्हें रोका नहीं, गिरने दिया. वह आज खूब रो लेना चाहती थी ताकि उसके मन की व्यथा कुछ कम हो सके. वह रोती रही, आँसुओं से उसके कपड़े तर होते रहे.

'अरे वाह, हम तो कब से उमा-उमा कर रहे थे और उमा जी यहाँ बैठी है.' कुछ देर बाद चंचल का स्वर सुनाई दिया जो रोशन के साथ तेज़ी से उमा की ओर बढ़ी चली आ रही थी. उमा ने झट से आँखें पोंछी.

'तुम यहाँ अकेली क्या कर रही हो?'

'थक गई थी वहाँ खड़े-खड़े, यहाँ आकर बैठ गई.'

'अच्छा, आ चलें, तुम्हारे जीजाजी ऊपर आ पहुँचे हैं.' रोशन ने कहा और हँसती हुई उमा का हाथ पकड़ कविता के कमरे की तरफ चली गई. कमरे में बहुत ज़्यादा भीड़

थी. रोशन उमा और चंचल के साथ लोगों को धकेलते हुए आगे पहुँच गई. कविता और दूल्हे की पीठ इनकी ओर थी. सामने बैठा पंडित मंत्रोचारण कर रहा था.

'अरे रे, हम कहाँ आ गये. यहाँ तो इनकी पीठ के सिवा और कुछ दिख ही नहीं रहा.' चंचल ने अपने खिसकते आँचल को कंधे पर डालते हुए कहा.

'दूल्हे भाई, ज़रा मुँह हमारी ओर करके बैठो न.' रोशन गंभीरता से बोली और उसके कंधे पर सुई चुभो दी. चुहक पड़ा विजय. पंडित ने रोशन की इस हरकत पर भवें तान लीं और हाथ से शांत रहने का संकेत किया. मंत्रोचारण के बीच में ही उसने जल्दी से कहा, 'इधर आ जाओ.' और तल्लीन हो गया अपने काम में. लेकिन रोशन को वहीं बैठता देख उसने फिर संकेत किया.

'हूँ, पंडित भी बोर कर रहा है.' रोशन ने माथे पर बल लाते हुए धीरे से उमा के कान में कहा. कविता के कानों तक यह बात पहुँच गई. हँसी आ गई उसे भी.

तीनों पंडित के पीछे जाकर बैठ गईं. अब वे दोनों को बड़े आराम से देख पा रहीं थीं. उमा ने देखा एक सुडौल, सुंदर शरीर वाला व्यक्ति बैठा था कविता के पास. यही था विनोद, कविता का पति. उसका चेहरा फूल-मालाओं से ढका हुआ था. लेकिन फिर भी उसके गोरे हाथों और चौड़े भाल को देख कर उसने अनुमान लगाया कि विनोद सुंदर भी कम न होगा. उमा कल्पना-सागर में खो गई, 'कितनी भाग्यवान है कविता,' उसने सोचा, 'कितना सुंदर पति पाया है इसने.'

पंडितजी के मंत्र समाप्त हुए. विजय के चेहरे पर बँधा पुष्पावरण हटाया गया. फूल-माला हटते ही उमा चौंक उठी. उस पर जैसे बिजली गिर पड़ी. सन्न रह गई वह.

'विजय!' सहसा उसके होंठ काँपे. अवाक रह गई वह. विस्फारित नेत्रों से कभी कविता को देखती और कभी विजय को. क्या यह सच है?

'नहीं, नहीं, मेरा भ्रम है यह,' उसने सोचा, 'भला यहाँ विजय कहाँ? उसे विश्वास नहीं हो पा रहा था जैसे. उसने आँखें मलीं और फिर गौर से देखा विजय की ओर, 'नहीं, नहीं विजय ही है. विजय. बिल्कुल वही सूरत, वही शक्ल, वही छोटी-२ मूँछें, होंठों के नीचे बाईं ओर काला तिल भी है.' उसे विश्वास हो गया - यह विनोद, विजय ही है. विजय उसका पति, पहचान लिया उसने अपने पति को.

उसने देखा कविता वर-माला लिए उसकी ओर बढ़ रही थी. उमा न देख सकी यह दृश्य. फफक पड़ी वो और भाग गई जल्दी से पीछे की ओर. वह पास वाले कमरे में चटखनी लगा कर गिर पड़ी बिस्तर पर. कमरे का शांत वातावरण सिसकिओं से भर गया. उमा सिसकती रही तकिये में मुँह छुपाए. तकिया आँसुओं से भीग चला था. सहसा

उसने सिर उठाया, तकिये से आँसू पोंछे, पास वाले कमरे का दृश्य याद आ गया, तड़प उठी वह.

उसका पति कविता का पति!

उसे लगा कविता उससे उसका पति, उसका जीवन, उसके अरमान छीने जा रही थी. कविता के प्रति घृणा होने लगी. लेकिन कविता का भी क्या दोष? उसने तो कभी उमा के पति को देखा तक नहीं. उसके जीवन से खिलवाड़ किया जा रहा था. क्या वह अपनी आँखों के सामने ही अपना जीवन उजड़ता देखती रह सकती है? नहीं, कभी नही. अपने अरमानों का गला घुटते वह नहीं देख सकती. अपना हक़ दूसरों को नहीं दे सकती.

उमा झट दरवाज़ा खोल कमरे से बाहर आ गई. देखा वहाँ कोई नहीं था. सभी मंडप के पास खड़े थे, उस मंडप के पास जहाँ उसका जीवन लुट रहा था, उसका भाग्य उजड़ रहा था और लोग देखे जा रहे थे यह सब. वे खुश थे, प्रसन्न थे.

'नहीं, नहीं, उमा यह सब न होने देगी. वह अभी सब को बता देगी कि यह विनोद नहीं, विजय है. विजय, उसका पति, जिस पर केवल उसका अधिकार है. उसके जीते-जी उसका यह अधिकार कोई नहीं छीन सकता.' उमा भाग कर शीघ्रता से वहाँ पहुँच गई. उसने देखा, कविता की जयमाला उसके पति के गले में डल चुकी थी. अब वह कविता का हो चुका था और कविता उसकी. दोनों बँध गये थे जीवन के बंधन में एक दूसरे के साथ. उमा का हृदय चीत्कार कर उठा.

मन की आग भड़क उठी. लोगों को धकेलती वह आगे बढ़ने लगी. विजय के गले में पड़ी कविता की जयमाला तोड़ देना चाहती थी, कविता को नोच लेना चाहती थी. विजय का सारा भेद खोल देने का निश्चय कर लिया उसने. एक भयानक दृढ़ता के साथ वह तेज़ी से आगे बढ़ी. लेकिन विजय के करीब पहुँच कर उसके कदम ठिठक गये. उसका बिछुडा पति उसके सामने खड़ा था. वह कुछ देर स्तब्ध खड़ी उसे देखती रही. अचानक उसे अपने निश्चय का ध्यान आया. वह एक कदम और आगे बढ़ गई. विजय की ओर उसने हाथ बढ़ाया.

'नहीं, नहीं ऐसा नहीं कर सकती मैं. इस समय अपने पति की नकाब नहीं उतार सकती.' उमा बुदबुदाई. उसने अपना हाथ वापिस खींच लिया और तेज़ी से भीड़ के बाहर आ गई. हृदय विक्षिप्त हो उठा. आँखों से आँसुओं की अविरल धारा बह निकली.

****

रात काफ़ी जा चुकी थी. चारों ओर नीरवता फैली हुई थी. गैलरी के उस पार तक अंधेरा ही अंधेरा था. लेकिन कहीं-कहीं चंद्रमा का प्रकाश गैलरी के खंभों से टकराता हुआ फर्श पर फैल रहा था. चंद्रमा के इस धवल प्रकाश से अपने को बचाती हुई एक छाया कमरे पर कमरे लाँघती तेज़ी से चली जा रही थी. चलते-२ वह कुछ देर के लिए रुक जाती. इधर-उधर देखती और किसी तरह की आहट न पाकर वह फिर आगे बढ़ जाती. थोड़ी दूर जाकर अचानक वह छाया एक कमरे के आगे रुक गई. कमरे के दरवाज़े को उसने हल्का सा धक्का दिया. दरवाज़ा खुला नहीं, शायद अंदर से बंद था. छाया शीघ्रता से कमरे के पृष्ठ भाग की ओर मुड़ कर खिड़की के पास गई. उसने खिड़की की ओर हाथ बढ़ाया. खिड़की खुली थी. बाहर चारों ओर अंधेरा था. उसने इधर-उधर देखा और किसी तरह की आहट न पाकर तेज़ी से खिड़की के अंदर कूद गई.

कमरे के अंदर खिड़की से कुछ परे हट कर दो पलंग एक दूसरे से सटे हुए पड़े थे. एक खाली था और दूसरे पर विजय 'साइड लैंप' की रोशनी में लेटे-लेटे कोई किताब पढ़ रहा था. खिड़की से किसी के कूदने की आवाज़ सुन कर वह चौंक पड़ा. लैंप-शेड को ऊँचा करके घबराई आवाज़ में उसने पूछा, 'कौन?' तब तक वह छाया उसके पास पहुँच चुकी थी. लैंप की रोशनी में उस छाया को देख चौंक उठा वह और घबरा कर पलंग से उछल कर नीचे आ खड़ा हुआ. माथे पर पसीने की बूँदें झलकने लगीं. लेकिन उसने स्वयं को संयत करने की चेष्टा की.

'त..त...तुम! तुम...य..य.. यहाँ? आ...ऽ...ऽ...प कौन?' हकलाते हुए विजय ने पूछा.

'ओह, भूल गये मुझे?' छाया विजय के और निकट आ गई. 'विजय, पहचानो, मैं हूँ तुम्हारी उमा.'

'म...माफ़ करिए, मैं वो नहीं जो आप समझ रही हैं. मुझे विजय नहीं, विनोद कहते हैं. मैं विनोद हूँ. आपको शायद ग़लत-फ़हमी हो गई है.' थोड़ी देर रुक विजय ने फिर कहा, 'लगता है आप कविता की सहेली हैं.'

'जी हाँ, मैं कविता की सहे...'

'और आप अपने कमरे में जा रही थीं, लेकिन बाहर अंधेरा होने के कारण ग़लती से दूसरे कमरे में आ गईं.' विजय ने तेज़ी से कहा, 'खैर, कोई बात नहीं, आइए, मैं आप को कमरे तक छोड़ आऊँ.' कहते हुए विजय आगे बढ़ा और उसने दीवार में लगा बिजली का बटन दबा दिया. कमरे में प्रकाश फैल गया

'जी नहीं, मैं ठीक जगह पर आई हूँ. मुझे तुम्हीं से बात करनी है.' कुछ तेज स्वर में उमा ने कहा.

'मुझसे बात करनी है? इतनी रात गये?' विजय मुस्कुरा पड़ा, 'जैसे कविता, वैसे कविता की सहेली.'

'कविता की सहेली...अपनी बीवी कहते शर्म आती है क्या, मिस्टर विजय?'

'ओह, फिर आप मुझे ग़लत समझ रहीं हैं. मैंने आपको कहा न कि मैं विजय नहीं, विनोद हूँ.'

'मैं यही तो तुम्हें बताने आई हूँ कि तुम विनोद नहीं, विजय हो. दुनियाँ की नज़रों में तुम अपने को कितना ही छुपा लो, लेकिन मेरी आँखें धोखा नहीं खा सकतीं. विनोद बन कर तुम सिर्फ़ मेरी ज़िंदगी से ही नहीं खेले, बल्कि भोली-भाली कविता की ज़िंदगी से भी खिलवाड़ किया. उसे भी अपने धोखे का शिकार बनाया. विनोद के रूप में तुमने मुझे ही नहीं, कविता को, उसके पिता और यहाँ तक कि अपने को भी धोखा दिया. तुमने देखा कविता एक अमीर बाप की एकलौती बेटी है और सुंदर भी, उसे धोखे में डाल, बहुरुपिया बन उसे अपने चंगुल में फँसाने के लिए विजय से विनोद बने. लेकिन कल अगर वह भी मुझ जैसे बदसूरत हो....!'

'अपनी बकवास बंद करो.' विजय चिल्ला पड़ा. किंतु उमा पर इसका कोई असर नहीं हुआ. उसने बिना रुके कहा, 'लेकिन आख़िर तुमने यह धोखा क्यों किया, विजय क्यों? कविता को अपनाने से पहले तुमने क्यों नहीं सोचा कि तुम मेरी ज़िंदगी से खेल रहे हो. तुमने शायद यह भी न सोचा कि अगर मैं तुम्हारे धोखे का भंडा फोड़ दूं तो तुम लोगों को कैसे मुँह दिखाओगे?'

'कमीनी, जलील, तुम्हें मर जाना चाहिए.' विजय क्रोध से काँपने लगा. गुस्से से उसके नथुने फूल गये और उसने दो-चार थप्पड़ उमा के मुँह पर लगा दिए. उमा लड़खड़ा कर बिस्तर पर गिर गई. इसके साथ ही खिड़की से बाहर विजय ने एक चीख सुनी. उस सन्नाटे में एक शोर उठा और विजय झट से खिड़की के पास आया. परदा उठा कर उसने बाहर की ओर इधर उधर देखा. दूर-२ तक अंधेरे के सिवाय उसे कुछ दिखाई नहीं दिया.

विजय क्रोध से कांपता हुआ उमा के पास लौटा. दाँत पीसते हुए उसने कहा, 'इससे पहले कि लोगों को इस विषय में कुछ भी मालूम हो, तुम्हें मर जाना चाहिए.' और उसने उसे पैरों की ठोकर से नीचे धकेल दिया.

'मार लो, पीट लो, ठुकरा लो, अपने सभी अरमान पूरे कर लो.' उमा ने सिसकते हुए कहा, 'तुमने ठीक कहा, मुझे मर जाना चाहिए. इस दुनियाँ में जीने का मुझे कोई ह्क नहीं. पहले मैने सोचा था कि तुम्हारे मुँह पर पड़ी धोखे की यह नकाब उठा कर दुनियाँ को तुम्हारा असली रूप दिखाऊँगी, लेकिन एक पत्नी अपने पति का अपमान नहीं देख सकती.' कहते हुए उमा उठ खड़ी हुई, 'अब और नहीं जीना चाहती इस दुनियाँ में. मैं

जा रही हूँ, अपनी उस मंज़िल की ओर जहाँ से मेरे ये पाँव लौट कर कभी न आ सकेंगे.' उमा कुछ देर रुकी, फिर बोली, ' लेकिन भगवान से हमेशा मेरी आत्मा की यही प्रार्थना रहेगी कि तुम दोनों की जोड़ी बनी रहे, फलती-फूलती और बढ़ती रहे.' खिड़की के पास पहुँचते हुए उमा ने कहा, 'अच्छा तो विदा, मेरे प्राणनाथ, विदा.'

उमा ने आँखों में छलक आए आंसूओं को साड़ी से पोंछ कर हाथ जोड़े और खिड़की से बाहर कूद कर अंधेरे में विलीन हो गई. विजय यूँ ही खड़ा रहा अवाक, निस्तेज.

नीचे लॉन में फैले प्रकाश से अपने को बचाती उमा तेज़ी से दरवाज़े के बाहर आ गई. उसने पीछे मुड़ कर देखा, उस हवेली में दूर तक कोई नज़र नही आ रहा था सिर्फ़ सन्नाटे के. सब सो रहे थे सुख की नींद. एकाएक फाटक के बाहर लगे बिजली के खम्बे की ओट में वो खड़ी हो गई. उसने माथे पर आया पसीना पोंछा और खम्बे से पीठ टिका शरीर को ढीला छोड़ दिया. थक गई थी वह - शायद जीवन से भी. जीवन बोझ बन गया था. वह स्वयं अपने लिए बोझ बन चुकी थी. अब जीने का लाभ भी क्या था. उसकी जीवन-नैया की पतवार बीच मझधार में ही उसके हाथ से निकल गई थी. समुद्र के भयानक थपेड़ों को सहना उसकी शक्ति से परे था. समुंदरी लहरों पर अपनी पतवार हीन जीवन नैया को छोड़ देने की बजाय उसे डुबो देना ही उसके लिए अच्छा था.

विचारों में डूबी उमा एक आहट पा चौंक पड़ी. उसने फाटक की ओर देखा, कुछ दिखाई न दिया. उसने करवट बदल ली. चंद्रमा के प्रकाश की एक क्षीण रेखा उसके चेहरे पर पड़ी. काली साड़ी और काले ब्लाऊज में उसका चेहरा ऐसा लग रहा था जैसे नीचे ज़मीन पर फैली चंद्रमा की धवल चाँदनी.

वह किधर जाए? उमा सोच रही थी अपनी मंज़िल जहाँ से वापिस न आ सके. वह कुछ देर यूँ ही खड़ी रही. फिर उसकी आँखें चमक उठीं. एक निश्चय की झलक स्पष्ट दिखाई दे रही थी उनमें. स्थिर होकर उसने फिर पीछे मुड़ कर देखा, कोई भी न था. सामने सड़क पर भी दूर तक सन्नाटा छाया हुआ था.

साड़ी के किनारे को दाहिने हाथ में उलझा वह मकान के पीछे दाईं ओर मुड़ गई. मकान के पीछे, ठीक आधा मील दूर वह ऊँचा सुनसान टीला और उस टीले के नीचे बहती गहरी झील. यही थी उसकी मंज़िल.

उमा तेज़ी से बढ़ी जा रही थी उस टीले की ओर. ज़िंदगी मौत को गले लगाने जा रही थी. टीले से थोड़ी ही दूर रह गई थी वो.

'उमा!' पीछे से एक पतली आवाज़ आई जो सन्नाटे हो चीरती हुई दूर खंडहरों से टकरा कर कहीं विलीन हो गई. उमा क्षण भर के लिये ठिठकी, उसने पीछे मुड़ कर देखा. एक छाया तेज़ी से उसके पीछे आ रही थी. वह और भी तेज़ी से टीले पर चढ़ने

लगी और कुछ ही क्षणों में वह वहाँ पहुँच गई. टीले की चोटी पर खड़े होकर उमा ने देखा झील का पानी दूर-दूर तक फैला हुआ था. चाँदनी झील में फैली हुई थी और पानी की उठती लहरें चंद्रमा की किरणों से रह-२ कर चमक उठती थीं. उमा ने ऊपर आकाश की ओर देखा. एक छोटी सी काली बदली तेज़ी से चंद्रमा की ओर बढ़ रही थी. टीले और झील में केवल एक छलाँग का अंतर था. जिंदगी और मौत के बीच भी एक ही छलाँग का फासला रह गया था. सिर्फ़ एक छलाँग. बस. और फिर सब कुछ ख़त्म. पानी ही पानी.

'उमा!!' एक और आवाज़ आई पीछे से और झील की गहराई में विलीन हो गई. यह विजय की आवाज़ थी. उमा के गंभीर चेहरे पर मुस्कान की एक हल्की सी रेखा उभरी. लेकिन अब उसने मुड़ कर देखा नहीं. बदली ने चंद्रमा को अपने में छिपा लिया था. अब चारों ओर अंधेरा ही अंधेरा था. झील की चमकती लहरें अब अंधेरे के परदे में छिप गयी थीं. इस अंधकार में नीरव झील में एक ज़ोर की आवाज़ हुई - 'छप्प', जैसे किसी ने ऊपर से बहुत बड़ा बोझ फैंक दिया हो पानी में.

और इस आवाज़ के साथ ही किनारे की ओर उस शांत वातावरण में एक चीख उठी और झील में जैसे एक ज़ोर का धमाका हुआ, वह तेज, बारीक चीख रात के सन्नाटे में गूँज उठी. वातावरण में एक शोर उठा, दूसरे ही क्षण विजय हांफता हुआ वहाँ आ पहुँचा.

'उमा!' वह चिल्लाया और उसके हाथ में पकड़ी टॉर्च का प्रकाश अंधेरे में इधर-उधर फैलने लगा.

'कविता!!' काँपती आवाज़ में वह फिर चिल्लाया. लेकिन कोई उत्तर न मिला. उसकी टॉर्च का प्रकाश टीले के पत्थरों से टकराता झील में जा पहुँचा. अब तक चाँद भी बदली की ओट से बाहर आ गया था. झील फिर चमक उठी. उसका पानी वेग से हिल रहा था. उसमें ऊँची-ऊँची तरंगें उठ रही थीं. उस चाँदनी में विजय ने देखा पानी में बीचों बीच कुछ बहा जा रहा था.

'कविता!' विजय ज़ोर से चिल्लाया और वह झील की ओर भागा. टीले से थोड़ा नीचे उतर कर वह झील में कूद पड़ा. कविता पानी की गहराई में नीचे होती चली जा रही थी. उसके शरीर का अब थोड़ा सा हिस्सा ही पानी के ऊपर दिखाई दे रहा था. विजय तेज़ी से हाथ पाँव मारने लगा. लेकिन वह जितना आगे बढ़ता, उतना ही लहरें कविता को आगे धकेल देतीं. जीवन और मृत्यु में संघर्ष चल रहा था. और जब वह कविता के पास पहुँचा तो वह पूरी डूब चुकी थी. केवल उसका हाथ ही पानी की ऊपरी सतह पर तैर रहा था. कठिनता से विजय ने उस हाथ को मजबूती से अपनी ओर खींचा और धीरे-धीरे उसके पूरे शरीर को ऊपर उठा लिया.

कविता के शरीर को पानी से बाहर निकाल किनारे पर ले आया विजय. वह बुरी तरह हाँफ रहा था. उसने कविता को पेट के बल ज़मीन पर लिटा दिया. उसे ध्यान से देखा. उसमें अभी प्राण शेष थे. साँस धीरे-धीरे चल रही थी. विजय उसकी हथेलियाँ और पैर रगड़ कर उसे होश में लाने की कोशिश करने लगा. थोड़ी मेहनत के बाद ही कविता के शरीर में हरकत हुई. दर्द से कराहते हुए उसने अपनी पथराई आँखें खोलीं. विजय के चेहरे पर मुस्कुराहट खेल गई.

'कविता!' धीमे स्वर में उसने कहा और उसके सिरहाने आ गया. धीरे-धीरे उसके होंठ हिले. शायद कुछ कहना चाहते थे. विजय ने उसे सीधा लिटा दिया और उसकी ओर झुक गया.

कविता कराहते हुए धीमे स्वर में बुदबुदाई, विज..य...तुम....हा..री....उ....मा. .इस.. .झी...ल में...स...मा....ग..ई है...औ...औ...र...'

और उसका सिर एक ओर लुढ़क गया. विजय चिल्ला उठा, 'कविता!' लेकिन कविता सब बंधन तोड़ कर जा चुकी थी, उससे दूर, बहुत दूर.

विजय ने झील की ओर देखा. उमा को अपने गर्भ में छिपा वह अब शांत थी. लहरें खामोश थीं.

****

हत्या

'कितना प्यारा मौसम है!' कहते हुए रीना ने अपने सैंडिल से मेरे पाँव को दबा दिया जैसे मैं महसूस ही न कर रहा हूँ कि मौसम कितना अच्छा है. मगर यह सच ही तो था कि मैं अपने में नहीं था उस वक़्त. मैं कहीं और था. पाँच साल पहले के स्मृति-जाल में कहीं भटक रहा था. रींनू के पाँव से झींझोड़ते ही मैं फिर यहीं लौट आया था. उसकी बात से चौंक कर मैंने ऊपर आसमान की ओर देखा. मौसम वास्तव में सुहाना था. आकाश का पश्चिमी छोर गुलाबी हो रहा था. डूबते सूर्य की हल्की सी आभा प्राची में फैली हुई थी और घिर आती शाम के साथ-२ ठंडी हल्की हवा वातावरण को रोमांटिक बना रही थी.

मैने चारों ओर नज़र दौड़ाई. पार्क में काफ़ी लोग बिखरे हुए थे जो दिन भर की घुटन और गर्मी से राहत पाने के लिए यहाँ आकर चेंज महसूस कर रहे थे. इनमें हमेशा की तरह अधिकांश महिलाएँ और बच्चे थे. महिलाएँ दो तीन के समूह में बैठी बातों में व्यस्त थीं और बच्चे अपने खेलों में मग्न.

हमारे पास ही चार-पाँच बच्चे एक दिलचस्प खेल खेल रहे थे. उनमें से दो बच्चों ने मेरा ध्यान अपनी ओर आकर्षित कर लिया. बाकी बच्चों से ज़्यादा नटखट और चंचल लगे मुझे और मैं देर तक उनकी चंचलता को देखकर मन ही मन मुस्कुराता रहा और जब नहीं रहा गया तो बरबस रीनू से कह बैठा -

'और ये बच्चे कितने प्यारे हैं!' मैने रीनू की ओर देखा. वहाँ रीनू नहीं थी. उसके स्थान पर कनक खड़ी थी जो मुस्कुरा रही थी उन बच्चों को देखकर.

'हाँ कपिल, सचमुच बहुत चंचल हैं ये बच्चे.'

उसने मेरा हाथ पकड़ कर मुझे अपने पास ही हरी-२ दूब पर बिठा दिया था. ऐसा करते हुए उसकी साड़ी का छोर कंधे से खिसकते हुए हम दोनों के हाथों पर आ रुका था.

मैं कनक की ओर देख रहा था और कनक बच्चों की ओर.

'हमारे बच्चे भी ऐसे ही होंगे, कन्नी.' मेरे हाथ ने उसके हाथ को थोड़ा दबा कर जैसे मेरे दृढ़ निश्चय को प्रकट किया, 'मगर उनका रंग ऐसे गोरा-चिटा नहीं होगा. हम दोनों के रंगों का मिश्रण, कुछ गेहुंआ होगा, ठीक वैसा जैसा उस लड़की का है न, जो वहाँ

तीसरे नम्बर पर खड़ी है.' उन बच्चों के साथ खेल-पंक्ति में खड़ी एक नन्हीं सी लड़की की ओर इशारा करते हुए मैंने कहा, जिस पर कनक कुछ लजा गई थी. बोली, 'अच्छा छोड़ो बेकार की बातों को. कुछ और बात करो.' और उसने साड़ी के छोर के नीचे ढके मेरे हाथ पर ज़ोर से चिकोटी भर दी. हम फिर उन बच्चों का खेल देखने लगे.

तभी अचानक एक ज़ोर की हँसी ने मुझे चौंका दिया. पास बैठी रीना ज़ोर से हंस रही थी. सामने खेल रहा बच्चा, जो घोड़ा बना हुआ था और जिसके ऊपर से बाकी बच्चे फाँद रहे थे, एक बड़े से लड़के का भार न सह सकने के कारण नीचे गिर गया था. उसी को देख कर रीना को हँसी आ गई थी.

मुझे याद आया कि मैं रीना के साथ बैठा हूँ. इस पार्क में जहाँ रीना पहली बार आई है और मैं पाँच साल से इसके चप्पा-२ से परिचित हूँ. सामने दाईं ओर लगा पेड़ और उसके नीचे सीमेंट की बेंच हम दोनों, कनक और मेरे बीच हुई सारी बातें जानते हैं, हमारी कोई भी बात उनसे छुपी नहीं है. हम जो भी बातें करते, हमारे बीच की यह सीमेंटिड ठोस बेंच उन्हें अपने में सोख लेती और हम दोनों के बीच हुई बातों और वादों की साक्षी बन ही गई.

रीना मेरी पत्नी है और हर पत्नी का एक पति होता है, वैसा ही मैं भी एक पति हूँ. रींना का पति. मगर हम दोनों के दायरे सीमित हैं और अलग-२ भी. कभी-कभी तो लगता है जैसे हम दोनों का जीवन अलग-अलग है, हमारा जीवन-लक्ष्य भिन्न है. एक जीवन-सूत्र में बँधे होने पर भी एक अलगाव है, जैसे सूत्र बिखर गये हों और हम बंधन मुक्त हो गये हों.

रीना को खुश रखने का प्रयत्न करता हूँ. उसे यह आभास नहीं होने देना चाहता कि मैं उससे कुछ भी छुपाता. हर छोटी-२ घटना से उसे अवगत करा देता हूँ ताकि मेरे मन में मेरे जीवन का जो एक सबसे बड़ा भेद छुपा है, उसकी भनक कहीं रीना को न लग जाए. इसलिए हर साधारण सी बात से उसे हमेशा के लिए उससे छुपा देना चाहता हूँ. रीना जैसी पत्नी से कुछ भी छुपाना उससे विश्वासघात करना है. परन्तु यदि ऐसा न करूँ तो न सिर्फ़ एक जीवन की खुशियों की आहुति देनी होगी, बल्कि यह अनखुला रहस्य तीन-२ ज़िंदगियों पर नासूर बन कर उन्हें हमेशा अपनी आग में जलाता रहेगा. अपने जीवन में शायद यही मैने सबसे बड़ा पाप किया है और इसी पाप के लिए मेरी आत्मा मुझे बार-२ धिक्कारती है और मैं अपनी आत्मा के आगे सिर झुका कर जैसे प्रायशचित कर लेता हूँ. किन्तु फिर भी मैं इस बात का गर्व अनुभव करता हूँ कि कनक के प्रति मैं हमेशा वफ़ादार रहा हूँ.

कनक मेरे जीवन का वह शोला है जिसकी चमक के सहारे मैं अपने अंधेरे जीवन में रास्ता ढूंढता आया हूँ, एक ऐसी शबनम है जो मेरी जिंदगी की कड़वाहट की उष्मा को नम करती आई है.

कनक हवा के एक ठंडे झोंके की तरह मेरे जीवन में आई और धीरे-२ तूफान बनती चली गई. मगर इससे पहले कि यह तूफान मेरी जीवन-परिधि से अपने वेग से बाहर निकल पाता, मैं स्वयं उसके पीछे-२ भागने लगा. उसमें न मालूम कौन सी चुंबकीय शक्ति थी जो अब भी कम नहीं हुई है कि मैं उसके पीछे खिंचता चला गया. मेरा तन मन, मेरी आत्मा सब उसी में खोने लगे. मेरी हर साँस, हर धड़कन कनक की स्मृति से भीगे हुए थे. इसलिए मैने उसे 'टायफून' की संगया दी. वह सचमुच सागर में उठने वाले उस तूफान की तरह थी जो रास्ते में आई हर चीज़ को अपने में समाता चला जाता है.

मगर मैंने कनक को अपने निकट उस दिन पाया जब एक हफ्ते के बाद घर लौटा था. आफ़िस से एक हफ्ते की छुट्टी लेकर अपने मित्र के निमंत्रण पर उसके पास बाहर गया हुआ था. इस बीच न मैं कनक से मिल सका और न ही उससे बात कर सका था. वह मेरे आने की उत्सुकता से प्रतीक्षा करती रही थी. निश्चित तारीख को मैं घर लौटा. बीस घंटे की निरंतर यात्रा की थकान को दूर करने के लिए नहा-धो कर मैं सो गया. शाम हो चुकी थी, मगर बदन अब भी चूर था. अलसाई आँखों से पड़ा रहा. तभी मुझे लगा जैसे कोई मेरे बिस्तर पर बैठा हो. मेरे पाँवों में किसी का स्पर्श हुआ. सीधे होकर देखा मेरे पाँव के पास कनक बैठी मुझे जगाने की कोशिश कर रही थी. पास ही माँ खड़ी थी.

'उठो निद्रालु महाशय, रात होने वाली है अब!'

मैं झट से उठ बैठा.

'अरे तुम?' माँ को दिखाने के लिए मैने बनावटी आश्चर्य की मुद्रा बनाते हुए उससे पूछा जैसे उसके आने के बारे में बिल्कुल आशा नहीं थी ' 'कैसे मालूम हुआ कि मैं आज आ रहा हूँ?'

तब तक माँ जा चुकी थी. वह बोली, ' अगर माँ न होती, मन कर रहा था पानी की बाल्टी उड़ेल दूं. चैन से घोड़े बेच कर सो रहे थे. इतना भी नहीं सोचा कि जाकर खबर ही ले आऊँ.'

'तुम्हारा ही तो सपना देख रहा था.' मैं उठ कर बैठ गया और वह मेरे और पास आ गयी थी, 'मैने देखा तुम अच्छी ख़ासी हो. चेहरे पर रौनक और गालों पर लाली है. मेरे आने की खबर सुनकर तुम दौड़ी-२ मेरे घर आई हो और मुझे सोता पाकर मेरे पाँवों के पास बैठ मेरे तलवों में गुदगुदी करने लगी हो, ठीक ऐसे ही जैसे अभी....'

'अच्छा रहने भी दो, सब फज़ूल की बातें हैं. यह बताओ, वहाँ मुझे कितनी बार याद किया था?' बाज़ार में चलते हुए उसने पूछा.

मैं हंस दिया था. उसकी याद का कोई हिसाब न था मेरे पास. सच तो यह था कि उसे मैं पल भर के लिए भी नहीं भूला था. जितना मैं उससे दूर था, दिल में वह मेरे बहुत पास थी वहाँ. फिर भी मैने उससे कहा, 'जितनी बार तुमने किया था.'

तब अचानक वह गंभीर हो गई. पूछा, 'अच्छा, कपिल एक बात बताओ, तुम्हारे पाँव के पास मेरे बैठने का माँ जी ने बुरा तो नहीं माना होगा?'

कैसा बच्चों का सा प्रश्न किया था उसने. वह यूँ ही अचानक जब ऐसे प्रश्न कर बैठती है तो उसके भोलेपन पर प्यार आता है.

'बुरा मानने की क्या बात है. पाँव के पास केवल एक लड़की को बैठने का अधिकार होता है और माँ यह अधिकार तुम्हें ही देंगी.'

कुछ इस अधिकार से मैने यह बात कही थी कि उसने और कुछ नहीं कहा. किंतु बाद में मुझे मालूम हुआ कि मैं कितना ग़लत था. उस दिन कनक की आँखों में मुझे अपनत्व की एक झलक दिखी थी. पार्क की उस कोने वाली बेंच पर बैठते हुए कनक का हाथ पकड़ कर मैने उसे कहा था, 'यह हाथ अब जीवन भर नहीं छूटेगा, कन्नी.'

'इतनी जल्दी निर्णय नहीं लिया करते, कपिल. तुम इस समाज को नहीं जानते. यह हमारे हाथों को नहीं मिलने देगा. हमारे बीच ऐसी दीवारें खड़ी देगा कि इन हाथों की दूरी कम होने की अपेक्षा बढ़ती चली जाएगी.'

'प्यार एक सच्चाई है और समाज एक थोथि कल्पना.'

'और कल्पना के उसी अंधेरे में भटक कर उसके अस्तित्व को भूल रहे हो, कपिल.' उसने मेरे हाथ को अपनी हथेली पर रख कर सहलाते हुए कहा, 'तुम कल्पना बहुत करते हो और यथार्थ को भूल जाते हो. अपने घर वालों को ही लो. मेरी माँ मानेगी नहीं और तुम्हारे घर में एक तूफान खड़ा हो जाएगा.'

'मुझे अपने घर वालों पर विश्वास है, कन्नी. वे कभी मेरी खुशी में रुकावट नहीं बनेंगे.'

मुझे ऐसा कोई कारण नहीं दिखा जिससे मेरी माँ को, मेरे पिताजी को मेरी उस पसंद पर कोई ऐतराज हो. माँ जानती थी कि मेरी पसंद क्या थी. पिता जी मेरे मामलों में दखल देना अच्छा नहीं समझते थे. बाकी और किसी को क्या ऐतराज हो सकता था. इसलिए मैने कनक को अपनी ओर से पूरा आश्वस्त कर लिया.

दिन गुजरने लगे. हमारी रोज़ की मुलाक़ातें हमारे बीच की दूरी ख़त्म करने लगीं. कपिल और कनक में अब कोई अंतर न था. हर शाम की मुलाकात एक नई आशा की किरण हमारे हृदय में छोड़ जाती.

वह शाम मुझे अब भी याद है. उस सुगंध की महक अब भी मेरे शरीर में एक लहर सी पैदा कर देती है जो कनक को छूने से मुझे महसूस हुई थी. उस शाम घर में कोई नहीं था. सिर्फ़ हम थे. हम दो - मैं और कनक. एक दूसरे के आलिंगन में बँधे ढेर सा प्यार किया हम दोनों ने उस दिन. देर तक मेरा सिर उसके वक्ष पर पड़ा रहा था. मेरी ग्रीवा पर कन्नी की उंगलियाँ उसके वक्ष से हटने नहीं दे रही थी. उसके गले और वक्ष पर लगे पाउडर और पसीने की मिश्रित गंध कितनी भली लग रही थी. मैं रोमांचित हो उठा और उसके वक्ष पर पड़ी मेरी उंगलियाँ उसके ब्रा के हुक से खेलते-२ नीचे तक पहुँचने को मचलने लगीं थी. मगर मैने अपने को संभाला. अपनी गर्दन से कनक की उंगलियों की पकड़ को ढीला कर उसके वक्ष के उभरते स्थल पर एक हल्का से चुम्बन अंकित कर दिया.

उस दिन उसे अपनी बाहों में पाकर मुझे लगा जैसे दुनियाँ की सारी खुशियाँ मेरी बाहों में सिमट कर आ गई थीं.

उसके कुछ दिन बाद एक अप्रत्याशित घटना घटी. उस रात मुझे एक पत्र मिला. लखनऊ से मझली दीदी ने लिखा था कि लखनऊ में ही उन्होनें एक लड़की देखी है और मेरे लिए उससे रिश्ते की बात कर ली है. उस पत्र में कनक की भी चर्चा थी. उन्हें शायद हमारी मित्रता के परिणामों की खबर लग चुकी थी. कनक के बारे में उन्होने स्पष्ट लिखा था कि वह हमारे घर की बहू नहीं बन सकती. पत्र पढ़ कर मैं बौखला उठा. मेरे विषय में इतनी जल्दी और ऐसा निर्णय लेने का मझली दीदी को क्या अधिकार था? क्रोध और किसी आशंका के भय से मैं पागल हो रहा था. पत्र के आने की किसी को खबर न थी, इसलिए मैने उसे अपने पास ही छुपा दिया कि कहीं किसी के हाथ न लग जाए. मगर इस पत्र का एक-२ शब्द मेरे दिल को कहीं दूर ढकेले जा रहा था. उसकी धड़कन मुझे रुकती सी लगी. उसी समय मैने दीदी को उनके इस अत्याचार के विरोध में एक पत्र लिखा. मगर इससे मन को कोई राहत न मिली. अधीरता से सवेरा होने की प्रतीक्षा करने लगा. इससे पहले की कोई मेरी किस्मत का फ़ैसला करे, मैं स्वयं अपने बारे में निर्णय कर लेना चाहता था.

बड़ी मुश्किल से सुबह हुई.

उठते ही मैं कनक के घर की ओर भागा. इतनी सवेरे और अचानक मुझे वहाँ देखकर उसे आश्चर्य हुआ.

'क्या बात है, कपिल?'

'सब बताऊँगा कन्नी, मगर इस समय तुम मेरे साथ चलो.'

'कहाँ?'

'कहीं भी चलेंगे. मुझे तुमसे बहुत ज़रूरी बात करनी है.'

'मगर मैं माँ से क्या कहूँ?'

'कुछ भी कहो, मगर जल्दी करो.'

हम दोनों उस पहाड़ी वाले मंदिर के पास के टीले पर जा बैठे. किसी परिचित के आने की संभावना नही थी वहाँ. मैने कन्नी को सारी बात कह सुनाई.

'आख़िर वही हुआ जिसका मुझे डर था.' कन्नी ने अपनी लम्बी चुप्पी तोड़ी.

'हाँ. मगर मैने हम दोनों के जीवन दिशाओं की विभिन्नता की कभी कल्पना नहीं की. तुम्हारे बिना अपने जीवन के बारे में मैं सोच ही नहीं सकता, कन्नी. और इसलिए मैं आज तुमसे भी यही आश्वासन लेने आया हूँ कि कहीं मैं ग़लत तो नहीं सोचता. मैं चाहता हूँ कन्नी कि इस बात का निर्णय आज ही कर लें, ताकि दूसरों के फ़ैसले का मोहताज न होना पड़े हमें.'

'किन्तु कपिल, ऐसे निर्णय यूँ एकदम थोड़े ही ले लिए जाते हैं. जीवन भर के सम्बंधों को तुम चुटकी भर में ही निपटा लेना चाहते हो!'

'हाँ, कनक, ताकि हमारी किस्मत के निर्णयाकों को हमारे भाग्य पर ताली बजाने का मौका न मिले.'

'मगर मेरा दिल नहीं मानता.'

'मुझ पर विश्वास नहीं है?'

'यह बात नहीं है कपिल. अगर तुम पर विश्वास न होता तो तुम्हारे साथ इतना आगे न बढ़ आती. लेकिन दुनिया हम दोनों को एक देखकर चैन से रहने देगी, इसमें विश्वास नहीं है. मेरे घर वालों को, तुम्हारे घर वालों को कभी यह गवारा नहीं होगा कि हम दोनों प्रणय सूत्र में बँधे. तुम्हारे घर में तो परोक्ष में इसका विरोध होने भी लगा है, प्रत्यक्ष भी हो जाएगा. मैं नहीं चाहती कि मेरे लिए तुम्हारा जीवन दुखी हो.'

कनक ने मेरे चेहरे को पढ़ने की चेष्टा की जैसे वह देखना चाहती थी की मैं उसकी कितनी बात समझ रहा हूँ. तभी उसने आगे कहा, 'मेरी मानो तो तुम उस लड़की से शादी कर लो. इससे तुम्हें दोनों का प्यार मिलेगा. उस पत्नी का भी और मेरा भी. विश्वास करो, मुझमें कोई भी परिवर्तन नहीं आएगा. उतना ही प्यार मैं तुम्हें दूँगी जितना मैं तुम्हें आज देती हूँ. तुम्हारे घर वाले भी खुश रहेंगे. यह सब...'

‘मुझे और किसी का प्यार नहीं चाहिए, किसी की खुशी नहीं चाहिए, कन्नी, बस तुम्हारे प्यार की ज़रूरत है. मैं तुम्हें किसी भी कीमत पर अपने जीवन से दूर नहीं करना चाहता.’

और मैने कनक को मनवा लिया. उस दिन भगवान के सामने हमने जीवन भर एक दूसरे का साथ देने की शपथ ली और भगवान से आशीर्वाद माँगा. इस राज़ के केवल तीन राज़दार थे - मैं, कनक और हम दोनों का भगवान. जिस स्थान पर हम दो होकर आए थे, कुछ ही देर बाद वहाँ से एक होकर निकले, दो शरीर एक प्राण.

वह दिन हम दोनों के लिए खुशी का दिन था. दोनों खुश थे. लेकिन उस खुशी में अभी अधूरापन था. दोनों के घर वालों की सहमति के बिना हमारा मिलना सम्भव नहीं था. यही बात मुझे परेशान किए हुए थी. लेकिन मुझे विश्वास था कि मैं माँ को मना लूँगा. डर था तो कनक की ओर से कि कहीं उसकी माँ इन्कार न कर दे.

मगर नियति को कुछ और ही मंजूर था. वह कुछ और ही चाहती थी. हमारी खुशी देखकर उसके विशाल ललाट पर कुछ विकृत रेखाएँ खिंच आईं. उसी सप्ताह लखनऊ से दीदी आ गयीं. आते ही उन्होंने मेरे भावी-जीवन की चर्चा आरम्भ कर दी. माँ भी शायद इसी प्रतीक्षा में थीं. उन्होंने ने भी दीदी का समर्थन करते हुए कहा कि वह मेरे विवाह के विषय में मेरी ‘हाँ’ की प्रतीक्षा और अधिक नहीं कर सकतीं. मगर दीदी चुप न रह सकीं और उन्होंने मेरे और माँ के सामने कह दिया कि लखनऊ में ही उन्होंने एक लड़की से बात कर ली है.

दीदी की बात सुनकर चोट खाए साँप की सी दशा हो गई मेरी. मन में दीदी के प्रति क्रोध की आग विष बन कर निकलने लगी. दीदी का मैंने घोर विरोध किया. यही तो अवसर था जब मैं अपने बारे में कुछ कह सकता था. बात जब चल ही पड़ी थी तो मैंने भी उन्हें अपना निर्णय सुना दिया. अपना निश्चय सुनाने के बाद मैने एक आशा और विश्वास के साथ माँ की ओर देखा. लेकिन प्रतिक्रिया में माँ कैकेयी का सा रूप धारण करने लगीं जिसने अपनी बेटी की बात रखने के लिए अपने पुत्र के अरमान और खुशियाँ छीन कर उसे गम के बनवास में भेज देने की ठान ली. अपनी माँ पर मुझे पूरा विश्वास था, किंतु उसी माँ ने जब अपना अंतिम निर्णय सुनाते हुए कहा कि विवाह होगा तो रीना से ही होगा, तो माँ के प्रति मेरा विश्वास, मेरी आस्था सब ख़त्म हो गई. तब मैने पहली बार अनुभव किया था कि हर बेटे को कौशल्या और सुमित्रा जैसे माँ नहीं मिला करती. मेरे सारे अरमानों का, सारी खुशियों का, मिट्टी के घरौंदे के समान पलभर में ही अंत हो गया. देखते-२ मेरी किस्मत का फ़ैसला हो गया. कनक और कपिल को एक दूसरे से छीन लिया गया और मैं कुछ न कर सका. कुछ करने की हिम्मत ही नहीं रही थी मुझमें.

अपने आप से कट सा गया मैं. मुझमें स्वाभाविक परिवर्तन आने लगा. किसी बात में मन न लगता. न किसी से बात करता, न कहीं जाता. बस घंटों अकेला बैठा रहता अपने कमरे में. मेरी हालत देखकर घर वालों को चिंता होने लगी कि मैं कुछ कर न बैठूं खुद से. इसलिए उन्होने जल्दी से विवाह का दिन निश्चित कर दिया ताकि दायित्व के बंधन में बँध शायद इस अंतर्द्वंद से मुक्त हो पाऊँ.

वह दिन भी आ गया जिसकी घर वालों को प्रतीक्षा थी. एक बार मन में आया की सब कुछ छोड़ कर भाग जाऊं. मगर मेरे पंख काट दिए गये थे. उड़ने की कोशिश में केवल कटे पंख फड़फड़ा कर रह जाता. मैं घायल था, लोग खुश थे. मेरे अरमानों और खुशियों के जनाज़े को मेरी बारात की संगया दी गई. दिल रो रहा था, समाज की लिए प्रसन्नता का अवसर था.

उस दिन जब कनक मिली तो हमेशा की तरह उसने हंसते हुए कहा, ‘ शादी मुबारक हो कपिल.’

मैं अनुभव कर रहा था कि शून्यता और विषाद कनक को घेरने लगे थे. वह कैसे जी पाएगी? एक प्रश्न मेरे सामने था. मैने महसूस किया कि उसकी आँखें भीतर ही भीतर रो रही थीं. मैं एक अपराधी सा उसके सामने खड़ा था. बहुत साहस बटोरने के बाद मैं उससे केवल इतना कह सका - ‘मुझे माफ़ कर दो, कन्नी.’ और मुझे लगा था जैसे मैं रो दूँगा, पलकों की क़ैद से निकल आँसू आखों की कोरों पर छलक आएँगे.

मगर कनक मुझे उस मुद्रा में खड़े देख मुस्कुरा रही थी. आँखों के भीतर बह रहे आँसुओं को पीते हुए उसने कहा, ‘ऐसा मत कहो कपिल. इसके सिवाय और कोई रास्ता भी तो नहीं था. लेकिन इस बात का ध्यान रखना - रीना को कभी अपने बारे में शिकायत का मौका मत देना.’

रीना घर में आ गई. घर में सभी खुश थे. माँ को इस बात का संतोष हो गया था कि कम से कम कनक मेरी पहुँच से बहुत दूर हो गई थी. मगर मैं अपने आप से कहीं दूर, बहुत दूर सा चला गया. मैं इस विचार को चाहते हुए भी मन से निकाल नहीं पा रहा था कि रीना एक पराई लड़की है और उसे छूने का मुझे कोई अधिकार नहीं. मैं उससे बचने का प्रयत्न करता जैसे वह मेरी पत्नी न हो.

मगर अधिक दिन मैं अपने को रीना से दूर नहीं रख सका. आख़िर उसने क्या अपराध किया है, मेरे विवेक ने मुझे झिन्झोड़ा, उसे किस बात की सज़ा दूं! वह मेरे और कनक के सम्बंध से सर्वथा अपरिचित थी. और फिर कनक के वे शब्द भी मेरे कानों में गूंजने लगे - ‘रीना को कभी अपने बारे में शिकायत का मौका मत देना...’ शादी के बहुत दिन बाद उस रात रीना को बहुत करीब से देख पाया था. उसमें ऐसी कोई बात नहीं थी

कि मैं उसे अपने से दूर रख सकता. उसकी आँखों में निर्दोष स्नेह का नीर छलक रहा था. सुंदर चेहरे पर सौम्यता और पवित्रता की चमक थी. उस रात मैने रीना को अपनी पत्नी के रूप में स्वीकार किया. प्रणय के जिस बंधन में हम जीवन-भर के लिए बँध चुके थे उसे तोड़ा भी तो नहीं जा सकता था अब.

किंतु कनक से दूर रहना भी संभव नहीं था. हम अक्सर शाम को मिलते और घूमते हुए उस पार्क में जा बैठते जो पाँच साल से हमारे प्रेम का साक्षी रहा है, जिसके सामने पेड़ के नीचे वाली बेंच पर बैठे कभी-२ कनक और मैं जीवन् में कितना आगे बढ़ जाते थे. बातों-२ में अपने बच्चों के माँ-बाप बन जाते और पोते-पोतियों को खिलाते खिलाते बुढ़ापे की आनंदमयी कल्पना में खो जाया करते थे.

रीना को मेरे जीवन में आए तीन साल हो चुके हैं. इस बीच हम एक दूसरे के बहुत निकट आ गये हैं. दोनों को एक दूसरे पर अटूट विश्वास है. मैं रीनू के जीवन के हर पहलू से परिचित हूँ. उसका विश्वास जीत पाया हूँ. लेकिन मैं विश्वासघात कर रहा हूँ. अपने जीवन का कितना बड़ा रहस्य मैं उससे छुपाए हुए हूँ. अगर उसे मालूम हो गया कि कनक का मेरे जीवन में क्या स्थान है तो उस पर क्या गुज़रेगी, मैं इस बात की कल्पना तक करने से कतराता हूँ. इन तीन सालों में कितनी कठिनता से इस राज़ को राज़ बनाए रख रहा हूँ.

मगर काश! कन्नी तीन साल पहले अगर तुम थोड़ा सा उत्साह कपिल को दिलाती तो आज मेरे पास रीना नहीं, रीना की जगह तुम बैठी होती. तुम ज़रूर सोचती होंगी कभी कि तुम्हारा कपिल कितना कमजोर है, कितना बुजदिल और डरपोक है कि समाज में तुम्हें एक पत्नी का अधिकार नहीं दिला सका, समाज के सामने तुम्हें अपनी पत्नी नहीं कह सकता.

धन्य है तुम्हारा यह बलिदान. तुम्हारा 'पति' तुम्हारी ही आँखों के आगे किसी दूसरी स्त्री को पत्नी बना कर उसके साथ रहता है, उसके साथ घूमता फिरता है, ज़िन्दगी के सभी सुख-साधनों का उपभोग करता है. पर तुम! तुम यह सब देखते हुए भी चुप हो. अपने 'पति' से तुम्हें कोई शिकायत नहीं, कोई शिकवा नहीं. उसे सामने पा कर तुम्हारे होंठों पर वही प्यार भरी मुस्कान थिरक उठती है जो उसके होंठों से मिलकर उन्हीं में कहीं खो जाती है. कितनी सहिष्णु हो तुम कनक! शायद तभी तुम्हारी माँ ने तुम्हारा नाम कनक इसलिए रखा था ताकि सहिष्णुता की अग्नि में तप-२ कर अपने नाम को सार्थक करती रहो.

और मैं, तुम्हारा पति! एक हत्यारा हूँ. मैने तुम्हारे प्यार की हत्या की है, तुम्हारे अरमानों की हत्या की है और हत्या की है उन बच्चों की जिनकी हम दोनों ने कभी कल्पना की थी, गेंहुएँ रंग के बच्चों की जिनमें हम दोनों के रंगों का मिश्रण होता.

अब रात घिर आई थी. काफ़ी अंधेरा फैल चुका था. बहुत कम बच्चे ही पार्क में शेष रह गये थे, मगर रीनू अब भी ललचाई नज़रों से इन खेलते बच्चों को बड़े चाव से देख रही थी. ऐसे बच्चों की ओर देखते हुए रीना की आँखों और चेहरे पर उभर आई ममता का अनुभव करता हूँ तो अपने बच्चों का अभाव मन में टीसने लगता है.

मगर मैं जल्दी ही घर लौट जाना चाहता था. इन बच्चों से दूर हो जाना चाहता था क्योंकि उन्होनें आज मुझे अपने अपराध की बरबस याद दिला दी थी. मुझे याद दिलाया था कि मैं कायर हूँ, बुजदिल और हत्यारा हूँ.

_________ : ० : _________

झील के उस पार

अब तो जी चाहता है आत्म-हत्या कर लूँ. ज़िंदगी से बहुत थक गई हूँ, इतनी कि अब अक्सर ऐसा अजीब सा ख्याल आ जाता है. ज़िंदगी की इन चलती साँसों को बंद करने के लिए कभी-२ तो मैं इतनी बेचैन हो जाती हूँ कि दम घुटने लगता है - जीने के विचार से ही. कई बार तो किसी तरह ज़हर तक साड़ी में छुपा कर अपनी कोठरी में ले आई. लेकिन उसे हलक तक नहीं ले जा सकी. जब भी ऐसा निश्चय करती हूँ, मंजुल का चेहरा मेरी आँखों के आगे घूम जाता है. और तब अहसास होता है कि मुझे जीना है. अपनी बेटी के लिए, मंजुल के लिए. मंजुल, जो दिनों-दिन उस स्तर की ओर बढ़ रही है जहाँ इन्सान इन्सान की ज़िंदगी से खेलता नहीं, उसके खून से अपने हाथ नहीं रंगता, बल्कि उसके जीवन की कीमत आँकना सीख जाता है. तब मेरी अपनी ज़िंदगी ही मेरे सामने एक चुनौती बन कर खड़ी हो जाती है.

उस समय मैं सोचती हूँ कि यदि इस चुनौती का सामना करना है तो मुझे जीना होगा. जीवन से संघर्ष करना होगा. और फिर यह ख्याल आते ही मेरा निश्चय पेड़ से गिरे सूखे पत्ते की तरह न जाने कहाँ उड़ जाता है. ख्यालों की इन्हीं धूप-छाँव के कारण मैं लोगों के लिए एक पहेली बन गई हूँ. यहाँ तक कि कभी-२ मैं स्वयं ही अपने लिए उलझन बन जाती हूँ. लोग तरह-२ के प्रश्न मुझसे पूछते हैं. मेरे साथ की बैरकों में रहने वाली औरतें, जो सवेरे काम करते समय मेरे साथ होती हैं, कुरेद-कुरेद कर मुझसे मेरे जीवन के बारे में पूछने की कोशिश करती हैं. लेकिन मैं कुछ नहीं जानती कि मैं उन्हें क्यों नहीं बता पाती अपने बारे में कुछ भी. क्यों नहीं बता पाती कि मैंने अपने जीवन में इतना बड़ा अपराध कैसे कर लिया!

जब मैं कुछ भी नहीं कह पाती तो वे आपस में तरह-२ की बातें करने लगती हैं. उनकी कानाफूसी की भनक जब मेरे कानों में पड़ती है तो दिल रो उठता है. ज़िंदगी सचमुच बोझ लगने लगती है. रात को नंगे फर्श पर सोते समय नींद आँखों से न मालूम कहाँ चली जाती है और उसके स्थान पर जिंदगी का पूरा अतीत घूम जाता है.

अभागिन मंजुल की तरह मुझे भी पिता का प्यार नहीं मिला. जब से मैंने होश संभाला, मैंने माँ को ही अपने चारों ओर देखा. माँ ही मेरी सब कुछ थी. मैं देखती वह न

जाने कहाँ से लोगों से ढेर से कपड़े ले आती सीने के लिए और रात गये तक मशीन पर बैठी रहती. इतना काम करते देख माँ को मैं अक्सर कहा करती -

'माँ, इतना काम क्यों करती हो?'

'ग़रीब हैं न बेटा हम! इतना काम नहीं करेंगे तो खाएँगे कहाँ से?'

'लेकिन माँ और भी तो हम जैसे ग़रीब हैं, वो तो इतना काम नहीं करते!'

'तू बड़ी होती जा रही है न...' तब माँ मुझे समझ में न आने वाली भाषा में कुछ कहती और मैं चुप हो जाती.

माँ मुझे बेहद प्यार करती थी. कभी मुझे कुछ हो जाता तो उसकी आँखों की नींद उड़ जाती थी और घंटों मेरे पास बैठी रहती अपना काम छोड़ कर. स्कूल जाती तो वह न जाने कितनी बातें कह देती रास्ते में मोटर-कारों से सावधान रहने के लिए. लौटते समय शाम को थोड़ी देर हो जाने पर भी उसका दिल बैठने लगता. मेरा सरकारी स्कूल घर से दूर नहीं था. कभी-२ तो वह स्कूल तक ही चली आती मुझे लेने की लिए - जब कभी मुझे थोड़ी सी भी देर हो जाती घर पहुँचने में. और स्कूल के बड़े से दरवाज़े से निकलते हुए मैं उसे मिल जाती तो उसके उदास चेहरे पर खुशी की एक लहर दौड़ जाती.

'इतनी देर क्यों लगा दी, बेटा!' वह मुझे देखते ही कहती और अपनी बाहों में यूँ छुपा लेती जैसे कोई खोई हुई चीज़ पा ली हो. मेरी ज़रा सी अनुपस्थति उसे बेचैन कर देती. मैं भी माँ से कम प्यार नहीं करती थी. स्कूल से आते ही किताबें फैंक मैं 'माँ' चिल्लाते हुए उसकी गोद में गिर जाती और काम में व्यस्त माँ के मशीन पर चलते हाथ एक दम रुक जाते और वह अपने वक्ष में छुपे मेरे चेहरे को उठा कर चूम लेती.

मेरी आँखें उसकी आँखों से टकराती तो मैं मुस्कुरा देती. उसकी गोद में पड़े-पड़े मैं उसकी आँखों में देर तक झाँका करती. कितना स्नेह था उन आँखों में! लेकिन कितनी गंभीर थीं वे. आज भी जब कभी माँ की याद आती है तो वो आँखें मेरी आँखों के आगे घूम जाती हैं और उन आँखों के नीर में छिपे वात्सल्य, स्नेह को फिर से पाने के लिए मैं तड़प उठती हूँ. एक अजीब सी वेदना होती है माँ के अभाव में और आँखों में नीर छलक उठता है गंभीरता की उस सौम्य मूर्ति को स्मरण करके.

धीरे-धीरे दिन बीतते गये, मैं बड़ी होती गई. एक-२ करके मैंने स्कूल की नौ क्लासे पास कर लीं थीं. अब आख़िरी साल था स्कूल का. मैने जी-तोड़ मेहनत की. परीक्षा के दिन नज़दीक आते गये. मैं दिये की रोशनी में रात गये तक पढ़ती रहती और जब तक मैं नहीं सोती, माँ की पलक नहीं झपकती थी. लेकिन उन्हीं दिनों हमारे सामने एक समस्या आ खड़ी हुई - फीस की. परीक्षा की फीस जमा करने के लिए पैसे नहीं थे. स्कूल और परीक्षा की फीस मिला कर तीस रुपये देने थे. एक साथ तीस रुपये कहाँ से

आते? कोई साधन नहीं बना इतने पैसे इकट्ठा करने का. कपड़े सीने से जो पैसे आते वो घर के रोज़ के खर्च में ही ख़त्म हो जाते. मैने निश्चय किया कि परीक्षा अगले साल दूँगी. लेकिन माँ नहीं मानी.

उसने पहले से कहीं ज़्यादा काम करना शुरू कर दिया और कुछ दिनों बाद काम से आए कुछ पैसों और कुछ पैसे उधार लेकर तीस रुपये पूरे करके मेरी फीस जमा करवा दी.

परीक्षा आरम्भ हुई. लेकिन किस्मत मेरे साथ नहीं थी. वह जैसे मेरे जीवन की ही परीक्षा लेना चाहती थी. परीक्षा का दूसरा ही दिन था कि घर लौट कर आई तो माँ को दिल का दौरा पड़ा. मुझे बेहद धक्का लगा. भाग्य की बात थी की पास वाली गली में एक डॉक्टर का मकान था. उन्होंने माँ को देखा. दवाई दी. संकट की घड़ी टल गई. लेकिन अगले दिन परीक्षा देने जाना मेरे लिए मुश्किल हो गया. माँ को ऐसी हालत में छोड़ कर मैं कहीं भी नहीं जा सकती थी. इस तरह मैं दसवीं क्लास पास नहीं कर सकी.

अब मैं सारा दिन घर में रहने लगी. बीमार माँ का काम भी अब मैने संभाल लिया. स्थिर ज़िंदगी ने एक करवट ली. सर्दियों की एक दोपहर में माँ के पास धूप में बैठी काम कर रही थी. सूर्य की किरणों ने शरीर में उष्मा भर दी थी जिससे आँखों में नींद का नशा सा छाने लगा था. पलकें बोझिल होने लगीं और काम में व्यस्त हाथ शिथिल होने लगे. इस शिथिलता से आँखें मुन्द सी गयीं थीं और एक अजीब सी मस्ती आने लगी उन अधमुंदी आँखों में कि अपनी सुध ही नहीं रहीं थी.

अचानक दरवाज़े से एक आवाज़ सुनाई दी - 'सुनिए.'

उस आवाज़ ने मुझे चौंका दिया. मैने अलसाई आँखों से मुड़ कर दरवाज़े की ओर देखा. वहाँ एक व्यक्ति खड़ा मुझे सम्बोधित कर रहा था. मैं कुछ घबरा सी गयी. मैने माँ को बताया, 'माँ कोई आदमी खड़ा है दरवाज़े पर.' माँ ने मुड़ कर देखा.

'किसे मिलना है तुम्हें?' माँ ने पूछा. वह व्यक्ति अंदर आ गया, 'आप ही के पास आया हूँ माँ जी. किसी ने बताया है की आपके पास कोई कमरा खाली है किराए के लिए.'

'हाँ खाली है. किसे, तुम्हें चाहिए?'

'जी.'

'आओ, आओ बैठो.' माँ ने चारपाई पर जगह बनाते हुए उसे बैठने को कहा और मेरी ओर देखकर बोली - 'तुम जाओ बेटा.'

मैं अंदर चली गई, लेकिन अंदर जाकर दरवाज़े की ओट से बाहर देखने लगी. बातें तो कुछ न सुनाई पड़ती थी, लेकिन कुछ देर बाद मैने देखा माँ बड़ी अच्छी तरह

उससे बातें कर रही थी. बीच-बीच में हंस भी पड़ती थी और कभी-२ उसकी पीठ पर भी हाथ फेरने लगती. मुझे कुछ आश्चर्य हुआ की यह व्यक्ति कौन हो सकता है जिसे माँ इतना प्यार दिखा रही है. थोड़ी देर बाद जब वह चला गया तो माँ से मैने पूछा इस युवक के बारे में. माँ ने बताया बचपन में कभी उसकी एक सखी थी जिसके साथ वह खेली और बड़ी हुई. वह उसका बेटा था. यहाँ शहर में पहले पढ़ता था, अब पढ़ाता है किसी स्कूल में. अकेला है अब. माँ-बाप, भाई-बहन कोई नहीं है. माँ ने उसे ऊपर वाला कमरा दे दिया रहने के लिए.

'अपनी ही बिरादरी का है,' माँ ने कहा, 'देखा भाला है. बीस रुपये पर दिया है. मैने तो बहुत कहा कि इसे अपना ही घर समझो, लेकिन वह माना नहीं. आज आ रहा है शाम को. तू ऊपर जाकर बेटा ज़रा झाड़ू-बुहारी लगा दे.'

मैने कमरे की अच्छी तरह सफाई कर दी. शाम को वह सामान ले आया और ऊपर जाकर उसे सजाने सँवारने लग गया. रात हुई तो माँ ने मुझे बुलाया.

'जा उसे दूध तो दे आ बेटा.' माँ ने दूध का गिलास मुझे पकड़ाते हुए कहा, 'थका हुआ होगा, उसे कहना गरम-गरम पी लेगा.'

'ऊँ हूँ, माँ मुझे नींद आ रही है.' मैने बनते हुए कहा. मुझे संकोच हो रहा था ऊपर जाते हुए. लेकिन मन ही मन चाहती थी कि ऊपर जाऊं. न मालूम क्यों उस नवांगतुक से बात करने को मेरा मन ललचा रहा था. माँ के पुनः कहने पर मैं दूध का गिलास लेकर ऊपर चली गई. दबे पाँव मैं उसके कमरे की ओर बढ़ी. देखा दीए की रोशनी में वह किताबें खोले पढ़ रहा था. कमरे में चारों ओर अंधेरा था. बस, उस कोने में ही जो दीपक जल रहा था, उसी से शेष कमरे में धुँधला सा प्रकाश फैल रहा था. उस धुंधले प्रकाश में मैं धीरे-२ आगे बढ़ती हुई उस तक जा पहुँची.

मेरे आने का शायद उसे आभास हो गया था. उसने किताब से आँखें हटा कर मेरी ओर देखा. उसने कुछ कहना चाहा, लेकिन मैने शीघ्रता से गिलास आगे बढ़ा दिया.

'दूध. माँ ने भेजा है. कहा गर्म-२ पी लीजिए.' मैं इतना घबरा रही थी कि यह ही नहीं समझ पाई कि मैं क्या बोल रही हूँ.

"इसकी क्या ज़रूरत थी. रात को दूध पीने का मैं आदी नहीं हूँ. माँ जी को कह देना दूध के लिए कष्ट न किया करें.' उसने दूध का गिलास लेकर एक ओर रख दिया. मैं खामोश रही. फिर मैं वापिस जाने के लिए मुडी. मगर मेरे कान बराबर उसकी ओर थे की कहीं वह कुछ कह तो नहीं रहा.

'सुनो.' दरवाज़े पर जब पहुँची तो उसकी आवाज़ मेरे कानों में पड़ी.

'जी?'

'जा रही हो?' उत्तर में मैंने सिर हिला दिया.

'नींद लग रही है?'

'नहीं.'

'तो बैठो न थोड़ी देर.'

मैं सकुचाती हुई सामने पड़ी छोटी सी कुर्सी पर सिमट कर बैठ गई चुपचाप. वह किताब में व्यस्त हो गया और मैं क्षीण रोशनी में कमरे की दीवारों और छत को यूँ देखने लगी जैसे पहली बार उन्हें देखा हो.

'तुम्हारा नाम क्या है?' तभी उसने पूछा.

'उर्मिल.'

'उर्मिल.' उसके होंठो पर एक हल्की सी मुस्कुराहट फैली, 'कितना मिलता-जुलता नाम है हमारा! मुझे निर्मल कहते हैं. कितनी पढ़ी हो?'

'नवीं तक.' दबी ज़बान से मैंने कहा.

'बस!' उसे जैसे मेरे उत्तर से निराशा हुई.

थोड़े से शब्दों में मैने उसे सारी स्थिति समझाई कि कैसे मैं दसवीं की परीक्षा नहीं दे पाई.

'लेकिन अगले साल तो दे सकती थी?'

'समय ही कहाँ मिला फिर! माँ की तबियत ही ठीक नहीं रहती थी. फिर इतना काम! पढ़ाई तो एक सपना बन कर रह गई है.'

'सपना?' वह खिलखिला कर हंस पड़ा. मैं इस आकस्मिक हँसी का कारण न समझ सकी. अवाक सी मैं उसके हंसते चेहरे को देखने लगी.

वैसे ही हंसते हुए उसने कहा, 'इतनी छोटी सी उम्र में ही तुम सपनों की बातें करने लगी हो! ज़िंदगी की तो अभी शुरूआत है, उर्मि. सपनों को साकार भी तो बनाया जा सकता है.'

उसके स्वर में गंभीरता आने लगी तो मैं जैसे आत्महीनता के बोझ से दबने लगी. मैने अपनी असमर्थता कहकर जैसे अपराध कर लिया था. मेरी आँखें शर्म से झुक गयीं. तभी उसने पूछा - 'तुम सचमुच पढ़ना चाहती हो?'

मैने सिर झुका कर स्वीकार किया.

'मन से?'

'जी.'

'तो कल से तुम पढ़ाई शुरू कर दो. कॉलेज से लौटते हुए मैं तुम्हारे लिए किताबें लेता आऊंगा.'

'लेकिन मैं स्कूल कैसे जा पाऊँगी?'

'स्कूल में नहीं घर में पढ़ोगी. रोज़ शाम सात बजे से दस बजे तक. इसी कमरे में. इस समय घर का कोई काम नहीं होगा.'

कल की आशा लिए पुलकित हृदय से मैं वापिस लौटी. एक प्रोफेसर का संरक्षण मुझे मिल गया और मुझे क्या चाहिए था. माँ से जब मैने यह बात कही तो उसने निर्मल को न जाने कितनी दुआएँ दे डालीं. मेरा दिल एक अजीब सी खुशी से नाच रहा था. उस रात इसी खुशी की कल्पना करके मैं देर तक सो न सकी. और दूसरे दिन से ही मैने पढ़ना शुरू कर दिया. अब मैं फिर से दसवीं क्लास की 'स्टूडेंट' थी.

मैं मन लगा कर पढ़ने लगी. निर्मल भी जैसे मुझे संवारने में जी-जान से जुट गया था. आरम्भ में हम दोनों को तनिक लज्जा सी होती एक-दूसरे से, लेकिन जैसे-२ हमने एक-दूसरे के विचारों, भावनाओं और जीवन की उद्देश्यों को समझने की कोशिश की तब ऐसे अनुभव हुआ जैसे हम एक-दूसरे के बहुत निकट आने लगे थे. मगर हमारे व्यवहार में किसी भी तरह की कलुशता न थी. जब हम पढ़ने बैठते, उस समय मैं एक छात्रा के सिवाय और कुछ न होती.

इस तरह देखते-२ चार साल बीत गये और चार वर्षों में मैं घर बैठे ही बी. ए. हो गई. जिस दिन निर्मल ने मुझे परीक्षा का परिणाम दिखाया तो मैं इतनी भावुक हो गई कि जी चाहा उसके पाँव छू लूँ. उसने मुझे कहाँ से कहाँ पहुँचा दिया था. आँखों से खुशी के आँसू निकल आए.

'मुझे गुरु-दक्षिणा में क्या मिलेगा, उर्मि?' निर्मल ने हंसते हुए कहा.

गुरु-दक्षिणा में अपना समस्त जीवन दे देने को मन चाहा, मगर मैं इतनी भाव-विव्हल हो रही थी कि आँखें झुकाए केवल इतना ही कह सकी - 'मैं क्या देने के योग्य हूँ.' और मुझे लगा जैसे मैं उसके पाँवों की ओर झुकती चली जा रही हूँ. मेरी आँखें भीगने लगीं.

'पगली! कैसी बातें करती हो!' निर्मल ने कंधे से पकड़ कर जैसे मुझे संभाल लिया. मैंने भी उसके कंधों का सहारा लिया. हम दोनों का एक दूसरे से यह पहला स्पर्श था. उसे छूते ही मेरा तन-मन सिहर उठा और मैने उसे ज़ोर से पकड़ लिया. सच तो यह था कि जब से निर्मल इस घर में आया था तबसे मुझे अपने जीवन के रीतेपन के अंधेरे में एक चंद्र-किरण सी दिखी थी. जीवन में जैसे खुशी की लहर आ गई थी.

अब तो मेरी खुशी और भी बढ़ गयी थी. निर्मल की ओर मैं अधिक आकृष्ट होने लगी. घंटों बैठी उसके बारे में सोचती रहती. शाम को जब उसके लौटने का समय होता तो मेरी आँखें दरवाज़े पर हुई हर आहट पर उठ जातीं. उसे देखे बिना मैं रह नहीं सकती थी. उसके लौटने में थोड़ी सी देर होने पर मैं बेचैन हो जाती. और जब वह आ जाता तो कोई न कोई बहाना बना कर मैं उसके कमरे में पहुँच जाती. कभी-कभी मैं सोचती कि कहीं मैं पागल न हो जाऊं उसके लिए. और तभी मुझे हँसी आ जाती अपने पागलपन पर.

पिछले कुछ दिनों से मैं निर्मल के लिए भी वैसा ही महसूस करने लगी जो अपने लिए करती थी. जब सब सो जाते तो मैं अक्सर रात के वीराने में निर्मल को अक्सर एक गीत गुनगुनाते सुनती -

'दिल को है तुमसे प्यार क्यूँ यह न बता सकूँगा मैं,
दिल को है तुमसे प्यार क्यूँ, प्यार क्यूँ!
पहले मिलन की छाँव में, तुमसे तुम्हारे गाँव में,
आँखें हुईं थीं चार क्यूँ, यह न बता सकूँगा मैं.
तुमको नज़र में रख लिया, दिल में जिगर में रख लिया,
खुद मैं हुआ शिकार क्यूँ, यह न बता सकूँगा मैं.
रूप की कुछ कमी नहीं, दुनियाँ में इक तुम्हीं नहीं,
फिर मैं तुम्हारी याद में रहता हूँ बेकरार क्यूँ,
यह न बता सकूँगा मैं, यह न बता सकूँगा मैं.'

निर्मल जब भी यह गीत गुनगुनाता तो मन करता उसके पास भाग जाऊं, वह यूँ ही गाता रहे और मैं यूँ ही सुनती रहूं. मुझे स्वयं को यह गीत बहुत पसंद था. निर्मल की दर्द-भरी आवाज़ दिल को छू जाती और मुझे लगता कि दोनों दिलों में एक ही जैसे तूफ़ान उठ रहे हैं. मगर लज्जा के बाँध इतने मजबूत थे कि दिल के तूफ़ान उन्हें तोड़ कर बाहर नहीं आ सकते थे. इसलिए हम मौन थे, एक दूसरें को समझते हुए भी.

मेरी ज़िंदगी का यह एक नया मोड़ था. इस मोड़ पर आकर मुझे यूँ महसूस हुआ जैसे मेरे अरमानों की नन्हीं कलियों पर ओस की बूँदें छिटक रहीं हों. जीवन उस बाग़ की तरह लगा जिसमें बहार आने से चारों ओर सुमन-सुरभि फैल जाती है. मेरे जीवन में वैसी बहार आने का आभास होने लगा. मगर तभी मेरे जीवनाकाश में कुछ काले बादल उठे, जिनका साया मेरी खुशियों के उजाले पर छा गया.

माँ फिर बीमार हो गई. यह तीसरा अटैक था दिल पर. सुनती थी कि तीसरे अटैक पर जीवन बचना मुश्किल हो जाता है. माँ के साथ भी अगर ऐसा हुआ तो क्या होगा? माँ नहीं रही तो मेरा क्या होगा? यह सोच कर मैं कांप उठती. अभी तो मैं पूरी तरह अपने को संभालने लायक ही नहीं हुई थी. माँ की मुझे बेहद ज़रूरत थी.

लेकिन नियति को जैसे यह स्वीकार न था. मैने भगवान के आगे आँचल भी फैलाया, लेकिन भगवान ने दया की भीख नहीं दी और मुझे पहली बार उसकी मूर्ति में पत्थर का आभास हुआ.

उस दिन माँ की हालत ज़्यादा बिगड़ गई. निर्मल उस दिन भी कॉलेज नहीं गया था. वह भागकर डॉक्टर को ले आया. इंजेक्शन दिए गये, दवाइयाँ दे गयीं, कई उपचार किए गये, मगर माँ की हालत में कोई सुधार नहीं हुआ. वह बिगड़ती चली गई. डॉक्टर निराश हो गया. उसकी निराशा ने मेरे दिल की धड़कन को और बढ़ा दिया. मेरी आँखों से गिरने वाले आँसू रोके नहीं रुकते थे. निर्मल भी मौन था. डॉक्टर, निर्मल और मैं - हम तीनों ही विवश थे प्रकृति के हाथों. तीनों मौन खड़े भगवान की इच्छा का खेल देख रहे थे.

हम तीनों की आँखें माँ के पीले पड़ गये चेहरे पर स्थिर थीं. शायद हम अभी इस बात की उम्मीद लगाए खड़े थे कि कहीं आशा की कोई किरण दिख जाए. तभी मां के शरीर में हलचल हुई. डॉक्टर के चेहरे पर खुशी की हल्की लालिमा दौड़ गई. निर्मल भी उत्सुकता से माँ की ओर झुका. उसने माँ के काँपते होंठों में पानी की कुछ बूँदें डालीं. उससे माँ जैसे कुछ स्थिर हुई, उसने धीरे-धीरे आँखें खोली, मेरी ओर देखा और मैं उससे लिपट गई. सूखी आँखों से फिर आँसू गिरने लगे. माँ ने उन गिरते आँसुओं को अपनी उंगलियों से पोंछ डाला.

उसने मेरी पीठ पर हाथ फेरते हुए कहा, 'रोती क्यों है! बहुत जी चुकी हूँ न बेटा. अब थक गई हूँ. अब आराम करने का वक़्त आ गया है. भगवान की भी यही मर्ज़ी है.' माँ लड़खड़ाते शब्दों में कहती गई, 'तुमने मेरे रहते कोई सुख नहीं देखा न! तुम मुझे कोसती होगी. लेकिन अब तुम्हें ज़रूर सुख देगा भगवान. निर्मल तुम्हारा जीवन सुखी करेगा.'

माँ का हाथ निर्मल की ओर बढ़ा और वह उसका हाथ पकड़ माँ के पास बैठ गया.

'करेगा न निर्मल?' मौन निर्मल ने प्रत्यूत्तर में सिर झुका दिया. लेकिन माँ बोलती गई, 'तुमने इसे बनाया है बेटा, इसे पढ़ाया है, लिखाया है. तुमने इसे काबिल बनाया है, अब इसे संभालना भी तुम्हें है. तुम्हारे बिना इसकी देखभाल करने वाला कोई नहीं है.'

माँ की पलकें भीग गईं. वह कुछ देर रुकी. उसने मेरा हाथ पकड़ा और निर्मल के पकड़े हाथ पर रख दिया, 'इसे सम्भालो बेटा. मेरे पास उर्मिल के सिवा तुम्हें देने को और कुछ नहीं है. लेकिन मेरी आत्मा हमेशा तुम दोनों को आशीर्वाद देती रहेगी.'

माँ के चेहरे पर एक क्षीण मुस्कान फैली और तुरंत लुप्त हो गई. और उसके कुछ ही देर बाद माँ चल बसी. मुझ पर जैसे बिजली गिरी. मैं चिल्लाई, रोई, लेकिन माँ हमें बंधन में बाँध स्वयं बंधन तोड़ कर जा चुकी थी.

अब निर्मल के सिवाय मेरा कोई न था.

उस रात हम अकेले थे, बिल्कुल अकेले. मेरे जीवन की यह पहली रात थी जब माँ मेरे साथ नहीं थी. निर्मल साथ था, मगर फिर भी न जाने क्यों दिल डूब रहा था. मन में एक घुटन सी हो रही थी. रात काफ़ी हो गई तो निर्मल अपने कमरे में जाने लगा.

'उर्मि, तुम कई दिनों से जाग रही हो, अब सो जाओ. मैं ऊपर जा रहा हूँ.'

'अ...आप...मुझे डर लगता है अकेले सोते...आप भी यहीं सो जाएँ...!' डर के मारे मेरे होंठ काँप रहे थे. मेरी नज़र बार-२ सामने पड़ी माँ की खाली चारपाई पर जा उठती और मैं भय से काँप उठती. जी चाहता था कहीं बाहर भाग जाऊं. निर्मल जैसे मेरे मन के भय को जान गया.

'इस कमरे में तुम्हें नींद नहीं आएगी, चलो ऊपर चलते हैं.' निर्मल ने कहा.

नींद ऊपर भी न आ सकी. मन बेचैन था. बार-२ माँ की सूरत आँखों के सामने आ जाती और याद आती मां की वह बात जो मरते समय उसने निर्मल के हाथों में हाथ रखते हुए कही थी, 'इसे सम्भालो बेटा. इसके सिवा तुम्हें देने को मेरे पास कुछ भी नहीं है.' माँ के ये शब्द याद आते ही मेरी नज़र निर्मल की ओर उठ गई. नींद उसकी आँखों में भी न थी. वह बार बार करवटें बदल रहा था. ज्यों ही उसने करवट बदली, दोनों की नज़रें मिलीं.

'सोई नहीं अब तक!'

'नींद नहीं आ रही. आप भी जाग रहे हैं!'

'हाँ, मुझे भी नींद नहीं आ रही है.'

हम उठ कर बाहर आ टहलने लगे. दोनों के दिल में हलचल हो रही थी. दोनों कुछ कहना चाहते, लेकिन होंठों से शब्द नहीं निकल रहे थे. दोनो मौन थे. लेकिन कितना खिंचाव था उस मौन में भी. यह मौन अखर रहा था.

'उर्मि.' निर्मल ने टहलते कदमों को रोकते हुए कहा.

'जी?'

'कुछ बोलो न!'

'क्या बोलूं?'

'कुछ भी.'

कुछ नहीं सूझा कहने के लिए. फिर वही खामोशी छा गई. दोनों के मन में कुछ था कहने को, मगर लज्जा के कारण मुँह से कुछ निकलता ही नहीं था.

'उर्मिल!' लम्बी चुप्पी के बाद निर्मल ने कहा.

'जी!'

'तुम, तुमने कुछ कहा नहीं.!'

'क्या कहूँ? आप ही कुछ कहें.'

'मैं...म...मैं क्या कहूँ? क्या कहूँ? अच्छा मैं ही कहता हूँ.' कुछ देर के लिए निर्मल रुका, फिर कहा, 'आज मौसम कितना अच्छा है. लेकिन माँ जी के बिना कितना...!' वह चुप हो गया. शायद शब्द भूल गया था.

'तुम्हें, उर्मिल, तुम्हें याद है माँ जी ने अंतिम समय क्या कहा था?'

'क्या?' मेरी आँखें अनायास झुक गयीं.

'कि, तुम जो हो,...मेरे साथ, मेरा मतलब है हम दोनों साथ-साथ रहें और उनकी आत्मा हमें आशीर्वाद देती रहेगी.'

'याद है.'

'तो तुम्हारा इस बारे में क्या विचार है?'

लाज शर्म से मैं दब गयी जैसे. क्या कहती. कुछ समझ में न आया. केवल इतना कह पाई, 'जैसा आप चाहें.'

'सामने वाली पहाड़ी पर भगवान का मंदिर देखा हैं तुमने?'

'देखा है.'

' अगले हफ़्ते वहाँ चल कर भगवान का आशीर्वाद ले आएँ?'

उत्तर में मैं चुप रही. मेरा मौन ही जैसे मेरी स्वीकृति थी. निर्मल चुपचाप कमरे में लौट आया और मैं बाहर खड़ी तारों भरे आकाश को देखती रही जहाँ से रात के इस विस्तृत अंधकार में प्रकाश की हल्की किरणें ह्रदय की बेचैनी को दूर कर रही थीं.

एक सप्ताह बाद उस पहाड़ी की ऊँची वाली चोटी पर बने भगवान शिव के मंदिर में हम खड़े थे.

'आओ उर्मि,' निर्मल ने मुझे भगवान की मूर्ति के पास ले जाते हुए कहा, 'भगवान को साक्षी बना कर हम प्रतिग्या करें कि जिस बंधन में हम स्वयं को बाँधने आए हैं उसे जीवन पर्यंत ढीला न होने देंगे. दो तन एक प्राण होकर एक दूसरे के लिए जीएँगे, एक

दूसरे के लिए मरेंगे. भगवान, हमें शक्ति दो कि हम दोनों जीवन-साथी बन कर एक दूसरे के दुख-सुखों को साथ-२ वहन कर सकें. आशीर्वाद दो कि हम दोनों का जीवन सुखी और मंगलमय हो और हम दोनों की एक दूसरे के प्रति आस्था बनी रहे.'

इस तरह हम प्रणय-सूत्र में बँध गये. निर्मल ने मेरी ओर देखा. मेरी आँखें उसकी स्नेहपूर्ण आँखों पर स्थिर हो गईं. आँखों से अनायास आँसू निकल आए. निर्मल के हाथों का स्पर्श पा मैं भाव-विव्हल हो उससे लिपट गई. निर्मल ने मुझे पूरी तरह से अपने आलिंगन में ले लिया. मेरी आँखों से आंसूओं की अविरल धारा बह निकली उसकी बाहों के बंधन में. ये खुशी के आँसू थे जो रोके नहीं रुक रहे थे. मुझे सुदृढ़ बाहों का सहारा मिल गया था जिसमें मैं, मेरा जीवन सुरक्षित था, मेरी आत्मा, मेरा तन-मन सुखी था.

बहुत देर तक हम यूँ ही खड़े रहे. तब निर्मल ने कहा, 'उर्मि!'

'हूँ !' मेरी जैसे तंद्रा टूटी.

'चलें?' उसने मेरी भीगी पलकों को मेरे आँचल से पोंछते हुए पूछा.

'चलिए.' और वैसे ही एक दूसरे की बाहों का सहारा लिए हम मंदिर के द्वार की ओर बढ़ने लगे. मगर तभी अचानक निर्मल के बढ़ते कदम रुक गये.

'ठहरो उर्मि. एक बात तो भूल ही गए.'

'क्या?'

'आओ, बताता हूँ.' वैसे ही शिव-मूर्ति के पास ले जाते हुए उसने कहा, 'आज एक प्रतिग्या और भी क्यों न कर लें कि आज से तुम मुझे मेरा नाम लेकर बुलाओगी.'

'य...यह अ...आप क्या कह रहे हैं?'

'मैं ठीक कह रहा हूँ उर्मि.'

'मगर आ...आप...'

'हाँ, हाँ मैं तुम्हारा पति हूँ, तुमसे बड़ा हूँ. भारतीय नारी कभी अपने पति का नाम नहीं लेती, यही कहना चाहती हो न तुम! देखो उर्मि, जो कुछ तुम कहने जा रही हो, उसमें मैं बिल्कुल विश्वास नहीं करता. ठीक है हम पति-पत्नी हैं, लेकिन एक दूसरे के साथी हैं, जीवन-साथी हैं और साथ में ऊँच-नीच, छोटे-बड़े का भाव नहीं, बराबरी का भाव होता है. मैं तुम्हारा नाम लूँ और तुम मुझे 'आप' कहो, मुझे यह पसंद नहीं. चलो मेरा नाम लो.'

'लेकिन...!'

'हाँ, हाँ, कहो निर...मल.'

'मुझसे नहीं होता यह सब.'

'कहना नहीं मानोगी? पहले ही दिन!'

निर्मल ने मुझे फिर मज़बूर किया कि मैं उसका नाम लूँ. लेकिन मेरे मुँह से उसके सामने उसी का नाम लेने में न मालूम क्यों हिचकिचाहट सी हो रही थी. और मैं लेना भी नहीं चाहती थी. उसकी जिद्द पूरी करने की लिए मैने कहा, 'अच्छा मैं नाम ले कर बुलाऊंगी.' मगर उसकी ज़िद्द ने फिर भी पीछा नहीं छोड़ा - 'नहीं, अभी लो मेरा नाम.'

अब मैं मजबूर हो गई, 'नि...र...मल' मैने नाम ले लिया, लेकिन कैसे कह पाई यह मैं समझ न सकी. मुझे इतनी शर्म आई कि हाथों से मुँह ढांप मैं एक ओर भाग गई.

यहाँ से दस-पंद्रह मील दूर, दूर तक फैली एक झील थी. उस झील के पार किनारे से थोड़ा दूर हट कर एक छोटा सा मकान था. निर्मल कॉलेज की छुट्टियां इसी झील वाले मकान में गुज़ारा करता. यह मकान उसे बेहद पंसंद था. इसलिए अपने नये जीवन की पहली रात उसने यहीं बिताने के निश्चय किया.

वह रात कितनी मधुर रात थी. दुनियाँ की सारी खुशियाँ उस रात सिमट कर जैसे हमारे दामन में आ गयी थीं. उस चाँदनी रात में झील का चमकता पानी दिल में आशाओं के, आने वाले नये जीवन के नये-२ चिराग़ दीप्त कर रहा था.

झील के तट पर लेटे-२ जैसे हम एक नयी दुनिया में पहुँच गये थे. कितनी रंगीन लग रही थी जिंदगी उस समय. झील में उठती कोई लहर जब हमारे तन को छू जाती तो शरीर में एक अजीब गुदगुदी होने लगती. पानी में दोनों के शरीर भीग रहे थे, लेकिन हमें इसकी तनिक भी चिंता नहीं थी, हम अपनी दुनियाँ में खोए थे.

'यूँ मेरी आँखों में क्या झाँक रहे हो?' मैने निर्मल के मुँह पर पानी उछालते हुए कहा.

'इन झील जैसी आँखों की गहराई में डूब जाने को मन करता है, उर्मि. कितनी नशीली हैं तुम्हारी ये आँखें, तुम्हारा यह गोरा बदन कितना प्यारा है. डर लगता है इस चाँदनी में कहीं मैला न हो जाए. उसने मेरे शरीर को साड़ी से ढक दिया.

मेरी बाहों को सहलाते हुए उसी मदहोश आवाज़ में निर्मल ने मेरे क़रीब आते हुए कहा, 'तुमने मेरे जीवन को ऐसे सज़ा दिया है जैसे बहार मुरझाई कलियों को हरा-भरा कर देती है. तुम्हारे बिना जीवन जीवन न था.

'वह बहार न थी, वह बादे-सबा न थी,

जब आप न थे, तो चाँद सितारे न थे.

अब आप आई हैं तो जमाना मेरी बाहों में सिमट आया है.'

और फिर यूँ ही लेटे-२ हम एक-दूसरे की बाहों में सिमट गये. सचमुच जैसे पूरी दुनियाँ हमारी बाहों में सिमट कर आ गई थी. चारों ओर नीरवता थी. झील भी शांत थी. मगर दिल के भीतर अरमानों और उमंगों की जो लहरें उठ रहीं थीं, उन्हें शांत करना मुश्किल हो रहा था. यूँ ही एक दूसरे की बाहों में पड़े-२ पूरी रात बीत गई उस झील के किनारे. यह हमारे विवाह की पहली रात थी.

झील के उस पार हमारा जीवन आरंभ हुआ. उस पार की दुनियाँ से बिल्कुल अलग थी हमारी दुनियाँ. इसमें किसी तरह की न बेचैनी थीं, न चिंता. लोगों के कोलाहल और उनके छल-कपट से दूर थी हमारी यह दुनियाँ. प्रकृति की हरी भरी गोद में कितना मधुर था हमारा यह जीवन!

सूरज की पहली किरण जब हमारे घर के आँगन में पड़ती, हमारी नींद खुलती और सबसे पहली आवाज़ जो मेरे कानों में पड़ती वह निर्मल की होती.

'हेलो उर्मि!' मेरे गालों को थपथपाते हुए निर्मल मुझे जगाता.

'हेलो.' कहती हुई मैं जाग पड़ती.

और जब कभी एक-दो आवाज़ों से मैं न उठती तो निर्मल के हँसी से गुनगुनाए शब्द ज़रूर मुझे जगा देते. वह मेरे कानों के पास आकर कहता, 'जागो, उर्मि प्यारी, जागो, निर्मल छुए बदन तिहारो, जागो, उर्मि प्यारी...' और तब तक गाता रहता जब तक मैं आँखें न खोल देती. हम साथ-२ नाश्ता करते और कुछ देर बाद निर्मल कॉलेज चला जाता और मैं घर के काम में लग जाती. वक्त़ मिलता तो निर्मल की किताबें उठा कर पढ़ने बैठ जाती.

इस तरह पढ़ते-२ वक़्त कट जाता और अगर पढ़ने का मूड न होता तो मैं रमिया को बुलवा लेती या फिर मैं स्वयं ही उसकी पास वाली घास- फूस से बनी झोंपड़ी में चली जाती. रमिया रामू मल्लाह की बीवी थी. दोनों मियाँ-बीवी बड़े ही खुश दिल थे. रामू झील में नाव चलाता था और दोपहर को अक्सर घर ही रहता. कहता, 'बीबी जी, दुपहरिया की इस धूप में कौन जावे है उस पार!' और वह नाव बाँध अपनी बीवी के पास आ बैठता.

मुझे उनकी भोली-भाली भाषा बड़ी प्यारी लगती. उनकी बातें सुनते मैं थकती नहीं थी. और तब तक बातें सुनती रहती जब तक चार न बज जाते. चार बजते ही मैं घर लौट आती और मेरा ध्यान द्वार की ओर लग जाता. ठीक चार बजे निर्मल घर पहुँच जाता. दरवाज़े पर पहुँचते ही उसके साइकल की घंटी और उसकी आवाज़ एक साथ सुनाई देते.

'बेगम!' बाहर से आने पर वह मुझे इसी नाम से सम्बोधित करता और में भाग कर बाहर आ जाती.

'गुड इवनिंग.' मैं उसके हाथों से साइकिल ले लेती.

'गुड इवनिंग, डार्लिंग.' और एक दूसरे की बाहों में घिरे हम लॉन में आ बैठते. चाय पीते और फिर सूरज ढलते ही झील के किनारे जा बैठते.

इस झील से न मालूम निर्मल को इतना प्यार क्यूँ था. हर शाम वह झील पर आना न भूलता. छुट्टी वाले दिन छत पर खड़े होकर झील की उठती लहरों को निहारना उसे बहुत पसंद था. चाँदनी रात में रामू की नाव पर बोटिंग किए बिना उसे चैन न आता. हवा तेज हों या लहरें वेग में, निर्मल को उसकी परवाह न होती. रामू लाख कहता, 'बाबू, मौसम ठीक नहीं है, नैय्या हम खेवेंगे आज.' लेकिन निर्मल उससे पतवार ले ही लेता - 'रामू, तुम किनारे पर बैठे लहरें गिनो, हम अभी आते हैं. यह लो अपना हुक्का, सम्भालो इसे.' नाव से उसका हुक्का निकाल कर देता और नाव पानी में खींच लेता.

झील के प्रति निर्मल का इतना आकर्षण देख मैं उससे पूछ बैठती, 'निर्मल, झील तुम्हें इतनी पसंद है?'

'हाँ, उर्मि. तुम्हारे बाद मैं इसी को महत्व देता हूँ. इस झील में न मालूम ऐसी कौन सी कशिश है जो मुझे हमेशा अपनी ओर खींच लाती है.' कितनी प्यारी है! कभी-२ तो सोचता हूँ घंटों इस पानी में नाव चलाता रहूं. अजीब सी शांति मिलती है यहाँ आकर.'

'और अगर यूँ चलते-चलते हमारी नाव भंवर में फँस गई कभी और मैं तुम्हारी इस प्यारी झील में डूब गई तो?'

'तुम्हें डूबने ही कहाँ दूँगा. वह गीत सुना है न - 'भला कैसे टूटेंगे बंधन ये दिल के, बिछुड़ती नहीं मौज से मौज मिल के. छुपोगे भंवर में तो छुपने न देंगे, डुबो देंगे नैया, तुम्हें ढूँढ लेंगे.' खींच के ले आऊंगा नीचे से नाव डुबो कर.'

इस तरह हमारे दिन कट रहे थे. जीवन में बहार थी, खुशी थी. एक-दूसरे की बातों से, हँसी और कहकहों से घर गूँज उठता था. कभी रूठ जाते तो हम घंटो नहीं बोलते और शाम होते ही निर्मल पूछता, 'उर्मि, हम कब तक यूँ ही रूठे रहेंगे? पहले मैं तुम्हें मनाऊँ या तुम मुझे मनाओगी?' फिर उसी क्षण सब कुछ भूलकर एक दूसरे के आलिंगन में बँध जाते.

हम दोनों बेहद आशावादी थे. लेकिन निर्मल मुझसे कहीं अधिक आशावादी था. 'बहुत दूर की सोचना मेरी बचपन की आदत है उर्मि.' वह कहता और अपने जीवन की भावी योजनाएँ बनाने में यूँ खो जाता जैसे उन सबको कल ही पूरा करना है.

जब कभी हम फ़ुर्सत में बैठते तो निर्मल अपनी इस छोटी सी दुनियाँ को आगे बढ़ाने की बात अक्सर छेड़ देता. ऐसे ही एक दिन अपनी मेज़ पर झुका निर्मल लिखने में व्यस्त था.

'क्या लिखा जा रहा?' मैने उसकी कुर्सी की पीठ का सहारा लेते हुए पूछा.

'ओ बेगम ! माबदौलत अपनी और अपनी मल्लिका-ए-तरन्नुम की ज़िंदगी का ख़ाका बनाने में मशगूल हैं.' मुझे पीछे से खींच कुर्सी पर अपने पास बिठाते हुए उसने लखनवी अंदाज़ से कहा, 'लो पढ़ो, आपकी और हमारी ज़िंदगी की तस्वीर.'

मैने काग़ज़ लेकर पढ़ा. लिखा था - '1. डॉक्टर २. कलाकार 3. लेखक 4. प्रोफेसर 5. इंजिनियर 6. पॉलिटीशियन 7. सैनिक 8. वकील 9. बिज़नेसमैन 10. सिंगर.'

'यह सब क्या है?'

'घर की कैबिनेट की सदस्य संख्या. कम से कम इतने लोगों की कैबिनेट तो होगी ही.' कहते हुए मुझे अपने पास खींच लिया.

शर्म से मेरा चेहरा रक्तिम हो गया. मन ही मन कुछ हँसी भी आई, एक ऐसी हँसी जिसमें शर्म और लज्जा की आभा थी.

'शर्म नहीं आती ऐसी बातें करते हुए!' अपनी लज्जापूर्ण हँसी छुपाने की लिए मैने साड़ी का किनारा मुँह में दबाते हुए कहा.

'डार्लिंग, सच्चाई से मुँह क्या छुपाना. जो हो....'

'अच्छा, ठीक है. जो होगा, होगा, अब चलिए चाय ठंडी हो रही है.'

निर्मल ऐसी बातें अक्सर करता. उसका सबसे बड़ा अरमान यह था कि उसकी अपनी संतान, चाहे वह लड़की हो या लड़का, डॉक्टर बने. 'डॉक्टर' पेशे से उसे बेहद लगाव था.

यूँ हमारे शामो-सहर कट रहे थे. दिन ढलता तो रात आती और रात की घोर कालिमा के बाद दिन की आभा युक्त लालिमा जीवन में आशाओं का संचार करती चली जाती. ऐसे ही दिन रात महीनों और महीने सालों में बदलते गये और हमारी खुशी भरी ज़िंदगी का कारवाँ तेज़ी से आगे बढ़ता गया.

इसी बीच हम दो प्राणियों की इस छोटी सी दुनियाँ में अचानक एक तीसरे व्यक्ति ने कदम रखा. वह था निर्मल का पुराना साथी - मणि.

मुझे अच्छी तरह याद है उस दिन खूब तेज़ बारिश हो रही थी. आकाश पर बादल इस तरह छाए हुए थे कि बारिश थमने की कोई सूरत नहीं दिखती थी. निर्मल अभी यूनिवर्सिटी से नहीं लौटा था. (यह मैं बताना भूल गई हूँ कि हमारे विवाह के एक वर्ष बाद निर्मल यूनिवर्सिटी में लेक्चरर बन गया था). शायद वर्षा के कारण रुक गया हो, यह सोचकर मैं अपने दिल को समझाती. घर में मैं बिल्कुल अकेली थी. डर सा लगने लगा था. ज्यों-२ अंधेरा बढ़ता जाता, मेरा मन निर्मल के लिए आकुल हुआ जाता था. मन

के डर और अकेलेपन को दूर करने के लिए मैं रमिया को बुला लाई थी. रामू भी झील से अभी नहीं लौटा था. कहीं पेड़ के नीचे बैठा कोई गीत गाता होगा - रमिया ने मुझे बताया.

हम दोनों बातें करने लगीं. लेकिन बाहर बरस रहे बादलों की गर्जन इतनी तेज हो जाती कि हम पास बैठी एक दूसरे की बात नहीं सुन पाती थी. बादलों का शोर थमा तो नीचे से कुछ आवाज़ आई. निर्मल 'बेगम, बेगम' चिल्ला रहा था. मैंने दरवाज़ा खोला. देखा वह पूरा भीगा हुआ था. उसके कपड़ों से पानी बह रहा था.

'ओ हो, बेगम! कितनी देर से चिल्ला रहा हूँ. किन ख्यालों में खोई हुई थीं?'

'आप ही के, जहांपनाह. और भला किस...' कहते-२ मैं अचानक झेंप गई. निर्मल के पीछे कोई खड़ा था.

हम तीनों ऊपर पहुँचे.

'बहुत भीग गये हो.' मैने तौलिया देते हुए कहा.

'हाँ, जान मेरी. गनीमत है कि भीगते हुए तुम तक पहुँच गये, वरना आज तो जल-समाधि हो रही थी. नाव में पानी भर गया था. डूबते-२ बची नाव. लो मणि, तुम पोंछ लो पहले. कुछ ज़्यादा भीग गये हो तुम.' निर्मल ने तौलिया उस व्यक्ति को देते हुए कहा और फिर उसे देख जैसे अचानक कुछ याद आ गया हो, मेरी ओर मुड़ कर कहा, 'ओह, इससे मिलाना तो भूल ही गया, उर्मि! यह है मेरा दोस्त - मणि, डॉक्टर मणि. शहर में बहुत अच्छी प्रैक्टिस चल रही है. इंसानों का इलाज करता है. बचपन में हम साथ-साथ पढ़े, खेले और लड़े है. और मणि, यह है उर्मिल, मेरी बीवी, मेरी दुनियाँ, मेरी सब कुछ.'

'बेहद खुशी हुई आप जैसी भाभी पाकर.' मणि ने हाथ जोड़ते हुए कहा.

'मिलते ही चापलूसी शुरू करने लग गया.' निर्मल हंस पड़ा मणि की बात पर.

'क्यों?'

'कहते हैं अपनी प्रशंसा सुन कर औरतों का दिमाग़ घूम जाता है.'

'लेकिन भाभी वैसी नहीं लगती हैं.'

मणि बातों से अच्छा आदमी लगा. उसने अपनी दिलचस्प बातों से हम दोनों का मन जीत लिया. देखने में भी वह बुरा नहीं था. गोरा-चिटटा, लम्बे कद का मणि सचमुच एक डॉक्टर लगता था. मणि के आ जाने से हमारा अकेलापन बहुत कुछ दूर हो गया. वह अब अक्सर हमारे घर आ जाता और हमारा काफ़ी समय हँसी-खुशी में कट जाता. छुट्टी वाले दिन तो हम अक्सर झील से कुछ मील दूर बनी गुफ़ाओं के तरफ चले जाते और शाम गये तक घर लौटते. मणि की बातें बड़ी दिलचस्प होतीं. उसकी बातों से हम

कभी बोर नहीं होते. उसकी बातें सुनकर मैं उसे कहे बिना न रहती, 'सचमुच मणि, तुम बड़े दिलचस्प आदमी हो.'

'सब आपकी इनायत है, भाभी जान. सच तो यह है कि आप खुद एक दिलचस्प औरत हैं. कभी-२ तो मुझे निर्मल की किस्मत से ईर्ष्या होने लगती है. सोचता हूँ काश! मुझे भी आप जैसी एक बीवी मिली होती!' और फिर वह बहुत देर तक मेरे ही बारे में बाते करता रहता. कभी-२ तो वह मुझे यूँ देखने लगता जैसे नज़रें हटाएगा ही नहीं मेरे चेहरे से. निर्मल उसकी इस आदत पर हंस देता.

'ऐसे घूर-२ कर क्या देख रहे हो मणि? नीयत तो ठीक है न!'

'माफ़ करना, निर्मल,' मणि प्रतिउत्तर में गंभीरता की मूर्ति बन कर कहता, 'मैं तुम्हारी पत्नी को इस तरह देखता हूँ. सच तो यह है कि तुम्हारी बीवी इतनी खूबसूरत है कि उस पर से नज़रें उठाने को मन ही नहीं करता. जी चाहता है बस देखता ही रहूं, देखता ही रहूं जब तक अपने आप को भूल न जाऊं.'

धीरे-२ मणि का हमारे घर में आना बहुत बढ़ने लगा. अब वह आए दिन घर आ जाता. 'इधर से गुज़र रहा था, सोचा तुम्हें देखता जाऊं.' यहाँ आने का कारण वह यही बताता और निर्मल की अनुपस्तिथि में जब भी वह आता मेरे लिए कुछ न कुछ ज़रूर लाता - कभी साड़ी, कभी टॉप्स, कभी रिंग, कभी कुछ, कभी कुछ.

'इन्हें पहनो तो भाभी, देखूं कैसी लगती हो.' एक दिन नेकलेस मुझे देते हुए उसने कहा, 'अच्छा लाओ, मैं पहना दूं.'

'मणि, तुम यह सब क्यों लाते हो? इन सबकी क्या ज़रूरत है? लगता है कमाई आज कल ज़्यादा हो रही है!' मैं उसे हंसते हुए डाँट देती.

'पता नहीं तुम्हारे लिए लाना क्यों अच्छा लगता है. मन की बात कहूँ तो मुझे तुमसे प्यार हो गया है.' उसने मेरे पीछे खड़े होकर गले में पड़े नेकलेस का हुक दबाते हुए कहा.

मैं खिलखिला कर हंस पड़ी.

'पहले प्यार नहीं था?'

'था. लेकिन उस प्यार में और इस प्यार में बहुत फ़र्क है.'

'प्यार-प्यार में भी फ़र्क होता है क्या?' उसकी गंभीरता देखकर मुझे और भी हँसी आ गई.

'बहुत.'

'क्या?'

'मुझे समझाना नहीं आता.'

मणि के व्यवहार और बातचीत करने के ढंग में परिवर्तन आने लगा. अब 'भाभी' कहने के बजाए मेरा नाम लेकर मुझे बुलाने लगा. निर्मल के सामने मुझे 'भाभी' कहता और उसकी अनुपस्तिथि में 'उर्मिल'. और उसकी हर सम्भव कोशिश होती कि किसी न किसी बहाने से मुझे छुआ जाए. उसकी आँखों में भीं उस स्नेह की चमक नहीं रही जो देवर-भाभी के स्नेह की चमक पहले-२ उसकी आँखों में झलकती थी. पहले मैने मणि के इस परिवर्तन की ओर कोई ध्यान नहीं दिया, लेकिन जैसे-२ उसकी मेरे क़रीब आने की कोशिश बढ़ती गई, मुझे उससे डर लगने लगा. मैं उससे दूर रहने की कोशिश करने लगी. मगर इस बारे में निर्मल को कुछ नहीं कहा. मैं कहना नहीं चाहती थी या कह नहीं सकती थी, यह मुझे मालूम नहीं. शायद इस भय से कि कहीं निर्मल उसे मेरा पागलपन न कहे और या फिर इसलिए कि निर्मल मणि को बेहद चाहता था.

मणि के बदलते व्यवहार के बारे में निर्मल से मैने कुछ नहीं कहा, लेकिन उसके विषय में बोलना मैने कम कर दिया. जब भी उसके बारे में वह कुछ कहता, मैं चुप रहती. यूनिवर्सिटी में आ जाने के बाद निर्मल की एक इच्छा थी कि वह अपनी एक प्रेस खोले जिसमें वह अपनी लिखी पुस्तकें प्रकाशित कर सके. ढेर सी किताबें लिख रखीं थीं जिन्हें उसने रात रात भर जाग कर पूरा किया था.

'मैं चाहता हूँ ये मेरी अपनी ही प्रेस में छपें. वह उन पांडुलिपियों पर गर्वीली दृष्टि डालते हुए कहता. किसी प्रकाशक के पास इस विषय में जाना उसे पसंद न था. किंतु अपनी प्रेस चलाना आसान नहीं था. इसलिए उसने एक प्रकाशक से बात की तो वह साथ देने के लिए तैयार हो गया, लेकिन फिर भी काफ़ी पैसों की ज़रूरत थी. निर्मल ने बताया कि कम से कम दस हज़ार रुपये की आवश्यकता थी उस काम में.

निर्मल की पुस्तकें प्रकाशित होने से जहाँ उसकी ख्याति बढ़ सकती थी, वहाँ हमारे भविष्य के उज्जवल होने की भी आशा थी. लेकिन दस हज़ार रुपये जुटाने का कोई साधन हमारे पास नहीं था. इस साधन के अभाव में निर्मल मन ही मन घुट कर रह जाता.

एक दिन यूनिवर्सिटी से लौटा तो उसके चेहरे पर खुशी की एक चमक थी.

'आज कोई खास बात है क्या? खूब गुनगुना रहे हो मन ही मन!' उसके कंधे से कोट उतारते हुए मैने पूछा.

'हाँ, उर्मि. अपनी किस्मत का सितारा चमकता दिख रहा है आज.' कुछ देर वह रुका, फिर बोला, 'पैसे का इंतज़ाम हो गया है, उर्मि.'

'सच!' मैं प्रसन्नता से चिल्ला उठी और उसके निकट बैठ गई.

'कैसे हुआ? कौन दे रहा इतना पैसा?' उत्सुकता से मैने उसकी आँखों में झाँका, जिनमें खुशी तैर रही थी.

'मणि.'

'मणि?' मेरे मुँह से निकल पड़ा. मेरी सारी उत्सुकता, सारी प्रसन्नता, सारी खुशी पल भर में हवा हो गई मणि का नाम सुनते ही. मैं उठ खड़ी हुई.

'क्यों क्या हुआ?'

'मणि को छोड़ कोई और साधन नहीं बन सकता, निर्मल?'

'लेकिन मणि घर का आदमी है, जाना पहचाना है.'

'मगर पैसा दिलों में दरार पैदा कर सकता है.'

'मैं मणि को अच्छी तरह जानता हूँ, डार्लिंग, वह कभी कोई ऐसा काम नहीं करेगा जिससे यह पैसा हम दोनों के बीच दीवार बने.'

मणि से पैसा लेने की बात मुझे अच्छी नहीं लगी. लेकिन मैने विरोध नहीं किया निर्मल के सामने क्योंकि उसकी खुशी मेरी खुशी थी. उसके भविष्य में मेरा और मेरे अंदर पल रही एक नन्हीं जान का भविष्य निहित था. इस नई जान के सुरक्षित जीवन और सुखी भविष्य की कल्पना करके मैं चुप हो गई.

निर्मल का काम चल पड़ा. उसकी एक-एक करके सभी पुस्तकें छप गयीं. उसकी ख्याति दिन-दिन बढ़ने लगी. पत्रों के ढेर रोज उसके नाम आने लगे और वह अब पढ़ने लिखने में काफ़ी व्यस्त रहने लगा. लेकिन वह मेरा पूरा ध्यान रखता. वह समय पर घर लौटने की पूरी कोशिश करता और जब कभी समय पर न पहुँच पाता तो मणि को कह देता फ़ोन पर और मणि मेरे घर आ जाता मेरा अकेलापन दूर करने.

ऐसे ही एक रात जब मणि आया तो चाँदनी रात थी. गुलाबी जाड़े की मस्त रात. आकाश पर पूरे चाँद की चारों ओर छिटकी चाँदनी शरीर में गुदगुदी सी मचा रही थी. सारा दिन घर बैठे-२ परेशान हो गई थी. मन झील तक घूम आने को कर रहा था. मैने मणि को कहा-

'आओ मणि, ज़रा झील तक चलें.'

'कितना प्यारा मौसम हो रहा है. कुछ गाने को जी चाहता है.' मैने झील के किनारे-२ चलते हुए मणि को कहा, 'मणि, तुम एक गीत सुनाओ आज!'

'वो दिल क्या गीत गाएगा जिस दिल में खुशी न हो. उसकी आवाज़ बे-आवाज़ हो जाती है. ऐसा लगता है जैसे उसके गीत, उसके सुर बेजान हों.'

मैं खिलखिलाकर हंस दी उसकी बात पर, 'क्या हो गया है तुम्हारे दिल को? किसने छीन ली है तुम्हारे दिल की खुशी?'

'इन दो परछाईयों को देख रही हो उर्मिल?' उसने चाँदनी में पड़ती हम दोनों के साए की ओर इशारा करते हुए कहा, 'मेरी परछाईं के साथ यह जो दूसरी परछाई जिसकी है, उसने. उसने मेरी आँखों की नींद छीन ली है.' मणि ने मेरा हाथ पकड़ लिया, 'सच उर्मिल दिल करता है तुम्हें अपनी बाहों में समेट लूँ. कब तक तुम्हारा शरीर और मेरी बाहें एक दूसरे से अजनबी रहेंगे?'

'मणि कैसी बहकी-बहकी बातें कर रहे हो आज? तुम शायद भूल रहे हो कि मैं तुम्हारे मित्र की पत्नी हूँ और तुम्हारी भा...'

'मैं सब जानता हूँ, उर्मिल. लेकिन तुम जानती हो प्यार अँधा होता है. वह सम्बधों और रिश्तों को नहीं देखता. उसके लिए प्रेम ही सब कुछ होता है. प्रेम...अहा..हा..हा.. प्रेम!' वह बेतहाशा हँसने लगा. 'आओ उर्मिल, हम भी प्रेम करें. आओ सिमट जाओ मेरी बाहों में. देखो मौसम भी यही कहता है. चाँद भी बादलों में छिप रहा है, जैसे कह रहा हो कि छुप जाओ एक दूसरे के दिलों में, खो जाओ एक दूसरे की धड़कन में - यह वक़्त बार-२ नहीं आता. आओ उर्मिल.'

उसने मुझे अपनी ओर खींच लिया और अपनी बाहें मेरी ओर फैलाते हुए कहा, 'आओ, इन बाहों और इस शरीर के अजनबीपन को दूर कर लें.'

'मणि, तुम होश में तो हो?' मैं उसके बंधन से अपने को छुड़ाने के लिए तड़पने लगी.

'अब होश कहाँ रहा है जान मेरी!' और वह मेरी ओर झुकने लगा. चाँद के बादलों में छिप जाने से चारों ओर अंधेरा छा गया था. मैं छटपटा उठी. लेकिन मैं असहाय थी. जैसे-२ उसके होंठ क़रीब आते गये, मैं ज़मीन में झुकती चली गई. लाख सिर पटका उस स्पर्श से बचने के लिए. लेकिन मणि के आगे एक न चली. और वह 'प्लीज़ एक, सिर्फ़ 'एक किस...' कहता हुआ बराबर मुझ पर झुकता गया और फिर...फिर...बस वही हुआ जिसे रोकना मेरे लिए मुश्किल था.

जब उसका जी भर गया तो उसने मुझे बंधन मुक्त कर दिया. वह जैसे तृप्त हो चुका था. लेकिन उसके चेहरे पर वासना का भूत सवार था. वह शैतान लग रहा था. मुझे उससे नफ़रत हो गई.

'मुझे अफ़सोस है, उर्मिल, मैने तुम्हें परेशान किया. लेकिन इस बात की खबर निर्मल तक नहीं पहुँचनी चाहिए.' उसने लार से भीगे होंठों को पोंछते हुए कहा, 'तुम्हें मालूम है उसका जीवन, तुम्हारा जीवन मेरी मुट्ठी में बंद है. मैं उसे कोई क्षति नहीं पहुँचाना

चाहता. अपने पति को खुश देखना चाहती हो तो उसे कुछ मत कहना. कल चार बजे मैं तुम्हारी अपने क्लिनिक में प्रतीक्षा करूँगा. आओ अब लौट चलें.'

मैं पंखहीन पक्षी की तरह छटपटा कर रह गई. चुपचाप मणि के साथ चल पड़ी. कुछ दूर जाने पर निर्मल आता दिखाई दिया.

'आय'म सॉरी डार्लिंग.' निर्मल ने आते ही कंधों से छुआ, 'मुझे कुछ देर हो गई आज.' वह कहता गया, लेकिन मुझमें हिम्मत नहीं थी कि मैं कुछ कह पाती. मुझे यूँ चुप देख कर निर्मल बोले बिना न रह सका, 'क्या बात है, उर्मि, तबीयत तो ठीक है न?'

'भाभी तुम्हारे देर से आने पर नाराज़ है भाई जान.' मणि ने हंसते हुए कहा, 'वैसे तबीयत भी ठीक नहीं है कुछ. भारी-२ सी तबीयत हो रही है. लेकिन अभी से घबराने की बात नहीं है. कल शाम को मेरे पास ले आना, मैं देख लूँगा.'

कुछ दूर तक हम यूँ ही चलते गए चुपचाप. फिर मणि वहाँ से चला गया और हम दोनों घर पहुँचे. उस रात मुझे नींद नहीं आई. जो पाप मैने कर लिया था उसने मुझे रात भर सोने नहीं दिया. लगा जैसे मैं बहुत नीचे गिर गई हूँ. कितना बड़ा धोखा दिया मैने निर्मल को. कैसा विश्वासघात था उस पवित्र सम्बंध के प्रति जो दो वर्ष पहले पहाड़ी वाले शिव-मंदिर में हमने भगवान को साक्षी मान कर बनाया था. जब हमने प्रतिग्या की थी भगवान के सामने एक दूसरे में आस्था रखने की, एक दूसरे में विश्वास रखने की. तो क्या मैं निर्मल का विश्वास नहीं खो दूँगी यदि उसे यह मालूम हो गया कि उसकी अनुपस्तिथि में मणि के साथ...! उफ़! क्या होगा? 'तो क्या निर्मल को सब कुछ सच-सच बता कर अपनी निर्दोषता न प्रकट कर दूं?' मैने सोचा. मैं चाहती थी कि निर्मल को सब कुछ बता दूं उस रात वाली घटना के बारे में ताकि उसे मालूम हो जाए कि उसका मित्र जिस पर वह इतना विश्वास रखता है कितना गिरा हुआ है. लेकिन उसी क्षण मणि के धमकी भरे शब्द ध्यान आ गये - '.....अपने पति को खुश देखना चाहती हो तो उसे कुछ मत कहना.' इन शब्दों के पीछे मणि के क्या इरादे छिपे हुए थे, यह तो मालूम नहीं था, लेकिन उसकी इस धमकी ने निर्मल से सब कुछ छिपाने पर मजबूर कर दिया. मगर निर्मल से बात छिपाने का अर्थ मणि की वासना का शिकार होना होगा, इससे मणि को और बल मिलेगा और मैं कहीं की न रहूंगी. तो मैं क्या करूँ - कुछ समझ में नहीं आ रहा था. उलझन की इस उहा-पोह में सवेरा हो गया.

दूसरे दिन निर्मल की यूनिवर्सिटी से छुट्टी थी. इसलिए शाम तक वह घर ही रहा. लेकिन किसी काम से उसे शहर जाना था. उसने मुझे भी चलने को कहा, पर मैने मना कर दिया.

'मेरा मन नहीं है निर्मल, कहीं जाने का.'

‘सारा दिन घर बैठे रहने से और भी खराब हो जाएगा. थोड़ा घूमने से दिल बहल जाएगा. मैं मणि के पास तुम्हें छोड़ता जाऊँगा और लौटते समय तुम्हें ले लूँगा.’

एक बहुत बड़े बाज़ार में मणि का क्लिनिक था. क्लिनिक के भीतर जाते ही ‘एग्ज़ामिनेशन रूम’ के साथ जुड़ा एक कमरा था और इस कमरे के बाहर एक सुंदर सी ‘नेम प्लेट’ लगी थी जिस पर बड़े-२ अक्षरों में लिखा था - ‘डा. मणि’.

‘डॉक्टर!’ मेरे दाँत जैसे आपस में पिसने लगे. मैने एक बार फिर उस नेम प्लेट को देखा और मणि का चेहरा उस प्लेट में स्पष्ट हो उठा. एक जीवन रक्षक का जीवन के प्रति इतना घिनौनापन! दिल उस ‘डॉक्टर’ शब्द पर अट्टहास कर उठा.

निर्मल कुछ देर बैठने के बाद वहाँ से चला गया और वहाँ उस बड़े कमरे में हम दो रह गये थे - मैं और ‘डा.’ मणि.

‘तुम आ गयीं उर्मिल. मैने तो सोचा था तुम नहीं आओगी. लेकिन यह सोचते हुए भी मैं तुम्हारी प्रतीक्षा कर रहा था. चलो अच्छा हुआ तुम आ गईं. मैं बहुत खुश हूँ तुम्हें यहाँ देखकर.’

मणि बोलता गया, मैं सुनती गई. मेरे पास बोलने को था ही क्या जो मैं बोलती. चुपचाप बैठी रही. तभी मणि ने आगे कहा, ‘आओ उर्मिल, अंदर चलें.’

‘क्यों? यहाँ कोई देखने वाला तो नहीं हमें! निर्मल जा चुका है. आठ बजे से पहले वह क्या आएगा!’ मुझसे कहे बिना न रहा गया. मणि मेरे शब्दों की कठोरता को भाँपते हुए हंस पड़ा. उसकी इस हँसी पर मैं तिलमिला उठी. लेकिन मणि ने वैसी ही हँसी हंसते हुए कहा, ‘कोई भी आ सकता है.’ और वह मुझे अंदर वाले कमरे में ले गया.

‘वो आए हमारे घर में खुदा की कुदरत है,

‘कभी हम उनको, कभी अपने घर को देखा करते हैं.’

उसने पास पड़े सोफे पर बैठने का इशारा करते हुए कहा. मैं चुपचाप बैठ गई. वह भी मेरे पास आकर बैठ गया.

‘हम दोनों के सिवाय यहाँ कोई नहीं है. तुम बोलती क्यों नहीं उर्मिल? आज जब मेरा दिल गा रहा है खुशी से तो तुम चुप हो. आख़िर क्यों?’

‘मणि, तुम हमारी मजबूरी का फ़ायदा उठा रहे हो. मुझे अगर पहले मालूम होता कि तुम ऐसा करोगे तो मैं निर्मल को कभी तुमसे सहायता लेने को न कहती.’

‘मैं खुद मजबूर हूँ डियर, अपने मन की भावनाओं के कारण. तुम मुझे समझने की कोशिश करो, उर्मिल. आप लोगों को परेशान करने की मेरी बिल्कुल तमन्ना नहीं है. मैं सिर्फ़ तुम्हें देखते रहना चाहता हूँ. तुम नहीं चाहती मुझसे सम्बंध स्थापित करना तो

न सही, लेकिन मेरी आँखों के आगे रहो, कुछ देर मेरे पास बैठो, मुझसे बातें करो, इतना काफ़ी है मेरे लिए. मैं तुम्हें छूऊँगा नहीं. लो मैं अभी तुमसे दूर हो जाता हूँ.' कहते हुए वह मेरे पास से उठकर सामने वाली कुर्सी पर बैठ गया. फिर बोला, ' मगर मेरी इलतज़ा है कि तुम यूँ ही रोज़ आया करो. दिल को चैन मिल जाएगा कुछ देर के लिए.'

'यह सब नहीं हो सकता.' मैने उसकी बात का विरोध किया, 'मैं किसी की बीवी हूँ, उसके बच्चे की माँ बनने वाली हूँ. रोज़-२ यहाँ आना मेरे लिए संभव नही.'

'तुम चाहो तो सब संभव हो सकता है, उर्मिल. मैं डॉक्टर हूँ और तुम पेशेंट. एक पेशेंट का डॉक्टर के पास रोज़ आना लोगों को क्यों कर खटकेगा और तुम मेरे मित्र की पत्नी हो, समाज की नज़रों में मणि की भाभी. इससे अच्छी आड़ और भला क्या हो सकती है जो तुम्हें रोज़ यहाँ ले आने में सहायता करे!'

मणि की बात मान लेने की सिवाय मेरे पास और कोई रास्ता नहीं था. निर्मल से छुप कर रोज़ मणि के पास आने लगी. कुछ दिन ऐसे चलता रहा. लेकिन रोज़ जा पाना अब मेरे लिए संभव न था. इसलिए मणि ही मेरे घर आ जाता और उसके बैठे निर्मल अगर घर पहुँच जाता तो उसके आने का बहाना मेरी जाँच करना होता. वैसे मणि के घर आने पर कोई प्रतिबंध नहीं था, क्योंकि निर्मल उसे अपने जीवन का एक अंग समझता था.

कुछ ही दिनों में मैं माँ बनने वाली थी. निर्मल ने घर का काम करने से मना कर दिया. उसे मेरी बड़ी फ़िक्र रहती. वह मुझे कोई काम करता देखता तो दूर से ही चिल्लाता - 'बेगम! यह क्या हो रहा है!' और फिर पास आकर 'डाँट' देता, 'कितनी बार मना किया डार्लिंग, कि काम मत किया करो, अपना नहीं तो कम से कम आने वाली की तो फ़िक्र करो.'

'यह सारा काम कौन करेगा? तुम?' मैं हंसते हुए कहती.

'हाँ मैं करूँगा.' और वह सचमुच काम करना शुरू कर देता.

घर के काम के लिए एक आया रख दी गई. मेरी काम से छुट्टी हो गई. राधा के आ जाने से मुझे बड़ा आराम मिला. वह पास के किसी गाँव की रहने वाली थी. कहती थी कि उसका विवाह बचपन में ही हो गया था, मगर उसने अपने ससुराल और पति की शक्ल आज तक नहीं देखी थी. सुनती थी कि उसके आदमी ने किसी और से शादी कर ली थी, लेकिन उसमें दकियानूसी विचार नहीं थे. वह हँसमुख थी और सारा दिन मुझे खुश रखने का प्रयास करती. इतना होने पर भी मुझे राधा से हमेशा एक बात का डर लगा रहता कि कहीं उसे मेरे और मणि के बीच के सम्बंधो का भान न हो जाए और यह रहस्य निर्मल तक न पहुँच जाए. इस भय के कारण मैं राधा को हमेशा संतुष्ट रखने की कोशिस करती और उस पर कभी नाराज़ न होती.

आख़िर वह दिन भी आ गया जिसकी प्रतीक्षा मैं और निर्मल बेचैनी से कर रहे थे. निर्मल ने मुझे मणि के क्लिनिक में एडमिट हो जाने को कहा. लेकिन मैने उसका विरोध किया. मुझे मणि से डर लगता था. उस पर मुझे विश्वास नहीं था. मैं एक नर्सिंग होम में एडमिट हो गई.

मैं माँ बन गई. निर्मल ने सुना तो वह खुशी से उछल पड़ा, इस बात पर नहीं कि मैं माँ बन गई थी, बल्कि इसलिए कि वह एक बेटी का पिता बन गया था.

'मेरी डॉक्टर बिटिया!' कमरे में आते ही उसने उस नन्हीं सी जान को उठा लिया और उसे इतनी ज़ोर से चूमा कि वह रो पड़ी.

'ओ! रोती है! पहचानो बेटा, पहचानो हमें. हम हैं - तुम्हारे डैडी.' उस रोती को चुप कराने की कोशिश करते हुए निर्मल ने अपनी बेटी को अपना परिचय दिया. वह उसे चुप न करा सका तो नर्स ने उसे ले लिया.

'मुबारक हो माँ बनने की.' नर्स के कमरे से बाहर जाते ही निर्मल ने मेरे पास बैठते हुए कहा.

'तुम्हें भी मुबारक हो. आख़िर बाप बन ही गये न!' मैने हंसते हुए कहा. वह भी हंस पड़ा, 'तुम भी तो माँ बन गयी. चिल्लाती रहती थी - मुझे नहीं बनना अभी माँ, मुझे नहीं आता

अभी से बच्चों को संभालना.'

मैने देखा उसकी आँखों में खुशी तैर रही थीं, वे स्नेह-सिक्त हो रही थीं.

'निर्मल तुम खुश हो?' मैने उसके गालों पर हाथ फेरते हुए पूछा. मुझे उस पर बड़ा प्यार आ रहा था. कितना मासूम लगता था एक बाप के रूप में.

'हाँ, खुश हूँ, बहुत खुश हूँ. मुझे लड़की चाहिए थी, वह मिल गई. मेरा आधा अरमान पूरा हो गया है आज.'

'मेरी वजह से.'

'कैसे?'

'तुम्हें डैडी बना दिया मैने.'

'माँ बनने पर इतराने लग गईं?'

'इतराने की क्या बात है. तुम्हारा अरमान पूरा कर दिया है. मेरे एहसानमंद हो न?'

'तुम्हारा यह एहसान तब मानूँगा जब ऐसे नौ औ...' कहते-२ वह चुप हो गया. नर्स कमरे में आ गयी थी.

जो भी था, निर्मल मंजुल के आने से बहुत खुश था. वह उसे डा. मंजुल कह कर बुलाता. उसके दिल का अरमान अब उसे डॉक्टर बनने के सपने देखने लगा.. वह मणि को कहता, 'देखो मणि, हमारी मंजुल है न, एक बड़ी डॉक्टर बनेगी. तुमसे भी बड़ी डॉक्टर. जब तुम बूढ़े हो जाओगे, तुम्हारा हाथ बँटाएगी. क्यों बेटा?' और वह मंजुल को प्यार से चूम लेता.

मंजुल हम दोनों की खुशी थी, हमारी आँखों की रोशनी, घर की रौनक थी. मैं उसे माँ का उतना ही प्यार देती जितना मैने अपनी माँ से पाया था. उसे वे सब सुख देने का प्रयत्न करती जिनसे मैं स्वयं वंचित रही थी. आख़िर वह मेरी बेटी ही तो थी. उसकी मुक्त हँसी पर मैं अपने सब दुख भुला देती. तन-मन खुशी से जैसे नाच उठता. लेकिन मणि का ध्यान उस सारी खुशी में ज़हर घोल देता. मणि ! उफ़! उसका ध्यान आते ही दिल करता उसे गोली से उड़ा दूं. लेकिन बेबस थी. उस दिन जब मणि आया तो कहने लगा, 'उर्मिल कब आ रही हो? अब तो बहुत दिन हो गये हैं.' और दूसरे दिन आने को कह गया. निर्मल को भी बातों बातों में कहा, 'भाभी को भेज देना, मैं मंजुल की जाँच कर लूँगा.' निर्मल से स्वीकृति मिल गई.

इस तरह मंजुल की जाँच करने के लिए मणि के पास ले जाना एक बहाना हो गया और इस बहाने से मणि की मुझे अपने पास 'बिठाने' की 'आरज़ू' पूरी हो जाती थी. निर्मल को इस बात का बिल्कुल पता नहीं था क्योंकि उसके लिए तो सिर्फ़ मैं मंजुल को दिखाने जाती थी उसके डॉक्टर मित्र के पास. राधा को मैं कभी अपने साथ नहीं ले जाती. डरती थी कि निर्मल को इस बारे में मालूम न पड़ जाए. वहाँ मणि की नर्स मंजुल को ले जाती अपने साथ और हम - मणि और मैं, देर तक अकेले बैठे रहते. वह मेरे शरीर से खेलता रहता और मैं बेबस सी बैठी रहती.

घर पहुँच कर मुझमें इतना साहस न रहता कि मैं निर्मल से आँख मिला सकूँ. मेरी आँखें हमेशा उसकी नज़रों से बचने की कोशिश करतीं. किसी घर की सीता जब मर्यादा की लक्ष्मण-रेखा पार कर जाती है तो उसका आत्म-विश्वास ही उठ जाता है. छोटी-२ बातें उसे सूखे पत्ते की तरह झींझोड़ कर रख देती हैं. पहले निर्मल की भरपूर दृष्टि मुझे प्यार से सराबोर कर देती थी, लेकिन अब वैसी नज़र जब निर्मल मुझ पर डालता तो काँप उठती और उससे आँखें मिलाने की बजाए आँखें झुका लेती. डरती थी कि कहीं उसकी नज़र मेरी आँखों की गहराई तक पहुँचकर उस रहस्य को न पा जाए जिसे मैं मन में छुपाए थी.

उस रात मैं मंजुल को सुला रही थी. निर्मल मेज़ पर बैठा 'ओथैलो' पढ़ रहा था. कमरे में अंधेरा था. निर्मल की मेज़ से टेबल लैम्प की आती रोशनी से हल्का उजाला हो रहा था. इससे कमरे में शांति सी लगती थी. केवल मंजुल को सहलाती मेरी थपकियों की आवाज़ ही सुनाई दे रही थी. निर्मल चुपचाप पढ़ते -२ अचानक हँसने लगा.

'क्या बात है?' मैने इस अनायास हँसी का कारण पूछा.

'भ्रम और क्रोध आदमी को कितना पागल बना देते हैं उर्मिल. इनमें वह इतना अँधा हो जाता है कि कुछ दिखाई नहीं देता कि वह क्या करने जा रहा है.' निर्मल ज़ोर से हँसने लगा, 'देखो, इयागो के बहकाने और डॅसडिमोना के पास अपना रुमाल न देखकर ओथैलो गुस्से से पागल हो जाता है और बिना यह जाने की वास्तविकता क्या है, उसे अपनी बीवी के आचरण पर संदेह हो जाता है. इसी भ्रम के कारण वह डॅसडिमोना का गला घोंट देता है. कितनी मूर्खता है उर्मि यह इंसान की. अगर ओथैलो की जगह मैं होता तो कभी अपनी बीवी का गला न घोंटता, यह जानते हुए भी कि उसमें तथा उसके मित्र कैशिओ के बीच प्रेम-सम्बंध स्थापित हो चुके हैं. अगर आज तुम, मेरी डॅसडिमोना,' वह कुर्सी से उठकर मेरे पलंग के पास आ खड़ा हुआ, 'किसी से प्रेम करने लगो तो सच कहता हूँ उर्मि, मुझे तनिक भी रोष नहीं होगा और मैं...'

'आ...आप कैसी बातें कर रहे हैं?' मैं निर्मल की बात सुनकर एकदम घबरा गई. मेरे माथे से पसीने की बूँदें झलकने लगीं. दिल भय से डूबने लगा कि क्या निर्मल को मालूम हो गया है कि मैं मणि के पास जाती हूँ? क्या उसे मालूम हो गया है की हम घंटों तक साथ बैठते हैं? मेरा दिल ज़ोर-२ से धड़कने लगा. मैं हड़बड़ा कर उठ बैठी.

'घबरा गई!' वह वैसे ही हंसता रहा. 'मेरी बातों से डर गई क्या? मुझे तुम पर पूरा भरोसा है उर्मि. मुझे विश्वास है कि मेरी पत्नी कभी ऐसा नहीं करेगी.' उसने मेरे बालों में उंगलियाँ फेरते हुए कहा.

रात काफ़ी हो गई थी. निर्मल सो गया, लेकिन मेरी आँखों में नींद न थी. मेरी नज़र बार-२ सामने टेबल-लैंप के नीचे रखी किताब से टकरा जाती जिसके पन्ने खिड़की से आती हवा से इधर-उधर उड़ रहे थे. कुछ देर मैं पन्नों की इस खड़खड़ाहट को सुनती रही. जब मुझसे न रहा गया तो मैं बिस्तर से निकल कर मेज़ के पास गई और उस खुली किताब को उठा लिया. शायद मैं यह जानना चाहती थी कि डॅसडिमोना की किस हालत को देखकर ओथैलो को उस पर संदेह होता है, किताब का जो पृष्ठ मेरे हाथ लगा उस पर ओथैलो के ये शब्द लिखे थे -

'व्हाट सेन्स हैड आई ऑफ हर स्टोलन आवर्स ऑफ हर?

आई सॉ इट नॉट, थॉट इट नॉट, इट हार्म्ड नॉट मी:

आई स्लेप्ट द नेक्स्ट नाइट वेल, वाज़ फ्री एंड मेरि;
आई फाउंड नॉट कैसीओ"स किसीस औन हर लिप्स:
ही दैट इज रॉब्ड, नॉट वांटिंग व्हाट इज स्टोलन,
लेट हिम नॉट नो इट, एंड ही इज रॉब्ड एट ऑल.'

इन शब्दों को मैं एक ही साँस में पढ़ गई. लेकिन चौथी पंक्ति ने मेरा ध्यान अपनी ओर खींचा. मेरे मन में फिर एक प्रश्न उठा -'तो क्या निर्मल ने मेरे होंठों पर मणि के होंठों के निशान देख लिए हैं? डॅसडिमोना के तरह मेरा भी वैसा ही अंत होगा?"'

मुझे लगा जैसे मेरे गले पर निर्मल की उंगलियाँ तैर रहीं हैं. मैं भय से सिहर उठी. दिल के अंदर एक बे-आवाज़ चीख उठी जो अंदर ही अंदर दब कर रह गई. मैने निर्मल की ओर देखा. वह आराम की नींद सो रहा था. उसके होंठों पर हमेशा की तरह मुस्कान फैल रही थी. उन खिलते होंठो से मुझे उन शब्दों की गूँज सुनाई दी जो उसने कुछ देर पहले कहे थे - 'आज तुम, मेरी डॅसडिमोना, अगर किसी से प्रेम करने लगो तो सच कहता हूँ उर्मि, मुझे तनिक भी रोष नहीं होगा.'

'ओह निर्मल, कितने महान हो तुम!' मेरे मुँह से निकला और मैं उसके पैरों की ओर झुक गई. लेकिन मुझे अपने आप से नफ़रत हो गई. आत्म-ग्लानि से मैं दब गई.

अगले दिन मैं मणि के पास गई.

'मणि, तुम्हारी हवस अभी पूरी हुई है या नहीं?'

मेरे इस अचानक पूछे गए प्रश्न पर मणि को शायद कुछ आश्चर्य हुआ.

'क्यों, क्या बात है?'

'अब यह खेल और नहीं चलेगा.' मेरे इतना कहने पर वह शैतान की हँसी हंसा.

'खेल का आरंभ खेल का अंत नहीं हुआ करता, डार्लिंग. मैने तो कभी ऐसा नहीं देखा.'

'नहीं देखा तो अब देख लो. तुम्हें पैसा चाहिए, जल्दी लौटा दिया जाएगा.'

'यह तुम्हारा निर्णय है?' उसने मेरी कमर में हाथ डालने की कोशिश की.

'ऐसा ही समझ लो.' मैने उसका हाथ झटकते हुए कहा और बाहर आ गई. आते-२ मैने सुना, मणि कह रहा था -'दो कौड़ी होंगी तभी तो पैसा लौटाओगी.'

मैने कह तो दिया, लेकिन पैसे आएँगे कहाँ से जो मणि को दे सकें! मैने बहुत सोचा, मगर कुछ नहीं सूझा. लेकिन निर्मल को मैने अभी कुछ नहीं बताया. मेरी समझ

में नहीं आया कि मैं किस तरह बात शुरू करूँ. हृदय में एक हलचल सी मची थी. इस उधेड़बुन में दो दिन बीत गये.

तीसरे दिन जब निर्मल यूनिवर्सिटी से लौटा तो कुछ खोया-२ सा, चुप सा था. उस दिन उसने मुझे न 'बेगम' कह कर घंटी बजाई, न मंजुल को हवा में उछालते हुए चूमा और न राधा से ही कहा, 'कहो राधा, तुम्हारे आदमी का कुछ पता चला?' जैसा कि रोज़ उससे मज़ाक करते हुए कहा करता था. चुपचाप आया और कपड़े बदलने लगा अपने कमरे में जाकर.

'क्या बात है निर्मल? तबीयत तो ठीक है न!' कोट लेते हुए मैने पूछा.'

'हाँ, ठीक हूँ बिल्कुल.' हंसते हुए उसने कहा. लेकिन मैने महसूस किया कि यह हँसी कितनी मुश्किल से होंठों पर लाई गई थी.

'तो चेहरे पर यह उदासी क्यों है?'

'कोई खास बात नहीं है. बस मन कुछ उदास सा है आज. अच्छा राधा से कहो एक कप चाय बना दे.'

उसने बात टालने की कोशिश की. लेकिन मैने उसे यूँ ही बात टालने न दी. बार-२ पूछने पर उसने बताया कि मणि का फ़ोन आया था. अपने पैसे माँग रहा था. कहता था उसे बहुत ज़रूरी चाहिए थे. चार दिन के अंदर अंदर. कोई एमरजेंसी थी.

'उसके बोलने का ढंग और आवाज़ कुछ ऐसे बदले हुए थे कि मुझे आश्चर्य होता है उसे क्या हो गया है!' निर्मल ने बताया.

'पूरा पैसा वापिस माँग रहा है?'

'हाँ. लेकिन इतने पैसों का इंतज़ाम होगा कैसे?'

'उसे कहा नहीं कि इतनी जल्दी इंतज़ाम नहीं हो सकता!'

'कहा, मगर उसे बहुत जल्दी चाहिए.'

'कह दिया होता कि इतनी जल्दी इंतज़ाम नहीं हो सकता.' मेरे माथे पर बल पड़ गये. मणि की बात पर मुझे गुस्सा आ गया.

'मैं जाती हूँ उसके पास. कहूँगी अभी पैसे नहीं हैं हमारे पास.'

'कैसी बातें करती हो, उर्मि! उसने ज़रूरत के वक़्त हमारी सहायता की, हम पर एहसान किया और जब उसे ज़रूरत है तो हम उसे ऐसा कहें, कहाँ का न्याय है यह! वह अपने पैसे ही तो माँग रहा है. हमें इतना एहसान फरामोश नहीं होना चाहिए.'

एहसान? कैसा एहसान किया है उसने हम पर! निर्मल को क्या मालूम कि अपने एहसान का बदला वह मुझसे किस ढंग से ले चुका है. मैंने चाहा कि निर्मल को सारी बात कह दूं, लेकिन साहस ने अब भी साथ नहीं दिया. मैं अब भी चुप रही.

'मगर यह सब....?'

'यह सब करना है किसी न किसी तरह तो.' निर्मल ने मेरी बात काटते हुए कहा, 'मालूम करूँगा प्रेस में कुछ काम बन सका तो.'

लेकिन मैं जानती थी कि कोई साधन जुटा पाना मुश्किल था. बस एक उपाय था इस मुसीबत से छुटकारा पाने का; और वह यह कि मैं फिर मणि के पास जाऊं और फिर से उसकी हवस, उसकी शैतानियत का खिलौना बनूँ. लेकिन अब मैं यह नहीं कर सकती थी. निर्मल को और धोखा देने का मुझमें साहस नहीं था.

उस रात निर्मल को नींद नहीं आई. पूरी रात वह करवटें बदलता रहा. दस हज़ार की राशि उसे बेचैन करती रही. दूसरे दिन सवेरे ही वह घर से निकल गया और देर रात गये घर लौटा, लेकिन कुछ नहीं बना. देखते-२ तीन दिन ऐसे ही बीत गये. आशा की कोई किरण नहीं दिखी. परेशानी और बढ़ गई. चौथा और अंतिम दिन भी आ गया. उस दिन घर में खाना नहीं बना. किसी का मन नहीं था इस ओर. मंजुल भूख से चिल्लाने लगी तो राधा ने उसे कुछ खिलाकर शांत कर दिया. मेरा मन भारी हो रहा था. सोच रही थी कि आज भी अगर कुछ न हुआ तो क्या होगा! कल कहीं मणि कुछ और न कर बैठे - यही सोच कर दिल बैठने लगता था. निर्मल सवेरे से ही घर से चला गया था. वह यह सोचकर घर से गया था कि किसी भी शर्त पर रुपया क्यों न मिले, वह ले लेगा. मगर मैं भावी आशंका की कल्पना करके विचलित हो रही थी. मुझे उदास देख कर मंजुल बार-२ मुझे बहलाने की कोशिश करती, लेकिन दो साल की उस नन्ही सी बच्ची को क्या मालूम कि उसके माँ-बाप आज किस उलझन में फँसे हैं - एक ओर पैसा था और दूसरी ओर घर की, उसकी माँ की इज़्ज़त का प्रश्न था.

उदास मन से लेटी मैं यही सोचती रही. इसी उलझन में दिन बीत गया. धीरे-२ अंधेरा बढ़ने लगा. रात घिर आई, लेकिन निर्मल नहीं लौटा था अभी. दिल की धड़कन तेज होने लगी. मैं छत पर जाकर निर्मल की राह देखने लगी. झील के उस पार दूर तक मेरी नज़रें घूम जातीं, लेकिन निर्मल के आने का कोई संकेत न मिलता. सामने से कुछ काले घने बादल आकाश में इकट्ठा हो रहे थे. हवा भी कुछ तेज़ चलने लगी थी जिससे झील की लहरों में हलचल सी पैदा हो रही थी. नियति के इस परिवर्तन की ओर मैंने कोई ध्यान नहीं दिया. मैं तो निर्मल के लिए बेचैन थी. लेकिन उसका कोई पता नहीं था. मैं नीचे कमरे में आकर अधीरता से टहलने लगी. कुछ ही देर बाद निर्मल के साइकल की घंटी की आवाज़ आई और साथ ही सुनाई दिया, 'बेगम!'

मैं जल्दी से बाहर भागी.

'कुछ हुआ?' निर्मल को देखते ही मैने पूछा.

'बहुत कुछ.' निर्मल ने मुझे साइकल पकड़ा कर हंसते हुआ कहा.

'कैसे हुआ, कितना हुआ, किसने किया?' ये सब प्रश्न मैने एक ही साँस में कर डाले.

'क्यों, इतनी बेचैन हो रही हो?' और वह हंस दिया. उसने बताया कि यूनिवर्सिटी में उसके एक साथी ने उस पर यह एहसान किया था.

'कल दे देगा. मैने मणि को फ़ोन कर दिया था कि कल दोपहर तक उसके पैसे मिल जाएँगे.'

'अच्छा हुआ. इज़्ज़त बच गई.' मेरे मुँह से अचानक निकल गया.

बहुत देर तक हम बैठे बातें करते रहे, फिर अचानक निर्मल मेरी ओर देखने लगा.

'क्या देख रहे हो इस तरह?' अपनी ओर टकटकी लगाते देख मैने हंसते हुए पूछा.

'बड़ी सुंदर लग रही हो. आज तो दिल चाहता है उर्मि, तुम्हें भगा कर ले जाऊं.'

मैं खिलखिलाकर हंस पड़ी - 'ले जाओ. कहाँ ले जाओगे?' मैने उसके कंधों को छुआ. उसने अपनी बाहों में भर लिया मुझे.

'सच उर्मि, अगर हमारी शादी न हुई होती तो मैं आज ज़रूर तुम्हें भगा कर ले जाता. तुम्हारी माँ चीखती चिल्लाती, मगर निर्मल उसकी उर्मिल को न लौटाता.'

'सच!'

'बिल्कुल सच.' हम एक दूसरे की बाहों में सिमट गये. जी भर कर निर्मल ने प्यार किया उस रात. मुझे उसकी बाहों में बहुत आराम मिला. एक सुख-शांति का अनुभव किया मैने.

'आओ उर्मि, झील तक चलें. मौसम बड़ा अच्छा हो रहा है आज.'

'उधर से भगा कर तो नहीं ले जाओगे मुझे?'

'भगा कर ले भी गया तो किसी को शिकायत नहीं होगी. बीवी तो मेरी हो.' मुझे अपनी ओर खींचते हुए उसने कहा, 'मंजुल कहाँ है?'

'पास वाले कमरे में सो रही होगी.'

'राधा?' कमरे के पास जाकर निर्मल ने पुकारा.

‘जी बाबूजी!

‘मंजुल सो गई क्या?’

‘जी.’

निर्मल ने सोई मंजुल को उठा लिया. उसे खूब चूमा, ‘चलो मंजुल बिटिया, अब सो जाओ, हम जा रहे हैं.’ उसने मंजुल को थपकी देते हुए सुला दिया.

‘अच्छा राधा, हम घूमने जा रहे हैं, रास्ते में तुम्हारा आदमी मिला तो उसे साथ लेते आएँगे. हाँ!’ निर्मल ने राधा से कहा और हम दोनों बाहर आ गये.

बाहर मौत का सा सन्नाटा था. तेज चल रही हवा की सायं-२ की आवाज़ के सिवाय और कुछ न सुनाई देता था. पूर्व दिशा से काले घने बादल ऐसी तेज़ी से बढ़ते आ रहे थे जैसे हम पर छा जाना चाहते थे. उस अंधेरे और चारों ओर फैले सन्नाटे से न मालूम क्यों मुझे आज डर लग रहा था. मैं निर्मल का हाथ पकड़ कर चलने लगी.

‘नाव चलाओगी उर्मि?’ नाव के पास पहुँच कर निर्मल ने कहा.

‘नहीं-२ आज नाव में नहीं बैठना. हवा तेज़ चल रही है और लहरें भी वेग में हैं.’

‘तो क्या हुआ, आज तो नाव चलाने का मज़ा आएगा.’ कहते हुए उसने नाव खोल दी.

मैं मना करती रही, लेकिन वह नहीं माना और ‘डरती क्यों हो?’ कह कर उसने मुझे भी नाव में खींच लिया. नाव किनारा छोड़ मझधार में पहुँच गई.

‘क्या सूझी है तुम्हें भी न मालूम! इतनी रात गये यह भी कोई नाव में घूमने का वक़्त है? कितना अंधेरा हो रहा है. दूर तक कोई आता जाता भी तो नहीं दिखाई दे रहा अब. मुझे तो डर लग रहा है निर्मल, चलो लौट चलें.’

‘डर! अहा-हा-हा.’ निर्मल की हँसी की गूँज उस वीराने में गूँज उठी, ‘लेकिन देखती हो उर्मिल, इस वीराने में, इस सूनेपन में मुझे तुम्हारे पास बैठ कितनी शांति मिल रही है. जी चाहता है यूँ ही तुम मेरे पास बैठी रहो ज़िंदगी भर और मैं ज़िंदगी भर इन सूने वीरानों में गाता रहूं.’

बादल आकाश पर पूरी तरह छा गये थे अब तक. उनमें से ज़ोर-२ से बिजली भी चमकने लगी थी और देखते-२ बारिश शुरू हो गई.

‘निर्मल, अब तो लौट चलो वापिस.’ मैने भयपूर्ण दृष्टि से निर्मल से अनुरोध किया. निर्मल हंस दिया - ‘चलो.’ और उसने नाव मोड़ी, लेकिन तेज़ हवा हमारा साथ नहीं दे रही थी. उसका रुख़ विपरीत था. निर्मल पूरा ज़ोर लगा रहा था आगे बढ़ने के लिए. उसके

माथे पर पसीने की बूँदें छलकने लगीं, लेकिन नाव आगे नहीं बढ़ रही थी. बारिश तेज़ हो गई. झील की लहरें ऊपर उठने लगीं तेज हवा और मूसलाधार वर्षा के कारण. पानी उछल-२ कर नाव में भरने लगा. उधर तेज़ी से उठती लहरें नाव को ज़ोर से उछालतीं और उससे बाहर का पानी और अंदर आ जाता. डगमगाती नाव पानी में आधी डूब चुकी थी.

मैं भय से काँप उठी और निर्मल के कंधों को दृढ़ता से पकड़ लिया. मेरे मुँह से शब्द नहीं निकल रहे थे. निर्मल भी चुप था, लेकिन वह नाव को संभालने की पूरी कोशिश कर रहा था. मगर पानी बहुत ज़्यादा भर जाने से अब नाव डूबने-उतराने लगी थी. उसे काबू में करना निर्मल के लिए मुश्किल हो रहा था.

'उर्मि, यह ट्यूब लेकर तुम कूद जाओ. नाव डूबने वाली है अब.'

'नहीं निर्मल नहीं, मैं अकेली नहीं कुदूँगी.'

'पागल मत बनो, ऐसे दोनो ही डूब जाएँगे. ट्यूब तुम कमर में डाल लो. जाओ. मुझे तैरना आता है, मैं तुम्हारे पीछे-२ आ रहा हूँ.'

'नहीं निर...'

'ज़िद्द करने का वक़्त नहीं है, उर्मिल.' और निर्मल ने मेरी कमर में रबड़-ट्यूब डाल कर मुझे नाव से धक्का दे दिया.

उसी समय मैने देखा नाव उलट गई. मैं चीख पड़ी, 'निर्मल! निर्मल!! बचाओं, बचाओ.'

मैं निर्मल की ओर मुडी, लेकिन पीछे से एक बहुत तेज लहर आई और पानी में हाथ-पाँव मारते निर्मल को मेरी पहुँच से बहुत दूर ले गई.

'बचाओ! निर्मल! निर्मल!' सहायता के लिए उस अंधेरे में मैं पूरी ज़ोर से चिल्लाई. लेकिन लहरों के उस शोर में मेरी आवाज़ किनारे से टकरा कर ही वापिस लौट आई. निर्मल पानी से ऊपर आने के लिए हाथ-पाँव मार रहा था. मगर लहरों का वेग उसे नीचे बहाए लिए जा रहा था.

'निर्मल!!' मैं फिर चिल्लाई.

'उर्मिल!' बहुत दूर से निर्मल की डूबती आवाज़ सुनाई दी, 'उ...र...मि...ल...वि..... दा.....उ....र....' और बस. फिर कोई आवाज़ नहीं सुनाई दी निर्मल की.

रबड़-ट्यूब को पूरे ज़ोर से पकड़ते हुए मैं चीख पड़ी, 'निर्मल!' और उसके बाद क्या हुआ, पता नहीं. जब मेरी आँखें खुली तो मैं रामू की झोंपड़ी में पड़ी थी. मेरे पास रामू, रमिया, राधा और मंजुल खड़े थे. बारी-२ से मैने सब पर नज़र दौड़ाई, फिर इधर-

उधर देखा. और कोई नहीं था वहाँ. 'निर्मल?' मेरे रुँधे कंठ से निकला. 'निर्मल कहाँ है?' मैने पूछा, लेकिन किसी ने जवाब नहीं दिया.

फिर मुझे सब कुछ याद आ गया. एक-२ दृश्य आँखों के आगे घूमने लगा. बादलों का आकाश पर छा जाना, बादलों का बरसना, नाव में पानी भरना, निर्मल का मुझे नाव से धक्का देना और फिर निर्मल का झील में.....सब कुछ याद आ गया. मैं अब विधवा हो चुकी थी. पागलों की भाँति मैं चीख उठी - 'निर्मल' कहते हुए. मैने मंजुल को गले से लगा लिया, 'मंजुल, मेरी बेटी.' मेरी आँखों से आँसुओ की अविरल धारा बहने लगी.

'निर्मल!!' मैं फिर चिल्लाई.

इस घटना को हुए बहुत दिन हो गये. राधा, रामू और रमिया मुझे हंसाने का प्रयत्न करते, लेकिन मेरे होंठ जैसे सिल चुके थे. उनमें हँसी की एक क्षीण रेखा भी न उभरती. उस दिन के काले घने बादलों की जो कालिमा मेरे जीवन पर छा गई थी, उसने मुझे कहीं का नहीं रखा. मैं घंटों बेसुध सी बैठी रहती. किसी बात में मन न लगता. मेरी आत्मा जैसे मर चुकी थी. शाम होती तो मैं छत पर चली जाती और देर तक झील की उन लहरों को देखती रहती जिनमें निर्मल ने समाधि ले ली थी. झील की ओर टकटकी लगाकर देखते समय मुझे ऐसा लगता जैसे निर्मल मेरे पास खड़ा उन लहरों को देख रहा हो और मैं उससे पूछ रही हूँ -*'निर्मल, झील तुम्हें इतनी पसंद है?'*

''हाँ उर्मि. तुम्हारे बाद मैं इसी को महत्व देता हूँ. इस झील में न मालूम ऐसी कौन सी शक्ति है जो मुझे हमेशा अपनी ओर खींच लाती है. कितनी प्यारी है यह! कभी-२ तो सोचता हूँ घंटों इस पानी में नाव चलाता रहूं. कितनी शांति मिलती है यहाँ आकर!'"

''और अगर यूँ चलते-२ हमारी नाव भंवर में फँस गई और मैं तुम्हारी इस प्यारी झील में डूब गई तो?'

"तुम्हें हम डूबने ही कहाँ देंगे. वह गीत सुना है न - 'भला कैसे टूटेंगे बंधन ये दिल के, बिछुड़ती नहीं मौज से मौज मिल के...'

लेकिन अब सब बंधन टूट चुके थे. झील की इन लहरों ने दो धाराओं को अलग-२ कर दिया था. मन में एक तूफान उठता निर्मल के न होने से. निर्मल के बिना जीवन कैसे कटेगा? दिल करता मैं भी निर्मल की तरह जल-समाधि ले लूँ. लेकिन चाहते हुए भी मैं ऐसा न कर सकती थी. मंजुल मेरी राह रोके खड़ी थी.

कुछ दिन बाद मणि आया. उसे अपने मित्र की मौत से गहरा दुख हुआ था - वह यही कहने आया था.

‘मुझे अफ़सोस है मणि कि तुम्हें पैसे समय पर न पहुँचा सके. कल तुम्हारे पैसे मैं तुम्हारे क्लिनिक में पहुँचा दूँगी.’

‘कैसी बातें करती हो उर्मिल. मैं पैसे माँगने नहीं आया. मैं तो यह कहने आया था कि अब कब तक यूँ ही अकेले इस सुनसान जगह पर पड़ी रहोगी. निर्मल के बाद मेरा भी कुछ कर्तव्य है कि तुम्हारे लिए कुछ करूँ.’

‘क्या करोगे हमारे लिए?’

‘मैं चाहता हूँ तुम मेरे घर चलो और वहीं रहो. मंजुल अब बड़ी हो गई है. उसे पढ़ाना, लिखाना है; डॉक्टर बनाना है. उसकी पूरी देखभाल होनी चाहिए.’

‘चलोगी बेटा, डॉक्टर साहेब के घर?’ मैने फीकी हँसी हंसते हुए मंजुल से पूछा. लेकिन मणि यह नहीं समझ पाया कि मेरे उस ‘डा. साहेब’ शब्द में कितना कटाक्ष छिपा था. वह भी हंस दिया.

‘हाँ मम्मी, हम डॉक्टर अंकल के घर जाएँगे. क्यों डॉक्टर अंकल हमें आप खिलौने ला देंगे न! टॉफी भी खाएँगे हम.’

‘हाँ बेटा, ज़रूर ला देंगे अपनी बिटिया को.’

‘मम्मी,कब चलेंगे डॉक्टर अंकल के घर? आज!’

‘नहीं मंजुल. अभी नहीं. पहले मुझे जाकर तुम्हारे लिए वहाँ रहने का प्रबंध करना पड़ेगा.’

‘हाँ, यह तो बहुत अच्छी बात है. तुम्हें वहाँ आकर इंतज़ाम करना चाहिए. कब आ रही हो? चलो अभी चलें. फिर मैं तुम्हें छोड़ जाऊँगा.’ मणि खुश हो गया जैसे मैने उसके मन की बात कह दी हो.

‘मैं खुद आ जाऊंगी.’

‘कब आ रही हो फिर?’

‘कल आ जाऊं?’

‘हाँ, हाँ, क्यों नहीं.’ उसने जल्दी से कहा.

‘तो ठीक है. कल शाम ढलने के बाद मेरी प्रतीक्षा करना.’

मणि चला गया. लेकिन मेरे दिल में उठते तूफान को न देख सका. मेरे मन में एक आशंका घर कर गई थी कि निर्मल के न होने से अब वह मेरी मज़बूरी का फायदा उठा सकता है. मुझे अकेली और असहाय देखकर उसका शैतान ज़ोर पकड़ सकता है.

वह अब कितने पानी में है, मैं यही देखना चाहती थी. इसलिए मैने उसे दूसरे दिन उसके घर मिलने का निश्चय किया.

दूसरे दिन देर शाम मैं अकेली ही उसके घर पहुँची. मालूम हुआ कि वह ऊपर वाले कमरे में था. मैं ऊपर गई. यह उसका बेडरूम था. मैने धीरे से दरवाज़े पर दस्तक दी. वह जैसे मेरी प्रतीक्षा कर रहा था, उसने जल्दी से दरवाज़ा खोला.

'आओ. बहुत देर लगा दी. मैं कब से तुम्हारा इंतज़ार कर रहा हूँ.'

'तुमने शराब पी हुई है, मणि?' उसके मुँह से आती बू का अंदाज़ लगाते हुए मैने कहा.

'हाँ. इंतज़ार का वक़्त बिताने के लिए एक दो पेग ले लिए थे.'

मणि मुझे कमरे के अंदर ले गया. मैने देखा उसके बेड के पास एक छोटी सी तिपाई रखी थी जिन पर दो गिलास रखे थे. एक खाली था, दूसरे में एक दो घूँट शराब के रखे थे और पास में ही एक बोतल पड़ी थी जो आधी खाली हो चुकी थी. तकिये के पास एक मैगज़ीन रखी थी जिसके ऊपरी पृष्ठ पर नग्न स्त्रियों की तस्वीरें थीं.

'आओ बैठो.'

'तुम ऐसी किताबें पढ़ते रहते हो मणि बैठे बैठे?'

'वक़्त काटना होता, इसलिए थोड़ा बहुत देख लिया करता हूँ ऐसी किताबों को.'

'वक़्त काटने के लिए ऐसी ही किताबें होती हैं क्या?'

'डॉक्टर हूँ न! ये किताबें पढ़नी पड़ती हैं.' उसने गिलास भरते हुए कहा.

'लो,' उसने शराब का गिलास मेरी ओर बढ़ाया, 'पीयो.'

'मुझे पीने की आदत नहीं है.'

'तो अब डाल लो न मेरी जा...!'

'मणि!' मैने क्रोध से उसकी ओर देखते हुए कहा, 'तुम बहक रहे हो, मणि.' मैं उठ खड़ी हुई. 'तुम्हें देखकर बहकूंगा नहीं तो क्या करूँगा. आओ. बैठो मेरे पास. लो पीओ. एक घूँट. बस एक घूँट, मेरी जान. पी लोगी तो यूँ महसूस करोगी जैसे सितारों में घूम रही हो. पीओ, फिर मैं तुम्हें उन बहारों में ले चलूँगा जहाँ दिल झूम उठेगा, ज़िंदगी ख़ुशगवार हो जाएगी.'

लड़खड़ाते कदमों से वह मेरे पास आने लगा. मैने उसके हाथों से गिलास नीचे फेंक दिया. लेकिन वह फिर भी मेरी ओर बढ़ता गया.

'तुम भूल रहे हो, मणि कि मैं तुम्हारे दोस्त की पत्नी हूँ.'

वह खिलखिला कर हंस पड़ा, 'निर्मल मेरा दोस्त! हा...हा..हा.' वह ज़हरीली हँसी हंसा - 'भूल जाओ निर्मल को. अब तुम निर्मल की पत्नी नहीं, मेरी पत....'

'मणि होश में आओ, वरना मुझसे बुरा कोई न होगा.'

'पूरे होश में हूँ डार्लिंग. बस एक बार मेरे क़रीब आ जाओ, एक बार बस.' उसने मुझे पकड़कर अपनी ओर खींच लिया. मैंने उसे एक ज़ोर का धक्का दिया और वह लड़खड़ाता हुआ पलंग पर गिर पड़ा.

'अच्छा! ऐसे नहीं मानेगी!' वह जैसे चोट खाए साँप की भाँति फुफकार उठा. वह पलंग से उठा और फिर मेरी ओर बढ़ा. उसके उठने से पलंग पर पड़ी चादर नीचे की ओर खिसक गई और मैने देखा तकिये की पास एक रिवॉल्वर रखी थी. मैने आगे बढ़ कर वह रिवाल्वर उठा ली.

'वहीं रुक जाओ मणि. अगर आगे बढ़े तो गोली चला दूँगी.'

'मुझे डराती हो! गोली चलाओगी, अहा...हा...हा. चलाओ गोली. तुमने तो वैसे ही मार रखा है अपनी इन शराबी आँखों से. गोली से क्या मारोगी!' वह वैसे ही आगे बढ़ता आया, ख़ूँख़ार और ललचाई नज़रों से मुझे देखता हुआ.

'मणि मैं कहती हूँ वहीं रुक जाओ अपनी खैर चाहते हो तो.'

'तुम गोली नहीं चला सकतीं मुझ पर. मैं जानता हूँ.'

अब वह मेरे बहुत पास आ गया था. उसने मेरी साड़ी पकड़ ली.

'मणि भगवान के लिए ऐसा न करो.' मैं चिल्लाई. मगर वह और भी पास आता गया, ज्यों-२ मैं पीछे हटती गई.

मैने गोली चला दी. मणि बच गया. गोली तिपाई पर रखे गिलास को जा लगी जो टूट कर नीचे गिर गया. मणि हंस पड़ा.

'देखा, मैं कहता था न कि मुझ पर गोली नहीं चला सक...'

अभी शब्द उसके मुँह में ही थे कि रिवॉल्वर का घोड़ा अचानक दब गया और धाये-२ करती तीन गोलियाँ एक साथ मणि के पेट में घुस गयीं. मणि के पेट से खून की धारा बह निकली और वह वहीं ढेर हो गया. मैने देखा ज़मीन पर ढेर सा खून इकट्ठा हो गया था. मेरी आँखें फट गईं.

'खून?' मैं ज़ोर से चीखी और पलंग पर गिर गई.

मैं पकड़ ली गई. मुझ पर मुक़दमा चलाया गया. मुक़दमा काफ़ी दिन चला. मुझे रोज़ अदालत ले जाया जाता और तरह-२ के प्रश्न पूछे जाते. इन उल्टे-सीधे सवालों से मैं परेशान हो गई. आख़िर एक दिन झुंझला कर मैने जज के सामने कह दिया, 'मैने खून किया है, जज साहेब, खून किया है, इसे मैं एक बार नहीं, सौ बार स्वीकार करती हूँ. मैने मणि पर उसी की पिस्तौल से एक नहीं पूरी चार गोलियाँ चलाईं. मैने खून किया...'

'लेकिन खून क्यूँ किया?' सरकारी वकील की भारी कर्कश आवाज़ मुझे डराती हुई अदालत के कमरे की दीवारों में गूँज उठी.

'क्यों किया?' जैसे मैने इस पर सोचा, लेकिन कोई कारण समझ में नहीं आया, मैं फिर से अनुरोध भरे स्वर में जज से बोली, 'मैने क्यों किया, यह मैं नहीं जानती. सिर्फ़ इतना जानती हूँ कि मैने खून किया है, मैं खूनी हूँ, अपराधी हूँ, मुझे सज़ा दीजिए. लेकिन मेरे पास आपके इन सवालों का जवाब नहीं है.'

बचाव पक्ष के वकील ने मुझे बचाने की लाख कोशिश की, लेकिन उसकी एक न चली और मुझे उम्र क़ैद हो गई. मुझे अब बीस साल जेल की चार-दीवारी में बिताने थे. उसे मैने सहर्ष स्वीकार किया. मेरे अपराध का यही प्रयाश्चित था. लेकिन मुझे दुख इस बात का था कि मंजुल से मैं अलग हो गई थी.

सज़ा मिलने के दिन जब राधा और मंजुल मुझसे जेल में मिलने आए तो राधा फफक कर रो पड़ी मुझे उस हालत में देखकर.

'रोओ नहीं राधा,' मैने उसके आँसू पोंछते हुए कहा, 'जो कुछ हुआ है, अच्छा ही हुआ है. भगवान सब ठीक करेगा.'

मैने मंजुल की ओर देखा. उसकी छोटी-२ प्यारी आँखों में आँसू देखकर मेरी भी आँखें भर आईं. मैने उसे गोद में लेते हुए कहा, 'मंजुल बेटा, तुम जल्दी से बड़ी हो जाओ. तुम्हें डॉक्टर बनना है. लेकिन तुम डॉक्टर अंकल की तरह मत बनना.'

'मम्मी, तुम हमारे साथ नहीं चलोगी अब?'

'नहीं बेटा, जब तुम बड़ी हो जाओगी, तब आकर मुझे ले जाना.' और मैने उसे चूम लिया. मेरी आँखों से भी आँसू की एक बूँद नीचे गिर गई. फिर मैने राधा की ओर देखा.

'राधा, तुम्हें एक बात कहनी है मुझे. मंजुल को तुम अपने पास रख सकोगी? मंजुल को तुम अपनी बेटी बना लो. उसे माँ के प्यार की ज़रूरत है जो अब तुम ही इसे दे सकती हो. तुम इसे अच्छे वातावरण में रखना, इसकी पढ़ाई-लिखाई का पूरा ध्यान रखना. राधा, मैं चाहती हूँ निर्मल का अरमान पूरा हो जाए. मैं ज़िंदगी भर तुम्हारा एहसान न भूलूंगी. इसके खर्चे का इंतज़ाम मैं कर दूँगी.'

'बीबी जी.' उसकी आँखों से फिर आँसू बहने लगे.

'बीबी जी मत कहो. बहन कहो राधा, बहन. लेकिन एक बात का ध्यान रखना, राधा, हफ्ते में कम से कम एक बार इसे मिलाने ज़रूर आया करना.'

राधा जब जाने लगी तो मैने उससे फिर कहा, 'ठहरो राधा, तुम वचन दो कि इसे तुम माँ की तरह पालोगी और इसे कभी एहसास नहीं होने दोगी कि यह एक खूनी की बेटी है.'

'विश्वास रखो बीबीजी, मुझ पर.'

राधा वचन देकर चली गई. मेरे सिर से चिंता का बोझ हट गया.

जेल के घुटे वातावरण में मैं अपने आप को ढालने का प्रयत्न करने लगी. बड़ा कठिन जीवन था वहाँ का. लेकिन धीरे-२ मैं अभ्यस्त होती गई. मेरे व्यवहार से जेल के सभी अधिकारी संतुष्ट थे. मेरे व्यवहार के कारण मेरी सज़ा भी कम करने के कई प्रस्ताव आए, लेकिन मैने उन्हें नहीं माना. इतनी जल्दी छूट जाने की मेरी बिल्कुल चाह न थी. छूट कर जाती भी तो कहाँ? मंजुल के जीवन में मैं आड़ नहीं बनना चाहती थी. उसकी खुशी और जीवन की सफलता के लिए मैं भगवान से हमेशा प्रार्थना करती रहती. मेरे जीवन का आख़िर एक ही तो सहारा है. इस लिए जब भी हमारे जेल के सुप्रिंटेडेंट साहब मेरी सज़ा कम करने के प्रस्ताव लेकर आते तो उनसे उसके बदले मंजुल की खुशी माँग लिया करती और उन्हीं के कारण मंजुल आज इस योग्य हो सकी है कि वह डॉक्टर बन कर अपने पिता का अरमान पूरा कर सके.

मुझे जेल में आए 18 साल हो चुके हैं. मंजुल अब भी राधा के साथ मुझे मिलने आ जाती है. अब तो बहुत बड़ी हो गई है. उस दिन जब आई तो कह रही थी - 'अब तो सिर्फ़ तीन साल और हैं पूरा डॉक्टर बनने में.' फिर मज़ाक में कहने लगी, 'मम्मी, आप तो इतनी जल्दी बूढ़ी हो गई हैं. देखो, सिर में कितने सफेद बाल आ गये हैं. आप इतना सोचती क्यों हैं? अब तो आपको अपनी बेटी की फ़िक्र नहीं है. पढ़ लिख गई हूँ.'

'अब तो और भी फ़िक्र हो गई है, बेटा तुम्हारी शादी करनी है. यह तो बहुत बड़ी फ़िक्र होती है माँ को.'

शादी के नाम पर वह शरमा जाती है. लेकिन राधा कह रही थी कि इसके कॉलेज में ही एक लड़का है शैलेन. इसके साथ ही पढ़ता है. बड़ी तारीफ किया करती है उसकी. हर बात में शैलेन लगाए रहती है. उस दिन जब मंजुल से मैने हंसते हुए पूछा, 'मंजुल बताओ तो तुम्हारा शैलेन कैसा है? ठीक तो है न!' तो उसका चेहरा सुर्ख हो गया था. लजा कर कहने लगी, 'मम्मी, राधा आंटी बड़ी खराब हैं.' फिर राधा की ओर देखकर

कहने लगी, 'आंटी मैं अब आपसे कोई बात नहीं करूँगी. हर बात माँ से कह देती हो.' मुझे हँसी आ गई.

'माँ से थोड़े ही छुपाया करते हैं कोई बात.'

वह शरमा कर मेरे गले से लग गई.

'बस बेटा, दो साल और रह गये हैं. तुम खूब मेहनत करो. इतनी मेहनत कि एक अच्छी डॉक्टर बन जाओ, ताकि लोग यह न कह सकें कि तुम एक खूनी माँ की बेटी हो.'

बस यहीं आकर मेरी खुशी की शृंखला टूट जाती है. जब भी मुझे ध्यान आता है कि मेरे जीवन पर खून का यह जो गहरा धब्बा लग चुका है, कहीं वह मंजुल के जीवन् में ज़हर न घोल दे, तो मुझे अपने से ही नफ़रत होने लगती है और तब सचमुच अपने जीवन का मैं अंत कर देने की सोचती हूँ. लेकिन दूसरी ओर जब मंजुल का चेहरा आँखों के आगे आता है तो सोचती हूँ ऐसा नहीं हो सकता. मंजुल को मेरी आवश्यकता है, मेरे प्यार की ज़रूरत है. आख़िर मैं माँ हूँ, मुझे अपनी बेटी के लिए जीना है, उसी की खुशी के लिए जीना है, उस समय जीवन की इस चुनौती का सामना करने की प्रेरणा मिलती है. और इस प्रेरणा के सहारे मैं अब तक जीये चली जा रही हूँ - सिर्फ़ अपनी बेटी मंजुल की लिए.

________________:०:________________

पतझड़

लॉन के जिस कोने में गौतम बैठा था वहाँ से लॉन में फैले पेड़ से गिरे सूखे पत्तों का ढेर दिखाई दे रहा था. सामने ही दो तीन पत्र-विहीन पेड़ खड़े थे जो पत्तों के गिर जाने से ठूंठ की शक्ल में बदल गये थे. गौतम की दृष्टि बहुत देर से इन्हीं पेड़ों पर स्थिर थी. वह इन पेड़ों को अपने जीवन में जैसे उतार रहा था और अचानक उसे लगा जैसे वे तीनों पेड़ उसके जीवन में उतर गये हैं और उसका जीवन भी एक ठूंठ में बदल गया है.

पतझड़ के इस एहसास ने ही उसके शेष बचे जीवन की वास्तविकता की झलक को बिम्बित कर दिया. सामने खड़े इन जड़वत पेड़ों और अपनी ज़िंदगी में कोई भिन्नता महसूस नहीं हो रही थी आज उसे, ठीक वैसी ही नीरस, सूखी ओर निरर्थक, जिससे हरियाली और बहार कोसों दूर चली गई थीं और इन पेड़ों की ही तरह ठूंठ रह गई थी, जिसके फिर से हरा होने की अब कोई आशा नहीं रही थी.

कॉलेज के एक लेक्चरर से लेकर यूनिवर्सिटी में अँग्रेज़ी विभाग के हेड ऑफ दी डिपार्टमेंट तक पहुँचने के सफ़र तक गौतम ने अँग्रेज़ी साहित्य के सभी कवियों और लेखकों को खूब पढ़ा था. वर्डस्वर्थ, शैली, कीट्स, ब्राउनिंग, बायरन और मिल्टन की ज़िंदगी के बखियों को उधेड़-२ कर उसने देखा था. इन सबमें ही उसने कुछ न कुछ ऐसा जख्म पाया था जो जीवन के अंत तक उनके भीतर ही भीतर रिसता रहा था. वर्डस्वर्थ शांति की खोज में बादलों को देख-२ कर जंगलों में भटकता रहता था. ग़रीब कीट्स कठोर दुनियाँ को देख कर रोता था. जबकि मिल्टन अपने अन्धेपन में 'खोए स्वर्ग ' से अपनी आँखों की रोशनी पाने को बेताब था. गौतम को लगा ये सभी उस जैसे ही ठूंठ थे - जीवन की हरियाली से विहीन.

लॉन में फैले पत्तों की ही भाँति उसके जीवन की खुशी की पत्तियाँ भी उसके जीवन-वृक्ष से मुरझा कर नीचे आ गिरी थीं. उसने रितु के साथ मिल कर अपनी छोटी सी दुनियाँ को हमेशा हरा-भरा रखना चाहा. और यही उसकी हार्दिक इच्छा थी, जब वह लिली के बाद रितु को हमेशा की लिए अपनी ज़िंदगी में ले आया था. विवाह के दो-तीन वर्ष उसके जीवन के सबसे सुनहले वर्ष थे. अपनी छोटी सी दुनियाँ में वो दो ही थे जिन्हें दुनियाँ की सारी खुशियाँ प्राप्त थीं. एक दूसरे में ही उन्हें सारी खूबियाँ मिल जाती थी. पर कुछ समय बाद उनकी खुशी की, उल्लास की डोर ढीली होने लगी और धीरे-२ उस खुशी

को स्थिर बनाए रखने के उनके प्रयासों में एक बनावटीपन सा आने लगा. उसके जीवन का व्यक्तिगत एकाकीपन जो एक दूसरे पर आश्रित था, अब अपने आप में सिमटने लगा. एक रबड़ से बँधी दो गेंदें जैसे अलग-२ दिशाओं में जा गिरीं. रितु के होते हुए भी गौतम को लगता जैसे वह अकेला था और रितु की भी अपने अकेलेपन की अलग दुनियाँ हो गई थी जहाँ वह स्वयं थी और साथ थे उसके दिमाग़ को हमेशा मथने वाले विचार.

गौतम हमेशा महसूस करता कि उसके जीवन में कोई ऐसा अभाव था जो उसके जीवन की खुशियों को समाप्त किए दे रहा था. कोई ऐसा मिसिंग लिंक था जो इन लोगों को पृथक किए हुए था. इन दोनों के 'बीच' के इस अभाव को रितु और गौतम, दोनों महसूस करते थे जो इनके बंधन को ढीला किए हुए था. 'बीच' का यही अभाव इन दोनों के बीच दीवार बन कर खड़ा था.

रितु पर इस अभाव का बहुत प्रभाव पड़ा था. मेडिकल चेक-अप से वह जान गई थी की इस सब की ज़िम्मेवार वह स्वयं ही थी. गौतम का इसमें कोई दोष नहीं था. उसकी यह सोच कि वह गौतम के किसी काम की नहीं, उसे हर दिन परेशान किए जा रही थी, जबकि उसकी माँ बनने की बेहद इच्छा थी जब वह गौतम की ज़िंदगी में दुल्हन बन कर आई थी.

गौतम भी कम निराश नहीं था. उसे यह बात हमेशा सताती रहती कि वह रितु से पिता बनने के सुख से वंचित था. उसे इस बात का संतोष था की वह किसी और को माँ बनने का सुख ज़रूर दे सका था और उसका बच्चा लिली से माँ का प्यार पाकर बढ़ रहा था.

लिली उसके जीवन-उद्यान में हवा का एक झोंका थी जो धीरे से आया और तेज़ी से चला गया. पीछे छोड़ गया मुरझाए पत्ते ओर सूखे ठूंठ. लिली उसे कभी-२ बहुत याद आती और जब भी याद आती उसे झिन्झोड़ कर रख देती. इतने सालों के बाद भी गौतम के दिल में लिली के साथ बिताए हर क्षण की याद ताज़ा थी.

उसे याद है जब लिली पहली बार यूनिवर्सिटी में लेक्चरर की पोस्ट पर एपॉइंट हुई थी. हेड ऑफ डिपार्टमेंट होने की हैसियत से लिली का उसने ही इंटरव्यू लिया था.

इंटरव्यू के समय वह लिली के प्रमाण-पत्रों की अपेक्षा उसके व्यक्तित्त्व से अधिक प्रभावित हुआ था. उसकी छोटी पतली नाक, हल्की नीली आँखो ने उसे पहली नज़र में ही आकर्षित कर दिया था. बात करते-२ जब उसके कटे बाल उसके सुडौल कंधों पर फैलते हुए उसके चेहरे को ढकने लगते तो वह हल्के से सिर को झटक देती और उन्हें बड़े अंदाज़ से पीछे कर लेती. उसकी इस हरकत पर उसे मन ही मन हँसी आई थी. लेकिन लिली यूनिवर्सिटी के अफिशीयेटिंग रजिस्ट्रार और गौतम के प्रश्नों के उत्तर देते

हुए पसीना-२ हो रही थी. कितना नर्वस फील कर रही थी और उस नर्वस-नेस में उसके बाल बे-झिझक उसके आधे चेहरे को ढकने का प्रयास करते तो वह उदासी से घिरी एक प्रतिमा सी प्रतीत होती और तभी गौतम के दिमाग़ में मिल्टन की एक पंक्ति उभर आई, 'हेल दाई डिवाइंनेस मेलन्कलि...'

चार पाँच प्रार्थीयों में से जब लिली का ही सलेक्शन हुआ तो गौतम को लगा जैसे उसके मन को कुछ संतोष मिला था और कमरे से बाहर आते हुए उसने लिली को मुबारकबाद देते हुए कहा, 'काँग्रेचुलेशंस मिस लिली.' और लिली की आँखें कृत्यगयता से झुक गयी थीं जिसे उसने 'थैंक यू' कह कर प्रकट किया था.

यूनिवर्सिटी में गौतम सबसे कम उम्र का विभागाध्यक्ष था. मगर योग्यता और अनुभव ने उसे काफ़ी संजीदा और विचारशील बना दिया था. शायद यही कारण था की लिली ने भी प्रथम भेंट में ही उसके प्रति कुछ आकर्षण का अनुभव किया था.

एक दूसरे के प्रति इसी आकर्षण ने दोनों के बीच के संकोच को बहुत जल्दी ही दूर कर दिया और ' मिस्टर ' और ' मिस ' कहने की औपचारिता भी शीघ्र जाती रही. निजी संबोधन के लिए अब दोनो एक दूसरे के लिए गौतम और लिली थे. जब कभी दोनों के पीरियड एक साथ खाली होते तो अवकाश के ये क्षण गौतम के चैम्बर में ही बीतते जहाँ यूनिवर्सिटी और विद्यार्थियों से सम्बधित समस्याओं को सुलझाया जाता. सेशन जब ज़ोर पकड़ने लगा तो इनका साथ और भी बढ़ गया. सेमिनार के अतिरिक्त अँग्रेज़ी विभाग के जितने भी क्रिया-कलाप होते, उन सबकी तैयारी लिली और गौतम को ही करनी होती और उसके लिए उन्हें बहुत समय और मेहनत से काम करना पड़ता.

इसी सिलसिले में गौतम को याद है जब वह स्वयं कीट्स पर पेपर तैयार कर रहा था तो लिली को उसने 'थॉमस हार्डी' पर पेपर लिखने के लिए प्रोत्साहित किया था. 'हार्डी' जैसे 'टफ पोएट' और 'नॉवलिस्ट' पर लेख लिखने की हिम्मत लिली को नहीं हो रही थी. वैसे भी इसके सम्बंध में लिली की स्टडी कोई खास नहीं थी और गौतम ने उसे रात-२ भर अपने कमरे में बिठा कर पेपर तैयार करवाया था. इसी पेपर को जब यूनीवर्सिटी के हॉल में पढ़ा गया तो सुनने वाले लिली के प्रशंसक बन गये तथा लिली ने खुशी के आँसुओं से गौतम का आभार प्रकट किया.

मगर इसके साथ ही गौतम और लिली की बढ़ती घनिष्टता यूनिवर्सिटी क्षेत्र में एक चर्चा का विषय बनती जा रही थी. विद्यार्थियों में इनकी चर्चा होती तो लेक्चरर्स में आलोचना. उस समय तो इन आलोचनाओं ने एक विकट रूप ले लिया जब गौतम की कोशिशों से लिली को कैम्पस में ही क्वॉर्टर मिल गया था. लेकिन लिली और गौतम ने इन सब की ओर कोई ध्यान नहीं दिया, बल्कि इनकी घनिष्टता इससे और अधिक बढ़ गई.

दोनों को एक दूसरे में एक अच्छा साथी मिल गया था अकेलेपन को दूर करने के लिए. गौतम के फ्लैट में एक नौकर के सिवा कोई भी न था और लिली के घर में सिर्फ़ बूढ़े पिता थे जो हमेशा घर में पड़े-२ किताबों में खोए रहते थे. गौतम की माँ की तरह ही लिली की माँ भी कहीं दूर गाँव में थी और वहाँ शायद किसी हस्पताल में काम करती थी. दोनों के जीवन में एक जैसी ही रिक्तता थी जो दोनों ने एक दूसरे के साथ से पूरी कर ली थी. संध्या को दोनों एक साथ धूमने चले जाते यूनिवर्सिटी के दूर तक फैले कैम्पस में और लौटते समय गौतम लिली को उसके फ्लैट तक छोड़ आता. इस तरह ज़िंदगी के क्षण निकलने लगे.

जब सेशन ख़त्म हुआ और यूनिवर्सिटी दो महीने के लिए बंद हो गई तो हर साल की तरह गौतम अपने घर चला गया. वहाँ सप्ताह में एक बार लिली का पत्र आ जाता. जब भी उसके पत्र को देखता तो उसी के बारे में देर तक सोचता रहता. लिली के साथ रह कर उसे इतना न समझ पाया था जितना उससे दूर रहकर उसे समझने की कोशिश कर रहा था.

लिली पिछले दस वर्षों से अपने पिता के साथ रह रही थी. इस बीच वह अपनी माँ से एक बार भी नहीं मिली थी. जब भी वह माँ का ज़िक्र करती तो उसके पिता चिढ़ जाते. लिली को इसके बारे में कुछ भी मालूम नहीं था कि वे दोनों एक दूसरे से क्यों अलग रहते थे. उसकी माँ के उसके पास पत्र आते मगर उसने कभी भी उससे मिलने की इच्छा व्यक्त नहीं की थी और न ही कभी उसने यह लिखा था कि वह वहाँ आना चाहती है.

लिली विवाह योग्य हो गई थी. लेकिन उसके पिता को इसकी कोई फ़िक्र नहीं थी. वह मन ही मन सपने देखती और अपने नये जीवन के लिए सामान बटोरती फिरती यह सोच कर कि यह सब उसे ही करना है. उसके पिता उसे फूटी कौड़ी भी नहीं देने वाले. कभी-२ निराश होकर वह पिता के सामने अपने नीरस जीवन को समाप्त करने की बात करती तो वह अपने गंजे सिर को खुजलाते हुए कहते, 'तेरी कब्र बनाने में जो खर्च होगा उससे कम में तो तेरी शादी हो जायगी.'

यूनिवर्सिटी खुलने पर गौतम जब लौटा तो उसने लिली को विचित्र अवस्था में पाया. आते ही वह उससे लिपट गई. गौतम की बाहों ने अनायास उसे अपनी बाहों में भर लिया. उसने जब उसे अलग किया तो उसने देखा लिली की आँखों में आँसू थे.

'क्या बात है लिली?'

'कितने दिन लगा दिए तुमने वहाँ!'

'ओह! अगर इसलिए उदास हो गई थी तो पहले ही बुला लिया होता.'

'मेरी तरह तुम भी बोर नहीं हो जाते यहाँ!!.'

और उसी शाम लिली ने गौतम से कहा, 'गौतम, जितने दिन तुम बाहर रहे हो इस बीच मैने महसूस किया की मैं तुम्हारे बिना नहीं रह सकती. बिल्कुल नहीं रह सकती, गौतम.' उसकी आवाज़ भीग गई थी.

गौतम को आश्चर्य हुआ था लिली के इस आकस्मिक परिवर्तन पर. उसने ऐसी स्तिथि की कभी कल्पना भी नहीं की थी. लिली ने इस विषय पर पहले कोई संकेत भी नहीं किया था कि उससे इतना प्यार करने लगी थी. लिली के प्रति उसका झुकाव ज़रूर था लेकिन एक अच्छी दोस्ती के रूप में. उसने लिली का साथ ज़रूर पसंद किया था मगर वह कभी इस बात को स्वीकार नहीं कर पाया था कि वह भी लिली को प्यार करता था या उसके मन में उसके प्रति प्यार की कोई ऐसी भावना थी जो उसने लोगों के मुँह से अपने लिए अक्सर सुनी थी.

उसने लिली की ओर देखा. उसकी आँखें गौतम के लिए स्नेह-सिक्त हो रही थीं और चेहरा प्यार का इज़हार करने की लज्जा से लाल हो रहा था.

'लिली, समझ नहीं आता कि किन शब्दों में तुम्हारा शुक्रिया करूँ कि तुमने मुझे अपने प्यार के काबिल समझा, लेकिन अच्छा होगा अगर इस प्यार को मित्रता की शक्ल में ही रहने दिया जाए. इसे कोई और रूप देने की कल्पना करना सम्भव नहीं.'

'जानती हूँ गौतम, हम तुम जीवन साथी नहीं बन सकते, हमारा धर्म, हमारा समाज... यह सब मुझे सह्य नहीं है, फिर भी मैं इन सबसे स्वतंत्र नहीं हूँ. लेकिन इस बात को भी मैं अस्वीकार नहीं कर सकती कि तुम्हारे बिना अब मैं नहीं रह सकती. मेरे जीवन में तुम पहले व्यक्ति हो जिसे मैं इतना चाहने लगी हूँ.'

लिली उसके इतनी निकट आ जाएगी, गौतम के मन मैं यह बात शायद पहले कभी नहीं आई, लेकिन अब वह भी उसके प्रति कुछ अधिक आत्मीयता अनुभव करने लगा. इस घटना के बाद अब वे दोनों एक दूसरे के और अधिक निकट आ गये. उनके बढ़ते सम्बंध और घनिष्टता लिली के डैडी को बिल्कुल पसंद नही थे. उन्हें कुछ शंका हुई और उन्होंने लिली पर गौतम के घर आने-जाने पर रोक लगा दी. मगर लिली ने अपने पिता के इस व्यवहार पर गौतम से क्षमा याचना की और उनकी मित्रता में कोई परिवर्तन नहीं आया. वह वैसे ही गौतम से बदस्तूर मिलती रही.

अब लिली के मन में एक ही इच्छा थी जो दिन-प्रतिदिन प्रबल होती जा रही थी. अगर वह गौतम को नहीं पा सकती तो वह उससे कम से कम एक ऐसी निशानी ज़रूर लेना चाहती थी जो जीवन भर उसके साथ रह कर गौतम की याद दिलाती रहे. एक दिन अवसर पाकर उसने वह इच्छा गौतम के सामने व्यक्त कर दी.

'गौतम, मुझे तुमसे एक बच्चा चाहिए जो बिल्कुल तुम्हारे जैसा हो.'

'क्या कहती हो लिली! दिमाग़ तो नहीं फिर गया तुम्हारा?' गौतम उसकी बात पर चौंक गया.

लिली ने अपनी बात दोहराते हुए कहा, ' मैं बिल्कुल ठीक हूँ और सच कहती हूँ, मुझे एक...आई कांट बी यूअर वाइफ, बट कैन बी ए मदर ऑफ यूअर चाइल्ड.'

'व्हाट नॉन-सेन्स!' गौतम करीब-करीब झुंझला गया, 'कैसे हो सकता है यह सब?'

'चाहो तो हो सकता है. मेरी शादी के बाद.' लिली ने समझाया, 'उस समय किसी को शक नहीं होगा कि वह किसका बच्चा है. सिर्फ़ उस बच्चे की माँ को पता होगा कि उस बच्चे का पिता कौन है. सच कहती हूँ गौतम, बड़े प्यार से पालूंगी तुम्हारे उस बच्चे को.'

अब लिली हमेशा उस बच्चे के बारे में ही बात करती कि वह कैसा होगा, क्या नाम होगा, क्या बनेगा, वग़ैरा-२. गौतम भी अवसर पाकर कभी-कभी जानबूझ कर लिली को चिढ़ाता उस काल्पनिक बच्चे का नाम लेकर, हालाँकि वह जानता था कि यह सब सोचना तक पागलपन है.

* * *

दिन बीतते गये. मौसम बदलते रहे. एक दिन गौतम को मालूम हुआ की लिली के डैडी ने लिली के लिए एक लड़का पसंद किया है. वह उससे लिली का रिश्ता जल्दी ही पक्का करने वाले हैं. पैट्रिक इंजिनियर था. एक मित्र और साथी होने के नाते गौतम ने लिली के कहने पर पैट्रिक के विषय में जाँच-पड़ताल की. गौतम को मालूम हुआ की वह एक संभ्रांत परिवार से संबन्धित था. अच्छी आय जुटा लेता था. जिस दिन वे लोग लिली के घर रिश्ता जोड़ने आए उस दिन गौतम भी वहाँ पर मौजूद था.

इस घटना के बाद गौतम और लिली की मुलाक़ातें अचानक कम हो गईं. यूनिवर्सिटी में ही सिर्फ़ खाली पीरियड के दौरान मुलाक़ातें होती वरना यूनिवर्सिटी मे बाहर बहुत कम मिलते. लिली की शादी के बाद तो वे न के बराबर मिल पाते.

गौतम ने अपने को लिली की मित्रता से कुछ खींच सा लिया. लिली की शादी के बाद उसने महसूस किया कि वह अपने आप में सिमट कर रह गया था. उसे अब अकेलापन महसूस होता, न सिर्फ़ अपने फ्लैट में बल्कि पूरी यूनिवर्सिटी में. लिली ने अपना यूनिवर्सिटी कैम्पस का फ्लैट नहीं छोड़ा था. पैट्रिक और लिली दोनों ही उसी में रहने लगे थे. इस पर भी गौतम ने लिली से वैसी ही दोस्ती बनाए रखना उचित नहीं समझा. किंतु महसूस वह भी करता था कि लिली उसके जीवन में अपना एक स्थान

बना गई थी और दिल के किसी एक कोने में वह भी उसके प्रति आकर्षित होने लगा था. मगर अब यह सब सोचना व्यर्थ था. दोनों के रास्ते अलग थे. गौतम ने सब कुछ भुला देना ही ठीक समझा.

मगर उन्हीं दिनो एक घटना घटी, एक ऐसी घटना जिसने गौतम के जीवन को अंजाने ही लिली के जीवन तंतुओं से बाँध दिया और जिसके विषय में गौतम ने कभी स्वीकार नहीं किया था की नियति कभी ऐसा कर सकती है.

वह एक अजीब सी शाम थी. पैट्रिक उन दिनों किसी काम के सिलसिले में बाहर गया हुआ था. घर में अकेली होने के कारण कुछ समय बिताने के लिए लिली उस शाम गौतम के घर चली आई थी. मौसम में कुछ ठंडा पन था और बाहर आकाश में बादल भी उमड़-घुमड़ रहे थे. देखते-देखते बूँदा-बाँदी शुरू हो गई.

गौतम ने देखा लिली ठंड से काँप रही थी. बाहर मूसलाधार बारिश हो रही थी. खिड़कियों से आती ठंडी हवा के झोंके लिली के शरीर में कंपकंपी पैदा कर रहे थे. गौतम ने उठ कर सभी खिड़कियाँ बंद कर दी. लिली मेंटलपीस के पास खड़ी उसे एक-टक देखती रही. गौतम अपना एक पुल-ओवर ले आया, 'लो इसे पहन लो, तुम्हें सर्दी लग रही है.'

पुल-ओवर लिली के कंधे पर रखते हुए उसकी ऊँगलियाँ लिली की नंगी बाजुओं से जा टकराईं. एक झुर्झुरि सी उसके तमाम बदन पर छा गई. गौतम ने उसकी बाजुओं को अपनी हथेलियों से थोड़ा दबा दिया. उसका गला सूखने लगा.

'इसे पहन लो लिली.' उसे अपनी ही आवाज़ कहीं दूर से आती हुई लगी. लिली ने पुल-ओवर खींच लिया. गौतम ने मैंटलपीस की लकड़ियों को हिला कर आँच तेज कर दी और उसके पास ही कुर्सी पर बैठ गया. लिली उठकर उसके पास आ गई और उसी की कुर्सी की आर्च पर जा बैठी. अबकी बार स्कर्ट के नीचे की भारी-२ गदराई टाँगों ने गौतम की ऊँगलियों का स्पर्श किया और इस सर्दी में भी लिली ने अपने में एक खिंचाव सा अनुभव किया और उसने टाँगों को थोड़ा और ऊँचा कर लिया जैसे वह उन पर गौतम के हाथों का पूरा स्पर्श पाना चाहती थी.

'यू आर शिवरिंग लिली!' गौतम ने उसकी 'थाई' को स्पर्श करते हुए उसकी हरारत को महसूस किया.

'नो, आय'म ऑल राइट.' लिली ने अपनी थाई पर रखे गौतम के हाथ पर अपना हाथ रखते हुए कहा. मैंटलपीस की आँच से उसके चेहरे पर पड़ते पीले और लाल रंगों का मिश्रण उसके रूप को और भी निखार रहा था.

'क्या सोच रही हो लिली?' गौतम ने उसे चुप देख कर पूछा.

'कुछ नहीं.' उसकी आँखें उसी तरह मैंटलपीस पर टिकी रहीं.

बाहर बारिश ने ज़ोर पकड़ लिया था. तभी ज़ोर से बिजली चमकी और बादल इतनी तेज़ी से गरजे कि लिली भय से गौतम से लिपट गई - 'गौतम!' तभी अचानक बत्ती गुल हो गई. कमरे में अंधेरा हो गया. बस मैंटलपीस से आग का थोड़ा सा प्रकाश आ रहा था.

'गौतम मुझे डर लग रहा है.'

'डरने की क्या बात है लिली!' मगर बादलों की दूसरी गर्जन से वह गौतम के वक्ष से जा लगी. उसके हृदय की गति तेज हो गई.

'घबराओ नहीं लिली, मैं तुम्हारे साथ हूँ, बारिश अभी थम जाएगी.' दोनों अनायास आलिंगन में बँध गये. मैंटलपीस की आग उन्हें बुझती सी लगी. कमरे का अंधेरा बढ़ने लगा. कुछ क्षण वे यूँ ही एक दूसरे के आलिंगन में बँधे खड़े रहे और तब गौतम उसे सहारा देकर एक तरफ ले गया.

'तुम थोड़ा आराम कर लो, मैं कॉफ़ी बनाता हूँ.'

'नहीं गौतम, तुम यहीं रहो मेरे पास, मुझे डर लगता है.' और लिली ने उसे अपने पास बिठा लिया. बाहर बारिश का वेग और बढ़ गया था और लिली के भीतर तूफान उठ रहा था.

'गौतम!'

'कहो लिली!'

'मेरे पास आओ गौतम. और पास आओ. खो जाओ मुझमें आज.' उसने गौतम को और पास खींच लिया. कमरे में अंधेरा छा गया.

* * *

कुछ समय पश्चात -

गौतम मैंटलपीस में पड़ी जली लकड़ियों को एकटक देख रहा था.

'क्या सोच रहे हो ?' लिली ने पीछे से उसके गले में बाहें डालते हुए पूछा.

'सोच रहा हूँ जो कुछ भी हुआ ठीक नहीं हुआ. हमें ऐसा नहीं करना चाहिए था. लिली मैं अपने से, तुमसे बहुत शर्मि...'

‘ऐसा मत कहो गौतम.’ उसने उसके मुँह पर हाथ रखते हुए कहा, ‘तुम नहीं जानते तुमने मुझ पर कितना एहसान किया है.’ लिली की आँखें भीग गईं. उसने रुंधी आवाज़ में कहा, ‘जो कुछ भी मैने पहले कहा था वह मुझे मूर्खता सी लगी थी अपनी ही बात पर. लेकिन शादी के बाद इन नौ-दस महीनों में पैट्रिक के साथ रहने पर मुझे महसूस हुआ कि मैं कभी माँ नहीं बन सकती. उसके साथ रह कर मुझे कभी माँ बनने का अधिकार प्राप्त नहीं हो सकता और तभी से तुम्हीं से कुछ पाने की इच्छा प्रबल होती गई. आज गौतम... आज तुमने मुझे वह सुख दे दिया है जो पैट्रिक मुझे सारी ज़िंदगी नही दे सकता था.

‘अब बोलो, मुझे वो खुशी देकर, एक उम्मीद भरी नई ज़िंदगी देकर, मेरी ज़िंदगी का एक सहारा देकर भी बोलो गौतम क्या तुम अपने आप से शर्मिंदा हो? अगर तुम्हें संदेह है कि मैं तुम्हारे बच्चे को अपना बच्चा नहीं समझूंगी तो यकीन मानो, मेरी दुनियाँ में यही मेरा सब कुछ होगा. कोई भी माँ अपने बच्चे को, जो भले ही वह कैसा हो, अपनी कोख से जन्म देकर उसे अपने सीने का टुकड़ा मानती है. उसे हिकारत की नज़र से नहीं देखती. सच मानो, जब पैट्रिक को भी इस बात का पता चलेगा कि मैं माँ बनने वाली हूँ, वह खुशी से फूला नहीं समाएगा.’

और सचमुच पैट्रिक यह सुनकर कि वह पिता बनने वाला है, खुशी से पागल हो गया. वह अपनी इस कमज़ोरी से बिल्कुल अंजान था. उसने अपने दोस्तों और सम्बंधियों को कहला भेजा कि वह जल्दी ही पिता बनने वाला है. पैट्रिक के संदेह की परीक्षा लेने और उसकी खुशी का अंदाज़ा लगाने के लिए लिली ने एक दिन गंभीर होकर कहा कि वह अभी माँ नहीं बनना चाहती और एबोरशन करवाने की इच्छुक है. तब पैट्रिक करीब-२ चिल्ला सा पड़ा, ‘नो, नो डोंट से इट अगेन, डार्लिंग. आई वाँट टू बी ए डैड. आई एम वेटिंग इम्पेशेंट्ली फॉर द डे टू सी द फेस ऑफ माई चाइल्ड.’

स्पष्ट था कि पैट्रिक को बिल्कुल संदेह नहीं था वह होने वाला बच्चा उसका नहीं था. लेकिन गौतम की आत्म-ग्लानि उसे खाए जा रही थी. वह बार-बार उस घटना को याद करके अपने को अपराधी सा अनुभव कर रहा था. उसने कोशिश करके कुछ दूरी पर अपना फ्लैट शिफ्ट कर लिया ताकि उस पुराने घर के वातावरण से दूर जा सके. यहाँ आकर वह अपने काम में कुछ अधिक व्यस्त रहने लगा.

इस बीच लिली ने एक पुत्र को जन्म दिया. लिली ने इस अवसर पर गौतम को आमंत्रित किया, मगर गौतम चाहते हुए भी न जा सका. शायद अपने पुत्र के सामने एक पिता बन कर खड़े रहने का साहस उसमें नहीं था. उस बच्चे को उसने पहली बार तब देखा जब लिली पैट्रिक के साथ उसकी और रितु की शादी पर आई थी. वास्तव में वह बहुत ही प्यारा बच्चा था और शक्ल सूरत में वह अपनी माँ पर था. गौतम ने जब उसे

अपनी गोद में लिया तो लिली ने चुपके से उसके कान में कहा था, 'शरीर की शक्ल और बनावट में यह ज़रूर मुझ जैसा है, लेकिन लक्षण सभी बाप जैसे हैं इसमें.'

पैट्रिक ने इस बच्चे का नाम 'आंद्रे' रखा. वह बहुत खुश था. लेकिन आंद्रे को पाकर सबसे ज़्यादा खुश लिली थी. शायद इसलिए कि माँ बनने की लालसा और गौतम से एक बच्चा पाने की कामना, दोनों एक साथ ही पूरी हुई थीं.

रितु जैसा जीवन साथी पाकर गौतम भी कम खुश नहीं था. उसी का सम्बल पाकर वह अपनी बीती ज़िंदगी को भूल जाना चाहता था. रितु के साथ ने उसे बहुत बड़ी मदद दी और नियति भी जैसे यही चाहती थी कि वह लिली से दूर चला जाए ताकि वह अपने पुत्र को देख-२ कर अपने जीवन-कर्तव्य से भटक न जाए. उसकी अलीगढ़ में ट्रांसफर हो गई. यहाँ उसे नये सिरे से जिंदगी शुरू करने का पूरा अवसर मिला.

अलीगढ़ आने पर शुरू-२ में लिली के उसे कई पत्र मिले, मगर धीरे-धीरे इनकी संख्या कम होती गई. फिर इक्का-दुक्का पत्र ही आने लगे. लिली के अंतिम पत्रों से गौतम को मालूम हुआ की अब उसके गृहस्थ जीवन में मुश्किलें आना शुरू हो गईं थीं. गृह-कलह और पति-पत्नी के बीच तनाव की स्तिथि पैदा होने लगी थी. पैट्रिक अब पहले जैसा नहीं रहा था. नैन्सी नाम की एक लड़की के प्यार में पड़ कर वह अपने घर के उत्तरदायित्वों से दूर हटता जा रहा था. आए दिन छोटी-२ बातों को लेकर उनमें झगड़ा होता रहता. वह लिली को छोड़ नैन्सी से शादी करना चाहता था. इसीलिए वह डिवोर्से लेने के लिए उसे हर तरह से परेशान कर रहा था. कुछ ही दिन पहले नियति ने लिली से उसके बूढ़े और बीमार पिता को भी छीन लिया था. वह अब बिल्कुल अकेली और बेबस थी.

इसके कुछ दिन पश्चात गौतम को लिली का एक और पत्र मिला जिसमें लिखा था कि उसने पैट्रिक को डिवोर्से दे दिया है. पैट्रिक ने नैन्सी के साथ शादी कर ली थी और उसी के साथ रह रहा था. अब लिली बिल्कुल अकेली थी और उसका यूनिवर्सिटी में बिल्कुल मन नहीं लगता था. उसने गौतम को एक बार लखनऊ आने के लिए भी अनुरोध किया था और एक दिन गौतम लिली को मिलने भी गया. रितु भी उसके साथ गई. उसने महसूस किया किया कि लिली अब पहले जैसी नहीं रही थी. उसका स्वास्थ्य कमज़ोरी और उदासी में बदल गया था. चेहरे पर अभी से झुर्रियाँ पड़ने लगी थीं. रितु ने पैट्रिक के बारे में बहुत सारी बातें सुनने के बाद लिली को सलाह दी कि उसे भी पैट्रिक की तरह किसी और से विवाह कर लेना चाहिए. मगर लिली को पुनर्विवाह से नफ़रत थी. उसका एक मात्र सहारा अब आंद्रे ही रह गया था. वह अब तक तुतला-तुतला कर बोलना सीख गया था.

इस बात को पाँच वर्ष बीत चुके थे. इन पाँच वर्षों में गौतम ने अपने आपको काफ़ी बदल लिया था. उसकी हँसी और खुशी से भरी ज़िंदगी जैसे ख़त्म हो चुकी थी. काम से फ़ुर्सत मिलने के बाद रितु को बहलाना ही उसका काम था. रितु जानती थी कि वह गौतम को वह खुशी, वह सुख देने योग्य नहीं है जिसके लिए वह हमेशा उसे हसरत भरी निगाहों से देखता है. उसके बस में होता तो अपनी जान देकर भी गौतम को वह खुशी देती जिसका अभाव उन दोनों के जीवन को वीरान बनाए हुए था.

गौतम ने कई बार रितु को छुप-२ कर रोते भी देखा था. गौतम की अनुपस्तिथि में आँसू बहा कर वह अपने मन का बोझ हल्का कर लेती थी, मगर जब गौतम उसके पास होता तो वह अपने प्यार से उसे सराबोर कर देती. अपना सारा ममत्व उस पर उड़ेल देती. गौतम भी उस समय जैसे उसका बच्चा बन जाता. यही प्यार उन दोनों को अटूट बंधन में बाँधे हुए था. उसे रितु से कोई शिकायत नहीं थी. शिकायत थी तो उसे अपने भाग्य से, जिसने उसे उस खुशी से वंचित कर दिया था जिसका वह हकदार था.

भाग्य की विडम्बना पर उसे हँसी आती. क्या विधान था उसका भी. लिली उसके बच्चे की माँ थी, मगर पत्नी नहीं. रितु उसकी पत्नी थी लेकिन उसे एक माँ बनने का सुख नहीं मिल सका था. वह स्वयं एक पिता था लेकिन पिता कहलाने के अधिकार से वंचित था.

सामने लॉन में खड़े पेड़ों से गिरते पत्तों में वह अपने जीवन की खुशियों को झड़ते देखता रहता. अब शाम ढलकर रात में बदलने लगी थी और अँधेरे में वे पेड़ लम्बे-२ काले साए बन गये थे जिनमें एक डरावनापन आने लगा था. लेकिन गौतम की आँखें इस अंधेरे में कहीं दूर खोई हुई थीं.

__________:0:_________

डायरी के कुछ अविस्मरणीय पृष्ठों पर

आधारित वास्तविकता के आवरण से ढक़ी

एक अर्ध-काल्पनिक कथा -

'...और **दीप बुझ गया**'

'ज़मीन खा गई या आसमाँ, नहीं मालूम,
गया किधर को मेरा कारवाँ, नहीं मालूम.
उठा चमन की तरफ क्यों धुआँ, नहीं मालूम,
ये आज किसका जला आशियाँ, नहीं. मालूम.'

...और दीप बुझ गया

कभी-कभी हवा का कोई ऐसा झोंका आता जो अपने साथ बाहर बरस रहे पानी की बूँदों को खिड़की के अंदर ले आता और कमरे के दरवाज़ों को झकझोड़ देता. दरवाज़ों की खड़खड़ाहट से कुछ देर के लिए उस स्तब्ध वातावरण में शोर सा उठता और फिर शांत हो जाता. कमरे में अंधेरा था. केवल सामने वाले कोने में थोड़ा सा प्रकाश हो रहा था जहाँ जैनब मेज़ पर झुकी कुछ पढ़ रही थी. आँखों से अविरल धारा बह रही थी. रह-२ कर आँखों की कोर से टपकी आँसू की बूंदे नीचे पड़े काग़ज़ों पर पड़ती और शब्दों को धोती हुईं नीचे की ओर बह जाती थीं. काग़ज़ के नीचे का एक बहुत बड़ा भाग आँसुओं से भीग चुका था. केवल ऊपर की कुछ पंक्तियाँ ही शेष रह गयीं थीं. यह एक कहानी थी- *'दीप बुझ गया '*

यह वही कहानी थी जिसे राजेंद्र ने जैनब के अनुरोध पर लिख कर भेजी थी. कहानी का एक-एक शब्द ज़िन्दा था, लेकिन उन सुन्दर शब्दों को जन्म देने वाला अब नहीं था. राजेंद्र, जिसकी अनुपस्तिथि आज पहली बार जैनब को अखर रही थी. उसकी याद आते ही आज बरबस आँखों में आँसुओं की बूँदें छलक आईं. आँसू रोके नहीं रुकते थे और वह स्वयं भी उन्हें रोकना नहीं चाहती थी. आज जी भर के रो लेना चाहती थी वह. बाहर बादल बरस रहे थे और अंदर आँखें.

जैनब की डबडबाई आँखों के आगे अतीत नग्न नृत्य करने लगा. बचपन के वे दिन चित्र की भाँति मस्तिष्क पर उभरने लगे जो अतीत के पर्दे में छुप गये थे.

वह बहुत छोटी ही थी जब उसकी अम्मी और अब्बाजान देहली में आए थे. लेकिन कब, यह उसे याद नहीं. उसे अपनी मां से ही मालूम हुआ कि जब वे पहले-२ वहाँ आए थे तो उस समय जहाँ आकर वे रहे थे वहाँ चार मकानों का एक समूह था जिनमें से पास वाले दो घरों में दो हिंदू परिवार बस रहे थे. एक में शशि थी, जिसमें हमेशा ईर्ष्या की भावना ही रहती थी और दूसरा परिवार राजेंद्र का था.

इस नई जगह पर उसे कोई परिचित सा लगा तो वह था राजेंद्र. जब वह पहले-२ अपने माता-पिता के साथ वहाँ आई थी पहले दिन ही दोनों मे मित्रता हो गई थी. लेकिन इस दोस्ती का जन्म लड़ाई से ही हुआ था.

‘ए, तुम्हारा नाम क्या है?’ जब जैनब के अम्मी-अब्बा उस नये मकान में अपना सामान सजाने में व्यस्त थे तो राजेंद्र ने बड़े रोबीले ढंग से बाहर खड़ी जैनब से पूछा था.

‘जैनब, और तुम्हारा?’

“राज़ी.’

‘राज़ी? राज़ी भी कोई नाम होता है क्या? नाम अच्छा नहीं है.’ होंठ भींचते हुए जैनब ने कहा था.

‘ए, मेरे नाम को गंदा कहती है, जैनब तो बहुत अच्छा नाम है न जैसे! जैनब, उँह.’ उपेक्षा भाव से उसने नाक सिकोडी.

‘मुझे चिढ़ाता क्यों है? मैं अपने अम्मी से शिकायत कर दूँगी!’

‘जा जा, मैं क्या तेरी अम्मी से डरता हूँ?’ इतना कहना ही था कि जैनब राजेंद्र की ओर बढ़ी और उसने उसकी बाँह में चुटकी भरी और अम्मी-२ करती भाग गई अपनी अम्मी की ओर. राजेंद्र क्रोध से लाल हो रहा था. वह भी उसके पीछे भागा बदला लेने की भावना से और जैनब को शीघ्र ही जा दबोचा. उसने उसकी बाँह पर ऐसे दाँत गड़ाए कि खून छलकने लगा. चीख पड़ी जैनब. आँखों में आँसू आ गये. उसकी आवाज़ सुन कर अम्मी वहाँ आ गयीं और राजेंद्र डर से किवाड़ के पीछे छिप गया.

‘क्या हुआ बेटा?’ अम्मी ने घबराते हुए उससे पूछा.

जैनब ने छिपी नज़रों से अपनी कोमल बाँह पर उभरते हुए रक्त की बूँदों को देखा जिन्हें उसकी अम्मी न देख सकी.

‘कुछ नहीं माँ...वो...वो चूहा पैरों पर चढ़ गया था अम्मी.’

‘हट पगली कहीं की! चूहे को देख कर चिल्ला पड़ी!’ अम्मी ने प्यार की हल्की सी चपत मुँह पर लगाई और हँसती हुई चली गई.

राजेंद्र ने देखा जैनब ने झूठ बोल कर उसे बचा लिया था वरना उसकी खूब पिटाई होती. राजेंद्र ने दरवाजे की ओट से अपना सिर बाहर निकाल कर देखा. उसकी अम्मी जा चुकी थी और जैनब खड़ी उसकी ओर देख रही थी.

दोनों की नज़रें मिलीं. किन्तु राजेंद्र ने शीघ्र ही आँखें झुका लीं. उसे उसकी ओर देखने का साहस नहीं हो रहा था. जल्दी से भाग गया वहाँ से. जैनब मुस्कुरा पड़ी धीरे से उसे भागता देख कर. आँखों की कोर पर आया आँसू कपोल पर आ गिरा हँसने से.

और उसी दिन शाम को...

जैनब कुछ खरीद कर लौट रही थी. देखा सामने से राजेंद्र जा रहा है. राजेंद्र ने भी उसे देख लिया था. वह उसे देख कर रुक गया.

'क्यों, फिर काटने का इरादा है?' उसे रुकता देख माथे पर बल लाकर जैनब ने कुछ तीखे स्वर में कहा.

राजेंद्र चुप रहा.

'क्या ख्याल है अब? रुक क्यों गये जाते-२?' जैनब अब बिल्कुल निकट आ गई थी.

'जैनब! तुम कितनी अच्छी हो.' बड़ी कठिनता से वह कह पाया. उसकी आवाज़ काँप रही थी.

'हूँ, अब तो अच्छी हूँ, इसलिए न कि तुमने मुझे काट खाया और मैने तुम्हें कुछ नहीं कहा.' बनावटी गुस्सा दिखाती हुई वह आगे बढ़ गई.

'जैनब.' राजेंद्र ने पीछे से आवाज़ लगाई. जैनब ने पीछे मुड़ कर देखा. राजेंद्र उसकी तरफ आ रहा था.

'नाराज़ हो गयी! लो तुम मुझे काट लो.' उसने बाँह जैनब के मुँह के पास ले जाते हुए कहा.

'जा-जा.' बाँह झटक दी जैनब ने.

'मुझसे ग़लती हो गई जैनब. फिर कभी ऐसा नहीं करूँगा, बेशक कसम ले लो.' आँखें ज़मीन में गढ़ी हुई थीं. जैनब ने देखा उसकी आँखें डबडबा गई थीं.

'अच्छा-२ अब बहुत बातें न बनाओ. आओ घर चलें.' उसका हाथ पकड़ कर अपने साथ ले गई. प्रसन्नता की लहर दौड़ कई जैसे राजेंद्र में. कुछ शरमाता हुआ चल पड़ा.

'तुम कितनी अच्छी हो जैनब.' एक बार फिर उसने कहा. जैनब ने उसकी ओर देखा और मुस्कुरा दी. हाथ में हाथ लिए दोनों ने अपने कदम बढ़ा दिए.

यह था दोनों की दोस्ती का पहला क़दम.

दिन बीतते गये, दोस्ती बढ़ती गई.

जैनब धनी माँ-बाप की सबसे बड़ी एकलौती लड़की थी और राजेंद्र मध्यम वर्गीय माँ-बाप का सबसे छोटा लड़का. लेकिन उन अबोध बच्चों की इस मित्रता के बीच अमीरी-ग़रीबी दीवार नहीं बन पाई. दोनों के माता-पिता उन्हें देखकर प्रसन्न होते थे. जैसे-२ वे बड़े होते गये, उनके स्नेह की कोंपल भी विकसित होती गईं.

दोनों ने शिक्षा के क्षेत्र में कदम रखा. दोनों सवेरे अपने-२ स्कूल चले जाते और संध्या समय अपने खेल कूद में व्यस्त हो जाते. घर-भर में इनके उधम से कोलाहल मचा रहता. कभी राजेंद्र जैनब के घर तो कभी जैनब राजेंद्र के. एक दूसरे के वे इतने निकट आ चुके थे कि एक दिन भी एक दूसरे को देखे बिना नहीं रह सकते थे. इतना निकट रहते हुए भी उनमें अक्सर किसी विषय को लेकर अनबन हो जाया करती. यहाँ तक कि एक दूसरे से रूठ भी जाते, पर दूसरे पल वे हंसते-खेलते दिखाई देते.

समय बीतता गया. दो दिल जवान होते गये. राजेंद्र और जैनब ने बचपन की सीढ़ियाँ पार कर यौवन की दहलीज़ पर क़दम रखा. बचपन पीछे छूट चुका था, किन्तु बचपन की आदतें अभी नहीं छूटी थीं. अब भी वे उसी तरह हंसते और गाते थे. एक दूसरे से कितने प्रसन्न थे वो! इन्हीं के कारण ही दो परिवार एक दूसरे के इतना निकट आ गये थे जैसे दो न होकर एक ही परिवार हो.

राजेंद्र और जैनब समय के चक्र पर घूमते हुए अब उस सीमा पर आ पहुँचे थे जहाँ मनुष्य किसी के आलम्बन की आवश्यकता अनुभव करने लगता है. उसके हृदय में एक द्वंद मच जाता है जिसे वह शान्त तो करना चाहता है, मगर कर नहीं पाता. उस द्वंद में भी उसे एक आनंद की अनुभूति होती है.

राजेंद्र अब जीवन के उस मोड़ पर आ गया था जहाँ वह अकेला था और रास्ता लम्बा. उसे लगा जैसे वह इस अगम्य और कठिन मार्ग पर बिना किसी सहारे के चल नहीं सकेगा. तो क्या उसका कोई साथ नहीं देगा? उसके इस अगम्य जीवन-पथ में क्या कोई अपनी सहज मुस्कान नहीं बिखेरेगा ! कौन होगा जो जीवन की इस सूनी राहों में उसके लड़खड़ाते कदमों को सहारा देगा? विचारों के झूले में झूलता राजेंद्र न जाने कहाँ पहुँच गया. उसके हृदय के किसी कोने से आवाज़ आई - 'जैनब.'

'जैनब!'

'हाँ, जैनब.' भावनाओं ने ऊँची उड़ान भरी, लेकिन कल्पना ने बीच में ही रोक लिया - 'जिस राह पर तुम चलना चाहते हो क्या जैनब उस पर चलने को तैयार होगी? और फिर इस बात का पता कैसे लगाया जाए कि उसके मन में क्या है?'

'पर जैनब तो उसे 'भाई' कहा करती है.' राजेंद्र ने सोचा, ' उस दिन की ही बात है. वह और जैनब खड़े बातें कर रहे थे. पास ही जैनब का छोटा भाई युसुफ खेल रहा था. उन दोनों को खड़ा देख वह झट से उनके पास आ गया और जैनब से बोला- 'आका!'

'हूँ?' दाँतों से नाख़ून काटते हुए उसने प्रश्न भरी दृष्टि से उसकी ओर देखा जो उसके बिल्कुल निकट आ गया था.

'आका, जब राज़ी भाई और तुम बड़े हो जाओ तो तुम दोनों शादी कर लेना.

‘चल हट शरीर कहीं का. कहीं भाई-बहन भी शादी करते हैं!’

‘तुम भाई-बहन तो नहीं हो.’

‘तो और.....’ जैनब आगे कुछ न कह सकी. सामने उसके अब्बा जान आ रहे थे. उसने बुर्क़ा ठीक किया और भाग गई अंदर.

जैनब चली गई, लेकिन छोड़ गई एक वेदना, एक पीड़ा जिसने राजेंद्र को तडपा दिया, जैनब के मुँह से ‘भाई’ शब्द सुन वह ऐसे तिलमिला उठता जैसे किसी ने सुई चुभो दी हो.

और एक दिन उसे कह ही बैठा - ‘भाई, भाई, भाई. यह सब क्या है, जैनब? मुझे यह सब पसन्द नहीं, बिल्कुल पसन्द नहीं.’ एक ही साँस में यह सब कह गया वह. कहते-२ चेहरा लाल हो गया था.

‘क्यों भाई बनना पसंद नहीं?’ जैनब मुस्कुरा दी. लेकिन राजेंद्र खामोश रहा.

सच तो यह था कि कोई भी उन दोनों को इस दृष्टि से नहीं देखता था. यहाँ तक कि राजेंद्र के माता-पिता के भी इस विषय में कुछ और ही विचार थे. राजेंद्र को वह रात भुलाए नहीं भूलती थी जिस रात उसकी बहन ममता ने माँ से कहा था, ‘माँ, क्या ही अच्छा हो अगर राज़ी ओर जैनब की शादी हो जाए!’

राजेंद्र अन्दर कमरे में अलमारी के पास खड़ा कोई किताब ढूँढ रहा था. ममता की बात सुन कर झट से मुड़ा और देखा वह उसी की ओर देख कर मुस्कुरा रही थी. लेकिन राजेंद्र के कान माँ की बात सुनने को आतुर थे. उसने छिपी निगाहों से माँ की ओर देखा.

ममता की बात सुनकर माँ गंभीर हो गई थीं. कुछ देर मौन रह कर गंभीर स्वर में बोली, ‘ चाहती तो मैं भी यही हूँ बेटा. लेकिन...लेकिन बेटा उसके माता-पिता हम जैसे ग़रीबों से अपनी बेटी का विवाह क्यूँ करेंगे!’ यह कहते-२ माँ का स्वर भीग चला था. प्रश्न जाति-पाति का नहीं था, अमीरी-ग़रीबी का था.

राजेंद्र के सिर पर जैसे किसी ने हथौड़े की चोट कर दी. सन्न रह गया माँ की बात सुनकर. क्या सुनने की आशा थी और क्या मिला सुनने को. कितनी बड़ी निराशा मिली उसे. स्थिर न रह सका वह. भावावेश में चिल्ला उठा, ‘माँ!’ और दौड़ कर माँ के पास पहुँच गया. इतना ऊँचा स्वर सुन माँ भी चौंक पड़ी एकदम और भयभीत होकर राजेंद्र की ओर देखा.

‘क्या है?’ पास देख माँ ने उससे पूछा.

‘कुछ नही.’ एकदम गंभीर स्वर में उसने कहा और घर के बाहर चला गया.

शांत हृदय में एक कम्पन हुआ. हृदय के मौन तार झनझना उठे. माँ की बात सुनकर उसका मन विचलित हो गया. केवल आह भर कर रह गया वह.

दिल चाहता था की सारी स्तिथि जैनब के सम्मुख स्पष्ट कर दे. लेकिन न जाने कौन सी शक्ति उसे चुप रहने पर विवश कर देती थी. कई बातें उसने सोच रखी थीं. इस विषय पर बात आरंभ करने की न जाने कितनी भूमिकाएँ बनाईं, परन्तु जब कभी जैनब के पास जाता अपने हृदय की बात कहने तो संकोच का आवरण न हटा पाता. जैनब के सामने उसकी स्थिरता डगमगाने लग जाती. अपने विचारों को लिख कर स्पष्ट करने की चेष्टा की पर उसमें भी वह सफल न हो सका. जब भी लिख कर ले गया तो लिखा हुआ जेब में ही पड़ा रह गया. हाथ उसे जैनब के सामने रखने का साहस न कर सके.

दिन बीतते गये. दिल की वेदना बढ़ती गई. लेकिन दिल की बात होंठों तक न आ सकी. राजेंद्र की आँखों में जहाँ पहले गुदगुदा देने वाली शरारतें झाँका करती थीं, वहाँ अब गंभीरता लक्षित होने लगी और ये गंभीर आँखें जैनब की आँखों में सदैव कुछ खोजने की चेष्टा करतीं मानों उनमें कोई निधि छिपी पड़ी हो.

माँ के कहे शब्द बार-२ उसके कानों से आ टकराते और उसे व्यथित कर देते. राजेंद्र के जीवन में एक परिवर्तन आ गया था. पिछले कुछ दिनों से जैनब को भी इस बात का अहसास हो रहा था. वह उसके इस परिवर्तन के कारण से भली भाँति परिचित थी. राजेंद्र का सारा रहस्य उसके सामने खुल चुका था. एक दिन राजेंद्र की डायरी उसके हाथ लग गई. उस डायरी में पड़ा वह पत्र उसने पढ़ लिया जो राजेंद्र ने उसे सब कुछ सच बता देने के लिए लिखा था. जैनब से अब कुछ भी छिपा नहीं रह गया था.

उसे राजेंद्र की हालत पर मन ही मन हँसी आती. एक दिन उसके मलिन मुख को देख वह उससे पूछ ही बैठी-

'क्या बात है राज़ी, बदले बदले से नज़र आते हो आजकल?'

'कोई बात नहीं, बिल्कुल ठीक हूँ.' होंठों पर कृत्रिम मुस्कुराहट लाते हुए राजेंद्र ने संक्षिप्त सा उत्तर दिया.

'कोई बात तो होगी ही. यह खोया-खोया सा रहना, चेहरे पर खामोशी, यह सब क्या है?'

'कुछ भी नहीं है. वैसा ही तो हूँ जैसा पहले था.'

'मुझसे ही छिपाने लगे अब? बड़ी कठिनता से अपनी हँसी रोक कर गंभीर भाव से जैनब ने फिर पूछने की कोशिश की लेकिन राजेंद्र खामोश रहा. उसकी बातों का उत्तर न दे सका.

उन दिनों राज़ी की बी. ए. की परीक्षा चल रही थी. विधि का विधान - परिस्तिथियों का एक ऐसा झोंका आया जिसने राजेंद्र की किस्मत को एक नया मोड़ दे दिया. परीक्षा समाप्त होते ही उसे देहली छोड़नी पड़ी. राजेंद्र और ममता को उनके बड़े भैया अपने साथ राजगढ़ ले जाना चाहते थे जहाँ उन्हें अब हमेशा के लिए रहना था. यह सुनकर राजेंद्र पर जैसे वज्रपात हुआ. हमेशा के लिए देहली छोड़ना उसे असहनीय लग रहा था. वहाँ से वह बिल्कुल नहीं जाना चाहता था, किन्तु माता-पिता का आदेश, उसे झुकना ही पड़ा.

उसी रात देहली छोड़ने का निश्चय किया गया. जैनब के माता-पिता उन लोगों को विदा करने स्टेशन पर आए. जैनब भी साथ थी. गाड़ी चलने में थोड़ा समय ही शेष रह गया था. सभी विदाई की बातों के दौर में बहे जा रहे थे. लेकिन जैनब इन सबसे दूर गाड़ी के डिब्बे से सटी खड़ी थी - बिल्कुल शान्त, निस्तेज. आँखें प्लेटफॉर्म की छत पर स्थिर थीं. राजेंद्र ने उसे यूँ अकेले खड़े देखा तो उसके पास आ खड़ा हुआ.

'तुम यहाँ अकेली खड़ी क्या कर रही हो? चलो वहाँ चलें.' राज़ी ने उसे बाहों से पकड़ कर उधर चलने का आग्रह किया जहाँ वे सब खड़े थे.

'नहीं राज़ी नहीं, मुझे यहीं रहने दो. मुझे क्या करना है वहाँ जाकर!' कहते-२ उसकी आँखें डबडबा आईं.

'तुम्हारी आँखों में आँसू!'

'तुम जा रहे हो, मन नहीं लगेगा.' अवरुध कंठ से कहा जैनब ने.

'मुझ से पूछो मैं कैसे रह सकूँगा वहाँ. दिल तो मेरा भी नहीं लगेगा जैनब, लेकिन विवशता ने बाँध लिया है. अच्छा यह बताओ तुम रोने क्यों लग गई थी?'

जैनब खामोश रही.

'बताओ जैनब, क्या हो गया था तुम्हें?'

'कुछ नहीं, बस यूँ ही आँखों में आँसू आ गये थे,' कुछ क्षण रुक कर आँखें झुकाए धीमे स्वर में जैनब ने कहा, ' मेरे सब्र का प्याला छलकने लगा...'

'अरे बेटा, गाड़ी ने सीटी दे दी है.' जैनब के पिता जाने कब से उन्हें पुकार रहे थे.

'अच्छा जैनब, विदा. भूल मत जाना, पत्र लिखना, इंतज़ार करूँगा.' कहते हुए वह प्लेटफॉर्म छोड़ती गाड़ी पर चढ़ गया.

विदाई के लिए दोनों ने हाथ उठाए. हाथ हिलते रहे, गाड़ी बढ़ती गई और बढ़ती गई राजेंद्र और जैनब के बीच की दूरी. गाड़ी आँखों से ओझल हो गई. जैनब का उठा हाथ नीचे आ गया और साथ ही आँखों की कोर में अटका एक अश्रु-बिंदु गालों पर ढूलक आया.

राजेंद्र राजगढ़ पहुँच गया. चारों ओर पर्वत मालाओं से घिरे इस छोटे शहर के सुरम्य स्थलों की देखकर उसका मन-मयूर नाचने लगता. प्रकृति की अनुपम छटा उस एकांत-प्रिय व्यक्ति का मन मोह लेती. घंटों अकेले बैठा राजेंद्र प्रकृति की सौंदर्य का अवलोकन करते-२ न जाने कल्पना के किस लोक में खो जाता. प्रकृति के उस अनुपम सौंदर्य से प्रभावित हो कितनी ही रचनाएं उसने रच डालीं. एकाकीपन के समय प्रकृति की गोद में बैठ वह सब कुछ भूल जाता, यहाँ तक कि उसे अपनी भी सुधि न रहती. लेकिन उस एकांत से वह कभी-२ उदास हो जाता. यह एकांत उसे काटने को दौड़ता. जैनब की याद आकर उसे झकझोर देती, व्यथित कर देती थी. वह चाहता कि उसी समय जैनब के पास चला जाए, किन्तु एक पंखहीन पक्षी की भाँति केवल छटपटा कर रह जाता.

कॉलेज की छुट्टियाँ हुईं. अपने भैया से इजाज़त ले छः माह बाद दिल्ली गया. एक लंबे समय पश्चात दो बिछुड़े साथी मिले. आँखें मिली, उन्होने कुछ कहना चाहा, लेकिन कहने से पहले ही झुक गईं. दोनों को एक-दूसरे से कई शिकायतें थीं, कई शिकवे थे, पर अब न जाने वे सब कहाँ चले गये थे. बहुत देर तक मौन रहने के बाद केवल दो शब्द मुँह से निकले-

'कैसी हो?'

'अच्छी हूँ. तुम कैसे हो?'

दोनों को जैसे लज्जा आ रही थीं एक दूसरे से. परिचित होते हुए भी ऐसा लगता था जैसे पहली बार मिले हों.

राजेंद्र को न जाने क्यों जैनब से मिलते अब संकोच सा होता, जिसमें कुछ अंश तक डर भी था. जैनब के घर जाने से भी वह कतराता.

'राज़ी, लगता है, राजगढ़ जाने से तुम बहुत बड़े आदमी बन गये हो. अब तो घर आना भी छोड़ दिया.' एक दिन अवसर पाकर जैनब कह ही बैठी.

'नहीं जैनब, यह बात नहीं है. तुम्हारे घर आते हुए कुछ डर सा लगता हैं. सोचता हूँ, लोग क्या कहेंगे? जब भी मैं तुम्हारे घर आता हूँ, ऐसा लगता है जैसे चार आँखें मुझे घूर रही हैं और इन आँखों से मुझे डर लगता हैं.'

'ज़रा सुने कौन सी चार आँखें तुम्हें दिखाई देती हैं?'

'शशि और उसकी माँ की?'

'डरपोक कहीं के!' खिलखिला कर हंस पड़ी जैनब.

छुट्टियाँ समाप्त हो गईं. पन्द्रह दिन का समय ऐसे बीत गया जैसे पन्द्रह पल. राजेंद्र राजगढ़ वापिस लौट आया. मन का बोझ अब भी हल्का न हो सका था. राजगढ़

आए कई दिन हो चुके थे, लेकिन जैनब का कोई पत्र नहीं आया. कई पत्र राजेंद्र ने लिखे लेकिन एक का भी उत्तर जैनब ने नहीं दिया. प्रतीक्षा करते-२ थक गया वह.

और एक दिन - कई दिनों के बाद राजेंद्र की प्रतीक्षा रंग लाई. जैनब का पत्र आया. बड़ी उत्सुकता से उसने लिफ़ाफ़ा खोला. लिखा था - 'आदरणीय भैया, खत देरी से लिख रही हूँ, माफी चाहती हूँ...तुम जानते हो कि कुछ दिन बाद राखी आने वाली है, तुम भाई-बहनों का पवित्र त्योहार. मैं यहाँ अपने हाथों से मंगल-सूत्र बना कर भेज रही हूँ, बाँध लेना. काश, तुम यहाँ होते. मेरी दिली तमन्ना थी कि तुम्हें अपने हाथ से राखी बाँधूं, लेकिन खुदा को शायद यह मंज़ूर नहीं था. हिम्मत तो नहीं हो रही भेजने की. ममता दीदी भी क्या सोचेंगी, मगर फिर भी भेज रही हूँ. स्वीकार करना. तुम्हारी छोटी बहन - जैनब.'

राजेंद्र ने पत्र पढ़ा. उसे लगा जैसे किसी ने उसे ऊँचे से गिरा दिया हो. एक सपने की भाँति उसके सारे अरमानों की श्रृंखला टूट गई. वास्तविकता कल्पना से इतनी कठोर होगी, यह उसने कभी न सोचा था. ' *आदरणीय भैया* ' और ' *तुम्हारी छोटी बहन* ' शब्दों ने उसके हृदय में एक हलचल मचा दी.

किन्तु कुछ समय पश्चात उसे अनुभव हुआ कि उसके मस्तिष्क पर पड़ा चिन्ता का एक बहुत बड़ा बोझ हट गया है. कुछ परिवर्तन लगा उसे अपने में. उसे अहसास हुआ जैसे दिल खाली-खाली सा हो गया हो. कुछ भी न था उसमें अब. किसी की यादें रखी हुई थीं दिल में, शायद अमानत के रूप में और अब उसने अपनी अमानत वापिस ले ली थी. पहले हमेशा कुछ न कुछ सोचता रहता. लेकिन अब? अब कुछ भी नहीं रह गया था सोचने को. अगर कुछ था तो यह कि - 'क्या सोचे?'

उसे वो दिन याद आने लगा जब पहली बार राजगढ़ आ रहा था. उस समय न जाने कितनी कल्पनाएं थीं, कितने अरमान थे उसके मन में - जैनब का पत्र आएगा, वह लिखेगा, पत्रों का आदान-प्रदान होगा, इस वियोग में भी न जाने कितना मज़ा आएगा, आदि-आदि. उसके बाद वही हुआ जिसकी उसने कल्पना की थी. इंतज़ार हुआ, पत्रों का विनिमय हुआ. पर अपने किसी पत्र में उसने 'बहन' शब्द का प्रयोग नहीं किया.

परन्तु आज? आज उसके विचारों ने करवट बदली थी. आज पहली बार जैनब को बहन-रूप में स्वीकार कर रहा था. 'भैया" शब्द से घृणा करने वाला राजेंद्र आज उस शब्द का सत्कार कर रहा था. पहली बार उसने अपने पत्र में 'स्नेहमयी बहन जैनब' लिखा. ऐसा लिखते हुए उसके हृदय में एक अजीब द्वंद मचा था. उसके चेहरे पर खुशी भी थी और उदासीनता भी. अजीब मिश्रण था आह्लाद और विषाद का उसके चेहरे पर.

व्यक्ति लाख चाहे कि अपने अतीत को ऐसे अंधकार में छिपा दे जहाँ जीवन की किरण कभी न पड़े और यादों का परदा कभी न उठे, परन्तु अंजाने ही कभी किसी झोंके

के साथ वह परदा हट जाता है और मन की टीस उभर कर ऊपर आने लगती है. अतीत के चित्र फिर उसके मस्तिष्क पर उभरने लगते हैं.

राजेंद्र ने निश्चय कर लिया कि अपने मस्तिष्क में अब वह कभी ऐसे विचारों को नहीं आने देगा जो पहले अक्सर जैनब के विषय में रहा करते थे. लेकिन जब कभी उसका मस्तिष्क अतीत पर पड़े समय के हल्के पर्दे को उठा कर झाँकता तो उस झीने आवरण में छिपे अतीत के चित्र दिलो-दिमाग़ पर छा जाते और रिक्त हृदय में एक हलचल सी मच जाती. उस समय एक टीस,, एक कसक सी उठती जो तड़पा देती.

कभी-२ उसकी आत्मा उससे विद्रोह करने लगती. अपने जीवन की एक अजीबो-ग़रीब कहानी दूसरों को सुनाने को जी मचल उठता. वह कहानी भी एक स्नेही की, जिसे बचपन से लेकर अब तक वह स्नेह करता आया, जिसके लिए न जाने कितनी कल्पनाओं को मस्तिष्क में जन्म दिया. लेकिन अन्त में हुआ क्या? एक साधक को उसकी साधना का प्रतिफल क्या मिला? स्नेही को बहन बना डाला! तब उसे लगता जैसे उसका अंतर्मन उस पर अट्टहास कर रहा हो. यह सब सोचता. लेकिन मन में दबी इन भावनाओं को किसी के सामने व्यक्त न कर सकता था. जिसका परिणाम यह मिला जो एक बोझ बन कर मनो-मस्तिष्क पर छा गया. लेकिन वह बड़ी दृढ़ता से उसे सहन किए हुए था.

धागों का पुनीत पर्व रक्षा-बंधन भी आ गया. रक्षा-बंधन से एक दिन पूर्व ही जैनब का पत्र मिला जिसमें एक श्वेत चमकीले धागे के अतिरिक्त और कुछ न था. दूसरे दिन प्रातः उसकी दीदी ममता सब बहनों की ओर से राखी बाँधने अपने कमरे में ले गईं उसे. ममता उसे राखी बाँध चुकी, लेकिन राजेंद्र ने उसे अभी तक उस नई राखी के विषय में नहीं बताया. उसे कुछ झिझक सी महसूस हो रही थी अपने बड़े भैया के सामने यह कहते हुए कि जैनब की राखी मुझे बाँध दो. वह स्वयं इस अंतर्द्वंद्व में फँसा हुआ था कि उस राखी को बँधवाए अथवा नहीं ! लज्जा और उलझन के मारे उसके कंठ से आवाज़ ही नहीं निकल रही थी. जब ममता राखी बाँध चुकी तो बड़ी कठिनाई से राजेंद्र ने झिझकते हुए कहा, 'दीदी, एक मिनट, मेरी एक नई बहन की भी राखी बाँध दो.'

'नई बहन' सुनकर आश्चर्य से ममता और भैया ने पूछा, 'नई बहन कौन सी?'

'जैनब. उसने राखी भेजी है.' उसने जवाब दिया और झट से सीढ़ियों की ओर भागा अपने कमरे से जैनब के भेजे राखी-सूत्र लाने के लिए.

अलमारी से उसने चमकता श्वेत-सूत्र निकाला. कितना सुंदर लग रहा था उसके हाथों में. चूम लिया उसके होंठों ने. 'एक नई बहन का भाई बनने जा रहा हूँ आज.' क्षीण स्वर में बुदबुदाया. प्रसन्नता से आँखों में छलक आए अश्रु-बिंदुओं को पोंछा उसने और शीघ्रता से सीढ़ियाँ उतरने लगा. लेकिन...

'आ.. ss ... ss ....ह.'

शाँत वातावरण में एक शोर उठा और दूसरे क्षण राजेंद्र नीचे था. चीख सुन कर ममता और भैया दौड़े आए. देखा राजेंद्र सीढ़ियों के पास बेसुध पड़ा था. मुँह और सिर से खून की धारा बह रही थी.

ममता चिल्ला उठी - 'राज़ी!!'

भैया पास आए. दीवार से सटे राजेंद्र के सिर पर उन्होनें हाथ रखा. सिर लुढ़क गया एक ओर... और भैया पर जैसे वज्रपात हुआ. चीख पड़े वे भी - 'राज़ी, मेरे प्यारे राज़ी!'

लेकिन अब राज़ी, उनका प्यारा राज़ी कहाँ था! कुछ ही देर में वह शांत और सुखद वातावरण करुंण क्रन्दन की ध्वनियों से भर उठा. सभी रो रहे थे. लेकिन राजेंद्र के चेहरे पर मुस्कान थी जैसे वह दुनियाँ को दिखा देना चाहता हो कि 'देखो यहाँ से जाने के बाद भी मैं खुश हूँ.'

जैनब के रक्षा-सूत्र का एक छोर राजेंद्र की बंद मुट्ठी में था और दूसरा छोर उसके हाथ में बँधी राखियों में उलझा हुआ था जैसे उनमें घुलमिल जाना चाहता हो.

* * *

बाहर बादल अब भी बरस रहे थे. शायद जैनब के दुख पर उन्हें भी रोना आ रहा था. ज़ोर से बिजली चमकी. जैनब चौंक पड़ी. उसकी आँखों के आँसू सूख चुके थे. उसने हाथ के नीचे पड़े काग़ज़ों को देखा, सभी शब्द आँसुओं की धार में धुल चुके थे. बचा रह गया था तो केवल उस कहानी का शीर्षक - '...और दीप बुझ गया'.

जैनब धीरे से उठी. खिड़की के पास आई. बाहर दूर-२ तक अंधेरा था. वह खड़ी उस अंधेरे में निहारती रही. उसके अस्थिर मन को सकून नहीं मिल रहा था.

'दीप बुझ गया' - वह धीरे से बुदबुदाई और खिड़की के दरवाज़ों से सिर टिका दिया. बाहर पानी अब भी बरस रहा था.

__________:०:__________

एक तस्वीर

प्रकाश धीरे-धीरे सिमटता जा रहा था और उसके सिमटने के साथ ही बढ़ते आ रहे थे अंधेरे के कदम. सुनहरी संध्या का स्थान ले रही थी एक काली रात, अंधेरे में डूबी रात. लेकिन मेरा इस ओर कोई ध्यान नहीं था. उस सामने कब्रिस्तान के पास वाली जो पतली सूँकड़ी सी गली है, उसके कोने वाले मकान की ओर मैं टकटकी लगा कर देख रहा था जहाँ से रोज़ शाम इसी समय एक लड़की निकलती और लोगों की नज़रों से अपने को बचाती हुई कब्रिस्तान की धूल भरी पगडंडी से होती हुई उसकी छोटी सी टूटी दीवार फाँद कर उसके पीछे कहीं गायब हो जाया करती.

पिछ्ले एक साल से मैं बराबर उसे यूँ ही देख रहा था. आँधी हो या बारिश, कोई नहीं रोक सका उसे. कितनी पाबंद थी वह, मैने सोचा. मगर आज, आज न मालूम क्यों वह बाहर नहीं निकली थी घर से. मैं आधे घंटे से लगातार टकटकी लगाए उस ओर देख रहा था. कभी मैं उस बंद दरवाज़े की ओर देखता तो कभी कब्रिस्तान की पगडंडी की ओर. लेकिन वह कहीं नहीं दिखी. फिर भी मैं देखे जा रहा था क्योंकि मैं नहीं चाहता था कि मेरी नज़र इधर हो और वह बच निकले.

अब तक अच्छा ख़ासा अंधेरा फैल चुका था. कब्रिस्तान में क़ब्रों की सलाबों के पास दीए भी जल चुके थे. गली में पूरा अंधेरा था. सरकारी खम्बे पर का बल्ब शायद खराब था, इसलिए वहाँ की कोई चीज़, यहाँ तक कि आते जाते लोग भी ठीक तरह से नहीं दिखते थे. उस अंधेरे में भी मैने एक पूरी नज़र उस घर की ओर डाली और हार कर कमरे के भीतर आ गया क्योंकि चारों तरफ कोहरा छा जाने से कुछ ठंड सी लगने लगी थी.

वह एक ऐसी ही शाम थी कोहरे से भरी. मैं कुर्सी पर बैठा, गैलरी की रेलिंग से सिर टिकाए सिगरेट के धुएँ के साथ खेलते हुए अपना सूनापन दूर कर रहा था. अचानक सिगरेट ख़त्म हो गई और उसके आख़िरी बचे टुकड़े को नीचे गली में फैंकने के लिए उंगली का झटका देने लगा तो सहसा मेरी आँखें सामने दरवाज़े की ओर जा टकराईं जहाँ से वह लड़की बाहर निकल रही थी. बाहर आकर उसने सांकल लगाई. सांकल लगाने के अंदाज से स्पष्ट था कि वह बहुत हौले से दरवाज़ा बंद कर रही थी. मन में दबी उत्सुकता उस लड़की पर केंद्रित हो गई. दिल ने कुछ कहा और मैं जल्दी से नीचे आ

गया. यह लड़की जो मेरे लिए एक प्रश्न बन गई थी, उसका आज समाधान करने को मन मचलने लगा.

जब तक मैं नीचे पहुँचा, वह कब्रिस्तान के दरवाज़े तक पहुँच चुकी थी. मैं धीरे-धीरे उस ओर बढ़ा. कब्रिस्तान में एक भयानक चुप्पी थी. चारों ओर अंधेरा था. कब्रों के सलाबों पर जल रहे चिरागों से हुई धीमी सी रोशनी से वहाँ हल्का उजाला हो रहा था जिससे सिर्फ़ क़ब्रों की पहचान हो सकती थी. कब्रिस्तान के बीचों बीच एक पतली पगडंडी थी और पगडंडी के दोनों ओर छोटी बड़ी कई तरह की क़ब्रें थीं जिनमें कई आत्माएँ दबी पड़ी थीं. वह खामोश सोई आत्माओं की वीरान दुनियाँ थी जिसमें मैं आज पहली बार कदम रख रहा था.

मैने देखा वह लड़की चुपचाप आगे बढ़ी जा रही थी. मैं दबे पाँव वहाँ सूखे पत्तों की खड़खड़ाहट से अपने को बचाता हुआ उसके पीछे जाने लगा. पंद्रह-बीस क़ब्रें लाँघने के बाद पगडंडी से थोडा हट कर एक कब्र के पास वह रुकी. उसने दीया जला कर वहाँ रोशनी की और दीए को मज़ार के साथ लगी एक छोटे से पत्थर की सलाब के पास रख दिया. वह कुछ देर यूँ ही निष्क्रिय बैठी रही. एक बड़ी सी कब्र के पीछे एक पेड़ के पास छिपा मैं उसे देख रहा था. मन ही मन मुझे डर भी लग रहा था इस वीराने क़ब्रगाह में, क्योंकि आज से पहले मैं कब्रिस्तान में कभी नहीं आया था. बचपन में जब भी माँ मुझे भूत-प्रेतों की कहानियाँ सुनाती तो मेरी आँखों में ऐसे दृश्य घूम जाते और मेरा दिल काँप कर रह जाता था. आज भी मैं मन ही मन डर रहा था. एक क्षण को तो मुझे लगा कि इस पास वाली कब्र से ही कोई अदृश्य आत्मा निकल कर मेरा गला दबा देगी या इस पेड़ पर से भूत उतर कर मुझ पर सवार हो जायगा. मेरा दिल भीतर ही भीतर डूब रहा था भय से, लेकिन फिर भी मैं निर्निमेश उस लड़की को देखे जा रहा था.

अचानक वह उठी और दूसरी ओर टूटी हुई दीवार की तरफ जाने लगी. मैं भी पेड़ों की ओट लेता उस ओर बढ़ने लगा. जब मैं वहाँ पहुँचा, वह दीवार फाँद चुकी थी. जब वह कुछ दूर निकल गई तो मैं भी उस पार हो गया.

यह एक लम्बी लेकिन पतली गली थी जिसमें पुराने ढंग के बने पक्के मकान थे और उनके पीछे ही बहुत सी झोंपड़ियाँ थीं जिनमें निम्न वर्ग के लोग रहते थे. इनमें धोबियों और बंजारों की संख्या अधिक थी जो दिन का उजाला होने से पहले ही अपने घरों से चले जाते और रात गये तक वापिस लौटते.

मेरी नज़र रात के उस धुन्धलके में तेज़ी से दौड़ने लगी और जल्दी ही उस छाया से जा टकराई जो उस लड़की की थी. मैने चाल तेज कर दी, लेकिन फिर भी मैं उससे एक फ़ासले पर रहना चाहता था, क्योंकि ऐसा करना ज़रूरी था. वह नुक्कड़ वाले मकान के पहले दरवाज़े पर रुकी. मकान गली के कुछ इस कोण पर बना हुआ था कि रास्ते में

किसी चलते हुए आदमी की आसानी से वहाँ नज़र नहीं जा सकती थी और न ही वहाँ वाला कोई संदेह कर सकता था कि उसे देखा जा रहा है. यही कारण था कि लड़की का मकान में दाखिल होने से पहले इधर-उधर देखना बेकार सा लगा. उस छाया सी लड़की ने दरवाज़े को हल्का से धक्का दिया. दरवाज़ा खुला हुआ था, उसे शायद मालूम था कि उसे खुला ही होना चाहिए. इसलिए वह जल्दी से अंदर हो गई. तेज़ी से उसका पीछा करते हुए मेरे दिमाग़ में एक क्षण को यह बात आई कि मैं भी उस मकान की तीन ऊँची सिमेंटेड सीढ़ियों को फाँद कर धड़धड़ाता हुआ अंदर चला जाऊं और फिर किसी फिल्म के हीरों या साइड-हीरो की तरह दरवाज़े के पीछे छुप कर यह जानने की कोशिश करूँ कि आख़िर यह सब है क्या? आख़िर यही जानने के लिए तो मैं घर से निकला था. लेकिन दूसरे ही क्षण मेरे दिमाग़ ने पलटा खाया और साथ में मैं भी पलट गया दो क्षण उस दरवाज़े के पास खड़े होने के बाद जो अब भीतर से धीरे धीरे बंद कर लिया गया था, पीछे लौटा. लेकिन उसके लौटने तक प्रतीक्षा करना ज़रूरी था. सामने ही एक टी-स्टाल थी. मैं उस ओर बढ़ा. दुकान का ढाँचा और सजावट देखने से मालूम पड़ता था कि वहाँ के लोगों के गुज़ारे लायक थी. अंदर कुछ 'लोग' मेज पर ताश फैलाए बैठे थे. उनके गले में पड़े रेशमी रुमाल और मुँह से सिगरेट का निकलता धुआँ उनका परिचय दे रहा था. अंदर शोर काफ़ी था, इसलिए बाहर ही एक स्टूल पर बैठ गया ताकि सामने गली में आसानी से देख सकूँ. बैठते ही हाफ़-पैंट और बनियान पहने वहाँ का 'बैरा ' ऑर्डर लेने आ पहुँचा - 'हाँ, साब?'

'एक चाय.'

'चालू या पैसल साब?'

उसके इस प्रश्न ने मेरे माथे पर शिकन सी पैदा कर दी थी. लेकिन सामने एक बोर्ड पर चॉक से लिखे 'मीनू' पर नज़र पड़ते ही मेरी सारी परेशानी दूर हो गई और मैने हंसते हुए जवाब दिया - 'स्पेशल'.

चाय की गर्मी शरीर की सिहरन कम करने लगी. लेकिन मेरी आँखें सामने नुक्कड़ वाले मकान पर लगी रहीं. चाय ख़त्म हो गई, मगर इंतज़ार का अंदाज़ा लगाना मुश्किल था. समय काटना भी ज़रूरी था. सिगरेट मंगाई. वहाँ सिर्फ़ 'चार मीनार' ही मिली क्योंकि 'गोल्ड फ्लेक' थी ही नहीं. दूसरा ब्रांड पीने से गले में खराश पैदा हुई और खाँसी आ गई. अभी मेरी खाँसी रुकी ही थी कि मैने देखा उस नुक्कड़ वाले मकान से वह लड़की सीढ़ियों से नीचे आ रही थी. सिगरेट फैंक मैं उस ओर दौड़ा.

करीब पहुँच कर मैने आड़ ले ली. अब तक वह लड़की अंतिम सीढ़ी पर खड़ी थी और ऊपर था एक युवक. उसकी शक्ल सूरत मैं नहीं देख पा रहा था, लेकिन मुझे ताज्जुब हो रहा था. वह व्हील-चेयर पर बैठा था. उसकी टांगे नहीं थी शायद. उसके दोनों हाथ

कुर्सी के पहिए पर थे जिन्हें वह धीरे-२ हिलाता जा रहा था. वे दोनों बातों में तल्लीन थे, मगर मैं इस निष्कर्ष पर पहुँचने की कोशिश कर रहा था कि आख़िर इस अपंग, लंगड़े और इस खूबसूरत लड़की (हालाँकि मैने उसे पास से नहीं देखा था, मगर फिर भी उसकी चाल-ढाल से अंदाज़ा लगाना मुश्किल नहीं था कि वह एक सुंदर लड़की होगी) के बीच क्या संबंध हो सकता है.

मेरी आँखें फिर से उस युवक पर जा टिकी जैसे मुझे उसके भाग्य पर रश्क हो रहा था इस लड़की का साथ पाने पर. वह स्वस्थ था, कुर्ते में उसका शरीर सुंदर लगता था. हवा के झोंके से फहराते उसके कुर्ते के बाजू मुझे अच्छे लग रहे थे. उसके हाथ अब भी कुर्सी के पहिए से खेल रहे थे. मगर बातों की तन्मयता में वह युवक यह नहीं देख पाया कि वह कितना आगे बढ़ आया था और उसकी कुर्सी के पहिए सीढ़ी के बिल्कुल 'मार्जिन' पर थे जहाँ ज़रा सी लापरवाही उसे पाँच-छह फुट नीचे गिरा सकती थी.

और मुझे सचमुच चिंता होने लगी. मेरी आँखें कुर्सी के पहिए पर स्थिर हो गयीं. एक बार तो सोचा आड़ से निकल कर उसके सामने चला जाऊं और उसे ख़तरे से सावधान कर दूं, मगर मुझे लगा कि यह अशिष्टता होगी. सावधान करना अशिष्टता नहीं, लेकिन ऐसा करने से उन्हें यह सोचने का अवसर देना था कि उनकी हर गतिविधि पर मेरी दृष्टि का पहरा था, ज़रूर मूर्खता होगी. मैं वैसे ही खड़ा रहा. मगर हुआ वही जिसका मुझे डर था. जैसे ही उसने उस लड़की को विदाई देने के लिए व्हील-चेयर आगे बढ़ाई वैसे ही वह पहिया आधार से नीचे आ गया और दूसरे ही क्षण वह नीचे लुढ़क गया. लड़की चिल्ला उठी. अब रुकना मेरे लिए संभव नहीं था. मैं उसकी ओर भागा.

अचानक गिरने से उसके सिर के पिछले हिस्से में कुछ ज़्यादा चोट आई थी. खूब खून बहने से वह अचेत हो चुका था. व्हील-चेयर के एक घूमते पहिए को मैने रोका और उस लड़की की मदद से व्हील-चेयर में फँसे युवक को निकाल कर ऊपर कमरे में ले गया जहाँ का वह लड़की रास्ता दिखाती गई. वह उस मकान की हर शह से काफ़ी परिचित लगती थी, क्योंकि जब मैने उस युवक को बिस्तर पर लिटाने के बाद फर्स्ट-एड की कुछ ज़रूरी चीज़ें माँगी तो वह पलक झपकते ही उन्हें ले आई. वह काफ़ी घबरा गई थी. लेकिन मेरे सांत्वना देने पर उसे कुछ आराम मिला.

थोड़े से उपचार के बाद वह होश में आ गया. मुझे उसकी सूरत कुछ परिचित सी लग रही थी, किंतु याद नहीं आ रहा था कि कहाँ और कब इसे देखा था. मैने दिमाग़ पर ज़ोर डाल कर सोचने की कोशिश की, मगर कुछ ध्यान नहीं आया. इस दौरान थोड़ी सी हरकत के बाद उसने आँखें खोल दीं. विस्मित नेत्रों से उसने अपने चारों ओर देखा. सिर पर उसने शायद भारीपन महसूस किया और उसके हाथ खोजते-खोजते सिर पर बँधी पट्टी पर चले गये. उसने लड़की की ओर प्रश्न सूचक दृष्टि से देखा.

'मामूली सी चोट है, जल्दी ठीक हो जाएगी.' नज़रें मिलते ही लड़की ने कहा और फिर मेरी ओर देखा. तब युवक की नज़र मुझ पर पड़ी. मुझे देखते ही वह उठने की कोशिश करने लगा.

'थोड़ा सा घाव हो गया था. पट्टी बाँध दी है, घबराने की कोई बात नहीं है.' मैने उसकी आँखों में देखते हुए कहा. लेकिन वह खामोश रहा उसी दृष्टि से मुझे देखता हुआ.

'त..तुम...तुम रानू तो...नहीं?'

उसके मुँह से अपना नाम सुन कर मैं चौंक पड़ा. मैने उसे ध्यान से देखा और मैंने भी उसे पहचान लिया - तो तुम नीलू...?'

'रानू!'

' अरे नीलू तुम!' हम करीब-करीब एक साथ चिल्ला पड़े और उसने मुझे अपनी ओर खींच कर अपनी बाहों में भर लिया, 'क्या अजीब इतफ़ाक़ है!'

जब हम अलग हुए तो मेरी दृष्टि उस लड़की पर पड़ी जो अवाक सी खड़ी हम दो बिछड़े मित्रों का यूँ अचानक मिलन देख रही थी. कभी-कभी उसके होंठ मुस्कुराहट में फैल भी जाते.

'यह शाहिदा है. और शाहिदा, यह है मेरा दोस्त रानू. कभी मेरा क्लास फैलो था. इसकी मेरी अक्सर टक्कर होती थी. कहीं भी जाते, कुछ भी करते, हम दोनों की ज़रूर भिड़ंत होती. हर काम में यह मेरे रास्ते में दीवार की तरह होता था. यूनिवर्सिटी में एक लड़की के प्यार में भी यह मेरा 'राइवल' था. बस अगर मेरा सानी नहीं था तो सिर्फ़ एक बात में. सितार बजाने में यह मेरा मुकाबला नहीं कर सकता था.' हंसते हुए नीलू ने हम दोनों का परिचय कराया.

'आप बैठिए न!' मैने शाहिदा को यूँ खड़ा देख कर कहा.

'नहीं, इसे जाने दो अब. "तुम जाओ शाहिदा, बहुत देर हो गई है, बाबा तुम्हारा इंतज़ार करते होंगे."

'इनके लिए कुछ...'

'नहीं, रहने दो. चाय यह खुद बना कर पीएगा. तुम्हें नहीं मालूम कितनी उम्दा चाय बनाता है यह.'

'तो आप भी एक प्याला मेरे हाथ से बना पीती जाइए न!' शाहिदा को जाने की तैयारी करते देख मैने कहा.

'इसे अपना फख्र समझती, मगर अब काफ़ी देर हो गई है, घर में मेरे वालिद घबरा रहे होंगे. अच्छा, खुदा हाफ़िज़.'

'खुदा हाफ़िज़.' मैने जवाब दिया. उसने नीलू से आँखों ही आँखों में विदा ली और वहाँ से चली गई.

वह चली गई. लेकिन मैं काफ़ी देर तक गुम-सुम बैठा रहा. उसके सौंदर्य की छवि जो मेरे मन में उतर गई थी, मैं उसी में खोया था. शाहिदा को पहली बार मैने इतने करीब से देखा था. मगर क्या खूबसूरती थी, सुंदरता की जीती जागती प्रतिमा. उसका गोरा बदन, उभरता यौवन और स्नेह-सिक्त बड़ी-बड़ी आँखें मुझे ही क्या, किसी भी रानू को मंत्र-मुग्ध कर सकती थीं.

न जाने कितनी देर तक मैं यूँ ही खोया बैठा रहता अगर पास वाले कमरे से एक बच्चे के रोने की आवाज़ न आती. मैने चौंक कर उधर देखा. मेरे पास बैठा नीलू बिस्तर से नीचे उतरने की कोशिश करने लगा, मगर मैने उसे मना करते हुए कहा, 'तुम बैठो नीलू, मैं देखता हूँ.' और कमरे की ओर चला गया. वहाँ झूले में पड़ा एक नन्हा बच्चा रो रहा था. मैने उसे उठा लिया और बाहर ले आया. नीलू के पास जाते ही वह चुप हो गया.

'यह बेबी...?'

'यह मेरा बच्चा है.'

'तो तुमने शादी भी करा ली!' आश्चर्य मिश्रित हँसी में मैने कहा.

'नहीं, होने वाली है.'

'मगर...?'

'यह एक लम्बी कहानी है, रानू.'

वह चुप हो गया और बेबी को फीडर से दूध पिलाने लगा. मेरे हृदय में कई सवाल एक साथ उठ रहे थे नीलू को देख कर. नीलू, जिसे कभी मैने इतना गंभीर नहीं देखा था, कॉलेज से लेकर यूनिवर्सिटी तक, जब तक हम साथ रहे, मैने उसे हमेशा चंचल और उश्रिन्खल देखा है. गंभीर वह तभी होता था जब उसकी उंगलियाँ सितार के तारों को छूने लगती थीं. उसे सितार बजाते देख कोई भी नहीं कह सकता था कि यह वही कलाकार है जो अभी कुछ देर पहले लड़कियों के पीछे सीटियाँ बजाते हुए गुजर रहा था. मेरे मन में कई प्रश्न आये और गये, मगर उसे इतना गंभीर देखकर मैं कुछ पूछने का साहस नहीं कर सका. शायद इसलिए कि इस गंभीरता में कुछ भला लग रहा था जिसे मैं तोड़ना नहीं चाहता था. आख़िर एक लम्बी चुप्पी के बाद मैने पूछ ही लिया - 'तुमने टांगे कैसे गँवा दीं, नीलू?'

प्रतिउत्तर में वह हल्की हँसी हंसा, - तुम्हारे मन में यह सवाल भी आया होगा की यह शाहिदा कौन है?' बिना मेरी ओर देखे वह कहता गया, 'शाहिदा, यह बच्चा और मेरी टांगे, ये सब एक ही कहानी की कड़ियाँ हैं, रानू. मैं तुम्हें सब सुनाऊंगा, लेकिन अभी नहीं. यहाँ मुझे घुटन महसूस होती है. कहीं खुले में तुम्हें सारी कहानी सुनाऊंगा. अब तुम अपने बारे में बताओ. यूनिवर्सिटी छोड़ने के बाद तुम एकदम कहाँ गायब हो गये थे? तुम्हारी आशा कैसी है?'

दूसरे दिन हम नदी के किनारे खड़े थे. सूरज डूब चुका था, इसलिए वातावरण में कुछ ठंडक थी. नीलू व्हील-चेयर पर बैठा था और मैं उसके हैंडल को पकड़े धीरे-२ चला रहा था. चलते-२ हम काफ़ी दूर निकल आए थे, मगर नीलू खामोश था. मैं उसके बोलने की बेचैनी से प्रतीक्षा कर रहा था. चलते-चलते उसने एक जगह व्हील-चेयर के पहिए को मजबूती से पकड़ कर रोक लिया.

'बस रोक लो.' उसने कहा और मुझे वहीं पास बैठने का संकेत किया. उसकी मुख-मुद्रा गंभीर थी और आँखें दूर कहीं खोई हुई थीं. तभी उसने कहा, 'रानू, मैं आज तुम्हें एक ऐसी कहानी सुनाने जा रहा हूँ जो मेरे लिए, तुम्हारे लिए, समाज के लिए एक शर्मनाक बात है. इंसानियत और शराफ़त के उजले दामन पर एक धब्बा है, एक ऐसा धब्बा जिसे दुनियाँ की कोई ताक़त नहीं मिटा सकती.'

वह कुछ देर के लिए रुका, जैसे कहानी आरंभ करने के लिए उसके बिखरे सूत्रों को जोड़ रहा हो. तभी अचानक सामने वाली एक छोटी ऊँची पहाड़ी की ओर संकेत करते हुए उसने कहा, 'वह सामने वाली पहाड़ी देखते हो, रानू? अगर उस ओर कभी गये हो तो तुम्हें मालूम होगा कि कितनी खौफनाक पहाड़ी है यह. इस पहाड़ी की ऊपरी सतह से थोड़ा नीचे जो कटाव है, वहाँ से खड़े होकर नीचे का दृश्य देखने पर रोंगटे खड़े हो जाते हैं. ऐसी ही गुलाबी जाड़े की वह एक ठंडी शाम थी जब इसी जगह मेरी मुलाकात एक लड़की से हुई. वह एक ऐसा नाज़ुक क्षण था कि मेरे यहाँ पहुँचने में अगर एक पल का भी विलम्ब होता तो वह लड़की मौत की उस खाई में अपना मकसद पूरा कर चुकी होती जिसके लिए वह वहाँ तक आई थी.

'उस शाम मैं बेहद खुश था. उस दिन संगीत आयोजन में मुझे अपने सितार-वादन पर पुरस्कृत किया गया था. यह मेरे लिए गौरव की बात थी, क्योंकि इतना बड़ा सम्मानित पुरस्कार पा लेना आसान न था. संगीत आयोजन के बाद मैं सीधा उस रोज़ अपनी बड़ी बहन के घर गया. उस पहाड़ी के ठीक सामने करीब पाँच सौ गज की दूरी पर जो पीली बिल्डिंग दिख रही है न, इन दिनों मेरी बहन वहीं रहती थी किराए पर. उसी बिल्डिंग के ऊपर के एक कमरे में खड़ा मैं अपना सम्मान-पत्र अपनी दीदी को पढ़ कर सुना रहा था. पास खड़ी मेरी सात वर्षीय भांजी बीनू बार-बार मेरी सितार के तारों

को छेड़ रही थी. मम्मी के मना करने पर भी वह मान नहीं रही थी. दीदी ने उसे दो-चार तमाचे लगा दिए और वो रोती हुई खिड़की के पास जा खड़ी हुई.

'खिड़की के पास रोते-रोते वह अचानक चुप हो गई और उचक-२ कर खिड़की के बाहर देखने लगी. तभी वह मेरे पास आकर मेरी धोती पकड़ कर मुझे झींझोड़ने लगी, 'मामा, उस पहाड़ी पर आज फिर कोई मरने आया है.'

'कुछ दिन पहले एक युवक ने उस पहाड़ी से कूद कर आत्म-हत्या कर ली थी. उसके बाद जब भी बीनू उस पहाड़ी की ओर जाते हुए किसी को भी देखती तो कहती कि वह मरने आया है. अब भी उसने ऐसा कहा तो उसकी मम्मी ने उसे झिड़क दिया, 'मरने दे उसे, तू बाहर जाकर खेल."

'लेकिन वह उत्सुकता से फिर खिड़की के पास गई और टांगे नीचे लटकाए खिड़की पर आधी लटक गई और वहीं से चिल्लाई 'देखो मामा, वह लड़की पहाड़ी पर जा रही है. वहाँ से वो मर जाएगी न?"

'बीनू की बात सुन कर मैं चौंका और तेज़ी से खिड़की के पास आया. देखा सामने एक लड़की पहाड़ी की ओर बढ़ी जा रही थी. इस धुँधलके में एक लड़की के वहाँ सुनसान पहाड़ी पर आने का क्या प्रयोजन हो सकता था! मेरे दिमाग़ में बिजली की सी तेज़ी से एक भयानक विचार कौंध गया. बीनू की बात कानों में गूँजी. सोचा उस बच्ची का कहना शायद ठीक था. यह विचार आते ही मैं तेज़ी से नीचे की ओर भागा

'जब में पहाड़ी की चोटी पर पहुँचा तो वह उस कटाव की तरफ जा रही थी क्योंकि वहाँ से कूदने में बिना किसी रुकावट के जान गँवाई जा सकती थी. मैं उसी पाँव नीचे उतरा. अब वह मार्जिन पर पहुँच गई थी. मैं उसके पीछे नहीं गया, क्योंकि मुझे डर था कि वहाँ तक पहुँच कर अपने तेज कदमों को शायद रोक न सकूँ और उसे बचाने की बजाय मैं भी उसके साथ नीचे न जा पड़ू. इसलिए मैं एक ओर से उसकी ओर भागा. ज्यों ही वह कूदने को हुई, उसकी बाजू मेरे हाथ में आ गई. मैने उसे एक ओर धकेल दिया और कुछ लड़खड़ाने के बाद वह ज़मीन पर गिर पड़ी. वह चूक गई थी आत्म-हत्या करने से, मगर दूसरी ओर ढालू होने के कारण मैं अपने तेज कदमों को एकदम नहीं रोक सका. कुछ दूर तक मैं भागता गया और अचानक एक पत्थर की चोट खाकर मुँह के बल गिरा और न मालूम कितनी नीचे लुढ़कता गया.

'जब मेरी आँखें खुलीं तो मैं अस्पताल में था. यहाँ मुझे बताया गया कि बहुत ऊँचाई से गिरने के कारण मैं अपनी दोनों टांगे खो चुका था. इस बात से मुझे धक्का लगा. लेकिन जब मुझे मालूम हुआ कि वह लड़की बच गई है तो मुझे अपने बलिदान पर नाज़ हो उठा. दीदी से ही मुझे पता चला कि वह लड़की माँ बनने वाली थी. इस पर मेरी

खुशी और बढ़ गई कि अपनी टांगे गँवा कर मैने दो जानों की रक्षा की थी. मैं उस औरत से मिलने को बेचैन हो उठा. मैने औरत इसलिये कहा है क्योंकि वह एक होने वाली माँ थी. माँ और लड़की में कितना अंतर होता है, यह तो तुम अच्छी तरह समझ सकते हो. उस औरत को लेकर मेरे दिमाग़ में कई तरह के सवाल उठे, कई तरह की शंकाएँ पैदा हुईं मन में और सोचने लगा कि ऐसी अवस्था में उसकी आत्म-हत्या की चेष्टा के पीछे क्या कारण हो सकता है?

"शायद गृह-कलह!' मेरे दिल से आवाज़ आई.

"दांपत्य जीवन में सुख और शांति का अभाव आत्म-हत्या का प्रायः कारण बनता है.' विचार से बल मिला.

'अब तक बिस्तर का सहारा लेकर धीरे-धीरे मैं उठने लगा था. डॉक्टर से पर्मिशन लेकर मैं पास वाले वार्ड में उस औरत से मिलने गया. वह अभी उस अस्पताल में ही थी. मुझे देखते ही वह फफक कर रो पड़ी. शायद मेरे इस हाल को देखकर उसकी आँखों के कोर भीग गये थे, क्योंकि मेरे पैरों की बजाए काठ की बैसाखी ज़मीन को छू रही थी.

"मुझे मुआफ़ करिएगा, मेरी वजह से यह सब...' न रुकते आँसुओं के बीच उसने रुँधे कंठ से कहा.

'मुझे लगा जैसे मैं उसे कभी माफ़ नहीं कर पाऊँगा. उसका अपराध अक्षम्य था. मैं यह भूल गया कि मैं उससे मिलने आया हूँ. उसके आँसुओं को देखकर मैने क्रोधित होने का अभिनय किया –

"अगर मैं तुम्हें माफ़ कर भी दूं तो क्या, भगवान तुम्हें कभी माफ़ करेगा? तुमने एक भयंकर अपराध किया है, उसके नियमों को तोड़ा है. उसकी रचना का अपमान किया है, मज़ाक उड़ाया है.' मैं क्षण भर को रुका. उसकी आँखें वैसी ही आँसुओं से तर थीं. आवाज़ में वैसी ही कर्कष्ता लाते हुए मैने कहा, 'तुम भगवान में विश्वास करती हो न! उस भगवान ने तुम्हें बनाया, तुम्हें रचा, तुम्हारी इस सुंदर देह को गढ़ा, उसी की रचना को तुमने समाप्त करने की कोशिश की. क्या यह उसका अपमान नहीं? क्या वह तुम्हें माफ़ कर सकेगा? ख़ुदकुशी तुम्हें मालूम है एक कायरता है, बुजदिली है और...' और न जाने कब तक अपनी क्रोध भरी दार्शनिकता सुनाने का अभिनय करता रहता की तभी नर्स ने समय समाप्त होने की सूचना दी.

"चलिए मिस शाहिदा, आप आराम करिए, ज़्यादा खड़े रहना आपके लिए ठीक नहीं.' नर्स उसे उसके बेड की ओर ले गई.

'मैं भी बोलते-बोलते थक गया था. भारी मन से वापिस लौटा. उस औरत से मिलकर मेरे मन में उसके प्रति एक कशिश सी महसूस हुई. पूरी रात मैं उसी के बारे में सोचता रहा. इतनी मासूम सौन्दर्य की प्रतिमा पर गम के कैसे बादल छा गये थे कि जिनके अंधकार से घबरा कर वह अपनी जीवन-मुक्ति में ही प्रकाश की किरण देखने लगी थी!

'शाहिदा!' रात के उस अंधेरे में पड़ा-पड़ा मैं बड़बड़ाया, नर्स ने उसे इसी नाम से पुकारा था. 'कितना प्यारा नाम है - शाहिदा! शाहिदा बेगम होगा शायद,' मैने सोचा.

'मगर तभी मैं चौंक पड़ा. एकाएक मुझे ध्यान आया कि नर्स ने उसके नाम से पहले एक और शब्द भी जोड़ा था - मिस. मिस शाहिदा. तो..तो क्या वह अभी कुँवारी है? लेकिन कुँवारी माँ...!'

'य...यह सब कैसे हो सकता है?' मन ही मन मैं जैसे चिल्ला उठा. मेरा सिर चकराने लगा. मैं बेचैन हो उठा. उसके बारे में जानने के लिए मेरी उत्सुकता बढ़ने लगी. दूसरे दिन मैं फिर उससे मिला.

"मुझे अफ़सोस है, मिस शाहिदा कि कल मैने तुम्हें बेकार की बातों से परेशान किया. आवेश में शायद मैं कुछ ऐसा कह गया जो मुझे नहीं कहना चाहिए था. इन सबके लिए मैं शर्मिंदा हूँ.' व्हील चेयर के पहियों को हाथ से रोक कर 'मिस' शब्द पर ज़ोर देते हुए मैने कहा. मैने सोचा शायद इस शब्द का विरोध करेगी, मगर प्रत्योत्तर में वह एक फीकी हँसी हँसी जिसमें न स्वाभाविक कशिश थी न सहज मुस्कान की झलक.

"ऐसी कोई बात नहीं. आपकी बातें सुन कर मैने महसूस किया कि इस दुनियाँ में कोई ऐसा भी है जो मेरा हमदर्द है. शर्मिंदा तो मैं आपसे हूँ कि आपसे ज़िंदगी की इतनी बड़ी क़ुर्बानी ले बैठी.'

"लेकिन यह क़ुर्बानी बेकार नहीं गई. मुझे इस बात की खुशी है कि अपना कुछ खोकर किसी को कुछ दे पाया हूँ.'

"इसके लिए मैं आपका एहसान नहीं भूल सकती, लेकिन जिसे मैं हमेशा के लिए खो देना चाहती थी, उसे फिर से पाकर मैं बिल्कुल खुश नहीं हूँ.'

"आख़िर ऐसी कौन सी बात थी जिसने तुम्हारी ज़िंदगी को इतना भारी बना दिया कि तुम उसे ख़त्म करने को तैयार हो गईं?' मैने अब सीधा सवाल किया.

"क्या करिएगा पूछ कर नलिन बाबू! ज़िंदगी पर जमी वक़्त की तहों को खुरचने से क्या होगा."

"मन में दबे ज़ज़्बातों की गर्मी निकल जाएगी, मन हल्का हो जाएगा."

'शाहिदा खामोश हो गई. उसकी झुकी आँखें भर आईं.

"मुझे सही मायने में अगर हमदर्द समझती हो तो शाहिदा, मुझे इस बात की खुशी होगी अगर तुम मुझे अपने दुख-दर्द में कुछ हिस्सा बाँटने दो. बताओ शाहिदा, कौन सी ऐसी मजबूरी थी जो तुम्हारे इस छोटे से जीवन पर बोझ बन गई थी."

"मेरा कुंआरापन ही मेरी सबसे बड़ी मजबूरी थी. हर कुंआरी माँ का कुंआरापन उसके लिए अभिशाप बन जाता है जो इस बात की इज़ाज़त नहीं देता कि वह समाज में जी सके. उसकी अस्मत लूट कर जीने का अधिकार उससे छीन लिया जाता है. बावजूद इसके अगर वह जीती है तो उसे ज़िल्लत की आग में झोंक दिया जाता है. मुझे भी जब मालूम हुआ कि मैं माँ बनने वाली हूँ तो बेइज़्ज़ती के थपेड़ों से बचने की लिए मैंने वही रास्ता अख्तियार किया.'

"जब तुम्हें पता चला कि तुम माँ बनने वाली हो तो तुमने शादी क्यों नहीं कर ली?' एकांत में बातें करने की लिए अपनी पहिएदार कुर्सी को अस्पताल के लॉन की ओर घुमाते हुए मैने पूछा.

"करती किससे?' उसने मेरी कुर्सी को पीछे से धकेलते हुए कहा.

"उसी से जो इसका ज़िम्मेदार था.'

"यही तो मैं नहीं जानती कि मेरे अंदर पलने वाली जान का ज़िम्मेदार कौन है.'

"तो..तो यह सब हुआ कैसे?' हैरानी से व्हील-चेयर रोकते हुए मैने पूछा.

"नहीं मालूम नलिन बाबू, यह सब कब और कैसे हुआ.'

'मैने एक ठंडी साँस ली. आश्चर्य की बात थी की हालत यहाँ तक पहुँच चुकी थी और वह जानती नहीं थी कि यह किसका बच्चा है.

"तुम पढ़ी लिखी हो?'

"हाँ, कॉलेज में पढ़ी हूँ.'

"कॉलेज कब छोड़ा?'

"पिछले तीन महीनों से नहीं जा रही.'

"कॉलेज लाइफ में तुम्हारी दोस्ती किसी लड़के से नहीं हुई?'

"हुई. लेकिन मैं उसे दोस्ती नहीं कह सकती, सिर्फ़ थोड़ी सी रिश्तेदारी या जान-पहचान कहा जा सकता है. कॉलेज में मेरी किसी भी लड़के से दोस्ती नहीं थी क्योंकि मुझे यह सब पसंद नहीं था. कभी-कभी अपने साथ की लड़कियों को लड़कों के साथ बातें करता देखती तो मन में ज़रूर आता कि मैं भी किसी से बात करूँ, मगर बहुत रिज़र्व

रहने के कारण मैं बहुत कम बात करती थी. अकेलापन मुझे अच्छा लगता था क्योंकि उसमें मुझे सकून मिलता था.

"कॉलेज का दाखिला मेरे लिए अच्छा साबित नहीं हुआ. कॉलेज में दाखिल होते ही मुझ पर मुसीबतों का पहाड़ टूट पड़ा. उन दिनों मेरी भली-चन्गि अम्मी को हल्का बुखार हुआ और वह मुझे और मेरे बाबा को अकेला छोड़ कर चल बसी. घर में अकेली होने की वजह से माँ-बाप का सारा प्यार मुझी को मिलता था. अम्मी के जाते ही मेरी सारी खुशी छिन गई. उसके कुछ ही अरसे बाद एक हादसे में मेरे अब्बा अपनी आँखें गँवा बैठे. मेरी ज़िंदगी की रही सही खुशी भी जाती रही. मैं अब बिल्कुल अकेली हो गई थी. कॉलेज जाती तो मन न लगता. बस चुपचाप बैठी रहती. कई बार ख्याल आया कि कॉलेज छोड़ दूं, लेकिन मेरी सहेली शहनाज़ मुझे हमेशा रोक देती. वही एक थी जो मेरे दुख को समझती थी. इसलिए वह हमेशा मुझे खुश रखने की कोशिश करती.

“उन्हीं दिनों मेरी मुलाक़ात दो लड़कों से हुई. पीरियड खाली था. मैं कॉलेज के लॉन में एक कोने वाली बेन्च पर बैठी किताब देख रही थी. शहनाज़ किसी प्रोफ़ेसर के पास गई हुई थी. मैं किताब के हर्फो में अपने को खोने की कोशिश कर रही थी कि पास से मैने एक आवाज़ सुनी -

"तसलीम."

"मैने मुड़ कर देखा, दो लड़के मेरे सामने खड़े थी. हड़बड़ा कर मैने बुर्क़ा खींच लिया. उनमें से एक ने कहा, ‘डिस्टर्ब करने की मुआफी चाहता हूँ. आपने शायद पहचाना नहीं!”

"जी नहीं."

"कैसे पहचानेंगी? मैं भी पहले आपको नहीं जानता था. देखा कई बार था आपको इस कॉलेज में, मगर मालूम नहीं था कि हमारे बीच कोई रिश्ता भी है.’

"मैं समझी नहीं आपका मतलब.’

"आप मरहूम रज़िया बी की बेटी शाहिदा हैं न!’

"जी हाँ.’

"मिर्ज़ा हसन बेग आपके वालिद हैं!’

"जी, लेकिन...?’

"बात यह है कि आपकी वालिदा और मेरी अम्मी के बीच बड़ी गहरी दोस्ती थी. वैसे मैं आपकी अम्मी को अपनी खालाजान कह सकता हूँ. एक बार जब मैं अलीगढ़ गया तो मेरी माँ ने बताया था कि आप यहाँ के किसी कॉलेज में पढ़ती हैं. और उस दिन

नोटिस बोर्ड पर ड्रामा-क्लब की तरफ से जो ड्रामा होने वाला है, उसमें आपका नाम पढ़ा तो लगा आप ही शाहिदा होंगी, और मालूम करने पर यह सच निकला.'

"अलीगढ़ में अम्मी की रिश्तेदार ज़रूर रहती थी, लेकिन मैंने उन्हें देखा कभी नहीं था. मगर फिर भी उनके बेटे से मिलकर मैंने खुशी का इज़हार किया. उसने अपना नाम अनवर बताया और अपने दोस्त का परिचय कराते हुए उसने कहा, 'यह है सलीम, मेरा दोस्त. मेरे साथ ही पढ़ता है. हम दोनों एम. ए. प्रीवियस में हैं.'

"अनवर ने जब बताया कि उसकी माँ भी जन्नतशीन हो चुकी हैं तो दुख हुआ कि मेरी माँ की तरह वह भी खुदा को प्यारी हो गई थी.

"इसके बाद हम अक्सर मिलने लगे. जब कभी हमारे एक-दो पीरियड एक साथ खाली होते तो हम लॉन में आ बैठते और या फिर कैंटीन में चले जाते जहाँ खाली समय बातों और चाय के प्यालों में कट जाता. अब हम बाज़ार भी जाने लगे साथ-साथ. कभी ज़रूरी शौपिंग करनी होती तो अनवर और सलीम के साथ बाज़ार तक चली जाती. ऐसे मौके पर मैं शहनाज़ को ज़रूर अपने साथ ले लेती. इस तरह हम काफ़ी करीब आ गये थे एक दूसरे के. इस बात का अंदाज़ा मैंने उस दिन लगाया जब एक बार हम बाज़ार में साथ-साथ जा रहे थे. शहनाज़ और अनवर बातें करते करते हमसे कुछ आगे चले गये थे तो सलीम ने मुझसे कहा था –

"अब हमसे कब तक परदा करिएगा?'

"हमें शर्म लगती है.' मेरे मुँह से निकल गया.

"अब अपनों से शर्म कैसी, शाहिदा बेगम?' और उस दिन अपने घर ले जाकर सलीम ने हमारा बुर्क़ा उतरवा दिया.

"सलीम और अनवर साथ-साथ रहते थे. बाज़ार जाते हुए उनका घर रास्ते में पड़ता था. इसलिए कभी-२ उनके घर थोड़ी देर के लिए हम लोग रुक जाते.'

'शाहिदा कुछ देर के लिए चुप हो गई.

"उन दोनों मे से तुम किस में ज़्यादा दिलचस्पी लेती थी?' मैंने उसकी चुप्पी को तोड़ते हुए पूछा.

"किसी से नहीं. थोड़ी जान पहचान होने की वजह से मैं उन दोनों से बात कर लेती थी. मेरा भी कुछ अकेलापन दूर हो जाता था इससे. लेकिन मुझे हक़ीकत में उन दोनों से कोई लगाव नहीं था. उनके लिए मेरे मन में कोई बात नहीं थी.'

"तुम कब तक ऐसे मिलते रहे?'

"ज़्यादा नहीं. बस उस दिन के बाद हम काफ़ी दिन नहीं मिले. न अनवर मिला और न सलीम ही दिखा. कई दिन बाद अनवर कॉलेज में मुझसे मिला और उसने बताया कि उसने शाहगंज में अपना अलग कमरा ले लिया था.'

"शाम को मेरे साथ चलिएगा न!' उसने बाअदब कहा और मैं उसके बुलावे को न टाल सकी. शहनाज़ उस दिन मेरे साथ नहीं गई, उसे कहीं काम जाना था. सलीम, मैं और अनवर वहाँ गये.'

"अनवर का दो कमरों का वह फ्लैट काफ़ी खूबसूरत था. उनमें बाक़ायदा छतों पर फानूस और दीवारों पर दिलकश तस्वीरें लगी थीं. नीचे फर्श पर बिछे उम्दा किस्म के कालीन देखकर ऐसा लगता था जैसे किसी रईस का मकान हो. मुझे बहुत पसंद आया उसका फ्लैट. लेकिन उसमें कुछ ऐसी महक फैली हुई थी कि मस्ती सी छाने लगी. ऐसे लग रहा था इनमें कोई तेज़ खुश्बू छिड़की गई हो. कमरे दिखाने के बाद अनवर चाय बनाने लगा और सलीम बाज़ार में कुछ लेने चला गया.'

"यह आप क्या कर रहे हैं? लाइए मैं बनाती हूँ चाय.'

"आप आज मेरी मेहमान बनकर आई हैं. मुझे मेहमान-नवाज़ी का मौका दीजिए.' अनवर ने हंसते हुए कहा और चाय बनाने में मसरूफ़ हो गया. सलीम भी तब तक लौट आया था.

"कमरे में फैली खुश्बू की महक से मेरा दम घुटने सा लगा था. मैने उठ कर खिड़की से सारे पर्दे हटा दिए ताकि ताज़ी हवा अंदर आ सके. उसके बाद हम काफ़ी देर तक बैठे बातें करते रहे.

"उस दिन न मालूम मैं कितनी देर तक वहाँ रही. लेकिन जब मैं घर चलने को हुई तो काफ़ी अंधेरा हो चला था. थकावट इतनी महसूस हो रही थी कि चलना तक मुश्किल हो रहा था. तमाम बदन टूट रहा था. हिम्मत नहीं थी कि कुछ दूर तक पैदल जाऊं. वहीं से तांगा लिया और मैं थकी सी घर पहुँची.

"उसके बाद कुछ दिनो के लिए मैं कॉलेज नहीं जा सकी. शहनाज़ के मामू की लड़की का निकाह पढ़ा जाना था, उसी की तैयारी में ही कुछ दिन लग गये. फिर जब कॉलेज गई तो कई दिन तक उन दोनों को नहीं देखा. हफ्तों बाद सलीम मिला एक बार. और कभी-कभी अनवर भी मिल जाता, लेकिन कोई खास बात न होती.

"दिन यूँ ही बीतते गये. अब हम न के बराबर मिलते. मेरे इम्तहान के दिन भी करीब आने लगे थे. इसलिए इन बातों में ध्यान देना मैने छोड़ दिया. मैं मन लगा कर तैयारी करने लगी. दो महीने ही तो बाकी रह गये हे. मगर अब मेरी तबीयत बिगड़ने लगी. सुस्ती छाई रहती सारा दिन. किसी काम में मन न लगता. यहाँ तक कि पढ़ने में भी अब

दिल न लगता. तबीयत भारी सी रहने लगी और मुझसे कोई काम न हो पाता. फिर भी घर का काम तो किसी न किसी तरह करना ही पड़ता था. उस वक़्त मुझे अपनी अम्मी की बेहद याद आती. लेकिन अब तो मेरे अंधे वालिद ही सब कुछ थे, मेरी अम्मी और मेरे बाबा भी. मैं उन्हें कतई परेशान नहीं करना चाहती थी. इसलिए उन्हें कभी अपनी परेशानी नहीं बताती.

"लेकिन शहनाज़ से यह नहीं देखा गया. मेरे आलसीपन को देख कर वह चिढ़ उठती. मगर दिन-ब-दिन बिगड़ती हालत का उसने अंदाज़ा लगाया तो एक दिन ज़बरदस्ती वहाँ के वैद्यजी के पास पकड़ कर ले गई. वह नहीं चाहती थी कि इम्तहान के दिनो मुझे कुछ हो जाए.

"वैद्य जी ने मुझे देखा और मैं चली आई. शहनाज़ वहीं रुक गई दवा लाने के लिए. मैं जानती थी कि मुझे कोई बीमारी नहीं थी, बस यूँ ही कुछ तबीयत उदास रहती थी. लेकिन शहनाज़ आते ही मुझे कलाई से पकड़ कर जब एक ओर ले गई तो मुझे हैरानी हुई.

"यह तू क्या कर बैठी है शाहिदा?' उसने मेरी आँखों में आँखें डाल कर पूछा.

"क्यों क्या हुआ?' मैं हैरान थी. डर भी गई उसकी बात से कुछ.

"कसूर करके पूछती हो क्या हुआ? तुम्हें नहीं मालूम तुमने क्या किया है?'

"मुझे कुछ नहीं मालूम शहनाज़...' मगर मेरी बात अनसुनी करके वह कहती गई - 'कम से कम मुझे तो बताया होता कि किसके साथ रंगरलियाँ मनाई जा रही है. और बात यहाँ तक बढ़ गयी है!'

"मुझे कुछ समझ में नहीं आ रहा कि तू क्या बक रही है. पहेलियाँ मत बुझाओ, शहनाज़. साफ-साफ क्यों नहीं बताती कि बात क्या है!'

"क्या बताऊं क्या बात है! सुन सकोगी वैद्य जी ने क्या कहा है?'

"कहा है त..तू माँ बनने वाली है.'

"शहनाज़!!'

"मेरी आँखें फटी रह गयीं. आँखों के आगे अंधेरा छा गया शहनाज़ की बात सुनकर. मुझे लगा कमरे की हर शह घूम रही थी.

"नहीं, नहीं ऐसा नहीं हो सक....' बुझी आवाज़ मेरे गले से निकली और मैं लड़खड़ा कर गिर गई होती अगर शहनाज़ ने अपनी बाहों में संभाल न लिया होता. उसने चुपचाप बिस्तर पर लिटा दिया. कुछ देर बाद जब मैं कुछ संभली तो शहनाज़ को देखकर मेरी आँखों में आँसू आ गये.

"नहीं शहनाज़, ऐसा नहीं हो सकता, शहनाज़ नहीं हो सकता.' और मैं बिलखते बच्चे की तरह उससे लिपट गई. उसकी भी आँखें भर आईं.

"जो हो गया, हो गया, शाहिदा. रोने से काम नहीं चलेगा. अब यह बताओ कि वह है कौन?'

"मुझे कुछ नहीं मालूम, शहनाज़, मुझे कुछ नहीं मालूम.'

"कहीं अनवर तो नहीं?' उसने मेरे बालों में उंगली फेरते हुए पूछा.

"मेरी आँखों के आगे सलीम और अनवर के चेहरे घूम गये. मुझे याद नहीं आया कि मैने उन्हें कभी अपने बदन को छूने तक का मौका दिया हो. 'कहीं उस दिन तो...?' मैने सोचा, और मेरे दिमाग़ में उस दिन की घटना घूम गई जब मैं, अनवर और सलीम अनवर के नये फ्लैट को देखने गये थे. मुझे याद आया उस दिन उस फ्लैट में उन दोंनो के बीच मैं अकेली थी और वह खुश्बुदार कमरा जिसकी महक दिमाग़ पर बुरी तरह छा कर बेसुध किए दे रही थी...याद आया रात गये तक टूटे बदन मेरा वापिस घर लौटना. कहीं उस दिन ही तो उन दोनों ने...?

"मैने उस दिन की घटना शहनाज़ को सुनाई.

"मगर शहनाज़, मुझे कुछ नहीं मालूम वहाँ क्या हुआ. कमरे में फैली उस महक में अपने होश-हवास खो सी चुकी थी.'

"और इसी मौके का उन शैतानों ने फ़ायदा उठा लिया. मगर तुम्हें कुछ भी याद नहीं कि हरकत किस की हो सकती है - सलीम की या अनवर की?'

"नहीं.'

"ओह, शाहिदा!' शहनाज़ ने एक ठंडी आह भरी.

"क्या होगा शहनाज़ अब? कहाँ जाऊंगी अपना मुँह छुपाने?' मेरी आँखों से फिर आँसू बहने लगे.

"खुदा पर भरोसा रखो, शाहिदा. वह सब ठीक करेगा.' शहनाज़ ने मेरे आँसू पोंछते हुए मुझे धीरज बंधाने की कोशिश की. उस दिन वह मेरे घर पर रही. दूसरे दिन हम कॉलेज गयीं. कॉलेज का कोना-कोना छान मारा, लेकिन सलीम और अनवर कहीं नज़र नहीं आए. शहनाज़ और मैने एम. ए. प्रीवियस की सभी फैकल्टीस से मालूम किया, पता चला कि इन नामों के कोई स्टूडेंट्स नहीं थे वहाँ. शाम को सलीम और अनवर के मकानों पर भी गईं, मगर कुछ पता नहीं चला. अनवर के उस नये फ्लैट में तो अब एक परिवार रह रहा था. पूछने पर मालूम हुआ कि यह उन्हीं का ही फ्लैट था और वे पिछले दिनों बाहर गये हुए थे कुछ रोज़ के लिए.

"दिन भर की थकी हारी हम दोनों घर पहुँची. चेहरे पर मायूसी और गम की छाया ने जैसे हमें निचोड़ के रख दिया था. बुझी आँखों से शहनाज़ की ओर देखा. उसकी आँखों में भी कोई रौनक नहीं थी. वे भी जैसे मेरे मन की ही कह रही थीं, 'शाहिदा, यह एक फ्रॉड था, एक धोखा था. तुम्हें लूटने का एक जाल बिछाया गया था और तुम्हें उस जाल में फँसा कर जाल-साज़ भाग चुके थे.'

"ज़िंदगी पर जो दाग लग चुका था, उसे मिटाने का एक ही तरीका रह गया था मेरे पास कि मैं इस ज़िंदगी को ख़त्म कर दूं. लेकिन शहनाज़ मुझे खुदा का वास्ता देकर उम्मीद बँधाती रहती.

"इसी उम्मीद के सहारे दिन गुजरते गये. धीरे-धीरे मेरा पाप बाहर निकलने लगा. इस वजह से अब मैं घर की चार दीवारी में बंद रहती. मेरी हालत का मेरे अब्बाजान को कुछ मालूम नहीं था. मैने उस दिन पहली बार महसूस किया कि उनका अंधापन मेरे लिए कितना मददगार साबित हुआ. मेरी उस हालत में उनका अँधा होना मेरे लिए एक वरदान बन गया था. उनकी आँखों पर पड़े अंधेपन के पर्दे ने मेरी लुटी ज़िंदगी को उनसे ढक रखा था. उस समय खुदा का लाख-२ शुक्र किया कि बाबा अंधे थे, वरना मेरी हालत देख कर उन पर क्या गुजरती!

"लेकिन एक दिन मालूम तो होगा ही. उस राज़ का पर्दाफाश होगा तो उस वक़्त जो सदमा उन्हें लगेगा उसका अंजाम क्या होगा? यह सोचकर मैं एक खौफनाक ख्याल से डर जाती. मगर मैं उन्हें कहती भी क्या? कहती - *'बाबा, मैं माँ बनने वाली हूँ, ऐसी माँ जो यह नहीं जानती कि उसके होने वाले बच्चे का बाप कौन है!'* अपने बाबा की छाती पर पत्थर रख भी देती, लेकिन दुनियाँ वालों को क्या मुँह दिखाती. जब लोग तरह-तरह के सवाल करके मेरे बच्चे की ओर उंगलियाँ उठा कर पूछते - यह बच्चा किसका है?' तो क्या जवाब देती?'

"सोच-सोच कर मैं परेशान हो गई. इन सब होने वाले सवालों का मेरे पास कोई जवाब नहीं था. उम्मीद का बंधन भी वक़्त के साथ साथ ढीला होने लगा और साथ ही मेरा दिल भी अंदर ही अंदर डूबने लगा. मेरा आत्म विश्वास ख़त्म होने लगा. लोगों की नज़रों का सामना करने की हिम्मत मुझमें नहीं रही. अब हिम्मत रह गई थी तो सिर्फ़ एक काम की, और वो थी - ख़ुदकुशी की.

"यही अब मेरी उम्मीद का आख़िरी सहारा थी जो मेरी सारी उलझनों को हल कर सकती थी. ख़ुदकुशी का ध्यान आते ही मेरी आँखों में वो सामने वाली पहाड़ी घूम गई. कुछ दिन पहले ही मैने सुना था कि एक आदमी ने वहाँ से कूद कर अपनी ज़िंदगी से निज़ाद पाई थी.

"इसी इरादे से ही मैं उस शाम घर से चली थी. जैसे-जैसे पहाड़ी के नज़दीक पहुँचती जा रही थी, बुझते चिरागों में हल्की लौ की एक नूरानी चमक मुझे नज़र आने लगी थी. पहाड़ी की ऊँचाई पर पहुँच कर मैने नीचे झाँका. एक खौफनाक खाई थी पास में जो बहुत नीचे तक चली गई थी. उसी खाई की गहराई में ही मेरी नई ज़िंदगी छिपी थी और ज्यों ही उसे अपने आगोश में लेने को तैयार हुई. किसी के हाथों ने अचानक मुझे पीछे खींचकर मौत के उसी खड्डे में वापिस धकेल दिया जहाँ से मैं निकल भागना चाहती थी.

"आपने मुझे मरने से तो बचा लिया, लेकिन आप बताइए मैं इस नापाक ज़िंदगी को लेकर जाऊंगी कहाँ?'

'बोलते बोलते शाहिदा चुप हो गई. उसका स्वर सिसकियों में बदल गया. मुझे लगा जैसे मेरे सितार के तारों के राग अचानक बदल गये हों. मैने शाहिदा की ओर देखा. उसकी आँखों और कपोलों पर सूखे आँसुओं के निशान दिखाई दे रहे थे. अपनी कहानी सुनाते-२ वह रो रही थी. उसके सूखे आँसू यही बता रहे थे.

'शाहिदा की कहानी सुनकर सच कहता हूँ, रानू, मैं खुद नहीं सोच पा रहा था कि उसे क्या कहूँ, क्या बताऊं कि अपनी उस लुटी ज़िंदगी को लेकर कहाँ जाए. काफ़ी देर मैं नीचे घास पर बैठी सिसकती शाहिदा को चुपचाप देखता रहा. फिर मैं व्हील चेयर से उठा और उसके पास नीचे बैठ गया.

"हिम्मत से काम लो शाहिदा,' अपनी शॉल से उसकी भीगी आँखें पोंछते हुए मैंने उसे धीरज बंधाने की कोशिश की - 'जीना बहुत मुश्किल होता है और ज़िंदगी का मुकाबला करना ही सच्चे मायनों में जीना है.'

'मैं शाहिदा को समझा रहा था, मगर अपने ही उन्हीं शब्दों को तोलने पर मैने महसूस किया कि उनमें कुछ हल्कापन था. एक औरत को जीवन के थपेड़ों का सामना करने के लिए एक सहारे की ज़रूरत होती है और शाहिदा के पास उसकी कमी थी. वह बिल्कुल अकेली थी. उसे साथ चाहिए था जिसका सम्बल पाकर अपनी टूटी ज़िंदगी को फिर से बना सके. मैने अपनी टाँगों की ओर देखा, उन टूटी टाँगों को बैसाखी का सहारा देते हुए मैं बोला, 'शाहिदा, समाज से तुम्हें अपने जीने का हक वापिस लेना है."

'कुछ देर चुप रहने के बाद मैने कहा, 'तुम...तुम शाहिदा, अगर मुझे इस काबिल समझो तो मेरी ज़िंदगी में आ जाओ और यह बच्चा हम दोनों का हिस्सा बन जाए.'

'आँसुओं से भीगी पलकों को उठाकर शाहिदा ने प्रश्न-सूचक दृष्टि से मेरी ओर देखा.

"यह आ..आप...?'

"हाँ, मैं ठीक कह रहा हूँ. तुम्हें पाकर मुझे खुशी होगी.'

"नलिन बाबू!'

'और हम एक दूसरे को बाहों में सिमट गये. इसके बारे में हमने किसी से कुछ नहीं कहा. मैं शहनाज़ से मिला. शाहिदा की वह सच्ची हमराज़ थी और दोस्ती के उसूलों को अच्छी तरह जानती थी. शाहिदा जब तक अस्पताल में थी, तब तक उसकी देखभाल के लिए किसी का वहाँ होना ज़रूरी था. शहनाज़ ने यह समस्या भी हल कर दी. उसने अपना एक विश्वासपात्र नौकर शाहिदा के घर भेज दिया उसके बाबा की देख रेख के लिए. उनसे कहा गया कि शाहिदा कुछ दिन के लिए उसके घर रहेगी.

'इस बीच शाहिदा ने एक बेटे को जन्म दिया. यह बात किसी को मालूम नहीं हुई. सिर्फ़ हम तीन ही यह बात जानते थे - शाहिदा, मैं और शहनाज़. इस राज़ में मेरी दीदी भी शरीक थी, लेकिन उन्होने भी इस राज़ को राज़ ही रखा.

'शाहिदा को जब मैं अपने घर ले गया तो उसके नन्हें-मुन्हे बच्चे को देखकर बीनू बहुत खुश थी. उसे एक खिलौना मिल गया था खेलने को. लेकिन वहाँ अधिक दिन रहना भी तो शाहिदा के लिए संभव नहीं था और न ही वह बच्चे को छोड़ कर जा सकती थी. इसलिए मैने उसके घर के पास ही उस कब्रिस्तान के पीछे एक कमरा किराए पर ले लिया जिससे शाहिदा को वहाँ आने में कठिनाई न हो.'

नीलू कहते-२ रुक गया. शायद कोई कड़ी रह गई थी कहानी की जिसे वह ढूँढने लगा था ताकि कहानी को अंतिम मोड़ दे सके.

'तुम्हारी दीदी ने इसका विरोध नहीं किया?' चुप बैठे नीलू से मैने सवाल किया.

'वह मुझे अच्छी तरह समझती हैं. मैने उनसे कोई बात नहीं छुपाई. सब सच-२ बता दिया. इसलिए उन्होने कोई विरोध नहीं किया.

'यह सब हुए एक साल हो चला है और एक साल से वह हर शाम यहाँ अपने बच्चे को देखने आती है. वह इसे देखे बिना नहीं रह सकती और मुझे भी उस बच्चे से इतना लगाव हो गया है जैसे यह मेरा अपना बच्चा हो. मैं अब उस दिन की बेचैनी से इंतज़ार कर रहा हूँ जब वह अपनी बिछूड़ी माँ को पा सकेगा. मगर अब यह बेचैनी भी दूर हो जाएगी.'

नीलू ने जैसे राहत की साँस ली, 'मुन्ने की माँ अब हमेशा के लिए उसके पास आने वाली है.'

'तो क्या तुम उस मुस्लिम लड़की से शादी करोगे?' मैने गंभीर आवाज़ में नीलू से पूछा.

‘हाँ, क्यों नहीं!’ नीलू के आवाज़ में एक मुस्कुराहट थी, एक खुशी थी. उसने हँसी में गंभीरता लाते हुए कहा, ‘मैं एक साल से उस दिन की प्रतीक्षा कर रहा हूँ जब शाहिदा समाज के सामने इस बच्चे की माँ बनेगी. मुझसे शादी करने पर अपना माँ कहलाने की वह अधिकार पा सकेगी जिसकी अधिकारी होते हुए भी माँ कहलाने की हकदार नहीं है.

‘परसों हम शादी करने जा रहे हैं. शाहिदा के बाबा मान गये हैं. इस शादी को मनवाने के लिए शहनाज़ ने जो हमारी मदद की है उसे हम जीवन भर नहीं भुला सकते. शाहिदा के बाबा को मालूम है कि मैं अपंग हूँ और मेरा एक बच्चा भी है. मुझे इस बात की खुशी है कि यह जानने के बाद भी वह शाहिदा को मुझे देने को तैयार हो गये हैं.’ नीलू ने अपनी व्हील चेयर को वापिस घुमाते हुए कहा और उसकी नज़र कहीं दूर खो गई.

अब तक रात घिर आई थी. चारों ओर अंधेरा फैल चुका था. उस अंधेरे में मैने देखा नीलू का चेहरा चमक रहा था. मैने महसूस करने की कोशिश की कि शाहिदा जैसी लड़की को पाकर उसके दिल में खुशी की कितनी लहरें उठ रही होंगी. परसों वह एक अभागिन के जीवन पर लगे दाग हमेशा हमेशा के लिए पोंछने जा रहा था.

नीलू को उसके कमरे में छोड़ कर अपने घर की ओर जाते हुए शाहिदा की सूरत बार बार मेरी आँखों में तैरने लगी. कब्रिस्तान से गुजरते हुए मुझे अब बिल्कुल भय नहीं लग रहा था. वहाँ सोई आत्माओं में से किसी से घबराहट नहीं हो रही थी. अब मैं तेज कदमों से बढ़ा जा रहा था.

अपने कमरे में पहुँचते ही मैने सभी दरवाज़े बंद कर दिए और बिस्तर पर जा गिरा.

कमरे में अंधेरा था लेकिन मुझे लगा वहाँ की दीवारें काँप रही थीं और छत ज़ोर-२ से हिलने लगी थी. मैने घबरा कर मुँह तक लिहाफ़ खींच लिया और आँखें ज़ोर से बंद कर लीं. मुंदी आँखों से मैने अपने भीतर झाँका तो देखा मेरे मन में भी एक अंधेरा था, एक गहन अंधेरा. और उस अंधेरे में एक हल्की तस्वीर उभरने लगी जो धीरे धीरे स्पष्ट होती गई. निस्संदेह यह शाहिदा की तस्वीर थी जो ज़ोर-ज़ोर से कह रही थी, ‘ए समाज वालो, मैं निर्दोष हूँ, निष्कलंक हूँ, जो कुछ भी मेरे साथ हुआ है, उसकी दोषी मैं नहीं, तुम्हारा ही यह आडंबर से लिपा-पुता समाज है जहाँ नारी की अस्मिता से खिलवाड़ कर उसे बेइज़्ज़त होने के लिए छोड़ दिया जाता है..’

****

गिरती दीवारें

नीरा प्रतीक्षा करते-२ थक गई. चार बज गये थे, लेकिन अभी तक अनिल नहीं आया था. शादी के बाद आज वह पहली बार उसके घर आ रहा था. सीमा भी साथ होगी. यूँ तो सीमा से वह पूरी तरह परिचित थी. कॉलेज में साथ-२ ही उन्होंने दो साल बिताए थे, लेकिन नीरा उसे देखने को उत्सुक थी कि विवाह के बाद बह कैसी लगती है अनिल की दुल्हन के रूप में. इसी उत्सुकता को दबाए वह अधीरता से अनिल की प्रतीक्षा कर रही थी. हर आहट पर वह चौंक कर बाहर देखने लगती. निढाल होकर वह टूटी हुई चारपाई पर सोई अपनी एक वर्षीय मुन्नु के साथ लेट गई. इंतज़ार का वक़्त काटे नहीं कट रहा था. आँखें छत पर लगी थीं. छत की कड़ियाँ सात थीं - यह उसने कितनी बार गिन लिया था. पीली पड़ गई दीवारों पर सफेदी की पपड़ियाँ उभर आईं थी. कोनों में मकड़ियों ने जहाँ तहाँ अपने जाले बना रखे थे. छत को भी उन्होंने नहीं छोड़ा था.

नीरा की घूमती फिरती दृष्टि बाईं ओर लगी एक तस्वीर पर जा अटकी. तस्वीर की सफाई उसने कई दिनों से नहीं की थी. धूल की परतों ने उसे मैला कर रखा था. तस्वीर के एक कोने में एक बहुत बड़ा सा जाला बन गया था जिसमें उलझी एक मकड़ी छटपटा रही थी. निकलने का वह जितना प्रयास करती, उतना ही वह और फँसती चली जा रही थी जाल के उन मुलायम रेशों में. नीरा की आँखें जाले पर स्थिर हो गयीं. उसके हृदय में भी तो ऐसे न जाने कितने ही जाले थे जिनके पतले बारीक रेशों में इस मकड़ी की भाँति उलझ गई थी, और प्रयत्न करने पर भी वह इन रेशों से मुक्ति न पा सकी थी. जीवन का हर क्षण उसके लिए एक जाल की तरह था, एक ऐसा जाल जो उसने स्वयं अपने चारों ओर बुना और बुनते-२ स्वयं ही उसमे फँसती चली गई. लेकिन यदि वह जाल के इन बारीक, नर्म रेशों में उलझी ही रह जाती तो अच्छा था, इस जाल में वह प्रसन्न थी. यही उसकी दुनियाँ थी, एक छोटा सा संसार था जिसमें वह सारे दुख-दर्द भूल गई थी. लेकिन अचानक किसी के भयानक क्रूर हाथों ने इस जाल को तोड़ डाला. उसके रेशे बिखर गये और वह धम्म से नीचे आ गिरी. एक असहनीय पीड़ा हुई उसे और आज तक वह उस पीड़ा, उस वेदना से तिलमिला रही थी.

एकाएक जाले के रेशों में एक प्रकंपन हुआ और मकड़ी उस जाले से मुक्त हो गई. नीरा चौंक पड़ी. उसकी दृष्टि मकड़ी से हट तस्वीर के नीचे एक कोने में लिखे

'कलाकार की ओर से कलाकार को' शब्दों पर केंद्रित हो गई. इन शब्दों में क्षण भर के लिए अनिल का चेहरा उभरा और तीन वर्ष पूर्व का दृश्य उसकी आँखों के आगे स्पष्ट हो उठा -

पर्दा गिरा.

तालियों की गड़गड़ाहट से हॉल गूँज उठा.

लोग पर्दे के पीछे भागने लगे. नीरा अपनी सखियों तथा अन्य लोगों से घिर गई. चारों ओर से उसे बधाइयाँ मिलने लगी. नीरा उनके अभिनंदनों का हाथ जोड़ कर मुस्कुराते हुए उत्तर दे रही थी. लेकिन उसकी दृष्टि किसी की खोज में इधर-उधर भटक रही थी. हर नये आगुन्तक पर उसकी आँखें उठती और हर बार उसे निराश हो जाना पड़ता. कॉलेज की प्रिन्सिपल ने स्टेज पर आते ही प्रसन्नता के मारे नीरा को अपनी बाहों में भर लिया -

'शाबाश, नीरा, शाबाश! आज तुमने अपने डांस से कॉलेज का नाम ऊँचा कर दिया.' उन्होंने उसे बाहों में भींचते हुए कहा. नीरा किंचित मुस्कुरा दी. लेकिन उसकी अधीर आँखें द्वार की ओर ही लगी रहीं. थोड़ी देर बाद ही उसने देखा अनिल भीड़ से दूर सामने एक कोने में खड़ा उसी की ओर देख रहा था. नीरा की आँखें चमक उठीं खुशी से और वह शीघ्रता से उसकी ओर भागी.

'हेलो, अनील, कैसा लगा?'

'बहुत खूब. तुम इतना अच्छा डांस कर सकती हो, मैने तो सोचा ही न था. सचमुच उर्वशी लग रही थीं तुम!'

'सच, मेरी कसम?'

'तुम्हारी कसम.' और हंस दिए दोनों.

'नीरू, तुम सचमुच बहुत बड़ी कलाकार हो.'

'तुम भी तो एक महान कलाकार हो.'

'लेकिन तुम से कम. तुम्हारी कला देखने के बाद सोचता हूँ मेरी कला तुम्हारी कला के सामने कुछ भी नहीं. खैर. यह लो - एक तुच्छ कलाकार की ओर से एक तुच्छ भेंट.' कहते हुए अनिल ने हाथों में छिपाई एक तस्वीर नीरा के हाथों में पकड़ा दी. नीरा ने देखा अनिल द्वारा बनाई यह उसी की तस्वीर थी जिसमें वह एक भावपूर्ण मुद्रा में खड़ी थी. तस्वीर के नीचे लिखा था - *'कलाकार की ओर से कलाकार को.'*

'कितनी प्यारी है अनील यह!' तस्वीर पर दृष्टि जमाए नीरा ने कहा.

'लेकिन तुमसे कम.'

'धत.' जैसे शरमा गई वह और कुछ देर चुप रहने के बाद बोली, 'अच्छा अनील, थोड़ा इंतज़ार करो. मैं अभी आई कपड़े बदल कर. हूँ!'

'सामने लैम्प-पोस्ट पर आ जाना, मैं वहीं खड़ा हूँ.'

'अच्छा.' कहती हुई नीरा कपड़े बदलने चली गई. कुछ ही देर बाद लोगों से छुट्टी पा नीरा लौट आई.

'कुछ खाओगे अनील ? मुझे तो भूख लग रही है.' थियेटर से बाहर आकर नीरा ने कहा, 'आओ सामने रेस्तराँ में चलें.'

'क्या लोगे ?' नीरा ने मीनू उसके आगे करते हुए पूछा.

'बस एक कप चाय . और कुछ न लूँगा मैं तो .'

'देखो अनील, तुम फिर अपनी पुरानी आदत पर उतर आए न! मेरा साथ न दोगे?'

'लेकिन नीरू...'

'लेकिन वेकिन कुछ नहीं, फिर वापिस चलते हैं .'

'अच्छा भई, मँगाओ जो कुछ मंगाना है .'

'तुम बताओ .'

'नहीं, तुम बताओ .'

'नहीं डियर, आज तुम.' अनिल ने नीरा की ओर देखा उसकी आँखें उससे अनुरोध कर रही थीं . विवश हो अनिल ने बैरे को अपनी इच्छानुसार मीनू में लिखी कुछ चीज़ें मँगा लीं.

'नीरू, और कुछ लोगी ?' चाय का आख़िरी घूँट लेते हुए अनिल ने पूछा .

हंस दी नीरा - 'नहीं बस.' और बिल लाने को कहा. बैरा बिल ले आया. नीरा ने पैसे देने के लिए पर्स खोला.

'ठहरो नीरा, आज बिल मैं चुकाऊंगा .'

'क्यों ?'

'चिंता मत करो, आज मैं माँ से माँग कर नहीं आया हूँ . आज मैंने दो चित्र बेचे हैं. मालूम है कितने में बिके हैं? पूरे पच्चीस रुपये में!'

'लेकिन मैने तुम्हें कई बार कहा है जब मैं तुम्हारे साथ हूँ, तुम्हें पैसे देने की ज़रूरत नहीं है .' 'पर आज तो मेरे पास काफ़ी पैसे हैं . प्लीज़!' और अनिल ने बिल चुका दिया.

रेस्तराँ से बाहर आकर वे कनॉट प्लेस की ओर धीरे-२ पैदल चलने लगे. कनॉट प्लेस आकर नीरा ने टैक्सी की और दोनों टैक्सी में जा बैठे.

'पहाड़गंज.' नीरा ने ड्राइवर से कहा . टैक्सी पहाड़गंज की ओर भाग चली और सीधे एक छोटे से पुराने मकान के आगे जा रुकी. नीरा ने दरवाजा खोला और अनिल बाहर आ गया.

'ऊपर न चलोगी ?'

'ऊँ, हूँ .'

'माँ से भी न मिलोगी ?'

'आज नहीं, देर हो गई है . कल आऊँगी.'

'ज़रूर ?'

'ज़रूर.' दोनों ने हाथ हिला मुस्कुराते हुए एक दूसरे से विदा ली . टैक्सी आगे बढ़ गई.

अनिल ने नीरा के दिल में जगह पा ली थी. नीरा मन ही मन उसे चाहने लगी थी. घर आकर भी वह अनिल से दूर न हो सकी. उसके विचार अभी तक अनिल की ओर ही केंद्रित थे. नीरा के स्वयं के कहे शब्द - *'नहीं, डियर आज तुम"* अभी तक उसके कानों में गूँज रहे थे. न जाने कैसे साहस कर पाई थी उसे 'डियर' कहने का. 'उसने क्या सोचा होगा ?' उसने खुद से सवाल किया और अलमारी पर लगे शीशे में अपनी सूरत देखी .

'डियर.' उसके मुँह से निकला . मुस्कुरा कर उसने सिर झुका लिया जैसे अपने से ही शरमा गई थी.

नीरा ने अनिल की दी तस्वीर को देखा. डूबते सूर्य की अंतिम सुनहरी किरणें झील में चमक रहीं थी और उसके किनारे खड़ी थी नीरा. नीरा की आँखें झील के स्थिर जल पर स्थिर हो गयीं. झील की लहरों में हलचल हुई और लहरें तेज़ी से टकराती आगे बढ़ने लगीं और तस्वीर की झील डल झील बन गई. पक्षियों का मधुर कोलाहल नीरा के कानों में गूंजने लगा. सूर्य की कुछ किरणें झील में पड़ रही थी. पानी सुनहरी सा हो रहा था और उसमें दिख रहे थे पश्चिम दिशा में छितराए गुलाबी बादल. झील के किनारे बैठे पक्षी उड़ -२ कर अपने नीड़ो को लौटने लगे थे और उन उड़ते पक्षियों की झील में पड़ती छाया दूर एक छोटी सी पहाड़ी पर बैठी नीरा को कितनी भली लगती थी. संध्या के इस सुनहरे दृश्य ने उसका मन मोह लिया था.

नीरा तन्मयता से झील के उस दृश्य को निर्निमेश निहार रही थी. एकाएक पीछे से आ रहे भारी कदमों की आहट से वह चौंक पड़ी. उसने पीछे मुड़ कर देखा एक हाथ में बोर्ड और दूसरे में छोटा सा स्टैंड लिए एक युवक उसी की ओर चला आ रहा था. उसके गले में मफ्लर बँधा था और कंधे पर एक झोला लटक रहा था. उसे अपनी ओर आता देख नीरा उठ खड़ी हुई और कुछ क्षण मौन खड़ी रहने के बाद वह नीचे उतरने लगी.

'अगर आप बुरा न माने तो...' युवक ने उसे टोका . नीरा ने मुड़ कर देखा, वह उसी की ओर देख रहा था.

'क्या?' चुप खड़ी नीरा ने रूखे स्वर में कहा. इस अपरिचित व्यक्ति की धृष्टता पर उसे क्रोध आ गया था.

'कुछ देर आप यहाँ और बैठी रहें तो...'

'तो?'

'तो मैं एक चित्र बनाना चाहूँगा .'

'तुम्हें शर्म नहीं आती एक अकेली लड़की...'

'ओह, बड़ी नैरो माइंडिड हैं आप.' युवक ने धीरे से कहा जिसे नीरा ने सुन लिया और क्रोध से उसकी ओर देखा. किंतु युवक ने स्टैंड को ज़मीन पर रखते हुए कहा, 'शर्म तो मुझे बहुत आती है और वास्तव में मैं बड़ा शर्मीला आदमी हूँ,' युवक थोड़ा हंसा, 'सच कहूँ तो मुझे आपके पास आते हुए बड़ी झिझक हो रही थी. दूर से मैं आपको बड़ी देर से इस ढलती सांझ का आनंद लेते देख रहा था. बड़ी भली लग रही थी आप और दृश्य भी कितना प्यारा है! दिल एक चित्र बनाने का हुआ. किंतु सोच रहा था जाऊं या न जाऊं. अगर आपसे कहूँ एक पोज़ देने के लिए, कहीं आप बुरा तो न मान जाएँगी. आना चाहता था, मगर साहस नहीं हो पा रहा था. पर कुछ साहस बटोरा और शर्म की परवाह किए बगैर चला आया, लेकिन एक उम्मीद से. अगर आपको यह अच्छा नहीं लगता तो लीजिए मैं चला जाता हूँ.'

कुछ देर वह चुप रहा. नीरा भी खामोश रही. फिर उस युवक ने अपना स्टैंड उठाते हुए कहा, 'आप अगर एक पोज़ दे देती तो अच्छा होता. मैं एक ऐसा ही दृश्य खींचना चाहता हूँ चित्र में जिसे मैं दिल्ली में होने वाले 'कॉम्पीटीशन' में रख सकूँ. बड़ा ही मनमोहक दृश्य है. शायद अच्छा बन सके और मैं 'कॉम्पीटीशन' में जीत जाऊं ...खैर आपकी मर्ज़ी.' और वह जाने लगा.

नीरा कुछ देर चुप रही. उसके माथे के तेवर धीरे-२ समाप्त होने लगे थे. लेकिन फिर भी उसे जाते देख उसी रूखे स्वर में पूछा ,'कितनी देर लगेगी आपको चित्र बनाने में?'

युवक के चेहरे पर मुस्कुराहट खेल गई. उसने नीरा की ओर देखते हुए कहा, 'बीस मिनट से अधिक नहीं.' और वह स्टैंड रख, पेपर सेट करने लगा. उसने झोला नीचे ज़मीन पर रख दिया और पेन्सिल निकाल कर उसने नीरा को कुछ दूर एक 'एंगल' में बिठा दिया. नीरा मन ही मन कुलबुलाती हुई ऐसे बैठी जैसे किसी ने ज़बरदस्ती उसे बैठने का आदेश दिया हो.

'अगर आप ऐसे बैठी तो शायद तस्वीर ठीक न बन पाएगी . गुस्से को छोड़ तनिक प्रसन्न मुद्रा में बैठें तो अच्छा होगा.' युवक ने हंसते हुए कहा और पेन्सिल से रेखाएँ खींचने लगा.

नीरा को भी अनचाही हँसी आ गई उसकी बात सुनकर. लेकिन उसने हँसी को होंठों की निचली परतों में ही दबा लिया. युवक तस्वीर बनाने में तल्लीन हो गया. उसकी पेन्सिल शीघ्रता से पेपर पर नीरा की शक्ल उभारने लगी.

सूर्य तेज़ी से ढलता जा रहा था. उसकी अंतिम किरणें ही शेष रह गयी थीं जिससे झील के पानी की अरुणिमा बढ़ती जा रही थी. नीरा बड़ी देर बिना हिले-.डुले बैठे-२ थक गई थी. उसने जब अपने पाँव समेटने शुरू किए तो युवक ने चिल्लाने के से स्वर में उसे टोका, 'ओह, प्लीज़ हिलिये न.....'

'और कितनी देर यूँ ही बैठना पड़ेगा ?' झुंझलाते हुए नीरा ने पूछा .

'बस, थोड़ी देर और.' बिना नीरा की ओर देखे उसने पेन्सिल चलाते हुए कहा, 'बस तैयार हो ही गई है .'

'लीजिए बन गई . कष्ट के लिए क्षमा चाहता हूँ और पोज़ देने के लिए शुक्रिया करता हूँ.' युवक ने उसकी ओर बिना देखे कहा और बोर्ड से पेपर उतारना शुरू किया. नीरा ने एक लंबी साँस छोड़ी मानो अब तक की सारी रुखाई और इस अपरिचित युवक के प्रति क्रोध को एक ही सांस में निकाल देना चाहती हो. माथे पर उड़ आई लट को हटाते हुए वह उठ खड़ी हुई.

'देखिए कैसी है ?' उस अंजान युवक ने नीरा के सामने तस्वीर फैलाते हुए कहा .

नीरा ने एक उपेक्षा भरी नज़र चित्र पर डाली. लेकिन जब देखा तो देखती ही रह गई. कितनी सुंदर तस्वीर थी. हू-बहू उसी की ही तो शक्ल थी. कितनी खूबसूरती से इस चित्रकार ने अपनी रेखाओं में उसे बाँध लिया था. घुटनों पर रखे हाथ और नीचे साड़ी के छोर से निकले पाँव कितने भले लग रहे थे.

नीरा ने देखा तस्वीर की नीरा दूर न जाने कहाँ देख रही थी एक टक. उसका पतला उभरा नाक और उसके नीचे होंठो ने तो तस्वीर को और भी सुंदर बना दिया था. कानों में बालियां इस युवक ने अपनी ओर से पहना दी थीं. उसके कानों में तो टॉप्स थे.

लेकिन बालियां भी कम सुंदर नहीं लग रही थीं. तस्वीर पर दौड़ती नीरा की दृष्टि उसके उरोजो पर जा रुकी. कितना कसाव था, कितना गठाव था उनमें. किंतु नीरा को लगा जैसे इस कलाकार ने उन्हें नीरा के उरोजो से कहीं अधिक उभारने की कोशिश की थी. यह सोचते हुए उसकी तस्वीर पर झुकी नज़रें अपने वक्ष की ओर जा पड़ीं जैसे वह देखना चाहती थी कि तस्वीर में कितना उभार दिखाया गया था. लेकिन वह अपने ही उस विचार से लजा गई और पुनः चित्र को देखने लगी. उठे घुटनों से होती हुई दृष्टि पाँवों तक आ पहुँची. पैर की एड़ी के नीचे हाशिए की एक लाइन थी और उसके बाद कुछ नहीं था. बस, हाशिए की इन चार लाइनों में ही नीरा घिरी बैठी थी. तस्वीर को अच्छी तरह देख लेने के बाद भी उसकी आँखें उसी पर लगी रहीं. उसने देखा पेपर को कोनों से दो अंगूठे मजबूती से पकड़े हुए थे. अंगूठे के 'टिप्स' नीचे उंगली का दबाव पड़ने के कारण लाल हो रहे थे और उसकी लालिमा नीरा को बड़ी अच्छी लग रही थी. बहुत देर तक वह उसी की ओर देखती रही. उसे लगा जैसे ये अंगूठे बहुत आकर्षक लग रहे थे. और फिर इन्हीं ने तो उंगलियों के सहयोग से उसका सुंदर सा चित्र बनाया था. तस्वीर में आँखें गड़ाए वह खो गई इन विचारों में.

'कैसी लगी?' उसे तस्वीर में यूँ खोया देख युवक ने उसकी तंद्रा तोड़ी.

'जी...जी, बहुत अच्छी है . बहुत सुंदर बनाई है आपने.' नीरा जैसे सोते से जाग पड़ी.

'लेकिन यह तो अभी अधूरी है . आज रात इसे पूरा कर लूँगा. आप यदि कल शाम यहाँ आ सकें तो मैं आपको तैयार तस्वीर दिखाऊंगा, तब आप बताइएगा कि कितनी अच्छी है.' थोड़ी देर चुप रहने के बाद उसने पूछा, 'क्या मैं कल पाँच बजे आपकी प्रतीक्षा करूँ यहाँ?'

'मैं पहुँचने की कोशिश करूँगी .'

नीरा होस्टल पहुँची तो इन्हीं विचारों से घिरी. वह सोच रही थी इस अपरिचित कलाकार के बारे में. उसे उससे किए अपने व्यवहार पर लज्जा आ रही थी. 'मूर्ख हूँ मैं भी.' उसने सोचा, 'बिना सोचे समझे ही जो जी में आया कह दिया. उसने ठीक ही कहा था - बड़ी नैरो-माइंडेड हैं आप भी." कितना 'रिज़र्व बिहेव' किया था उसने. तनिक भी रोष नहीं था उसके स्वर में. उसे आज पहली बार एहसास हुआ कि लड़कियाँ कितनी बड़ी ग़लती करती हैं जब वे सभी लड़कों को एक ही जैसा समझने लगती हैं. सभी उंगलियाँ बराबर थोड़े ही होती हैं!

रात काफ़ी हो चुकी थी अब तक. सोने से पहले उसने निश्चय किया कि वह कल ज़रूर जाएगी वहाँ.

और दूसरे दिन बड़ी अधीरता से वह पाँच बजने की प्रतीक्षा करने लगी. समय काटे नहीं कट रहा था. वह कभी कोई मैगज़ीन पढ़ती तो कभी यूँ ही लेटी-२ कमरे की छत को निहारती रहती और जब उससे भी समय भारी लगता तो अपनी सखी गुलशन के साथ ताश खेलने और गप्प मारने लगती

'बाप रे, चार बज गये!' नीरा ने खेलते-२ पत्ते नीचे फेंक दिए और उठ खड़ी हुई .

'क्यों क्या हुआ ?'

'भई, अपना मूड नहीं अब खेलने का . हाँ, गुलशन, तूने मोहिनी से मिलने जाना था न!'

'हाँ, मगर वहाँ तो छह बजे जाना है .'

'अपने राम तो चले .'

'कहाँ?'

'ज़रा डल तक जाने का मूड है .'

'मोहिनी के पास न चलोगी ?'

'सॉरी, गुलशी . दिल नहीं वहाँ जाने का आज .'

'तो वहाँ अकेली झख मरोगी ?'

'अकेली?' खिलखिलाकर हंस पड़ी नीरा - 'वहाँ तो भीड़ रहती है . कई लोग आते हैं, कई जाते हैं. कुछ किनारे पर बैठ लहरों का आनंद लेते हैं तो कुछ शिकारा तथा बोट में सैर करते हैं. कितना प्रिय दृश्य होता है. वहाँ अकेलापन तो महसूस ही नहीं होता. सच गुलशन, मुझे तो बहुत प्यारी लगी है यह झील.' कहती हुई वह कपड़े बदलने चली गई.

नीरा को लगा कल के चित्र और आज के चित्र में काफ़ी अंतर था. कल रेखाएँ अस्त-व्यस्त, इधर-उधर भटकी सी लगती थीं, किंतु आज उनमें संतुलन था जिसके कारण वह चित्र में और भी सुंदर लग रही थी, वास्तविकता से भी अधिक सुंदर.

'एक बात कहूँ ?' चित्र पर आख़िरी नज़र डालते हुए नीरा ने अपने सामने बैठे उस चित्रकार से पूछा.

'कहिए .'

'यह तस्वीर मैं रख लूँ ?'

'ऊँ हूँ .'

'क्यूँ ?'

'इसे तो आपकी शुभ-कामनाओं सहित कॉम्पीटिशन में रखना है . इसे आपको देना मेरे लिए मुश्किल है. हाँ, दूसरी बना कर देने का वादा कर सकता हूँ.'

'अगर ऐसी न बन सकी तो ?'

'तो यह आपकी .'

'फिर कल का वादा पक्का ?'

'कल नहीं, आज, अभी . कल रात तो मुझे वापिस दिल्ली लौटना है. कल अवकाश नहीं मिल पाएगा. मीरा को अभी कुछ भी नही दिखाया है, सारा दिन उसी के साथ घूमना पड़ेगा. परेशान कर रही है, जब से हम यहाँ आएँ हैं.'

'मीरा कौन है ?'

'मेरी छोटी बहन. बड़ी शरारती है. कल रात आपका चित्र बनाते समय तो उसने मेरे नाक में दम कर दिया. प्रश्नों की बौछार लगा दी - 'यह तस्वीर किसकी है? यह कौन है, क्या नाम है, कहाँ रहती हैं, तुमसे कैसे मिलीं?' परेशान कर दिया पूछ-२ कर और तब तक मेरा पीछा नहीं छोड़ा जब तक मैंने उससे यह नहीं कह दिया कि तुम खुद ही उनसे पूछ लेना. मैं कुछ नहीं जानता.'

'उसे साथ ही लिए आते .'

'उसे साथ लिए आता !' हंसते हुए उसने कहा , ' अरे वह तो आपके लिए चाय बना कर बैठी प्रतीक्षा करती होगी.'

'लेकिन...'

'मैने उसे यही समझाते हुए कहा था... ' उसने जैसे नीरा की बात समझते हुए कहा, 'कि एक अजनबी के घर भला कैसे आएँगी आप! और जानती हैं आप उसने इसका क्या जवाब दिया? कहने लगी,'जानते हो भैया, यह बीसवीं सदी है. जब फोटो बनवा ली तो परिचय हो गया.'

नीरा हंस पड़ी इस पर, 'ठीक कहा था उसने. लेकिन मुझे अपनी एक सहेली के पास जाना था. आज के लिए क्षमा चाहती हूँ.'

'लेकिन कल तो...'

'आपके वादे का क्या होगा ? बेहतर तो यही होगा आप दो दिन रुक जाएँ. साथ-२ चलेंगे.'

'तो आप भी...?'

'मैं भी दिल्ली रहती हूँ . देवनगर में. दो दिन में आपको कोई अंतर तो नही पड़ेगा!'

'अंतर तो नहीं पड़ेगा, मगर...खैर, मानी आपकी बात, अब मेरी मानिए और मेरे साथ चलिए.'

'क्षमा नहीं करेंगे आज के लिए ?'

'मीरा को आप निराश करना चाहती हैं तो बेशक मत चलिए .' उसने चित्र फोल्ड करते हुए कहा और नीरा को उठना ही पड़ा. वह नहीं चाहती थी कि वह अनदेखी लड़की उसी के कारण निराश हो.

कुछ ही देर में वो डाक-बंगला पहुँच गए. कमरे का दरवाज़ा खुला था और वे दोनों अंदर चले गये. नीरा ने देखा एक लड़की पलंग पर लेटी कोई मैगज़ीन पढ़ रही थी. उम्र में उससे कुछ ही छोटी लगती थी. साधारण कपड़ों में होते हुए भी सुंदरता में उससे कहीं भी कम नहीं थी. आहट पाते ही उसने मुड़ कर देखा और उन्हें आया देख पलंग से नीचे उतर आई.

'लो भई मीरा, मिलो इनसे,' युवक ने नीरा का परिचय कराते हुए कहा , 'आप हैं मिस...मिस...?' वह अर्थपूर्ण दृष्टि से नीरा की ओर देखने लगा.

'नीरा.' नीरा ने वाक्य पूरा किया और मीरा खिलखिला कर हंस पड़ी - 'वाह भैया, नाम ही मालूम नहीं और लगे परिचय कराने,' और नीरा की ओर देखते हुए बोली, ' आप भी शायद उनका नाम नहीं जानती होंगी? आप हैं मि. ...'

'अनील.' नीरा हंसते हुए बीच में ही बोल दी .

अनिल को आश्चर्य हुआ. उसने हैरान होकर पूछा, 'आ..आ..प, आप कैसे जानती हैं मेरा नाम?'

'अरे भैया, तुम भी कैसे आदमी हो? मैं कहती न थी, यह २०वीं सदी है. आजकल परिचय कराया नहीं जाता, खुद-ब-खुद हो जाता है. तुम तो न मालूम कहाँ रहते हो!'

'लेकिन आपको कैसे मालूम हुआ मेरा नाम ?' अनिल अब भी विस्मित था .

'आपने ही तो चित्र के नीचे अपना नाम लिख रखा है.'

'ओह, अब समझा .'

'खैर, शुक्र है समझे तो सही . आओ नीरा बहन, बैठो. कब से प्रतीक्षा कर रही हूँ.' कहते हुए मीरा ने उसे अपने साथ ही कुर्सी पर बिठा लिया.

नीरा को मीरा भा गई. कुछ ही क्षण में दोनों ऐसी घुल-मिल गईं जैसे वर्षों पुरानी पहचान हो. जितनी सुंदर मीरा स्वयं थी, उतनी ही सुंदर और मीठी उसकी बातें थीं. उसकी बातों से नीरा ने जाना कि मीरा पढ़ नहीं रही थी आजकल. आर्थिक अभाव के कारण उसने इंटर करके ही छोड़ दिया था आगे पढ़ना. घर में केवल तीन ही प्राणी थे - अनिल, मीरा और उनकी माँ, बस. कुछ वर्ष पूर्व उनके पिता एक एक्सीडेंट में उन्हें छोड़ कर चल दिए थे और तभी से घर का सारा भार अनिल पर आ पड़ा जो अभी पढ़ ही रहा था. उसे पढ़ाई छोड़ देनी पड़ी. तलाश करने पर भी ऐसा कोई काम न मिला जिससे वह कुछ कमा कर घर की ज़िंदगी को आगे बढ़ा सके. मजबूर होकर माँ को कपड़े सी कर गृहस्थ की इस बिना पहिए की गाड़ी को आगे धकेलना पड़ा. मीरा भी माँ का हाथ बटाती और अनिल को भी बहुत कोशिश के बाद कुछ काम मिल सका. वह अँग्रेज़ी और हिन्दी पुस्तकों का अनुवाद करने लगा. लेकिन इससे कोई निश्चित आय प्राप्त न होती थी. अनिल को चित्रकारी का पुराना शौक था. खाली समय पर वह अपने इस शौक को पूरा करने बैठ जाता जिसे माँ अक्सर पागलपन का नाम देती.

लेकिन मीरा अपने भैया के इस पागलपन को अच्छी तरह समझती थी और अनिल के भीतर के कलाकार से भली-भाँति परिचित थी. वह हमेशा उसे इस दिशा में आगे बढ़ने की लिए प्रेरित करती रहती . इस प्रेरणा का परिणाम यह हुआ कि उसके चित्र कई प्रतियोगिताओं में पुरस्कृत किए गए. दो महीने पूर्व की एक कला अकादमी द्वारा आयोजित चित्र-प्रतियोगिता में जब वह प्रथम आया तो वायदे के अनुसार वह मीरा को कश्मीर दिखाने ले आया था .

अपने इसी संघर्षपूर्ण जीवन में भी वे प्रसन्न थे. वे निर्धन ज़रूर थे, लेकिन इस निर्धनता से लज्जित नहीं थे. उनकी यह छिछली आर्थिक स्थिति भी उनके स्वाभिमान को विचलित नही कर सकी थी. उनका पारस्परिक स्नेह ही उन तीनों को एक सूत्र में बाँधे हुए था. माँ को प्रसन्न रखने के लिए मीरा और अनिल हमेशा सजग रहते और माँ भी अपनी सारी ममता उन पर उड़ेलती रहती. इस तरह तीन प्राणियों का यह छोटा सा संसार था जिसमें वे तीनो जी रहे थे - एक दूसरे की लिए.

काफ़ी रात गये तक नीरा अपने होस्टल पहुँची. मीरा और अनिल उसे छोड़ने आए. नीरा अपनी एक नई सखी पाकर अत्यंत प्रसन्न थी. दूसरे दिन नीरा उनके साथ घूमने गई. गुलशन को भी उसने साथ ले लिया. कश्मीर में आज उनका यह आख़िरी दिन था. इसलिए जितना वे घूम सकते थे, कश्मीर की मनमोहक वादियों में घूमे. इस बीच नीरा ने अनुभव की अनिल की लज्जा. कितना शर्मीला था वह. पूरे रास्ते में वह इन तीनों से अलग चलता रहा जैसे इनसे कोई सरोकार ही न हो.

दिल्ली पहुँचने पर भी नीरा के मस्तिष्क पर मीरा और अनिल ही छाए रहे. दो दिन की इस मुलाकात में ही वह जो कुछ उनके विषय में जान सकी थी, उन्हें समझने की लिए पर्याप्त था. निर्धन होते हुए भी सम्मान, प्रतिष्ठा और स्वाभिमान से कैसे जिया जाता है, मीरा और अनिल इसका उदाहरण थे.

उसने महसूस किया कि वे जीवन के कितना निकट थे. संघर्ष ही तो जीवन है. जिस जीवन में संघर्ष नहीं, वह जीवन ही क्या! रुके पानी पर काई जम जाती है, किंतु पानी यदि आगे बढ़ते हुए जितना ही शैल खंडों से टकराएगा उतना ही वह स्वच्छन्द और निर्मल होगा. अनिल और मीरा का जीवन भी जैसे पानी के इसी स्वभाव के समान था. वे निर्धनता की चट्टानों से टकरा कर जीवन की वास्तविकता को पा लेने को आतुर थे. उसने अपनी तुलना उनसे की. धन की कसौटी पर उसने अपने को नहीं आँका, बल्कि अमीरी ग़रीबी के इस स्तर से थोड़ा ऊँचा उठ एक सामान्य दशा में एक कुशल पारखी की तरह उसने अपने को परखने की चेष्टा की और पाया कि वह उनके सामने कुछ भी न थी. उसकी इतनी प्रतिष्ठा, सम्मान - यह सब इसलिए था कि वह एक धनी परिवार से संबंधित थी. कॉलेज में, क्लब में, जहाँ कहीं भी वह जाती, सभी जगह उसकी इज़्ज़त होती. क्यों? केवल इसलिए कि वह ऐश्वर्य-संपन्न धनी माँ-बाप की लड़की थी. लेकिन इस धन में, इस भौतिक ऐश्वर्य में जीवन की सार्थकता कहाँ थी ! जीवन की इस भौतिकता में वे इस तरह खो गये थे कि ज़िंदगी को समझने की शक्ति ही नहीं रह गई थी. *'जीवन की सार्थकता केवल धनी होने में ही नहीं, वरन कुछ कर दिखाने में है,* ' नीरा को यह पहली बार अनुभव हुआ - ' *अर्थ का संबल लेकर ऊपर उठने में कोई मज़ा नहीं, बल्कि जीवन के संघर्षों का सामना करके अपनी ही शक्ति से कुछ कर पाने में ही वास्तविक सुख का मज़ा लिया जा सकता है.* '

इन विचारों ने नीरा के जीवन को एक नया मोड़ दिया. जीवन की वास्तविकता को पाने के लिए उसने भी कुछ करने का निश्चय किया. अपनी नृत्य कला के माध्यम से ही वह एक कलाकार बन मीरा और अनिल के समान स्वाभिमानी बनना चाहती थी. एक धनी पिता की बेटी होने की अपेक्षा एक कलाकार बन कर अपनी अलग पहचान बनाना उसने श्रेयस्कर समझा.

कॉलेज में नृत्य सीखने के अतिरिक्त उसने एक नृत्य महाविद्यालय में जाना आरंभ कर दिया. अपनी कला साधना में वह जी-जान से जुट गई. प्राय: अनिल और मीरा से मिलने उनके घर भी चली जाया करती ताकि वह अपनी प्रेरणा के स्रोत से दूर न हो सके. उनसे दो बातें करने से ही उसमें उत्साह भर जाता था और एक नई उमंग लेकर वह घर लौटती.

अनिल भी अपनी कला-साधना में व्यस्त था. पिछले दिनों हुई प्रतियोगिता में वह पुरस्कृत हो गया था. एक अर्ध-नग्न बच्चे के चित्र पर उसे पुरस्कार दिया गया था और वही चित्र उसने अपने वादे के अनुसार 'नीरा को' समर्पित कर दिया. सारा दिन वह अपने कला-संस्थान में ही बिता देता. वहाँ वह कुछ काम करता, इससे उसे कुछ मिल जाता जिससे घर की चरमराती घरेलू जिंदगी की गाड़ी को आगे चलाने की कोशिश करता. समय मिलने पर अपने लिए भी चित्र बनाता जिन्हें वह बेच देता बाज़ार में.

अवकाश के समय वह किसी बाज़ार में एक एकांत कोने में भीड़ से अलग खड़ा आते-जाते लोगों के चेहरों को निहारता मिलता. उसका कोई मित्र नहीं था, कोई साथी नहीं था. इसलिए वह कहीं भी नहीं जा पाता. नई दिल्ली के कनॉट प्लेस में किसी चौराहे पर किसी लैंप-पोस्ट के निकट रेलिंग के पास वह खड़ा होकर वहाँ की रंगीन रोशनियों में से गुजरते हुए लोगों को देखता जैसे उनके जीवन की गहराई तक पहुँचना चाहता हो. तरह-२ के लोग उसके पास से गुजरते. उनमें शरीफ भी होते और कुछ शराफ़त का चोगा पहने तथाकथित ' शरीफ ' भी. मन ही मन उसे हँसी आती जब मुँह से सिगरेट का धुआँ निकालते कुछ मनचले युवकों को आती जाती लड़कियों के पीछे जाता देखता.

नई दिल्ली के ऐसे किसी स्थान पर कभी-२ नीरा की भेंट उससे हो जाती और संध्या का वह समय कुछ रेस्तराँ में बीतता और कुछ खुली सड़कों के किनारे घूमने में बीत जाता.

पिछ्ले रविवार नीरा जब उससे मिली तो वह कुछ अजीब ही हालत में था – चेहरा मायूस, बाल बिखरे, आँखें लाल और कपड़ों की दशा न पहनने के काबिल थी.

'ओह नीरा, तुम आ गयीं, मैं तुम्हारी ही प्रतीक्षा कर रहा था यहाँ खड़ा-२. आओ कहीं चाय पीएँ, सिर फटा जा रहा है'. वे रेस्तराँ की ओर चल दिए.

'यह हालत क्या बना रखी है आज?' रेस्तराँ में बैठते ही नीरा ने पहला प्रश्न उससे किया, 'कुछ परेशान से नज़र आते हो!'

'कितना बद-किस्मत हूँ नीरा. कोई साथी नहीं, कोई दोस्त नहीं जिससे मैं दिल की बात कह सकूँ, दिल का बोझ हल्का कर सकूँ. रात भर नींद नहीं आई. सवेरे सोने की कोशिश की लेकिन पलकें भारी तक नहीं हुईं. घर में बैठा नहीं गया और यहाँ आ गया. सोचा शायद तुम मिल जाओगी, कुछ दिल बहल जाएगा.'

'बात क्या है?'

'नीरा तुम देख रही हो मीरा अब छोटी नहीं रही. वह कम्बख़्त इतनी जल्दी बड़ी हो गई है की उसके हाथ पीले करना ज़रूरी महसूस होने लगा है. माँ भी इन दिनों बीमार रहने लगी है. उसकी बीमारी दिन प्रतिदिन बढ़ती चली जा रही है. उसे मीरा की चिंता

खाए जा रही है. हर रोज कहती है -' दुनियाँ से जाने से पहले मैं अपनी बेटी का ब्याह कर दूं.' इधर हाल यह है कि मीरा की शादी की तो बात ही क्या, माँ के इलाज की लिए ही कितनी मुश्किल आ रही है सामने. कल माँ की तबीयत और भी बिगड़ गई. रात भर परेशान रहा.' अनिल कुछ देर रुका, फिर कहा, 'समझ में नही आता कि मैं क्या करूँ? सोचा कोई काम ही ढूंढूं, लेकिन इसमें भी सिवाय निराशा के और कुछ नहीं मिला.'

अनिल ने चाय का घूँट लिया और फिर कठिनाई अनुभव करता हुआ बोला जैसे चाय गले में अटक गयी हो, ' उलझन में हूँ कि यह ज़िंदगी, जो स्वयं हम पर बोझ बन गई है, कैसे चलेगी!'

नीरा ने उसे घर आने का निमंत्रण दिया. उसके पापा शायद कुछ कर सकें उसके लिए. किंतु अनिल को उसके घर जाना रुचिकर नहीं लगा - 'पर नीरा....' नीरा ने देखा हमेशा की तरह अब भी वह उसके निमंत्रण को टालना चाहता है. उसने स्थिति की गंभीरता को भाँपते हुए कहा, ' अनील, मैने तुम्हें कई बार घर आने की लिए कहा, लेकिन तुमने हर बार बहाने बनाए. अगर हालात कभी ऐसे आ जाएँ जिन्हे संभालना हमारी शक्ति से परे हों तो हमें दूसरों की गाइडेंस और सहायता लेने में कोई हिचकिचाहट नहीं होनी चाहिए. यदि मेरे घर नहीं आना चाहते तो ऐसा ही सही, यह समझ कर आ जाना कि नीरा के घर नहीं, किसी आफ़िस में काम ढूँढने जा रहे हो.'

'मगर नीरू....' अनिल ने कुछ कहना चाहा, लेकिन उसके पास शब्द नहीं रह गये थे. वह चुप हो गया और उसकी आँखें अपने कपड़ों पर जा पड़ीं जो शरीर को केवल ढकने का काम कर रहे थे, अन्यथा उनमें और कुछ न था.

नीरा से उसके अंतर्मन में उठने वाली हलचल छुपी न रह सकी. वह समझती थी कि अनिल उसके घर आने से क्यों कतराता था. लेकिन अबकी बार उसे ऐसा अवसर न देगी, उसने मन ही मन निश्चय कर लिया.

कुछ ही दिन बाद नव-वर्ष का आरंभ हुआ. उसी दिन प्रातः नीरा जब अनिल के घर पहुँची तो उसकी भेंट मीरा से हुई.

'ओह, नीरा दी तुम!' कहते हुए मीरा ने उसे बाहों में भर लिया, 'कितने दिनों बाद आई हो!' और उसे ऐसा भींचा कि नीरा के हाथों के डिब्बे ज़मीन पर गिरते-२ बचे.

'इनमें क्या लाई हो?' उसे बोलने का अवसर दिए बिना ही मीरा ने पूछा.

'नया साल मुबारक हो.' नीरा ने एक डिब्बा उसे देते हुए कहा.

'ओह, हो, तो नीरा डियर हमारे लिए नये साल का उपहार लाईं हैं. थैंकयू. थैंकयू. नया साल तुम्हें भी लाख-२ मुबारक हो.' मीरा ने कुछ अँग्रेज़ी लहज़े में कहा और नीरा को हँसी आ गई. उसने उसे कंधे से झींझोरते हुए पूछा - 'माँ जी और भैया कहाँ हैं?'

'अंदर हैं.' और वे दोनों दालान पार कर कमरे में पहुँची. नीरा ने देखा माँ जी चारपाई पर लेटी थीं और अनिल कुर्सी पर बैठा कोई किताब पढ़ रहा था. नीरा माँ जी के पास गई और उनसे कुछ देर बात कर लेने के बाद उसने अनिल को नये साल की बधाई देकर उसे उपहार रूप में दूसरा डिब्बा देते हुए कहा, 'एक तुच्छ भेंट, शुभ कामनाओं सहित.'

'शुक्रिया.' अनिल ने जवाब दिया, 'अब में तुम्हें क्या दूं?'

'बदला लोगे?'

अनिल ने जब कोई जवाब नहीं दिया तो मीरा बोल पड़ी - 'कमाल की बात है नीरा कि एक तुम ही भैया को लाजवाब कर सकती हो, वरना अपने तो बस का रोग नहीं इन्हें चुप कराना. सिर दुखने लगता है बोलते-२, मगर यह कभी हार नहीं मानते.'

'चलो अच्छा है, किसी से तो हार मान लेते हैं.' नीरा ने कहा और तीनों देर तक बैठे बातें करते रहे. मीरा और अनिल के कहने पर नीरा को ब्रेकफास्ट वहीं लेना पड़ा. वह जब चलने लगी तो उसने मीरा को डिब्बे में से साड़ी निकाल कर देते हुए कहा, 'मीरा, ज़रा बाँधों तो इसे, देखूं कैसी लगती हो.'

'साड़ी है इसमें? मैने तो कभी पहनी ही नहीं और न ही मुझे पहननी आती है.'

'इसीलिए तो लाई हूँ. आओ मैं सिखाती हूँ पहनना.' और नीरा उसे पास वाले कमरे में ले गई.

'व्हाट ए ब्यूटिफुल गर्ल यू लुक इन साड़ी!' नीरा ने साड़ी में लिपटी मीरा की प्रशंसा की.

'मुझे तो अजीब सा लग रहा है कुछ.'

'आइने में देखो कितनी सुंदर लग रही हो. क्यों अनील?'

'मैं स्त्रियों के मामले में कुछ नहीं कह सकता.'

'अच्छा!' मीरा ने भवें तानते हुए कुछ तन कर कहा, 'बच्चू, ज़रा बीवी को आने दो फिर बताऊँगी. उस समय तो कहोगे, ' ऊँ हूँ.. $$...$$... डार्लिंग यह साड़ी कुछ जची नहीं. वह साड़ी पहनो, बाल यूँ संवारो, लिपस्टिक क्रिमसन नहीं पिंक कलर की लगाओं.' और फिर एक ठंडी साँस लेते हुए कहोगे, 'अये हए, इन तपते होंठों को शोला मत बनाओ जाने-बहार, पिंक रखो ताकि छूने से गुलाब की पंखुड़ियों की सी ठंडक महसूस हो...'

'मीरा, शर्म करो कुछ, माँ सुन लेगी तो क्या कहेगी!' अनिल ने होंठों के बीच हंसते हुए धीमे स्वर में कहा और उसकी चोटी खींच कर उसे कुर्सी में धकेल दिया. लेकिन

नीरा के लिए हँसी दबा पाना मुश्किल को रहा था. मीरा के बोलने के ढंग और अभिनय से उसे यूँ लगा जैसे वह कोई 'स्टेज प्लेयर' हो.

'अच्छा मीरा देखों परसों मेरा जन्म दिन है, यही साड़ी पहन कर आना, हाँ. भैया को साथ लाना मत भूलना.' जब अनिल और मीरा दरवाजे तक छोड़ने आए तो उसने अनिल से भी आने का अनुरोध किया, 'ज़रूर आना. मैने पापा से बात की थी, वह तुमसे मिलना चाहते हैं.' और नीरा चली गई.

अनिल ने पैकेट खोल कर देखा, उसमें सिले हुए कपड़े थे. अनिल को यह अच्छा नहीं लगा कि वह उन कपड़ों को पहने. उसने सोचा कि वह उन्हें लौटा देगा. लेकिन वह नीरा के स्वभाव से भली-भाँति परिचित था; और फिर यह तो एक उपहार के रूप में भेंट थी जिसे लौटा देना उचित नहीं था. ऐसा करके वह नीरा के मन को दुखाना भी नहीं चाहता था. उसने समझ लिया कि स्थिति के अनुरूप ही नीरा ने ऐसा उपहार उसे दिया था.

जन्म-दिन की संध्या को जब नीरा अनिल और मीरा का परिचय अपनी सखियों तथा संबंधियों से करा रही थी तो उसे एक अजीब सी खुशी महसूस हो रही थी. उसका चेहरा प्रसन्नता से रक्तिम हो रहा था. अपने को वह गौरवान्वित अनुभव कर रही थी कि उसकी मित्रता एक ऐसे कलाकार से थी, जिसके लिए कला ही सब कुछ थी और जो कला को केवल जीवनयापन का मात्र साधन नहीं समझता था बल्कि उसके माध्यम से जीवन की सफलता की अंतिम सोपान को पा लेने को दृढ़ संकल्प था.

मीरा को गुलशन अपने साथ खींच कर एक ओर ले गई और अनिल को नीरा अपने पापा की पास ले गई परिचय कराने के लिए.

'पापा, यह हैं मिस्टर अनील, कला जगत के जाने-माने कलाकार.'

'ओह, मि. अनिल! आय'म वेरी ग्लैड टू सी यू.' मि. वर्मा ने अनिल से हाथ मिलाते हुए कहा.

'आई टू फील द सेम सर, थँकयू.' अनिल, जो उनके हाथों के भारीपन को महसूस कर रहा था, इतना ही कह पाया.

'कई बार तुम्हारे बारे में अख़बारों में पढ़ चुका हूँ. नीरा भी बहुत तारीफ़ करती है तुम्हारी. रियली यू आर ए ट्र्यू आर्टिस्ट बिकॉज यू टेक आर्ट फॉर आर्ट'स सेक. और इसी पर एक आर्टिस्ट की कामयाबी मुनस्सिर है कि वह कहाँ तक कला को कला के रूप में देखता है. मैं तुम्हारी कद्र करता हूँ.'

'आ...आप तो शर्मिंदा कर रहे हैं.'

'शर्मिंदा?' नीरा के पापा हँसे, 'शर्मिंदा नहीं अनिल, मैं तो वही कह रहा हूँ जो सच है. मुझे खुशी है कि तुम मेरी बेटी के मित्र हो.'

नीरा का चेहरा पापा की यह बात सुन कर लज्जा से अरुणिम हो गया. दोनों की झुकी नज़रें पापा की दृष्टि से लुकती छिपती एक-दूसरे से जा टकराई और दोनों आँखों ही आँखों में मुस्कुरा दिए.

'खैर, आओ, पहले इसका जन्म-दिन मना लें, फिर आराम से बातें करेंगे.' वर्मा साहेब के इन भारी शब्दों ने उनकी नज़रों के उस खामोश मधुर मिलन पर एक प्रहार किया और अनिल और नीरा जैसे सोते से जाग पड़े. तीनों उन अतिथियों की ओर बढ़ गये जो दो चार का समूह बना बातें करने में व्यस्त थे.

पार्टी समाप्त हुई तो अतिथि विदा होने लगे. यह समय नीरा को काफ़ी व्यस्त किए था. अपने चारों ओर खड़े अतिथियों को अटेंड करना बड़ा मुश्किल लग रहा था. उसकी माँ ने जैसे उसकी कठिनाई समझ ली थी. इसलिए वह उसके पास उसकी सहायता को आ खड़ी हुई. समय काफ़ी हो चुका था, इसलिए लोग शीघ्रता से खिसकने लगे और देखते-२ पंडाल खाली हो गया. रह गये थे तो मीरा, गुलशन, माँ और नीरा.

'ओह! छुट्टी हुई.' नीरा ने एक अलसाई हुई अंगड़ाई ली और उसकी आँखें खुद-ब-खुद बंद हो गयीं. जब आँखें खोली तो देखा माँ भी अपने कमरे में जा रहीं थी.

'आओ गुलशी, हम भी चलें.' वह मीरा और गुलशन के साथ पापा के कमरे की ओर चली गयी. यहाँ जाकर उसने देखा कमरे का पर्दा उठा हुआ था और वहाँ उसके पापा और अनिल पहले ही मौजूद थे. पापा 'ईज़ी चेयर' की पीठ से सिर टिकाए, पाँव फैलाए पाईप पी रहे थे. वे एक दम स्थिर थे, लेकिन पाईप से खींचा गया धुआँ मुँह से बराबर निकल रहा था. सामने बैठा था अनिल जो दीवार पर लगे एक चित्र को बड़ी हैरत से देख रहा था. शायद आश्चर्य में था कि उसका बनाया यह चित्र वहाँ कैसे आ गया था, जबकि वह किसी व्यक्ति को काफ़ी समय पहले बेच चुका था.

नीरा चुपचाप कमरे में आकर खड़ी हो गई. तभी उसने पापा की आवाज़ सुनी - 'मैं तुम्हारी मजबूरी समझता हूँ. नीरा ने भी मुझे बताया था इस बारे में.' उनके बोलने से पाईप बड़ी तेज़ी से हिलता और कभी-२ तो ऐसा लगता जैसे उसका मुँह में दबा हिस्सा होंठों से बाहर आ गिरेगा. उन्होनें अपने फैले पाँवों को और फैलाते हुए आगे कहा, लेकिन आँखें वैसे ही बंद रहीं, ' मैं तुम्हारे लिए क्या कर सकता हूँ, इसके बारे में मैने बहुत सोचा और इस नतीजे पर पहुँचा कि तुम एक आर्टिस्ट हो और तुम्हारी लाइफ के लिए आर्ट उतनी ही इंपॉर्टेंट है जितने तुम खुद. इसलिए तुम्हें अपनी कला का साथ नहीं छोड़ना चाहिए.'

वह तनिक रुके. पाईप मुँह से निकाला, जिससे शब्दों की लड़खड़ाहट समाप्त हो गई और पहले से कहीं अधिक स्पष्ट शब्दों में उन्होने कहना आरंभ किया - 'तुमने 'सम्बल' मैगज़ीन का नाम तो सुना होगा. उसका पेट्रन मेरा मित्र है. वहाँ तुम उस मैगज़ीन के लिए चित्रकार या रेखा-चित्रकार के रूप में काम कर सकते हो. मैने उससे बात की थी. कल किसी भी समय मेरे पास आना, मैं तुम्हें अमरकांत से मिलवा दूँगा.'

उसके पश्चात कुछ समय तक बातों का दौर चलता रहा जिसमें सबने भाग लिया और अंत में सब एक दूसरे से बिछूड़ने के लिए उठ खड़े हुए.

'मुबारक हो, किनारे पर लग गये.' विदा करते समय नीरा ने अनिल से कहा.

'कृपा के लिए शुक्रिया.'

'लेकिन मेरा इनाम?'

'पहली तनख़्वाह तुम्हारी.' मीरा बीच में ही बोल पड़ी - 'बोलो न भैया.'

'लेकिन साहब गुज़ारा कैसे करेंगे?' नीरा ने मुस्कुराते हुए पूछा.

'तुमसे उधार लेकर.' इस बार गुलशन ने कहा और इस पर चारों की सम्मिलित हँसी वातावरण में गूँज उठी.

'लेकिन अनिल भैया, मुझे एक बात का डर है इस सर्विस में.'

'क्या?' मीरा ने उत्सुकता से गुलशन की ओर देखा.

'मैगज़ीन में कार्टून बनाते-२ कहीं खुद न कार्टून बन जाएँ!'

'गुलशन दी, ऐसी मुश्किल में मैं तुम्हारी सहायता लूँगा.' अनिल ने कहा.

अनिल का काम बन गया और वह नियमित रूप से आफ़िस में बने स्टूडियो में जाने लगा. रचनाओं के अनुरूप वह चित्र बनाता और समय मिलने पर प्रकाशित होने वाली रचनाओं के प्रूफ भी देख लिया करता. साहित्य में उसकी रूचि आरंभ से ही रही थी, इसलिए वह उसमें अधिक दिलचस्पी लेने लगा. किंतु इन सबसे अधिक जो पसंद आया, वह था संपादक, मि. सुधाकर मिश्र. वह एक अजीब ही व्यक्तित्व था. स्वतंत्र प्रकृति और स्वच्छन्द विचार उसके व्यक्तित्व की विशेषता थी. अन्याय, छलकपट और आडंबर से उसे घृणा थी. मानवता को ही वह सर्वोपरि मानता था. उसके लिए साहित्य और कला जीवन की दो धुरियों के समान थे. जीवन में इन दोनों की आवश्यकता वह समझता था. यही कारण था कि कुछ ही दिनों में अनिल और सुधाकर के बीच घनिष्ट मित्रता हो गई. यहाँ अपने काम के अतिरिक्त अनिल को कुछ अन्य चित्र भी बनाने होते जो काल्पनिक न होकर जीते-जागते व्यक्तियों के होते. प्रायः उसे एक लड़की के ही चित्र बनाने पड़ते जिसका नाम था सुधा.

सुधाकर ने बताया कि वह अत्यंत निर्धन परिवार से सम्बंधित थी और अपनी विधवा माँ की इकलौती संतान थी. बेटी की बढ़ती उम्र और चढ़ता यौवन उसकी माँ को हर दिन चिंतित करने लगा, लेकिन निर्धनता के बोझ के कारण वह बेबस थी. अमरकांत की कृपा-दृष्टि ने सुधा की भटकती ज़िंदगी को आश्रय दिया. सुधा उसके कार्यालय में काम पा उपकृत थी. अमरकांत के उपकारों से बह काफ़ी दबी हुई थी और उपकारों की वर्षा दिन प्रतिदिन बढ़ती जा रही थी. पूरे आफ़िस में अमरकांत की उदारता की चर्चा रहती. निर्धन और निःसहाय व्यक्तियों के प्रति वे कितने नम्र और उदार थे, अनिल स्वयं अनुभव करने लगा था. वह स्वयं देख रहा था कि वे उसका ही कितना ध्यान रखते थे और पिछले कुछ दिनों से उसमें, उसके काम में कितनी दिलचस्पी ले रहे थे. उसकी प्रत्येक सुविधा का ध्यान रखते थे.

सुधा एक अत्यंत सुंदर लड़की थी. उससे पहली मुलाक़ात से ही अनिल बहुत प्रभावित हुआ था. उसकी आँखों से एक भोलापन टपकता था जो उसकी निर्धनता और असहायपन की कहानी कहता सा लगता. अनिल को सुधा के इस सुंदर शरीर और भोली-भाली मदमस्त आँखों को निकट से देखने का अवसर मिला. वह सुधा के संपर्क में अधिक आया, क्योंकि वह उसका 'मॉडल' थी. अनिल ने उसके कई चित्र बनाए, विभिन्न मुद्राओं मे, विभिन्न वेश-भूषाओं में. अनिल चित्रकार था और सुधा उसकी 'मॉडल'. एक दूसरे के वे बहुत निकट आए, किंतु अनिल ने उसमें केवल उतनी ही रूचि ली जितनी एक कलाकार अपनी कला के उपकरण में लेता है. इससे अधिक उसके लिए सुधा का कोई विशेष महत्व नहीं था, सिवाय इसके कि वह एक खूबसूरत लड़की थी.

किंतु इसके विपरीत सुधा ने अपनी आँखों की प्यास अनुभव की जो दिन-प्रतिदिन बढ़ती जा रही थी. वह नये-२ वस्त्रों और नये-२ 'पोज़' में अनिल के सामने बैठती और त्रिषित नेत्रों से अपने चित्र बनवाती. अनिल ने चित्र बनाते समय उसकी प्यासी आँखों में उस विशेष चमक को कई बार देखा भी, लेकिन वह इस ओर कोई ध्यान न देता और चित्र बनाने में लीन रहता.

अनिल उसमें परिवर्तन देख रहा था. वह धीरे-२ बदलती जा रही थी. उसके चेहरे का समस्त भोलापन सौन्दर्य-प्रसाधनों तथा आधुनिक वस्त्रावरण की तहों में दबता जा रहा था और उस पर वह देख रहा था एक 'फैश्नेबल' सुधा, जो आफ़िस भर में चर्चा का विषय बनती जा रही थी. उसकी आँखें, जो कुछ समय पूर्व उसकी व्यथा की कहानी सुनाती, आज तीखे तीर बरसाने लगी थीं. यह शायद अमरकांत के उस पर किए उपकारों की वृद्धि का ही परिणाम था.

अमरकांत और सुधा का अधिकांश समय अब एक साथ गुजरता था. वे घंटों बैठे बातें करते रहते. बातें कैसी होतीं, यह कोई नहीं जानता था. अनिल अपने स्टूडियो

में बैठा पास वाले कमरे से उठने वाली दोनों की मिश्रित हँसी घंटों तक सुनता रहता, किंतु कमरे की शीशे की दीवारों पर पड़ा पर्दा लगा होने के कारण वह कुछ देख नहीं पाता था और न ही उनकी बातें स्पष्ट सुनाई देतीं. किसी को बिना पूर्व सूचना दिए, उस कमरे में जाने की अनुमति नहीं थी.

और एक दिन अनिल ने जो कुछ देखा तो उसके नीचे से ज़मीन खिसक गई. उसका हृदय धक रह गया. उसे लगा क्षण भर के लिए उसके दिल की धड़कन जैसे रुक गई थी, शरीर जैसे स्पंदनहीन हो चला था.

उसी संध्या वह नीरा से मिला.

'नीरा, क्या स्त्री की रति-भावना ही उसे स्वयं को पुरुष को समर्पित करने को प्रेरित करती है या पुरुष की काम-आतुरता उसे अपनी वासना-पूर्ति का मात्र खिलौना बनाने पर विवश कर देती है?' कुर्सी पर बैठते ही अनिल ने नीरा से सीधा प्रश्न किया.

'आख़िर बात क्या है?' नीरा ने उसके लड़खड़ाते और बौखलाहट भरे शब्दों को सुन कर कहा.

'ओह, नीरू, कैसे बताऊं कि क्या बात है. वह सुधा...सुधा, नीरू दिल काँप उठता है उस दृश्य को याद करके...' अनिल ने अपने माथे का पसीना पोंछते हुए कहा, 'मैं यहाँ काम नहीं कर सकता, नीरू, मैं यह काम छोड़ रहा हूँ..'

'आख़िर...?'

'नीरा,' अनिल ने अपने को तनिक संयत किया, 'आज मैंने स्टूडियो में बैठे हुए सामने वाले कमरे के शीशे से जहाँ पर्दा थोड़ा हट गया था, देखा सामने सुधा खड़ी थी जो अपने उलझे बालों को ठीक कर बाहर निकलने वाली थी. किंतु उसी समय एक हाथ उसकी कलाईयों की ओर बढ़ा और उसने उन्हें अपनी ओर खींचा. सुधा तनिक सिमटी और एक झटके के साथ उस ओर खिंच गई. पर्दे की ओट होने के कारण वह मेरी दृष्टि से लुप्त हो गई. किंतु,' अनिल थोड़ा रुका, फिर बोला, 'किंतु कुछ समय पश्चात मेरी दृष्टि जब पुनः उस शीशे की ओर उठी तो मैंने देखा वह साड़ी की सलवटें ठीक करते हुए अपने ब्लाऊज के बटन बंद कर रही थी. बाल फिर वैसे ही अस्त-व्यस्त हो रहे थे.

'उफ़ नीरा! दीवारों की आड़ लेकर दिन के उजाले में भी ऐसे पाशविक काम होते हैं! मुझसे यह नहीं देखा जाता. मैं यहाँ काम नहीं कर सकता.'

अनिल ने इस घटना के विषय में कहते हुए जब सुधाकर को अपना निश्चय बताया तो वह खिलखिला कर हंस पड़ा.

‘अभी तुम निरे बच्चे हो अनिल. तुमने दुनियाँ नहीं देखी. धनी व्यक्ति का धन यदि निर्धनता की विवशता से खिलवाड़ नहीं करेगा तो उसे पूछेगा ही कौन?’ सुधाकर ने अपनी हँसी रोकते हुए कहा -’तुमने आज यह शायद पहली बार देखा है, तभी तुम इतने भावुक हो रहे हो. तनिक धैर्य से काम लो.’ सुधाकर ने उसे समझाया और काम न छोड़ने की सलाह दी.

सुधाकर की बात तो उसने मान ली, किंतु अमरकांत के प्रति सम्मान, आदर तथा कृत्यगता की भावना जो उसके हृदय में थी वह पल भर में तार-२ हो गई और उसका स्थान ले लिया घृणा ने. परंतु इसके विपरीत अनिल ने देखा कि अमरकांत उसकी ओर पहले की अपेक्षा अधिक ध्यान देने लगा था.

‘कहो अनिल, कैसे हो?’ उस दिन उन्होनें अनिल के पास खड़े होकर अत्यंत नम्र स्वर में पूछा, ‘आजकल उदास-२ रहते हो! किसी परेशानी में हो?’

‘कोई ऐसी बात नहीं है.’ अनिल ने मुस्कुराहट लाते हुए कहा और तूलिका एक ओर रख कर खड़ा हो गया.

‘शादी-ब्याह कब कर रहे हो?’ अमरकांत के होंठ मुस्कुराहट से फैल गये.

‘अभी कहाँ सर! आर्थिक स्तिथि ही कुछ ऐसी है कि फिलहाल इस पर सोच ही नहीं सकता और फिर अभी तो अपनी बहन का बोझ हल्का करना है.’

‘ओह! तभी परेशान रहते हो! लेकिन चिंता की आवश्यकता नहीं. बहन का विवाह कर लो. पैसों की जितनी ज़रूरत हो, मैं मदद कर दूँगा. पाँच हज़ार, आठ हज़ार, दस हज़ार जितना चाहो. इसमें संकोच मत करना.’ उन्होंने अनिल की पीठ थपथपाई. लेकिन अनिल को लगा जैसे ढेर सारे काँटे उसकी पीठ पर फेंक दिए गये हों.

ज्यों-२ समय बीतता गया, अनिल अमरकांत की दिलचस्पी का कारण बनता गया. स्टूडियो में उसकी सुविधाओं का विशेष ध्यान रखा जाता, उसके वेतन में भी वृद्धि कर दी गई और स्टूडियो से छुट्टी होते ही अमरकांत प्रायः उसे अपने साथ घुमाने ले जाते; कभी रेस्तराँ में तो कभी क्लब में और रात को कार पर उसे घर छोड़ जाते. कभी-२ वर्मा साहब भी इन दोनों के साथ होते. वे भी अनिल पर विशेष स्नेह दिखाने लगे. इन सब उपकारों के पीछे कारण क्या था, अनिल बहुत सोचने पर भी सोच न पाता.

एक शाम वर्माजी ने अनिल को अपने घर पर बुलाया. नीरा घर में नहीं थी. वह किसी डांस कॉम्पीटिशन में गई हुई थी. इधर-उधर की बातें चलने लगीं.

‘अनिल, सुधा लड़की कैसी है?’ वर्माजी ने आराम कुर्सी पर फैलते हुए अचानक पूछा.

'मैं क्या कह सकता हूँ उसके विषय में? उसके बारे में मैं कुछ जानता तो नहीं, इतना अवश्य है कि वह सुंदर है.'

'सुना है तुम एक दूसरे से प्रेम करते हो!'

'अंकल!' अनिल जैसे चौंक पड़ा. उसने वर्माजी की ओर देखा. उनकी आँखे छोटी हो गयीं थी और वह धीरे-धीरे मुस्कुरा रहे थे.

'शरमाते हो?' वह हँसे, 'इसमें शरमाने की बात नहीं है, अनिल.' उन्होने वैसे ही मुस्कुराते हुए कहा, 'मैने स्वयं तुम दोनों की आँखों में एक दूसरे के लिए प्यार की झलक देखी है. खैर! तुम उससे शादी करोगे? तुम्हारी हैसियत देखते हुए वह बुरी नहीं है.'

'अंकल, यह आप क्या कह रहे हैं?' उसे लगा जैसे उसका अपमान किया जा रहा है. वह विस्फारित नज़रों से वर्मा जी की ओर देखते हुए उठ खड़ा हुआ.

'सोच लो, मैं तुम्हारे लाभ की बात कर रहा हूँ. सुधा से विवाह करके मालामाल हो जाओगे. अमरकांत तुम्हारी पूरी मदद करेगा. मीरा के विवाह का बोझ भी वह अपने ऊपर लेने को तैयार है.'

'वर्मा साहब!' अनिल चिल्लाने के से स्वर में बोला, 'आप मुझे खरीदना चाहते हैं अपने धन से!'

'इतना गर्म होने की बात नहीं, मेरे बेटे.' वर्मा साहब ने कुर्सी से उठते हुए संयत स्वर में कोमलता लाते हुए कहा, 'सुधा कोई नीच या छोटे कुल की लड़की तो नहीं है और न ही वह कुरूप या भद्दी है. हाँ, वह ग़रीब ज़रूर है और इसलिए अमरकांत उसकी मदद करना चाहता है. वह चाहता है कि एक ग़रीब का जीवन सुधर जाए उसके हाथों. तुम दोनों एक सूत्र में बँध जाओ यही हम दोनों की हार्दिक इच्छा है.'

उन्होनें आगे कहा, 'विचार कर लो, कल तक अपना निर्णय दे देना. चलो आओ मैं तुम्हें गाड़ी पर घर छोड़ आऊँ.'

'जी, शुक्रिया, मैं स्वयं चला जाऊँगा.'

और वह जाने के लिए मुड़ गया. जाते-२ वर्मा जी के शब्द उसके कानों में पड़े, 'अगर तुम अपना भविष्य उज्जवल चाहते हो तो मेरी बात मान लो.'

अनिल जब घर लौटा तो उसका सिर भारी हो रहा था. वह समझ नहीं पा रहा था कि यह सब क्या हो रहा है? क्या कोई रहस्यमय जाल बुना जा रहा था उसके लिए? किस जाल में उसे फँसाया जा रहा था? उसने बहुत सोचा, किंतु किसी निष्कर्ष पर नहीं पहुँच सका.

दूसरे दिन वह स्टूडियो नहीं गया. अगले दिन भी काफ़ी देर से आफ़िस पहुँचा. जाते ही काम पर लग गया. लेकिन उसकी उंगलियाँ आज चित्र बनाते-२ काँप रहीं थीं. प्रयत्न करने पर भी वह स्वयं को काम में केंद्रित नहीं कर पाया. सोच रहा था कि क्या वह नौकरी छोड़ दे? या सुधा से विवाह कर ले?' इसी दोहरी उलझन में डूबा न जाने कितनी देर गुमसुम बैठा रहता कि अचानक वह किसी के पाँवों की आहट से चौंक पड़ा. उसने मुड़ कर देखा, दरवाज़े पर सुधा खड़ी थी.

सुधा विचित्र मुद्रा में थी. और दिनों की अपेक्षा वह आज सबसे अधिक सुंदर लग रही थी. बिल्कुल सुंदरता की रोमन देवी - वीनस. उसका ऐसा रूप अनिल ने पहले कभी नहीं देखा था. आते ही वह सोफे पर बैठ गई, अनिल के बिल्कुल सामने. अनिल ने देखा उसकी आँखें ऐसी अलसाई हुईं थीं जैसे वह पीकर आई हो.

'इसी लड़की से शादी...!' उसने सोचा.

'सुधा कोई नीच या छोटे कुल की लड़की नहीं, कोई कुरूप या भद्दी लड़की तो नहीं..." वर्मा जी के ये शब्द उसके कानों में गूँजे.

भद्दी नहीं, कुरूप नहीं, लेकिन दुश्चरित्रा ... हाँ, दुश्चरित्रा... उसके होंठ काँपे. उसे याद आया अनढके शीशे से देखा उस दिन का दृश्य और वह चिल्ला पड़ा. 'सुधा, मैं....'

'अनिल...' तभी सुधा ने उसकी बात काटी - 'मैने तुमसे आज तक कुछ नहीं माँगा. आज पहली बार माँग रही हूँ. अपने लिए, सिर्फ़ अपने लिए. मैं चाहती हूँ कि आज तुम मेरी एक तस्वीर बनाओ, एक ऐसी तस्वीर जिसे मेरे मरने के बाद भी सदियों तक लोग भूलें नहीं. फिर कभी अपनी तस्वीर बनाने के लिए तुम्हें नहीं कहूँगी. मेरे जीवन की यह आख़िरी तस्वीर होगी, आख़िरी. प्लीज़ अनिल. मुझे आज तुम अपना 'मॉडल' मत समझो. केवल एक जीती जागती लड़की की हैसियत से तुम्हारे सामने बैठी हूँ, मॉडल के रूप में नहीं. उठो अनिल. प्लीज़, मेरे पास वक्त बहुत कम है.'

सुधा उठी. उसने दरवाज़ा बंद करके चटखनी लगा दी, अनिल के हाथ में तूलिका दी और स्वयं कैनवस से थोड़ा दूर हट कर खड़ी हो गई. अपने शरीर को ढीला छोड़ उनीन्दि आखों से एक शराबी की सी मुद्रा उसने बनाई. कंधे से साड़ी खिसक कर नीचे आ गई जिसे उसने हाथों से रोक लिया. साड़ी हट जाने से ब्लाऊज से उसका उभरा वक्ष बाहर झाँकने लगा था और उसके बीचों-बीच एक गहरी रेखा ऊपर तक उठ गई थी. उसका यौवन उसके वस्त्रों में समा नहीं रहा था, वह जैसे बाहर छलक आने को आतुर था.

'अनिल, तुम्हें याद है न, आज तुमने मेरा एक सर्वोत्तम चित्र बनाना है.' सुधा ने एक नशीली हँसी हंसते हुए कहा.

अनिल ने कैनवस ठीक किया, तूलिका उठाई और कैनवस पर चित्र उतारना आरंभ किया. जैसे-२ तूलिका चलती गई, मिश्रित रंगों में एक नया चेहरा उभरता गया और उभरते चित्र में स्पष्ट होती गई सुधा. जैसे-२ चित्र बनता गया, सुधा निढाल होती गई. अनिल ने एक लंबे समय से खड़ी सुधा की थकावट का भान किया.

'सुधा, कुछ देर बैठ जाओ, तुम काफ़ी थक गई हो.' अनिल ने उंगलियाँ रोक दीं.

'ओह! अनिल नहीं, आज तुम मेरी थकावट की परवाह न करो.' उसने स्थिर भाव से कहा. अनिल ने स्वर के भारीपन को अनुभव किया. उसमें एक थकावट थी, एक व्यथा थी और थी एक अनचाही टीस.

लगभग दो घंटे पश्चात चित्र पूरा हुआ. चित्र पूरा होते ही सुधा के घुटने ज़मीन की ओर झुकने लगे, उसकी आँखें बंद होने लगी और अनिल अगर दौड़ कर उसे संभाल नहीं लेता तो वह गिर गई होती. अनिल ने उसे बाहों का सहारा दिया, लेकिन वह अचेत हो चुकी थी. कुछ समय वह यूँ ही पड़ी रही और लगभग पंद्रह मिनट बाद वह कुछ स्वस्थ हुई. उसने आँखें खोलीं तो अनिल को अपने पास खड़े पाया.

'माफ़ करना अनिल, तुम्हें कष्ट हुआ.' उसने उसकी आँखों में झाँकते हुए कहा, 'तुम कितने अच्छे हो अनिल.' उसके होंठ तनिक हँसे,किंतु उसने एक लंबी ठंडी श्वास भरी और वह उठ खड़ी हुई.

'मुझसे कहा गया है कि तुमसे शादी कर लूँ. लेकिन मैने एक बहुत बड़ा अपराध किया है, अनिल. अनजाने में. मेरे जीवन में एक भयानक जहर घुल चुका है और मैं नहीं चाहती कि उसकी लपेट में तुम भी आओ.' सुधा तब अपने चित्र की ओर मुडी और एक भरपूर दृष्टि से उसे देखा. उसे देख उसके होंठ कुछ हिले, परंतु शब्द कोई नहीं निकला मुँह से. अनिल चित्रवत खड़ा उसे निहारता रहा.

'अच्छा चलूं. जिंदगी रही तो फिर मिलेंगे. विदा.' सुधा ने कहा और दरवाजा खोल स्टूडियो से बाहर चली गई. अनिल दरवाज़े पर जब पहुँचा तो वह आँखों से ओझल हो चुकी थी.

दूसरे दिन स्टूडियो में आते ही उसने उस चित्र को अंतिम रूप देना शुरू कर दिया. उसने तूलिका उठाई और बड़ी सावधानी से कैनवस पर चलाने लगा. तभी पीछे से आवाज़ आई -

'बेकार है अब.'

अनिल ने मुड़ कर देखा उसके पीछे सुधाकर खड़ा था.

'क्या?'

'इस चित्र में प्राण फूंकना.'

'क्यों?'

'सुधा अब इस दुनियाँ से जा चुकी है.' सुधाकर ने मुँह फेरते हुए कहा.

'यह नहीं हो सकता.' अनिल के हाथ की तूलिका काँप उठी.

'यह हो चुका है.'

'सुधाकर!!'

'उसने आत्म-हत्या कर ली है.'

'लेकिन...'

'वह माँ बनने वाली थी और इसका दोषी था अमरकांत.' सुधाकर ने बिना रुके कहा.

'तुम्हें किसने कहा है?'

'कल रात स्वयं सुधा ने.' सुधाकर ने तनिक रुकते हुए कहा, 'अमरकांत चाहता था कि तुम उसके साथ विवाह कर लो और उसके पाप पर पर्दा पड़ा रहे.'

अनिल की आँखों के आगे अंधेरा छा गया. वह फटी आँखों से सुधाकर को देखे जा रहा था जैसे उसकी बातों पर विश्वास नहीं हो रहा था. लेकिन शीघ्र ही सारी स्थिति समझ में आ गई. वह समझ गया कि अमरकांत के उपकारों के क्या कारण थे और वर्मा क्यों उसे सब्ज़ बाग दिखा रहा था. कितना भयानक जाल फैलाया गया था उसे फँसाने के लिए. सोचते-२ उसका सिर भारी हो गया और उसके मुँह में कड़वाहट सी फैल गई. वह क्रोध से पागल हो रहा था. अब पल भर भी वहाँ ठहरना उसके लिए असंभव था. उस स्टूडियो की दीवारें, उन पर टँगे उसी के बनाए चित्र उसे काटने लगे थे. उसने उसी समय त्याग-पत्र लिखा और उसे सुधाकर को देकर वहाँ से जाने की तैयारी करने लगा. कैनवस पर लगा सुधा का चित्र उसने उतारा और वहाँ से चला गया. सुधाकर ने उसे रोकना चाहा, लेकिन अनिल ने उसकी एक न सुनी.

अनिल फिर अपनी पुरानी ज़िंदगी में लौट आया था. उसे एक सहारा मिला था. लेकिन यह एक ऐसा सहारा था जो डूबते के लिए तिनके के समान ही था जिसमें हर क्षण डूबने का भय बना रहता है. वह स्वयं भी तो डूबने वाला था. कितनी कठिनाई से बच सका था डूबते- डूबते..

अब उसकी पुरानी ज़िंदगी ही उसका सहारा थी. किंतु घर की हालत जो कुछ-२ सुधरने लगी थी, फिर से अपनी पुरानी स्तिथि में आने लगी. दिन गुजरते गये एक के

बाद एक. इस बीच नीरा ने अनिल को कई बार घर आने को कहा, परंतु अनिल की लिए वहाँ जाना संभव नहीं था. अनिल उनसे मिलना नहीं चाहता था, इसलिए वह नीरा के घर नहीं गया.

कुछ समय बाद उसने मीरा का वाग्दान कर दिया. विवाह के दिन निकट आ रहे थे, किंतु अर्थाभाव के कारण तैयारी नाम-मात्र की ही थी. उसे धन की आवश्यकता थी, लेकिन धन आता कहाँ से? क़र्ज़ ही एक मात्र उपाय था, परंतु क़र्ज़ भी उसे कौन देता! अत्यंत सोच-विचार के बाद उसने नीरा के सामने अपनी विवशता प्रकट की.

'नीरू, तुम्हारे पापा कुछ ओबलाईज़ कर सकेंगे? मैं जल्दी ही सब उतार दूँगा.'

'चाहिए कितना?'

'एक डेढ़ हज़ार काफ़ी होगा.'

दूसरे ही दिन नीरा एक हज़ार रुपये ले आई अनिल के पास.

'तुम्हारे पापा का अहसान जीवन भर नहीं भूलूंगा, नीरू.' अनिल ने आभार व्यक्त करते हुए कहा.

'लेकिन इसके बारे में पापा को कुछ मत कहना.'

'क्यों?'

'यह मेरी ओर से तुच्छ भेंट है.' नीरा ने धीरे से कहा.

'नहीं नीरू, मैं नहीं लूँगा यह.' उसने छोटे से रुमाल में बँधे नोटों को लौटाते हुए कहा.

'क्यों? अपवित्र हैं ये? मैं तुम्हें तो नहीं दे रही हूँ. मीरा पर मेरा कोई अधिकार नहीं?'

'नहीं नीरू, इसमें अधिकार की बात नहीं, मगर यह उचित नहीं कि मैं तुमसे लूँ.'

'अनील, मुझे तुम्हारी इन्हीं बातों से दुख होता है. उचित, अनुचित क्या है, मैं यह खूब अच्छी तरह समझती हूँ. तुम मुझे अपने परिवार का ही एक अंग क्यों नहीं समझते?' नीरा ने अनुरोध भरे स्वर में कहा, 'मुझे दुख होगा अनील, तुमने अगर फिर लौटाने की बात कही तो. जानते हो मुझे कितनी खुशी हो रही है इस पर कि मैं मीरा के लिए कुछ कर रही हूँ.' कहते-२ उसकी आँखें भर आईं.

वास्तव में नीरा को आत्मिक शांति का अनुभव होता था जब भी उसे उनके लिए कुछ करने का अवसर मिलता. उसे आंतरिक प्रसन्नता, हार्दिक संतोष होता कि वह किसी के काम आ सकी है. धन की वह दीवार, जीवन का यह खोखलापन, बाह्याडंबर

जो मनुष्य को मनुष्य से अलग कर देता है, उसे कतई पसंद नहीं था. इन चीज़ों से उसे घृणा थी. वह मनुष्य तक रह कर उनके मार्ग में बिछ जाना चाहती थी. यह राशि जो नीरा ने दी थी, उसे अर्जित करने के लिए उसे कुछ त्याग करना पड़ा था. नृत्य-प्रतियोगिताओं तथा समारोहों में प्राप्त किए सभी पुरूस्कारों को बेच यह राशि एकत्र कर पाई थी. यह एक महान त्याग था, किंतु यह त्याग इस प्रसन्नता के आगे नगण्य था.

मीरा ससुराल चली गई तो सबसे अधिक दुख उसकी माँ को हुआ. घर में मीरा उसके बुढ़ापे की लाठी का काम देती थी. परंतु अब कौन जाने उसकी क्या दशा हो. अनिल सवेरे ही जब घर से जाता तो घर उसे काटने को दौड़ता और वह अकेली बैठी आँसू बहाती रहती. वह अक्सर कहती कि वह यूँ ही अकेली पड़ी-२ मर जाएगी, किसी को खबर भी नहीं होगी.

मीरा के विवाह के बाद नीरा से उसका स्नेह बढ़ गया, नीरा भी प्रतिदिन अवकाश मिलते ही वहाँ चली जाती और माँ से शाम तक बातें करती रहती. वह वहाँ तब तक रहती जब तक अनिल घर लौट नहीं आता. एक साथ वे चाय पीते और फिर अनिल उसे घर तक छोड़ आता. नीरा को भी उस घर से ऐसा लगाव हो गया था कि वह वहाँ गये बिना रह ही न पाती थी. माँ तो उसे देख मीरा का अभाव भूल जाती थी. उस स्नेहपूर्ण वातावरण में रहकर नीरा को अजीब शांति मिलती.

किंतु नीरा की यह शांति, यह खुशी जिसे पाकर वह अपने को भी भूल सी गई थी, अधिक देर न रह सकी. यह प्रसन्नता उस बुलबुले के समान थी जो पानी से अचानक उठता है, पानी की सतह पर बहता हुआ कुछ दूर तक चला जाता है और फिर अचानक फूट पड़ता है. रह जाता है वहाँ केवल पानी.

उसने देखा घर में उसके पापा और माँ में धीरे- धीरे बातें होने लगी थीं. रात गये तक वे कुछ सोचते रहते. नीरा के प्रति उनके व्यवहार में भी अब परिवर्तन आने लगा था. पापा अब उससे अधिक बात नहीं करते थे, जब भी मिलते केवल मुस्कुरा देते और माँ भी जब नीरा से बातें करती तो ऐसे जैसे उसकी खुशामद कर रही हो. नीरा को उनके व्यवहार में परायापन दिखने लगा.

वह बड़ी हो गई थी अब. उसके हाथ पीले करने की समस्या उसके माँ-पापा के सामने थी. इसी समस्या को सुलझाने के लिए वे दिन रात सोचते रहते. उन्हें यूँ सोचता देख नीरा किसी भय से काँप उठती. जैसे- जैसे वह उनके विचार-विमर्श का केंद्र बनती गई, उसकी घबराहट बढ़ती गई. उसे लगता जैसे उसका जीवन गतिहीन हो गया था. उसकी जीवन-नैया के मस्तूल जो खुशी के शीतल झोंकों को अपने में समेट कर उसे गतिवान किए हुए थे, अब अचानक फट गये थे. पवन के झोंकों को एकत्र करने की क्षमता अब उनमें न रही थी और उसकी नैया अब सागर की अथाह लहरों में डगमगा रही थी.

ऐसा सोचते ही उसके दिल में एक पीड़ा होती और वह उदास हो जाती. ऐसे ही उदास देख कर एक दिन अनिल ने उसका कारण पूछा तो उसकी आँखें भर आईं.

'अनील, मुझे तुमसे एक बात कहनी है. कई बार सोचा कि न कहूँ, लेकिन रोक नहीं पाई हूँ अपने को कहे बिना.'

'ऐसी क्या बात है?' अनिल ने उसे रुकता देख कर पूछा.

'है, लेकिन डर लगता है.'

'किससे.'

'तुमसे. कहीं बात न खो बैठूं कह कर.'

'विश्वास करो मुझ पर नीरू.'

'वचन दोगे?' उसने भरे गले से कहा और अपना हाथ आगे बढ़ाया. हाथ काँप रहा था. अनिल ने उसके काँपते हाथ पर अपना हाथ रख दिया. नीरा के शरीर में जैसे बिजली कौंध गई और वह फूट पड़ी, 'अनील...अनी...ल.' उसकी आँखें छलछला आईं और उस हाथ को भीगी आँखों तक ले जाकर रुँधे स्वर में कहा, 'मैं क्या कहूँ. वचन दो अनील कि तुम इस हाथ को मेरे हाथ से अलग न करोगे!'

उसने ओढनी से मुँह छुपा लिया. सिसकियों की आवाज़ अनिल के कानों से टकराने लगी. अनिल नीरा के इस आकस्मिक परिवर्तन पर आश्चर्य विमूढ़ हो उसे विस्मय से देख रहा था.

'नीरू, इतनी भावुक मत बनो.' अनिल ने उसके चेहरे से ओढनी हटा कर उससे आँसू पोंछते हुए कहा, 'आख़िर बात क्या है?'

'मैं तुमसे प्यार करती हूँ, अनील.' नीरा ने उसकी ओर देखा और उसकी भीगी आँखें लज्जा से झुक गईं, 'मुझसे शादी करोगे?'

अनिल चुप रहा.

'बोलो अनील.'

'रास्ते के दीए को तुम महलों का चिराग़ बनाना चाहती हो?'

'हाँ. ताकि उसकी शुभ्र ज्योति से झोंपड़ी और महल के अंतर की कालिमा दूर हो सके. धनी-निर्धन के बीच की दीवार लुप्त हो सके.'

नीरा के आँसू सूख गये थे और आँखों में एक विशेष चमक दिखाई देने लगी थी.

'किंतु नीरू,' अनिल की भाव-मुद्रा गंभीर हो गई, 'यह समाज क्या हमें एक होने देगा?'

'तुम साथ हो तो समाज की मुझे कोई चिंता नहीं, अनील. मेरा साथ दोगे?'

'मैं तुमसे अलग था ही कब?' अनिल ने कहा और अनायास ही उनके हाथ एक दूसरे से जा जुड़े.'

'अनील!'

'नीरा!'

भावावेश में दोनों एक दूसरे की बाहों में बँध गये. कुछ देर वे यूँ मौन खड़े रहे.

'मैं कब से चाह रहा था, नीरू, हम एक हो जाएँ. एक, सिर्फ़ एक, दो शरीर एक प्राण. जल की उस पावन धारा की भाँति हो जाएँ जो विपरीत दिशाओं से आने वाली दो जलधाराओं से बनती है, उन अग्नि-शिखाओं की तरह मिलकर एक ज्योति हो जाएँ जो एक दूसरे के अस्तित्व में विलीन होकर एक प्रकाशमय किरण बन जाती है, जिनका निजी अस्तित्व कुछ नहीं रह पाता.'

अनिल कुछ देर के लिए मौन हो गया. फिर बोला, 'अब मुझे भी भय नहीं.' अब अगर इस जन्म में न भी मिल सके तो मुझे दुख न होगा.'

'ऐसा मत कहो, अनील.' नीरा ने उससे अलग होते हुए कहा. उसकी पलकों पर पानी के कुछ कतरे जमा हो गये थे.

'पगली.' अनिल हंसा और उसकी आँखों से गिरने वाली बूँदों को उंगलियों से दूर कर दिया.

नीरा के दिल का बोझ हट गया. उसकी नाव के मस्तूल जैसे फिर से जुड़ गये थे. उसका मन-मयूर नाचने लगा, होंठों में अनायास ही प्रकंपन हुआ और वह गुनगुनाने लगी, 'अब न ज़माने का डर है, न दुनियाँ का गम, अपनी तक़दीर पर नाज़ करते हैं हम.'

नाचते हृदय और थिरकते कदमों से वह घर पहुँची. उस रात वह सो न सकी. पूरी रात अपने नये जीवन के ताने-बाने बुनने में व्यस्त रही. भविष्य की सुखद कल्पनाओं ने उसकी नींद ही चुरा ली थी. लेकिन दूसरे दिन जब उसने सुना कि उसे कुछ लोग देखने आ रहें हैं तो उस पर जैसे बिजली गिर पड़ी. कल्पनाओं पर तुषारापात हो गया. सारी रात जाग कर उसने जो सपने संजोए थे वे बिखरते लगे और वह व्यथा से तिलमिला उठी. उसने माँ से विरोध किया. माँ हँसी.

'शादी से पहले सभी लड़कियाँ ऐसा कहती हैं.' माँ ने हंसते हुए कहा, ' और फिर चीमू कोई पराया थोड़े ही है. लाखों में एक है, ऊँचे घराने का है, कार-बंगले अपने हैं. राज-बहू की तरह रहेगी वहाँ.' माँ ने अंतिम शब्दों में कुछ गर्व अनुभव करते हुए कहा.

लेकिन उसे क्या मालूम था कि नीरा के हृदय में क्या तूफान उठ रहे थे. उसके मन में क्या था, माँ नहीं जानती थी. लेकिन इस समय उसका जान लेना ही नीरा के लिए हितकर था. नीरा ने माँ के सामने हृदय खोल दिया. माँ ने उसे समझाया. पापा को जब उसके निश्चय का मालूम हुआ तो उनके क्रोध की सीमा न रही.

'नीरा!' वर्मा जी चिल्लाए. पहली बार उनका इतना तेज स्वर सुन कर नीरा कांप उठी. क्रोध से उनके नथुने फूल रहे थे और आँखों से आग बरस रही थी.

नीरा की दृष्टि पापा की ओर उठी, किंतु उसमें इतनी शक्ति नहीं थी कि उनकी आग बरसाती आँखों का सामना कर पाती. नीरा की आँखें झुक गयीं. पापा के अगले शब्द उसके कानों में पड़े - 'यही तुम्हारे मैंनर्स हैं? यही तुम्हारी क्वालीफ़िकेशन है? इतना पढ़ लेने के बाद यही सीखा है कि माँ-बाप की पगड़ी उछालो समाज में? जिन्होने पाल-पोस कर तुम्हें इतना बड़ा किया है, उन्हीं के मुँह पर थूको?'

नीरा खामोश रही. उसके पास इन सबका कोई उत्तर नहीं था. लेकिन पापा निरंतर बोलते गये, 'उस अनिल से शादी करना चाहती हो, जिसके पास खाने की लिए रोटी नहीं और पहनने के लिए कपड़े नहीं. चार पैसे कमाने के लिए वह दूसरों के आगे हाथ फैला कर दया की भीख माँगता फिरता है! जो अपना पेट नहीं भर सकता, तुम्हें कैसे संभाल सकेगा?'

उनका साँस फूल गया बोलते-बोलते. खाँसी उनके बोलने में रुकावट बन गई. परंतु खाँसी के रुकते ही उन्होनें फिर उसी तेज़ आवाज़ में कहना आरंभ किया -

'उस ज़लील से शादी करना चाहती हो जिसकी अपनी कोई इज़्ज़त नहीं, लेकिन दूसरों की इज़्ज़त लूटता फिरता है? जानती हो सुधा के साथ उसके अनुचित संबंध थे और उसकी मौत का गुनहगार था यही बेहया अनिल.' उन्होंने तीखी नज़र से नीरा की ओर देखते हुए कहा, 'मालूम है तुम्हें वह सुधा बच्चे की...!'

'नहीं-२, यह झूठ है, यह सब झूठ है.' नीरा तिलमिलाते हुए चिल्लाई.

'झूठ है या सच, यह तो मैं जानता हूँ. अगर वह सच्चा होता तो अपना काला मुँह छुपाने के लिए नौकरी छोड़ कर चुपचाप भाग न जाता.' उन्होनें क्रोध से दाँत पीसे और उंगलियों मे फँसे अधजले सिगार को ज़ोर से फर्श पर फेंकते हुए कहा, 'कान खोल कर सुन लो, आज से अनिल से तुम्हारा मिलना जुलना बंद. दीनू?' उन्होनें नौकर को आवाज़ लगाई.

'जी हज़ूर?' नौकर हाथ जोड़ कर आ खड़ा हुआ.

'आज से इसका ध्यान रखो. जहाँ यह जाए, उसकी पूरी रिपोर्ट हमें मिलनी चाहिए.' उन्होने फर्श पर पड़े सिगार को ज़ोर से पाँव से रगड़ा और वहाँ से चले गये. नीरा सिसकती रही. उसके चारों ओर अंधेरा छाने लगा. कुछ दिखाई नहीं दे रहा था. लेकिन पापा के मना करने पर भी वह किसी तरह अनिल से मिलने गई.

'अनील, मुझे बचा लो, अनील! मैं ज़िंदगी की बाज़ी हारती जा रही हूँ.' उसने अनिल को सारी घटना बताते हुए कहा.

'मैं न कहता था नीरू कि यह दुनियाँ, यह समाज हमें एक नहीं होने देगा. जब तक धनी-निर्धन की भावना की यह दीवार समाप्त नहीं हो जाती, हमारा मिलना असंभव है, नीरा. मनुष्य का मूल्य उसके बाहरी स्टेटस से जाना जाता है, धन के मापदंड पर आँका जाता है. तुम्हारा स्टेटस कुछ ऊँचा है, मेरा कुछ नीचा. इसलिए हम दोनों की बराबरी भला कैसे हो सकती है?' अनिल ने संतुलित स्वर में कहते हुए नीरा की ओर देखा जो आँखों से निरंतर बह रहे आँसुओं को ओढ़नी से पोंछे जा रही थी.

'मैं जीना नहीं चाहती अनील. ऐसे जीवन से तो मर जाना अच्छा है, जहाँ घुटन हो, उमस हो, अशांति हो.'

'संघर्ष का दूसरा नाम जीवन है नीरू, यह मत भूलो. जीवन को कुंदन बनाना है तो संघर्ष की आग में जलना ही पड़ेगा. जीवन जीने के लिए है, मरने के लिए नहीं. उसे गतिशील बनाओ नीरू, वरना इसमें भी खड़े पानी की तरह काई जम जाएगी. मेरी ओर देखो, नीरू,' उसने नीरा की झुकी ठोड़ी को ऊपर उठाते हुए कहा, 'तुम मुझसे प्यार करती हो न !'

'..........................'

'बोलो नीरा, करती हो न?'

प्रतियोत्तर में नीरा की पलकें झुक गईं.

'तो मेरी एक बात मनोगी? तुम चीमू से शादी कर लो.'

'अनील !' वह उसकी बाहों से लिपट गई, ' यह तुम कहते हो?'

'मुझे ग़लत मत समझो नीरा. अगर तुम्हारे मम्मी-पापा इसी में अपनी खुशी अनुभव करते हैं तो उनकी बात मानो. वे हमारे लिए न जाने कितने कष्ट सहते हैं, हमारी प्रसन्नता और खुशी के लिए न जाने कितना त्याग करते हैं और हमें इतना योग्य बना देते हैं कि हम समाज में प्रतिष्ठा से रह सकें. जब हम इस योग्य हो जाते हैं तो हमारे भी उनके प्रति कुछ कर्तव्य हो जाते हैं कि हम भी उनके लिए कुछ करें. तुम्हारे पापा की प्रसन्नता

तुमसे तुम्हारे प्यार का बलिदान चाहती है. तुम्हें यह त्याग कर देना चाहिए नीरा अपने पापा के लिए, उनकी खुशी के लिए.'

'अनील, तुम वह बात मुझसे मनवा रहे हो जो मेरे जीवन को ले डूबेगी. यह बलिदान मैं नहीं दे सकूँगी.' नीरा ने अपनी भीगी पलकें ऊपर उठाई. उन नीर भरी आँखों में एक निराशा, एक बेबसी और आत्म-समर्पण की झलक स्पष्ट हो रही थी. उसने अनिल की आँखों से दृष्टि मिलाकर डूबे स्वर में कहा, 'यह तुम्हारे दिल की आवाज़ है?'

'नहीं नीरू, हम दोनों की मजबूरियों की पुकार!...मेरे साथ रहना शायद तुम्हारे लिए सुखकर न हो क्योंकि तुम एक ऐसे वातावरण में पली हो जहाँ तुमने दुख, परेशानी नाम की किसी चीज़ का सामना नहीं किया, किंतु मेरे साथ रहकर तुम्हें उन कष्टों, उन ज़िल्लतों को सहना पड़ेगा जिनका तुमने कभी अनुभव नहीं किया.'

'तुम्हारे साथ रह कर उन कष्टों में भी मुझे शांति मिलेगी, अनील.'

'लेकिन मुझे बेचैनी. तुम्हें उन दुखों को सहते देख मेरा दिल रो देगा. नहीं, नीरू, तुम्हारे जीवन से मैं यह खिलवाड़ नहीं कर सकूँगा. मैं तुम्हें हमेशा खुश देखना चाहता हूँ, हंसते-मुस्कुराते.'

वह खामोश हो गया. नीरा भी छलछलाती आँखें लिए सिर झुकाए खड़ी रही. वहाँ एक अजीब शांति छा गई दोनों की खामोशी से.

'वचन दो नीरा, तुम मेरी बात मानोगी.' अनिल ने चुप्पी तोड़ते हुए कहा और अपना हाथ आगे बढ़ा दिया. किंतु नीरा वैसे ही स्थिर खड़ी रही.

'जवाब दो नीरा. क्या तुम अपने माता-पिता के लिए, मेरी खुशी के लिए इतना भी नहीं कर सकोगी?'

नीरा का काँपता हाथ उठा. अनिल ने उसे अपने हाथ में ले लिया, 'ओह नीरा, मेरी अच्छी नीरा.' अनिल ने बोलने में कठिनाई अनुभव करते हुए कहा. उसने उसका हाथ अपनी ओर खींचा. नीरा का संयम टूट गया और वह अनिल के वक्ष से जा लगी. वातावरण नीरा की सिसकियों से भर गया और वे दोनों यूँ ही मूर्तिवत खड़े रहे.

____________:0:____________

नीरा की चीमू के साथ सगाई हो गयी. पापा चाहते थे कि विवाह भी शीघ्र हो जाए. इसलिए विवाह की तिथि भी निश्चित कर दी गई. नीरा ने कोई विरोध नहीं किया. उसने जैसे उनके सामने हथियार डाल दिए थे. इस विवाह में कोई दिलचस्पी नहीं थी उसकी और वह गुम-सुम सी बैठी रहती. उसके हृदय में न कोई हर्ष था, न कोई विषाद.

एक विचित्र सी खामोशी छाई रहती उसके चेहरे पर. लेकिन जैसे-२ विवाह का दिन निकट आता गया, उसका दिल रह-रह कर एक आशंका से काँपने लगा. क्या होने वाला था, वह नहीं जानती थी, किंतु उसका दिल बैठने लगता और वह स्वयं भयभीत हो उठती.

शादी से एक दिन पहले गुलशन नीरा को अपने साथ बाहर ले जाने की ज़िद करने लगी. हाथ-पाँव में मेहंदी लग जाने के बाद घर से बाहर कदम रखना नीरा के लिए मुश्किल था, किंतु गुलशन उसे अपने साथ ले ही गई.

विक्टोरिया पार्क पहुँचने पर नीरा ने देखा अनिल सामने एक छतरी के पास खड़ा उसकी प्रतीक्षा कर रहा था. गुलशन एक ओर हो गई और नीरा धीरे-२ पाँव रखती अनिल की ओर बढ़ी. अनिल ने देखा तो वह भी नीरा की ओर बढ़ा. एक दूसरे के निकट आने पर दोनों के पाँव रुके. आँखें मिलीं और झुक गयीं. दोनों चुप थे, एक ही खामोशी थी दोनों के चेहरों पर.

'नीरा,' अनिल ने चुप्पी तोड़ी, 'कल तुम पराई होने जा रही हो. तुम्हारी शादी हो रही है...ऐसे अवसर पर तुम्हें देने के लिए मेरे पास कुछ भी नहीं है. तुम्हें कुछ भी तो नहीं दे सकता. यह...यह एक छोटा सा उपहार स्वीकार करोगी नीरू!'

उसने एक अंगूठी निकाली और उसे नीरा के बाएँ हाथ की उंगली में पहना दी.

'सदा सुखी रहो.' अंगूठी पहना चुकने के बाद उसने भीगे स्वर कहा.

'अनील!' फूट पड़ी नीरा और उसके कंधों से लिपट गई. आँखों से आँसुओं की धारा कोरों के बाँध तोड़ अनिल के कंधे भिगोने लगी.

'अनील...यह कैसे हो सकेगा!' उसका सब्र आँसुओं की धार में बह निकला. वह बिलखने लगी, 'अनील...' उसका गला रुंध गया और वह फूट-२ कर रोने लगी.

'रोओ नहीं नीरू.' अनिल ने उसकी आँखों से आँसू पोंछते हुए कहा, 'मैं तुम्हारे दिल की दशा समझता हूँ. हम अलग हो रहे हैं, हम बिछुड़ रहे हैं, मगर नीरू हम एक हैं, हमारी आत्मा एक है, सिर्फ़ एक, जिसे कोई अलग नहीं कर सकता. इस जन्म में हम नहीं मिल सके तो अगले जीवन में ज़रूर मिलेंगे नीरू, ज़रूर मिलेगे.' कहते-२ उसकी आँखों को कोर से एक आँसू नीचे गिर गया.

'कहते हैं जब किसी व्यक्ति का मरते दम तक कोई अरमान रह जाता है तो उसका पुनर्जन्म होता है, अरमान पूरा करने के लिए. तुम्हें पाने का अरमान जीवन भर रहेगा, नीरू. इसलिए अगले जन्म में हम ज़रूर एक-दूसरे को पा लेंगे. तब तक हमें प्रतीक्षा करनी है. हम अवश्य मिलेंगे. मैं पुनर्जन्म में विश्वास करता हूँ.'

'अनील...' हिचक़ियों के कारण नीरा कुछ बोल नहीं पा रही थी.

'अब जाओ नीरा, तुम्हें देर हो रही है. सदा खुश रहो.' अनिल ने एक लंबा ठंडा साँस छोड़ते हुए कहा और भीगी पलकों से दोनों एक दूसरे से अलग हुए.

वह दिन भी आ गया जब नीरा को अपने माता-पिता की खुशी के लिए अपनी खुशियों का बलिदान देना था. जैसे-२ दिन ढलता गया, आने वालों का जमघट बढ़ता गया. इस बढ़ती भीड़ और कोलाहल से घर में चहल-पहल मची हुई थी. लेकिन नीरा को यूँ लग रहा था जैसे वह बिल्कुल अकेली थी. बाहर क्या हो रहा था वह उससे बेख़बर थी. वह कमरे में दुल्हन बनी बैठी थी, सखियों से घिरी, लेकिन शांत. न आँखों में आँसू थे, न दिल में अरमानों का तूफान. सखियों से छेड़छाड़ में भी उसे कोई आनंद नहीं आ रहा था. मीरा और गुलशन ने उसका दिल बहलाने का बड़ा यत्न किया, किंतु वह गंभीरता की मूर्ति बनी बैठी रही. अवसर पाकर उसने मीरा से धीरे से पूछा, 'मीरा, भैया नहीं आए क्या?'

'नहीं, उनकी तबीयत कल से कुछ खराब है. माँ कह रही थी, कल रात से वे सो नहीं सके.' मीरा ने उसके निकट बैठते हुए कहा, 'लेकिन भैया ने एक संदेश भेजा है तुम्हारे नाम.' उसने पर्स से एक छोटा सा काग़ज़ निकाल कर उसे दे दिया.

नीरा ने मुड़े काग़ज़ की तहें खोलकर देखा, लिखा था, 'नीरा, जीवन की यह मंगल-बेला मुबारक हो. तुम्हारे वैवाहिक जीवन की सफलता की कामना करता हूँ. - अनिल.'

यह पंक्तियाँ पढ़ीं तो नीरा की आँखें डबडबा आईं. लेकिन उसने आंसूओं को गिरने नहीं दिया और उन्हें चुपके से पोंछ डाला जिसे मीरा नहीं देख पाई.

__________:०:___________

नीरा का विवाह हो गया, किंतु समाज की दृष्टि में. वास्तविकता क्या थी, यह कोई नहीं जानता था. वास्तविकता यह थी कि विवाह की आड़ में नीरा के जीवन का सौदा हुआ था. वह बिक चुकी थी. उसके पापा ने उसे चीमू के हाथों बेच दिया था, पूरे चालीस हज़ार में.

वर्मा साहब जानते थे कि चीमू एक शराबी था. लेकिन फिर भी उन्होनें चीमू की बात मान कर नीरा का विवाह उससे कर दिया.

'मि. वर्मा, आजकल आप चिंता में ज़्यादा नज़र आते हैं, खैरियत तो है?' रेसकोर्स क्लब में खड़े हुए चीमू ने हाथों में चाबुक लपेटते हुए एक दिन पूछा.

'क्या बताऊं चीमू,' उन्होंने ग्लास में जाम उड़ेलते हुए कहा, 'तुम्हारे क़र्ज़ ने मेरी कमर इस कदर तोड़ दी है कि सीधे खड़े हो पाना मुश्किल हो रहा है.'

एक ही साँस में ग्लास खाली कर देने के बाद पुनः बोले, 'मेरे पास जितनी पूंजी थी, वह मैने इसी रेसकोर्स में ख़त्म कर दी और बीवी के गहनों से तुम्हारा क़र्ज़ उतारने की कोशिश की. लेकिन जितना था...वह, वह सब तुम्हें दे चुका हूँ.' वर्मा साहब ने दूसरा जाम लेते हुए कहा, 'अब मेरे पास कुछ नहीं बचा है तुम्हारा क़र्ज़ उतारने के लिए. थोड़ी सी पूंजी भी शेष नहीं है. और अभी मुझे अपनी बेटी के हाथ पीले करने हैं.' होंठों पर लगी शराब की बूँदों को हाथ से पोंछते हुए उन्होंने भारी स्वर में कहा.

'बस! इतनी सी बात है?' चीमू हंसा और वर्मा साहब के कंधे पर हाथ रखते हुए कहा, 'वर्मा साहब, अब भी आप एक बहुत बड़ी पूंजी के मालिक हैं.'

'मेरी मजबूरी से मज़ाक कर रहे हो चीमू?'

'मैं हक़ीकत कह रहा हूँ, मि. वर्मा. अब भी आपके पास एक रत्न है जिससे आप अपने को इस चिंता से फ्री कर सकते हैं.'

'आख़िर ऐसी क्या चीज़ है मेरे पास?'

'नीरा.' उसने लापरवाही से सिगार का धुआँ छोड़ते हुए कहा, 'उसका विवाह मुझसे कर दीजिए, आप बिल्कुल फ्री हो जाएँगे.'

'चीमू?' वर्मा साहब क्रोध से चिल्लाए. उनके नथुने फूलने लगे, 'होश में तो हो?'

'पी तो आप रहे हैं, मि. वर्मा.' चीमू ने हंसते हुए कहा, 'वैसे चालीस हज़ार में सौदा महँगा नहीं है. सोच लीजिए. मैने तो आपको सलाह दी है.'

वर्मा साहब के सामने इतना बड़ा क़र्ज़ चुकाने का और कोई विकल्प नहीं था. चीमू की सलाह मान ली गई. वर्मा साहब ने नीरा के जीवन से खिलवाड़ करना स्वीकार कर लिया.

नीरा को जब मालूम हुआ तो वह खून के आँसू रो दी. किंतु अब क्या हो सकता था. अब तो उसके पंख भी कट चुके थे. उड़कर कहीं जा भी तो नहीं सकती थी.

पहली ही रात जब दोनों मिले तो नीरा चीमू का रुद्र रूप देख काँप उठी. उसकी मोटी-२ फैली आँखों से चीमू की शक्ल अत्यंत भयानक लग रही थी. उसके मुँह से निकलती मदिरा की बू सारे कमरे में फैल गयी. वह नीरा के ज्यों-२ निकट आता गया, नीरा का भय बढ़ता गया. जब चीमू ने उसके हाथ को छुआ तो उसके शरीर में एक बिजली सी दौड़ी और वह भयभीत होकर पलंग से नीचे उतर गई. किंतु वहाँ उसकी सहायता करने वाला कोई नहीं था. कमरा चारों ओर से बंद था. वह अकेली थी, असहाय. चीमू ने उसे अपनी ओर खींचा और अपना मुँह उसके निकट ले गया. उसके मुँह से निकलती मदिरा की दुर्गन्ध नीरा की साँसों से टकराने लगी. उसका सिर फटने लगा उस दुर्गंध से.

चीमू ने साइड-लैम्प बंद कर दिया और कमरे के उस घने अंधकार में उसने नीरा के कोमल तन को अपनी बाहों में बुरी तरह जकड़ लिया. उसके मजबूत बंधन में नीरा छटपटाने लगी. किंतु वह उसका पति था. वही तो अब उसका 'सब कुछ' था. उसको प्रसन्न रखना उसका कर्तव्य था. कहीं पहली रात को ही उसकी किसी ग़लती से उसके जीवन को धक्का न लगे, यह सोच कर नीरा ने चीमू की जकड़ में अपने शरीर को ढीला छोड़ दिया. उसने चीमू को पूरी तरह अपनी देह समर्पित कर दी और चीमू पूरी रात उसके शरीर से उसी वह्शीपन से खेलता रहा जैसे वह रेसकोर्स में अपने क्रुद्ध घोड़ों से व्यवहार करता था. लेकिन नीरा ने इसका कोई विरोध नहीं किया. उसे तो इस वह्शीपन का अभ्यस्त होना था और जैसे-२ दिन बीतते गये, वह चीमू के उस व्यवहार की आदी होती गई.

चीमू सवेरे घर से निकलता तो रात तक क्लब से लौटता और वह भी प्राय: नशे में धुत. दिन भर का सारा समय नीरा को इतने बड़े वीराने घर में अकेले ही काटना होता. उसने चाहा कि उसके बीते दिन लौट आएँ. उसने पाँवों में फिर से पायल बाँधने की चेष्टा की, लेकिन उसके घुंघरू स्वरहीन हो चुके थे. उसकी पायल में अब वह लय नहीं रही थी जिसके बजते ही पाँव अपने आप थिरक उठते थे. उसका जीवन भी तो अब स्पंदनहीन हो चुका था. मन-वीणा के तार टूट गये थे. इनमें जीवन का न संगीत था और न ही स्पंदन. कोई उतार-चढ़ाव नहीं था, वे शांत थे. नीरा प्रसन्न रहने का यत्न करती भी तो कर न पाती. उसके हृदय पर गंभीरता की जो परत जम गई थी वह हँसी को होंठों तक आने ही नहीं देती थी. गंभीरता की प्रति-मूर्ति बनती जा रही थी वह. राह चलते कभी अनिल से उसकी भेंट हो जाती तो वह उससे पूछ बैठता, ' कहो नीरू, कैसी हो?'

'बहुत अच्छी हूँ.' अपने शुष्क होंठों में हँसी की सरसता भरने की कोशिश करते हुए उत्तर देती.

'प्रसन्न तो हो न?'

'कार-बंगले की रानी को भला क्या चिंता सताएगी!' नीरा हंस देती. किंतु ज्यों ही वह अनिल से दूर होती, आँखें बरबस उमड़ पड़ती और उनमें रुका पानी बहने लगता. विचारों की न जाने किन तरंगों में डूबने-उतराने लगती.

उसके पापा जब उसे देखते तो बच्चों के समान उसके सामने गिड़गिड!ने लगते.

'मेरी बच्ची,' वह भारी आँखों से कहते, ' मैने बहुत बड़ा अपराध किया है. तुम्हारी इस दशा का दोषी मैं ही हूँ, मेरी बेटी. भगवान मुझे कभी माफ़ नहीं करेंगें.' और वो सिसक पड़ते. अपने किए पर उन्हें पश्चाताप हो रहा था और इसी पश्चाताप की आग में जलते गये. अपनी संतान, जिसे उन्होने चाँदी के कुछ सिक्कों के लिए बेच दिया था, का

गम उनके जीवन को दिन-प्रति-दिन खोखला करने लगा और एक काली, अंधेरी रात को यही गम उन्हें इस दुनियाँ से उठा ले गया.

उसके कुछ ही दिन पश्चात नीरा की क्षय रोग से पीड़ित माँ भी चल बसी. नीरा पर जैसे मुसीबतों का पहाड़ टूट पड़ा. इधर उसके घर की दशा भी बिगड़ने लगी. चीमू की रेसकोर्स में जुए की हवस दिन-दिन बढ़ती जा रही थी, किंतु किस्मत ने उसका साथ देना अब छोड़ दिया था. न केवल उसकी सारी पूंजी ही उसकी उस हवस की भेंट हो गई, बल्कि कार और बंगला भी गिरवी रख दिए गये. आय का साधन न बन पाने और व्यय बढ़ जाने से चीमू के स्वभाव में चिड़चिड़ापन आने लगा. प्रायः नीरा से झगड़ना उसकी आदत बन गई जिससे घरेलू तनाव बढ़ने लगा.

इसी तनावपूर्ण स्थिति में नीरा ने मुन्नु को जन्म दिया. घर में मुन्नु आई तो अपने साथ ही संकटों और मुसीबतों की बाढ़ भी लेती आई. घर की दशा बद से बदतर होती गई.

'क्या आप यह काम छोड़ नहीं सकते?' नीरा एक दिन कहे बिना न रह सकी.

'यही तो मेरा जीवन है, मेरी जान.' चीमू ने उसे बाहों में जकड़ते हुए कहा.

'यह जीवन कैसा जो इंसान को मिटा ही डाले.' चीमू के होंठों से अपने अधरों को छुड़ाते हुए नीरा ने कहा.

'मैने तुम्हारे बाप से तुमसे शादी करने के लिए खरीदा था, नसीहत देने की लिए नहीं.' चीमू ने उसे आलिंगन से स्वतंत्र कर एक ओर धकेल दिया और आँखों से आग बरसाता हुआ निकल गया.

कुछ समय तक यूँ ही चलता रहा और फिर लोगों से लिया क़र्ज़ तथा घर का सामान और नीरा के गहने भी धीरे-२ चीमू के उस 'जीवन' की लपेट में आने लगे.

उन्हीं दिनों की एक संध्या को क्लब का ड्राइवर चीमू को घर छोड़ने आया. वह बेहोशी की हालत में था और उसके शरीर में जगह-२ पर गहरे घावों के चिन्ह थे जिनसे खून बह-२ कर जम गया था. वह घुड़-दौड़ में घोड़े से गिर गया था और उसके पीछे दौड़ कर आते एक अन्य घोड़े ने उसे बुरी तरह रौंद डाला था. डॉक्टर बुलाया गया, लेकिन घाव गहरे होने के कारण दो रोज़ तक उसे होश नहीं आ सका. होश आया तो उसमें हिलने की शक्ति न थी. उसके पूरे शरीर में ज़हर फैल गया था और बचने की आशा डाक्टरों को धूमिल लग रही थी.

नीरा दिन रात अपने पति की सेवा में लगी रहती और मन ही मन भगवान से अपने 'सुहाग' की रक्षा की भीख मांगती. किंतु भगवान को यह सब स्वीकार नहीं था.

और...

उस दिन की रात नीरा के लिया महाकाल की भयानक रात थी जिसने उसके माथे पर लगे सुहाग-चिन्ह को निर्ममता से पोंछ डाला. नीरा पर आसमान फट पड़ा. वह चीखी, चिल्लाई, दीवारों से सिर तोड़ा, लेकिन जाने वाला जा चुका था उसे छोड़ कर - निर्बल, असहाय. वहाँ उसका क्रंदन सुनने वाला कोई नहीं था.

चीमू की मृत्यु के कुछ दिन बाद ही क़र्ज़ लेने वालों का ताँता लग गया और वे नीरा को परेशान करने लगे. नीरा के पास जो कुछ था, उन्हें दे दिया. मकान का भी सौदा हो गया और उसे घर से निकाल दिया गया.

निराश्रित नीरा अपनी मुन्नु, जो अब उसके जीवन का एक मात्र संबल थी, को लेकर इस छोटे से कमरे में किराए पर रहने लगी जहाँ दीवारों पर लगे मकड़ियों के जाले उसके जीवन के ताने-बानो का उपहास करते जो छिन्न-भिन्न होकर रह गये थे.

यहाँ आकर उसने सुना, अनिल की एक कला-केंद्र में प्रोफेसर के स्थान पर नियुक्ति हो गई थी. उसके कुछ ही दिन बाद सुधाकर की बहन सीमा से उसकी सगाई हो गई. सगाई होने पर वह नीरा से मिलने आया. मिठाई उसके मुँह में ठूँसते हुए उसने शादी का निमंत्रण दिया.

'आज से ठीक सात दिन बाद..., चाहिए तो यह कि तुम अभी मेरे साथ चलो, लेकिन उस दिन तुम्हें ज़रूर आना पड़ेगा.'

'नहीं अनील, मैं नहीं आ सकूँगी.'

'देखो नीरू, अगर तुम न आई तो समझ लो यह शादी कैंसल.' उसने हाथों की उंगलियाँ एक दूसरे में उलझाते हुए शब्दों पर ज़ोर देकर कहा.

'ऐसा कर सकोगे?' नीरा ने हंसते हुए कहा.

'संदेह है तो आज़माकर देख लो.' उसने मुन्नु को चूमते हुए कहा.

'पीछे तो नहीं हटोगे?'

'कतई नहीं.'

'ठीक है मैं देखूँगी.'

'ऊं हूँ ..., नीरा, कुछ भी हो, तुम्हें आना पड़ेगा. मैं माँ को भेजूँगा. वह खुद ही तुम्हें ले जाएँगी.'

'इससे कुछ नहीं होगा, उन्हें कष्ट होगा.'

'तुम्हारे बिना यह शादी हो जाए, यह संभव नहीं है.'

'अनील, आज तुम बच्चों जैसे जिद्द कर रहे हो. मेरी मज़बूरी समझो, मैं अभी घर से बाहर नहीं जा सकती. वरना मैं तुम्हारी शादी पर न आऊँ, यह कैसे हो सकता है?' उसका गला भर आया और भीगे स्वर में उसने कहा, 'घर बैठे ही मैं तुम्हें दुआएँ देती रहूंगी.'

अनिल ने फिर कुछ नहीं कहा. जब वह चलने लगा तो नीरा ने उससे कहा, 'अनील, सीमा घर आ जाए तो उसे यहाँ जल्दी लाना.'

'अच्छा.'

'कब लाओगे?'

'दूसरे ही दिन.'

'उसी दिन नहीं?' नीरा हँसी तो उसकी डबडबाई आँखों पर अटके आँसू चमक उठे. उसने हंसते हुए कहा, 'अच्छा, मुँह तो मीठा करते जाओ मेरे हाथ से.'

'नहीं नीरू, पेट इतना भर चुका है कि रत्ती भर भी जगह नहीं है उसमें.'

'अब तो कहा मान लो मेरा, फिर तो 'उसका' अधिकार हो जाएगा तुम पर. मैं क्या कह सकूँगी.' कहते हुए उसका मुँह बर्फी से भर दिया.

सात दिन देखते-२ गुजर गये. अनिल के विवाह का दिन भी आ पहुँचा. नीरा का दुखी हृदय सिसक उठा. भाग्य की विडम्बना पर उसे रोना आ गया. उसने कल्पना की, उधर आज खूब चहल-पहल होगी, अतिथियों के कोलाहल से घर भर रहा होगा और यहाँ मौत का सा सन्नाटा था. उधर शहनाईयां बज रही होंगी और इधर सिसकियाँ मातम मना रही थीं.

नीरा की आँखें छलक पड़ीं. उसने भी कभी इस दिन की कल्पना की थी. सीमा का स्थान लेने की लिए उसने जाने कितने अरमान संजोए थे, लेकिन अरमानों के ये चिराग वक्त के एक ही झोंके से बुझ गये थे और इन बुझते चिरागों से थोड़ी देर के लिए धुआँ उठा और फिर सब कुछ समाप्त हो गया. उनमें अब न रोशनी थी और न धुआँ.

सीमा का स्थान पाने के लिए उसे एक जन्म तक प्रतीक्षा करनी होगी. पुनर्जन्म में ही यह सब संभव हो सकता था. पुनर्जन्म, जब नीरा और अनिल एक साथ होंगें, दो बिछूड़ी आत्माएँ परस्पर मिलेंगी.

किंतु तब तक उसे जीना था, जीवन् से संघर्ष करना था. लेकिन इतना लंबा जीवन कटेगा कैसे? उसके पाँवों में अब इतनी शक्ति न रही थी कि वह अपने शरीर का बोझ ही उन पर डाल सके. वह तो उस गिरती दीवार की तरह थी जो एक हल्के धक्के से ही ढेर हो सकती थी. उसे संबल चाहिए था, एक ऐसे आश्रय की आवश्यकता थी जो उसके

टूटते जीवन को सहारा दे सके. परंतु उस अभागिन को कौन देगा सहारा? उसकी डूबती, उतराती जीवन-नैया को साहिल तक कौन खींच ले जाएगा? नीरा ने भरे दिल से सोचा और तभी अचानक उसकी आँखें चमक उठीं. उसके होंठ धीमे से फैले, उसे जैसे उसके प्रश्न का उत्तर मिल गया था.

'अ...ऽ...ऽ..., अनील!' एक लंबी से आह भरी उसने जिसमें एक प्रसन्नता भी थी और छुपे भय की अभिव्यक्ति भी. उसके हृदय में एक तूफान उमड़ पड़ा और पास लेटी मुन्नु को अपने वक्ष से ऐसे चिपटा लिया जैसे उसके साथ लिपट कर ही अपने अंतर में उठते तूफान को शांत कर लेना चाहती हो.

तभी दरवाज़े पर एक आहट हुई. उसने घूम कर देखा, अनिल अंदर आ रहा था. और उसके पीछे थी सीमा, जो लज्जा की मूर्ति बनी सिर झुकाए धीरे-२ कदम रखती उसके पीछे-२ चली आ रही थी.

'कितनी देर लगा दी अनील, तुमने! राह देखते-२ आँखें पथरा गयीं हैं.' नीरा ने उसके आते ही शिकायत की.

'नमस्ते.' नीरा ने देखा अनिल के पीछे सीमा हाथ जोड़े खड़ी थी.

'ओह, सीमा!' चिल्लाते हुए वह उससे लिपट गई, 'मुबारक हो, सीमा, बहुत-२ मुबारक हो.'

कोने में पड़ी दो कुर्सियाँ रख कर नीरा ने उन्हें बिठाया और खुद पास ही चारपाई पर बैठ गई. उसकी मुखाकृति मौन थी. उसके चेहरे पर बदलते रंगों को देखकर अनिल ने कहा, 'तुम चुप हो नीरा!'

विचारों के झुर्मुट से जैसे बाहर निकली नीरा. उसने पल भर लिए अनिल की ओर देखा और आँखें झुकाते हुए क्लांत स्वर में कहा, 'हाँ, अनील, चुप हूँ. बहुत कुछ कहना चाहती हूँ तुमसे, सीमा से. लेकिन दिल की बात होंठों तक आकर रुक जाती है. मैं...मैं आज दोनों से, तुम दोनों से कुछ माँगना चाहती हूँ.'

उसने सीमा की ओर देखा और भर आए गले से कहा, 'सीमा, पहली ही भेंट में तुम्हें कुछ देने के बजाए आँचल फैला कर तुमसे एक भीख मांगती हूँ, स्नेह की भीख. बोलो दोगी?'

'अ...आप कैसी...?' सीमा विस्मय से उठ खड़ी हुई.

'आप नहीं, नीरा कहो सीमा, नीरा.' चारपाई छोड़कर उसके निकट आते हुए उसने कहा, 'मैं बड़ी दुखिया हूँ, सीमा. तुम मेरा सहारा बनोगी? मुझे एक भाभी के स्नेह की भीख दोगी?'

उसका स्वर् अत्यंत भीग चला था और उसकी आँखों से आँसुओं की धारा बहने लगी.

'बोलो सीमा!'

'नीरा!'

'सीमा!!'

और दोनों एक दूसरे से लिपट गईं. दोनों की पलकों से आँसू गिरने लगे. बहुत देर तक वे यूँ ही लिपटी नीर बहाती रहीं. नीरा को सहारा मिल चुका था, गिरती दीवार को सहारा मिल गया था और उसकी डूबती नाव जैसे भंवर पार कर गई थी. उसने सीमा को फिर से अपने बंधन में कस लिया भावावेश में. सीमा से अलग होकर नीर भरी आँखों से उसने अनिल की ओर देखा. वह दीवार पर चढ़ रही उस मकड़ी को देख रहा था जो अभी-२ अपने जाले से मुक्त हुई थी और अब वह स्वतंत्रता से घूम रही थी.

__________:0:__________

एक 'प्रेम' पत्र

शोक भवन

प्रेम नगर.

मेरी प्यारी रानी,

पिछले दो दिनों से तुम्हारे दीदार नसीब नहीं हो रहे, क्या कारण है? लगता है जैसे तुम मुझसे रुष्ट हो गई हो. लेकिन तुम्हें कैसे बताऊं कि मैं तुम्हें सबसे अधिक प्यार करता हूँ. सचमुच तुम्हारे बिना मैं रह नहीं सकता. तुम्हारे साथ बिताए जब कभी पिछले दिनों की याद आती है तो दिल में एक कसक सी उठती है.

पिछली गर्मियों की ही बात है, जब भी तुम आती थी, पंखा चला कर मैं तुम्हारा स्वागत करता था. मैने कभी तुम्हें निराश नहीं किया. निराश करना भी नहीं चाहता था, क्योंकि तुम्हीं तो मेरा जीवन हो. जब कभी भी तुम मेरे पास आती, मैं खो सा जाता. तुम्हें पाकर मुझे ऐसा लगता जैसे मैने सब कुछ पा लिया हो. तुम्हें देख कर संसार की सभी वस्तुएँ फीकी सी लगती थी.

मेरे पढ़ने अथवा खेलने के समय जब भी तुम आती, उन सब मनोरंजन की वस्तुओं को ताक पर रख मैं हमेशा तुम्हारे स्वागत के लिए दौड़ पड़ता. उन्हीं दिनों की बात है, एक रात जब मैं अकेला बैठा परीक्षा की तैयारी कर रहा था तो तुम आईं थी; हालांकि मेरी परीक्षा अत्यंत निकट थी, लेकिन फिर भी मैंने तुम्हारा अभिनंदन करने में कोई कसर न छोड़ी और आँखें बिछा कर तुम्हारा स्वागत किया. उसके थोड़े समय पश्चात ही जब मैने बिजली बुझा दी थी और उस अंधकारमय कक्ष में केवल हम दोनों ही रह गये थे तो कितना मज़ा आया था.

लेकिन क्या तुम जानती हो उस अंधेरे कमरे में दोनों के होने का परिणाम क्या हुआ? मैं बताता हूँ. परिणाम यह हुआ कि हमें उस रात पिताजी ने देख लिया था. मैं रंगे हाथों पकड़ा गया. उस समय तो उन्होने मुझे कुछ न कहा. लेकिन फिर भी मैं चिंतित था. वे कभी भी मुझे तुम्हारे बारे में कोई प्रश्न कर सकते थे. अत: मैं झूठ बोलने और उस रात वाली घटना से बचने की लिए योजनाएँ बनाता रहा. फिर अचानक उसके दूसरे दिन ही पिताजी ने मुझे बुलाया. उनकी आवाज़ सुन कर दिन में तारे झिलमिलाते नज़र आने लगे.

खैर, धड़कते दिल से गर्दन लटकाए वहाँ गया जहाँ पिताजी चारपाई पर बैठे थे. पास ही उनकी छड़ी रखी थी. मैं उनके पास जा खड़ा हुआ. मुझे देखते ही उन्होनें छड़ी उठाई और झट से खड़े हो गये. उन्हें छड़ी समेत उठता देख, सच पूछो तो यदि मैं स्वयं को संभाल न लेता तो ज़मीन सूँघता नज़र आता. उन्होने मुझसे पूछा - 'कल रात तुम क्या कर रहे थे?'

मैं बिल्कुल चुप! जवाब देने का साहस न हुआ. मेरी सारी योजनाएँ जैसे खाक में मिल गयीं थीं और जितनी कहानियाँ इस प्रश्न से बचने के लिए बनाई थीं, वे सभी मेरा दामन झटक कर भाग गयीं. अपराधी तो था ही, गर्दन लटकाए खड़ा रहा. ऊपर देखने का साहस न हुआ. उनके अगले शब्द मेरे कानों में गूँजे - 'यदि तुम्हारी यही दशा रही तो परीक्षा कैसे पास करोगे?' मुझे भय था कि वे एक-दो छड़ियों का स्वाद मुझे अवश्य चखाएँगे. लेकिन यह केवल मेरा भ्रम था. वास्तव में वे कहीं जाने को तैयार थे.

कुछ देर बाद जब मैने आँख ऊपर उठाई तो पिताजी नदारद. चैन की साँस ली. लेकिन उस दिन से घर में हम-तुम चर्चा का विषय बन गये.

और क्या मैं उस संध्या की बात भूल सकता हूँ जब मैं बाग़ में घूम रहा था. मेरे सपनों की रानी! यह बात उस संध्या की है जब मैं शीतल-समीर के झोंकों का आनंद ले रहा था; और उसी समय अचानक तुमने आकर मुझे अपने आलिंगन में ले लिया था. मुझे लगा था जैसे मुझे सारे संसार का राज्य मिल गया हो. और फिर जब तुमने अपना कोमल हाथ मेरी पलकों पर रखा था तो मैं मदमस्त सा हो गया था. आँखों में जैसे नशा उतर आया था. और फिर?

फिर मुझे अपने शरीर की भी सुध-बुध न रही और मैं तुम्हारी गोद में पड़ा-पड़ा दूर परियों के देश की सैर करने लगा. लेकिन अधिक देर तक उस परी-लोक का भ्रमण न कर सका, क्योंकि शीघ्र ही तुमने मुझे अपनी गोद से नीचे पटक दिया था. मेरी आँखें खुल गई थीं और तुम मुझसे दूर भाग गई थीं. आँखें खुलने पर मैने देखा कि मेरे कानों के बिल्कुल पास ही एक श्वान महाराज बैठे, बेसुरी आवाज़ में कोई राग अलाप रहे थे. मेरे विचार से शायद उनकी इसी आवाज़ को सुन कर भाग गई थीं तुम. उस दिन मुझे मालूम हुआ कि तुम कुत्ते से कितना डरती हो. फिर मैने तुम्हें लाख मनाने की चेष्टा की, लेकिन व्यर्थ. तुम न आईं और न आईं.

'यह धरती काग़ज़ की बन जाए,

समुंदर रोशनाई का.

बयाँ फिर भी न हो सके हमसे

यह किस्सा जुदाई का.'

मेरी लैला! इन दो दिनों से तुम्हारे दर्शन न होने से ही, देखो तुम्हारे इस मजनूं की क्या हालत हो गई है. तुम्हारे न आने से उसे न दिन को चैन है, न रात को आराम. रात के समय जब सब सो जाते हैं तो तुम्हारा यह मजनूं अंधेरे में भी तुम्हारी प्रतीक्षा में आँखें खोले बिस्तर पर करवटें बदलता रहता है. उसकी आँखें तुम्हारे कोमल हाथों की प्रतीक्षा में ही रात काट लेती हैं.

निष्ठुर! कुछ तो रहम खा मेरी हालत पर. देख, इन दो दिनों में ही मैं कितना दुखी हो गया हूँ. घर वाले मेरी दशा देख कर चिंतित हैं. लेकिन उन्हें क्या मालूम कि रोमियो अपनी जूलियेट के विरह में ही घुला जा रहा है.

नयन वशी! मैं चाहता हूँ कि तुम सदा मेरी आँखों में ही छाई रहो. देखो मैं तुम्हें कितना चाहता हूँ, इतना कि शायद भूतपूर्व मजनूं ने भी अपनी लैला को न चाहा होगा. अब अंत में तुम्हें शीघ्र मिलने का अनुरोध करता हूँ. मुझे आशा है कि तुम अब और प्रतीक्षा न करने दोगी और शीघ्र लौट आओगी.

तुम्हारी प्रतीक्षा में,

तुम्हारा चिर-परिचित.

* * *

मेरा यह 'प्रेम-पत्र' पढ़ कर मेरे प्रिय पाठकों की मेरी इस प्रेमिका का नाम जानने की उत्सुकता होगी. लेकिन मुझे भय है कि मैं यदि उसका नाम आपको बता दूं तो कहीं आप भी उससे प्यार न करने लगें. अच्छा, तो लीजिए मैं आपको 'उसका' नाम बता ही देता हूँ. किंतु नाम बताने से पहले मैं आपसे अनुरोध करता हूँ कि आप अपने जीवन में किसी से ऐसा प्रेम न करें, वरना आपको पछताना पड़ेगा. अच्छा तो आइए, वह नाम सुनिए जिसकी आप काफ़ी देर से प्रतीक्षा कर रहे हैं. हां तो वह नाम...आह, कितना प्यारा, कितना लवली... अरे रे, आप तो नाम सुनने से पहले ही चौंक गये! अजी साहब, चौंकिए नहीं, सुनिए; लेकिन कहते ज़रा शर्म सी आती है. ज़रा धीरे से कहूँगा, थोड़ा और मेरे नज़दीक आ जाइए. 'उसका' स्वीट नाम है - 'नीं...s...s...द'.

__________:0:__________

यादों की अंगड़ाई - एक समस्या'

(हास्य-विनोद)

एक और पत्रः

प्रिय मित्र,

मेरे इस 15 पैसे के लिफाफे को देख कर शायद तुम्हें आश्चर्य हो और झट से तुम्हारे मस्तिष्क में एक प्रश्न उत्पन्न हो कि मैनें 15 पैसे का लिफ़ाफ़ा ही क्यों डाला जबकि दस पैसे के पत्र से ही काम चलाया जा सकता था. मित्र, तुम्हारा प्रश्न एक सौ फी सदी ठीक है. मैं जानता हूँ कि हमारा देश निर्धन है और इस समय एक महान संकट से गुज़र रहा है; अतः हमें ऐसे समय में जबकि देश पर मुसीबत के बादल मंडरा रहे हैं, कम से कम खर्च करना चाहिए और ऐसे फ़िज़ूल खर्चों की तो छाया से ही दूर रहना चाहिए. बेचारे नेहरू जी भी यह कहते-२ स्वर्ग सिधार गये कि कम से कम खर्च करो, अधिक से अधिक बचत.

लेकिन मेरे प्यारे दोस्त, इस समय कुछ स्थिति ही ऐसी आ गई है कि मैं ऐसा करने पर मज़बूर हो गया हूँ. कुछ बातें ऐसी हैं जिन्हें 10 पैसे के पत्र में लिखा नहीं जा सकता.

इस पत्र में मैं तुमसे एक समस्या का हल चाहता हूँ और तुम्हारे सामने अपने जीवन का एक ऐसा रहस्य खोल रहा हूँ जो मैने आज तक कभी किसी के सामने प्रकट नहीं किया. पहले मैंने सोचा था कि तुम्हें भी इस रहस्य से परिचित न करूँ. पर...

क्या करूँ कुछ कहा नहीं जाता,

कहे बिना भी रहा नहीं जाता.

इस समस्या के सिर-पाँव उस समय से ही दिखने लग गये थे जब मैं छोटा सा था. बहुत छोटा भी नहीं था और न ही बहुत बड़ा. मेरा मतलब उस समय से है जब मेरा बचपन रिटायर हो रहा था.

उन दिनों हम दोनों में काफ़ी दोस्ती थी. वैसे हमारी यह मित्रता बचपन से ही घनी थी, लेकिन उन दिनों इसका ज़ोर और भी बढ़ गया था और हम दोनों काफ़ी घुल-मिल

गये थे. मतलब यह कि हम दोनों में खूब गहरी छनती थी. हम प्रायः एक साथ खेलते-कूदते और पढ़ते थे जिसका परिणाम यह हुआ कि लोगों की आँखों में हम खटकने लगे. लोग हमसे ईर्ष्या करने लगे. हम उनकी ईर्ष्या का केन्द्र बन गये और वे न जाने क्या-क्या हमारे विषय में सोचने लगे. पर हम थे कि उसकी परवाह न करते हुए चोली-दामन का सा सम्बंध निभाते चले जा रहे थे.

और एक दिन.....

मौसम बड़ा रंगीन था. ठंडी-ठंडी हवा चल रही थी. हम किसी नीरव स्थान में खड़े डूबते सूर्य की झिलमिलाती स्वर्णिम रश्मीयों और शीतल समीर के मंद-मंद झोंकों का आनंद ले रहे थे. हंसते, मुस्कुराते बातें करते हुए एक-दूसरे का हाथ पकड़े हम आगे बढ़ते जा रहे थे. जब कभी हमारी दृष्टि आपस में टकराती तो हँसी की एक फुहार सी छूट पड़ती थी. कितना मज़ा आ रहा था उस समय प्रकृति की गोद में. उस मंद-मस्त आलम में अगर तुम होते तो तुम भी हमसे ईर्ष्या करने लग जाते.

उस दिन उस शीतल-नशीली समीर में शायद कुछ कीटाणु मिले हुए थे क्योंकि जब हम एक-दूसरे को निहायत मदभरी नज़रों से देख रहे थे तो अनायास ही कुछ कीटाणु मेरी आँखों से मेरे शरीर में प्रविष्ट हो गये जो धीरे-धीरे पूरे शरीर में फैल गये.

इन जीवाणुओं ने शीघ्र ही अपना प्रभाव दिखाना आरम्भ कर दिया. शरीर शिथिल सा होने लगा. आँखों में जैसे नशा आने लगा. बस जी चाहता था कि देखता ही रहूं उसे. रात काफ़ी घिर आई थी. लेकिन उसे छोड़ने को बिल्कुल दिल नहीं था. आख़िर घर तो लौटना ही था. अतः भारी मन से एक दूसरे से विदा हुए.

घर आया तो तबीयत कुछ खराब सी होने लगी. कीटाणुओं का असर तेज़ होने लगा. मुझे शीघ्र ही ज्वर की शिकायत हो गई और यह ज़्वर धीरे-धीरे बढ़ने लगा. विचित्र हालत हो गई थी मेरी. हमेशा आँखें खुली रहतीं और दृष्टि द्वार की ओर लगी रहती जैसे किसी की प्रतीक्षा में बेताब हो रही हों.

दूसरे दिन मेरा एक मित्र आया. उससे मेरी इस विचित्र दशा के विषय में चर्चा हुई. उसने बताया कि यह इश्क नाम का रोग है. जी हाँ 'इश्क' जो बड़ा ख़तरनाक रोग होता है और उसके कीटाणु (जो मेरी आँखों में अनाधिकार प्रवेश कर गये थे) भी बड़े खौफनाक होते हैं जिनका प्रभाव शीघ्र ही शुरू हो जाता है. लेकिन मित्र ने ऐसी अवस्था में मुझे साहस से काम लेने को कहा और घबराहट की छाया से भी दूर रहने की हिदायत देकर चला गया. चूँकि 'इश्क' नाम का रोग मेरे लिए सर्वथा नया था, इसलिए पहले तो मैं घबराया पर शीघ्र ही उसके बातों से कुछ आश्वासन मिला.

लेकिन जैसा कि मित्र ने कहा था कि रोग भयानक है- बात सच निकली. मेरी हालत दिन-ब-दिन विषम से विषमतर होती गई. कुछ रात तो नींद देर से आने का क्रम चलता रहा, किंतु कुछ दिन बाद नींद ने बिल्कुल ही मेरा साथ छोड़ दिया. सारी रात करवटें बदलने में ही कट जाती थी.

कुछ दिन तक जब मेरी यही अवस्था रही तो मन में एक विचार ने अंगड़ाई ली कि हो न हो मुझे इन ईश्की कीटाणुओं के कारण उससे कुछ-कुछ..हँ..हँ..हँ, कहते हुए कुछ शर्म सी आती है कि...कि मुझे उससे कुछ प्यार यानी 'लव' हो गया है. और बात बिल्कुल हक़ीक़त के पैमाने पर थी. क्योंकि उस दिन जब वह मुझे मिली तो मेरे ओंठ कुछ गुनगुनाने के लिए फड़फड़ाने लगे. फिर तुम यह तो जानते ही हो कि प्यार के यही लक्षण होते हैं. तुमने शायद वह गीत भी सुना होगा कि - ' हर दिल जो प्यार करेगा, वो गाना गाएगा..'

इस घटना को हुए काफ़ी समय हो गया है, या यूँ कहो कि दो-तीन वर्ष हो गये हैं. अब तक इस प्यार के पौधे की जड़ें पूरी तरह मज़बूत हो चुकी हैं. अब भी जब कभी उसकी याद मेरे दिल के विशाल आँगन में अठखेलियाँ करती है तो मैं जानता हूँ कि मेरी हालत क्या होती है. मौसम की रंगीनी और रात के समय धरती के आँचल पर छिटकी चाँदनी को देखकर तो कभी-कभी मुँह से बरबस यह निकल ही पड़ता है -

' निकला है गोरा-गोरा चाँद री सजनियाँ,

कर के जतन कोई आ जा.'

लेकिन मेरे मित्र, ऐसी हालत होते हुए भी, आज तक छटपटाते रहने पर भी मैने उससे यह कभी नहीं कहा कि - ' ए जानेमन! आ मेरे पहलू में कि दिल बेकरार है, आँख अश्क-बार है, मुझे तेरा इंतज़ार है, इसलिए कि मुझे तुमसे प्यार है और प्यार बेअखतियार है.' मैने कभी उसके सामने अपने प्यार का इज़हार नहीं किया, कभी अपने दिल का आवरण उठा कर उसे नहीं दिखाया.

इतना कह चुकने के बाद अब सवाल यह उठता है कि जिस ज्वाला में मैं आज तक जलता रहा, उसकी एक चिंगारी भी उसमें प्रज्वलित हुई या नहीं? उसका उत्तर मेरे पास नहीं है. मैं नहीं जानता कि उस दिन उसमें भी कुछ वे कीटाणु प्रवेश कर गये थे या नहीं जो मेरे अंदर घुस गये थे जिनका असर अब अपनी चरम-सीमा पर पहुँच चुका है. इस विषय में कुछ नहीं जानता. कुछ नहीं. मेरे सामने अब यह सबसे बड़ी समस्या है और इसे सुलझाने के लिए मैं तुमसे कोई उपाय पूछना चाहता हूँ. अगर बता सको बताओ कि किस ढंग से अपनी इच्छा का अनावरण करूँ उसके सामने.

इससे पहले कि तुम मेरी समस्या का समाधान खोजो, शायद मेरे हाल पर तुम्हें हँसी आए और यह भी संभव है कि तुम्हें उस समय किसी का यह शेर याद आ जाए कि-

‘ और भी ग़म हैं ज़माने में मोहब्बत के सिवा,

राहतें और भी हैं वस्ल की चाहत के सिवा. ‘

शायद तुम्हारा कहना किसी सीमा तक ठीक हो, लेकिन एक सीमा से आगे इसकी सत्यता लड़खड़ाने लगती है. उस सीमा-रेखा पर आकर 'कीटाणु-ए-इश्क' का सताया हुआ आदमी उक्त शेर को भूल कर केवल यह शेर जानता है कि -

‘ कोई भी ग़म नहीं ज़माने में मोहब्बत के सिवा,
राहतें और नहीं वस्ल की चाहत के सिवा.’

अगर मेरी इस समस्या का हल निकाल सको और मुझे इस अपने दिल की धड़कनों की आवाज़ को उस तक पहुँचाने के उपाय बता सको तो लौटती डाक से उसका जवाब देना. प्रतीक्षा करूँगा.

पत्र की इंतज़ार में -

तुम्हारा मित्र.

__________:0:__________

22 फ़रवरी 1963 के उस दिन की स्मृति में जो हर आने वाले वर्ष में सम्पूर्ण शांति-प्रिय विश्व की आँखें नम करता रहेगा.

महामानव कैनेडी

धायं! धायं!! धायं!!!

तीन गोलियाँ - सिर्फ़ तीन गोलियाँ. और जनता के अभिनंदन के प्रतिउत्तर में उठा हाथ झटके के साथ छाती पर आ गया. 'आह ...' उनके मुँह से एक दिल दहला देने वाली चीख निकली और संगिनी के 'ओह...नो...नो' चिल्लाने के साथ ही ज़िंदगी और मौत का संघर्ष शुरू हो गया. कार तेज़ी से भीड़ को चीरती हुई 60 मील प्रति घंटे की गति से 'पार्क लैंड हस्पताल' की ओर दौड़ी. दोपहर के एक बजे सभी इमारतों पर लगे राष्ट्रीय झंडे झुका दिए गये और अमरीका की प्रथम महिला के सुहाग को निष्ठुर काल निर्ममता के साथ छीन कर चलता बना. जो नायक राजधानी से दक्षिण की ओर चला था, वह फिर जीवित लौट कर न आ सका. जो विमान अमरीका के 35वें राष्ट्रपति को लेकर वाशिंगटन से डल्लास की ओर उड़ा था, वही विमान 24 घंटे के अंदर ही अमरीका के 36वें राष्ट्रपति को लेकर वाशिंगटन लौट आया. वाह रे इतिहास-प्रसिद्ध विमान! प्रथम महिला कुछ ही घंटों में साधारण महिला बन गई.

.. और दुनियाँ ने सुना -

'*अमरीका के युवा राष्ट्रपति जॉन फ़िट्ज़गेराल्ड कैनेडी एक हत्यारे की निर्मम गोली का शिकार होकर चल बसे.*'

दुनियाँ को धक्का लगा. मानवता पर दानवता का प्रहार हुआ. मानवता चिल्ला उठी. मानस-पटल पर एक बार फिर लिंकन और बापू की धुंधली आकृतियाँ स्पष्ट हो उठीं. विश्व ने एक और शांति-दूत खो दिया. कैनेडी की आत्मा की शांति के लिए विश्व भर में देवालय खोल कर रखे गये, प्रार्थनाएँ होती रहीं.

अमरीका के इस दिवंगत नेता कैनेडी का पार्थिव शरीर कैपिटल भवन में लोंगों के दर्शनार्थ रखा गया. हज़ारों व्यक्ति हिम और शीत की परवाह किए बिना मानव जाति के उस महान नेता को अंतिम श्रद्धांजलि अर्पित करने आए.

जोसेफ पैट्रिक कैनेडी के नौ पुत्रों में से दूसरे पुत्र जॉन कैनेडी का जन्म 29 मई 1917 में मैसेचुसेटस प्रांत के ब्रुकलाइन शहर में उस समय हुआ जब विश्व प्रथम महायुद्ध की अग्नि में झुलस रहा था.

कैनेडी के नाना और पितामह दोनों ही आयरलैंड के निवासी थे. लेकिन 1847 में वहाँ प्रकृति के प्रकोप से अकाल पड़ने के कारण वे अमरीका आकर बस गये थे. कैनेडी के पितामह पैट्रिक जे. कैनेडी को राजनैतिक क्रिया-कलापों में अत्यंत रूचि थी जिसका प्रभाव जॉन कैनेडी पर पड़े बिना न रह सका.

जॉन कैनेडी ने अपना शैशव-काल मध्यम श्रेणी के परिवार में गुज़ारा. उन्होंने प्राइवेट स्कूलों में शिक्षा प्राप्त की. बचपन से ही खेल उनके जीवन का एक प्रमुख अंग रहे. इन खेलों के माध्यम से ही कैनेडी नीग्रो युवकों के सम्पर्क में आए. यहीं से उनके हृदय में अश्वेत जाति के प्रति प्रेम का प्रादुर्भाव हुआ. वर्ण-भेद नाम का कोई भेद उनकी दृष्टि में न था.'सबका कुल एक है, सबका धर्म एक है और सबकी जाति एक है.' इसी विचारधारा के वे प्रवर्तक थे.

18 वर्ष की आयु में ही कैनेडी ने विश्व-प्रसिद्ध हार्वर्ड विश्व-विद्यालय में प्रवेश प्राप्त किया. यहीं से वे अंतरराष्ट्रीय राजनीति में रूचि लेने लगे. कुछ ही वर्षों बाद 1938 में कैनेडी को, जब वे केवल 21 वर्ष के ही थे, लन्दन जाने का अवसर मिला, जहाँ उनके पिता अमरीका के राजदूत थे. वहाँ वे 'लंदन स्कूल ऑफ इक्नोमिक्स' में अध्ययन करने लगे. इसी अध्ययन-काल में उन्होंने अपनी बहु-चर्चित पुस्तक 'वाइ इंग्लेंड स्लेप्ट' लिखी.

1940 का समय था. विश्व-युद्ध शुरू हो चुका था. हार्वर्ड विश्व-विद्यालय से डिग्री लेकर वे 1941 में अमेरिकन जल सेना में भर्ती हो गये. कैनेडी ने यहाँ बड़ी लगन से काम किया जिसके परिणाम स्वरूप 1942 में मोटर-तारपीडो की फौज में उन्हें अवसर दिया गया. इस अवसर का लाभ उठा कर वे तेज़ रफ़्तार वाली पी. टी. नौकाएँ चलाने में पारंगत हो गये. धीरे-२ प्रगति करते हुए जहाज़ चलाने में निपुणता प्राप्त की और एक पी. टी. बोट के कमांडर बन गये. महायुद्ध में उन्होंने अत्यंत वीरता का परिचय दिया. उन्होंने नौका 'पी. टी. 109' के ध्वस्त हो जाने पर भी अपनी जान की परवाह न करते हुए अपने साथियों को बचाया यद्यपि वे स्वयं घायल हो चुके थे. रात्रि के समय अंधेरे की आड़ लेकर दुश्मनों से छिपते-छिपाते अपने साथियों सहित मीलों तैरते हुए वे एक अन्जान द्वीप पर जा पहुँचे. इधर अमेरिका में उन्हें मृत घोषित कर दिया गया... लेकिन एक नीग्रो की मदद से अमेरिका के भावी राष्ट्रपति कैनेडी सकुशल स्वदेश पहुँच गये जहाँ उन्हें उनकी वीरता और अदम्य साहस के लिए 'नेवी और मेरिन कोर पदक' प्रदान किया गया.

युद्ध के ही अंतर्गत कैनेडी ने कुछ समय के लिए सॅन-फ्रांससिको में हो रहे संयुक्त राष्ट्र सम्मेलन में पत्रकार के रूप में काम किया. पत्रकार भी ये ऐसी कोटि के

थे कि उनकी पुस्तक *'प्रोफाइल्स इन कॅरेज'* को वर्ष की सर्व-श्रेष्ठ जीवन-पुस्तक के रूप में *'पुलिट्ज़ पुरस्कार'* मिला. यह उनकी साहित्यिक प्रतिभा व साहस का प्रतिफल था. राजनीति में अत्यंत रूचि होने के कारण अब कैनेडी पूर्ण रूप से राजनैतिक क्षेत्र में आ जाना चाहते थे और 29 वर्ष की आयु में ही नवयुवक कैनेडी 'प्रतिनिधि सभा' के लिए चुन लिए गये. लेकिन कैनेडी को सीनेट का सदस्य बनने का बेहद शौक था. वे चाहते थे कि प्रतिनिधि सभा से निकल कर वहाँ पहुँचा जाए. लेकिन सीनेट का सदस्य बनना कोई आसान कार्य न था. वहाँ तक पहुँचने के लिए कितनी ही प्रतियोगिताएँ और कितनी ही बाधाएँ पार करनी पड़ती थीं. कैनेडी भी संकट मोल लेने के आदी हो चुके थे. उन्होने चुनाव लड़ने का निश्चय किया. चुनाव अभियान आरम्भ हुआ. वे अपने चुनाव-क्षेत्र में घर-२ जाकर लोगों से मिले. क़रीब 10 लाख लोगों से उन्होनें बातचीत की तथा साढ़े सात लाख लोगों से हाथ मिलाया. उनके प्रतिद्वन्द्वी थे हेनरी केबॅटलॉज जिन्हें हराना आसान न था. लोग कैनेडी को मूर्ख कहने लगे. लेकिन धुन के पक्के कैनेडी ने कठोर परिश्रम किया, रात-दिन वे जागे और अंत में 70,000 मतों से उन्होनें हेनरी केबॅटलॉज को पराजित किया. यह संख्या अमरीका में एक रिकॉर्ड है. उनकी इस कामयाबी को सुनकर सारा देश हक्का-बक्का रह गया.

जहाँ कैनेडी राजनीति के शुष्क वातावरण में चल रहे थे, वहाँ उस शुष्क वातावरण में प्रेम के कुछ अंकुर भी फूट निकले. उनके प्रेम का सूत्रपात एक लावण्यमयी रमणी जेक्विलिन ली बोवियर से उस समय हुआ जब वे डेमॉक्रेटिक दल की एक सभा में भाग ले रहे थे. यही प्रेम 12 सितम्बर 1953 को सैंट मेरि'ज़ चर्च में विवाह-सूत्र में परिणित हो गया. और इस नव-दम्पति का गृहस्थ-जीवन बड़े ठाठ-बाट के साथ वाशिंगटन नगर में आरम्भ हुआ.

लेकिन आनन्द-मंगल के ये दिन स्थाई न रह सके. उनके सुखी-जीवन पर दुख के काले बादल मंडराने लगे. 1954 में कैनेडी की पीठ का पुराना दर्द जो पी. टी. 109 की दुर्घटना में विश्व-युद्ध के दौरान हुआ था, फिर से सिर उठाने लगा. अनेक उपचारों के बाद अन्त में अक्टूबर 1954 को कैनेडी की पीठ का एक खास ऑपरेशन हुआ और लंबी अवधि के बाद वे फिर से स्वस्थ हुए. 1956 में कैनेडी की पहली सन्तान हुई लेकिन दुर्भाग्य से यह शिशु विश्व में आँखें खोलने से पूर्व ही चल बसा. इसी वर्ष अपनी त्यागपूर्ण भावना से प्रेरित होकर उन्होंने अपनी उन्नति की परवाह न करके उपराष्ट्रपति पद के लिए स्वंय न खड़े होकर केफ़ावर महोदय को उपराष्ट्रपति पद के लिए मनोनीत करने का समर्थन किया. वास्तव में यह एक महान त्याग था. वे चाहते तो स्वंय इस अवसर का लाभ उठा सकते थे.

सन 1957 के अंत में उनके घर एक कन्या का जन्म हुआ. उसका नाम कैरोलीन रखा गया. अब तक कैनेडी देश भर में एक प्रसिद्ध व्यक्ति बन चुके थे. अतः 1958 के सीनेटर-चुनाव में 8,74,618 मतों से जीते. यहीं कैनेडी ने निश्चय किया कि एक बार राष्ट्रपति पद के लिए चुनाव लड़ कर ही दम लूँगा. और वे चुनाव अभियान में संलग्न हो गये.

1960 का वर्ष चुनाव का वर्ष था. कैनेडी को डेमोक्रेटिक दल की ओर से राष्ट्रपति पद के लिए मनोनीत किया गया. कैनेडी की महत्वाकांक्षा पूरी हुई. अपने विरोधी उम्मीदवार रिचर्ड निक्सन, जो अमरीका के भूतपूर्व उपराष्ट्रपति थे, को पराजित कर वे पहले केथोलिक धर्मावलंबी राष्ट्रपति बने. सिर्फ़ 44 वर्ष की अल्पायु में ही कैनेडी इस महान गौरवमय पद पर आसीन हुए और श्रीमती जेक्विलिन कैनेडी अमेरिका की प्रथम महिला बन गईं. राष्ट्रपति बनने के कुछ ही समय बाद कैनेडी दूसरे बच्चे के पिता बन गये जिसका नाम कैनेडी दम्पति ने जॉन-जॉन रखा.

21 जनवरी 1961 की एक सुनहरी दोपहर के समय अमरीकी गणराज्य के 35वें राष्ट्रपति के रूप में जॉन फ़िट्ज़गेराल्ड कैनेडी को अपने पद की शपथ ग्रहण कराई गई. अमरीका के इतिहास में पिछले 185 वर्षों में यह पहली बार था जब इतनी छोटी उम्र का युवक राष्ट्र की बागडोर संभाल रहा था.

शपथ ग्रहण करते उस युवा राष्ट्रपति कैनेडी ने कहा था, 'यह मत पूछिए आपका देश आपके लिए क्या कर सकता है, पूछिए आप अपने देश के लिए क्या कर सकते हैं...यह मत पूछिए कि अमरीका आपके लिए क्या करेगा, बल्कि हम सब मिलकर मनुष्य की स्वतंत्रता के लिए क्या कर सकते हैं.'

इस ओजस्वी वक्तव्य के पश्चात उसी दिन से राष्ट्रपति कैनेडी ने कार्य-पालनाधिकारी, सशस्त्र सेनाओं के सुप्रीम कमांडर तथा सम्पूर्ण राष्ट्र के प्रधान के रूप में, संविधान द्वारा प्रदत्त सभी न्यायोचित अधिकारों का व्यापक एवं उत्कृष्ट रूप से उपयोग करना आरंभ कर दिया.

कैनेडी जैसे युवा एवं योग्य राष्ट्रपति पर अमरीकी जनता धन्य हो उठी. उसने उनमें अनेक दुर्लभ गुण देखे. लोगों ने देखा कि उनके नेता एक ऊँचे दर्जे के ही नहीं, एक विशिष्ट कोटि के विचारक भी हैं. जनता का मत था कि उनमें वे सभी गुण व योग्यताएं थीं जो एक शक्तिशाली राष्ट्र के प्रधान के लिए अपेक्षित हैं.

पद ग्रहण करते ही कैनेडी विश्व-शांति तथा अन्य अंतरराष्ट्रीय समस्याओं का समाधान करने में जुट गये. लिंकन की भाँति वे भी स्वतंत्रता प्रिय व्यक्ति थे. उन्होंने नागरिक-स्वतंत्रता बिल को पास करके श्वेत-अश्वेत का भेद समाप्त कर दिया. नीग्रो लोगों

को भी वे सभी अधिकार दिए गये जो श्वेत लोगों की दिए गये. और यही कारण था कि वे अमरीका द्वारा बर्लिन में प्राप्त अधिकारों तथा पश्चिमी बर्लिन निवासियों की स्वाधीनता को सुरक्षित रखने पर बल देते रहे. अपने सम्पूर्ण शासन-काल में उन्होंने सोवियत रूस के साथ पुराने चले आ रहे तनाव में कमी करने का यत्न किया और काफ़ी सीमा तक वे इसमें सफल भी हुए.

क्यूबा की समस्या ने विश्व को विश्व-युद्ध के कगार पर एक बार फिर लाकर खड़ा कर दिया था. लेकिन यह कैनेडी की दूरदर्शिता का ही परिणाम था कि यह समस्या सुलझ गई. रूस ने अपने सभी परमाणु शस्त्र क्यूबा से हटा लिए. विश्व-शांति में कैनेडी ने महान सहयोग (मास्को में हुए) उस समझौते पर हस्ताक्षर करके दिए जिसके द्वारा वायुमंडल तथा समुद्र-गर्भ में तथा भूमि पर आणुविक अस्त्र के परीक्षणों पर प्रतिबंध लगाया गया था. विकासशील देशों में सहायता देने के लिए उन्होनें 'विकास दशक' का सूत्रपात किया. इसके साथ ही श्री कैनेडी ने अमरीका के प्रशिक्षित दस्तकारों तथा अध्यापकों के सहयोग से 'शांति-दल' बनाने की योजनाएँ बनाईं जिनके फलस्वरूप आज विश्व भर में सेवा कार्य चल रहे हैं.

एक बहुत बड़े राष्ट्र के राष्ट्रपति होने के नाते उन्हें सबसे अधिक व्यस्त रहना पड़ता था. प्रातः से लेकर रात गये तक वे अपने काम में रत रहते. उन्हें किसी भी तरह कम से कम 150 व्यक्तियों से प्रतिदिन मुलाकात करनी पड़ती. लेकिन उनके होंठों पर की मुस्कान कभी क्षीण नहीं होती थी.

इतनी व्यस्तता में भी श्री कैनेडी अपनी तीन प्रिय रुचियों से दूर न हो पाते थे. उनकी पहली रूचि अपने बच्चों के साथ दिल बहलाना थी. सभी प्रकार की उलझनों और चिन्ताओं के बोझ से अपने मस्तिष्क को हल्का करने का कैनेडी का एक मात्र साधन उनके नन्हें-मुन्हे बच्चे थे. उनकी दूसरी रूचि तैराकी थी. उस युवा राष्ट्रपति को तैराकी का बड़ा शौक था. व्हाइट-हाउस के भीतर ही एक तरण-ताल था जिसमें वे यदा-कदा तैर कर दिल बहलाते थे. तीसरा शौक था - संगीत का. यह एक ऐसा शौक था जिसे पूरा करने के लिए एक बार तो स्वयं भूतपूर्व राष्ट्रपति ट्रूमन को पियानो बजा कर कैनेडी का मनोरंजन करना पड़ा था.

काश! ऐसा मनोरंजन हमेशा होता रहता. कैनेडी के कर्ण हमेशा संगीत की समधुर लहरियाँ सुनते रहते. लेकिन काल को कैनेडी से जैसे ईर्ष्या हो चली थी. उसे भला यह सब कहाँ पसंद था! सन् 1963 के आते-आते कैनेडी को आर्लिंगटन राष्ट्रीय समाधि से लगाव हो चला था. कोलाहल के वातावरण से दूर वह शांत और निर्जन स्थान उन्हें अपनी ओर आकर्षित करने लगा. और एक दिन वे अकेले घूमते-फिरते वहाँ पहुँच ही गये.

'कितनी शान्त है यह जगह! जी चाहता है, मैं सदा के लिए यहीं रह जाऊं.' अनजाने ही उनके मुँह से ये शब्द निकल पड़े... और नियति ने जैसे उनकी सुन ली.

और शुक्रवार 22 फ़रवरी -

'क्या आपने अपनी सुरक्षा का पूरा प्रबन्ध कर लिया है?' यह प्रश्न था कैनेडी के एक अंगरक्षक का जो उसने उनके डल्लास जाने से पूर्व पूछा था. प्रत्युत्तर में उन्होंने कहा, 'मेरी सुरक्षा का क्या! छः मंज़िल की इमारत, उसमें बैठा टेलिस्कोप-राइफ़ल लिए एक अनुभवी निशाने-बाज और मेरी कार खुली छत वाली हो, जहाँ कहीं ये तीन बातें इकट्ठी हो जाएँगी, वहीं मेरी मृत्यु हो सकती है.' कौन जानता था कि आज डल्लास में ये तीनों बातें इकट्ठी होने वाली हैं. कितनी सच्चाई थी उनकी इन बातों में.

दिन के ठीक 11.37 बजे एक शानदार हवाई जहाज़ डल्लास के ' लव-फील्ड' हवाई अड्डे पर उतरा. राष्ट्रपति कैनेडी अपनी प्रिय कार 'लिंकन' में सपत्नी जा बैठे और कार धीरे-धीरे डल्लास की सड़कों पर बढ़ने लगी. सड़क के दोनों किनारों पर खड़े लोग तालियाँ बजा कर प्रेम-भाव से उनका अभिनंदन कर रहे थे.

उनका यह स्नेह-प्रदर्शन कैनेडी के दिल को छू गया. वे मुस्कुराए. उन्होनें डल्लास के गवर्नर से कुछ कहना चाहा. वे क्या कहने वाले थे...ईश्वर ही जाने. इससे पहले कि वे कुछ बोलते - 'धायं' की भयंकर गर्ज के साथ पास खड़ी एक छः मंज़िल की इमारत से एक बंदूक चल पड़ी और कैनेडी वहीं लुढ़क गये. कार में खून से लथपथ कैनेडी अपनी पत्नी की गोद में सिर रखे बेहोश हो गये. एक बजे दोपहर पार्क-लैंड अस्पताल से सूचना निकाली गई -

'अमरीका मे युवा राष्ट्रपति, कर्म-वीर, मेधावी, शांति-दूत, सद्विश्वास के स्रोत, धैर्यवान और दूरद्रष्टा राष्ट्रपति जॉन फ़िट्ज़गेराल्ड कैनेडी एक हत्यारे की निर्मम गोली का शिकार होकर चल बसे.'

यह था एक महामानव को उसके महान कार्यों के लिए दिया गया पुरस्कार! विश्व का इतिहास साक्षी है कि जिस व्यक्ति ने विश्व को सच्चाई और शांति का मार्ग दिखाया, मनुष्य उसी के खून का प्यासा बना रहा. यीशू मसीह, अब्राहम लिंकन तथा महात्मा गाँधी क्या इसी बात के प्रमाण नहीं? जाने मनुष्य की यह रक्त-पिपासा कब शांत होगी!

उस महामानव और मानव-स्वतंत्रता के सेवक कैनेडी को हमारी शत-शत बार श्रद्धांजलि!

--श्याम कुमार

--कृष्ण कुमार भाटिया

(कॉलेज-पत्रिका हेतु लिखित)

चोरी की महता

(एक हास्य-व्यंग्य)

जी हाँ, चोरी एक अत्यंत ही महत्वपूर्ण कार्य...अरे.रे.रे आप तो 'चोरी' का नाम सुनते ही चौंक गये! चौंकिए नहीं, चौंकिए नहीं, मैं बिल्कुल ठीक कह रहा हूँ. हो सकता है अभी आप मेरी बात से सहमत न हों, लेकिन बात सुनने के बाद आपको होना ही पड़ेगा. ज़रा मेरे करीब आ जाइए ताकि मैं आपको चोरी का महत्व बता सकूँ. अरे साहब आ भी जाइए न! देखिए कन्नी मत काटिए. ऊं..हूँSS ..आप तो हिचकिचाने लगे. भई इसमें हिचकिचाने की बात ही क्या है! आप चोरी तो कर नहीं रहे कि पास आने पर आपको गिरफ्तार करा दूं.

अब अगर मैं आपसे पूछूँ कि चोरी करने वालों को गिरफ्तार क्यों किया जाता है तो आप झट से 'रेडीमेड' जवाब प्रस्तुत कर देंगें कि चोरी करना एक बहुत बड़ा क़ानूनी अपराध है और इस अपराध के करने वालों को गिरफ्तार किया जाता है.' भई वाह! यह भी खूब रही - ' चोरी एक क़ानूनी अपराध है. ' मेरे अतिरिक्त जो भी आपकी यह बात सुनेगा, वह 'बिल्कुल ठीक है' या 'आई सेकेंड यू' कह कर इसका समर्थन करेगा. परन्तु मैं इस दलील में अपनी सहमति नहीं दूँगा.

लोग चोरी को एक घृणात्मक कार्य समझते हैं, परन्तु मैं समझता हूँ कि चोरी करना एक बहुत ही अच्छा कार्य है, जैसा कि मैं पहले ही कह चुका हूँ. देश के विकास में, उत्थान में जितना सहयोग राष्ट्र को इससे मिला है, शायद ही उतना पाँच-वर्षीय योजनाओं से मिला हो. आज चोरों को बुरी निगाहों से देखा जाता है जबकि वे आदर के पात्र हैं. वे देश हितैषी हैं, देश सेवक हैं. लेकिन लोग हैं कि समझते ही नहीं. उन्हें चोरों से इस कदर डर लगता है जैसे वे मनुष्य न होकर हौवा हों. चोरों का भय उन पर ऐसा छा गया है कि घर में यदि कोई खटका हो तो समझते हैं कि चोर आ गया है और मारे घबराहट के अपना साहस खो बैठते हैं.

उस दिन की बात है. गर्मी काफ़ी थी, अत: 'आप' और आपकी 'श्रीमती जी' ऊपर छत पर सो रहे थे. गर्मी के मारे नींद नहीं आ रही थी. बस करवटें बदल-बदल कर खुली आँखों में निद्रा देवी को बसाने का प्रयास कर रहे थे. रात आधी से ज़्यादा जा चुकी थी. अचानक नीचे रसोई घर में अंदर से खड़खड़ाहट की आवाज़ आई. कोई ध्यान नहीं

दिया इस पर. फिर एक बार कुछ रखने-पटकने की सी आवाज़ आई. श्रीमती जी के कान कुछ चौकन्ने हुए. नीचे झाँक कर देखा. 'ऊई माँ, चोर!" कह कर एक दम पीछे वापिस आ गईं. 'आप' के पास आकर बोलीं - 'उठिए, उठिए, देखिए कोई रसोई में घुस गया है.' और 'आपने' उपेक्षा भाव से करवट बदल ली जैसे बहुत गहरी नींद में कुछ सुना ही न हो. करवटें बदलते देख उन्होनें आपको फिर झींझोड़ते हुए भय मिश्रित स्वर में कहा, ' देखिए, कोई रसोई में घुस गया है.' इस बार उठना ही पड़ा. श्रीमती जी ने नीचे झाँक कर देखने के लिए कहा. आपने देखा कि एक लम्बी सी छाया रसोई में इधर उधर घूम रही थी. आपका भी माथा ठनका. रात के उस धुंधले उजाले में आपने श्रीमती जी का मुख देखा. वहाँ डर के मारे पसीने की बूँदें स्पष्ट झलक रही थीं.

'अब क्या होगा?' घबराहट भरे स्वर में पूछा उन्होंने - 'पड़ोसियों को जगा देते हैं!'

उन्हें अपने पीछे आने को कह आप सीढ़ियाँ उतरने लगे. उन्होनें आपकी बाँह पकड़ ली और धीरे से बोलीं - 'अकेले मत जाइए, एक दो को साथ लेते जाइए, कहीं....'

'शोर मत करो, कहीं आवाज़ सुन कर वह भाग ही न जाए.' होंठों पर ऊँगली रख उन्हें चुप रहने का संकेत करते हुए आपने दबी ज़बान से कहा और झट से दबे पाँव रसोई घर की ओर बढ़ गये. रसोई में अंधेरा था, कुछ भी दिखाई न देता था. केवल एक धुंधली छाया बाहर के उजाले में इधर-उधर घूमती दिखाई दे रही थी. वह इस तरह हाथ-पाँव हिला रही थी जैसे बड़ी फुर्ती से कोई वस्तु ढूँढ रही हो.

आपकी भी धोती ढीली होने लगी इस विशाल छाया को देखकर. 'क्या किया जाए?' यही प्रश्न बार-२ मस्तिष्क में घूम रहा था. सोचा-'चलो रसोई में जाकर उसे मजबूती से पकड़ लेंगे और फिर 'चोर चोर' चिल्ला कर पड़ोसियों को जगा देंगे. फिर बदमाश भाग कर कहाँ जाएगा!' लेकिन दूसरे ही क्षण विचार आया कि खाली हाथ जाने से कैसे काम चलेगा! उसके पास तो बंदूक होगी! 'अगर उसने गोली चला दी तो...?' गोली का ध्यान आते ही शरीर में कंपकंपी सी होने लगी. अभी आप इस बात का निर्णय ही नहीं कर पाए थे कि क्या किया जाए, श्रीमती जी ने चुपके से आपके कंधे पर हाथ रखा और एक पत्थर का टुकड़ा हाथ में देते हुए रसोई की ओर इशारा किया. वे इतना घबराई हुईं थीं कि मुँह से कुछ बोल भी न पा रहीं थीं. आप उनका इशारा समझ गये और मन ही मन उनकी बुद्धि की दाद देने लगे. उनके हाथ से पत्थर लिया और साहस करके एक ज़ोर का निशाना बनाया उस छाया पर. पत्थर किसी डिब्बे से जा टकराया. अंधेरे में शायद निशाना चूक गया था. एक ज़ोर की आवाज़ हुई और इस आवाज़ के साथ ही एक छाया तेज़ी से बाहर की ओर भागी और श्रीमती जी चिल्लाईं -'चोर-चोर'. आपने भी उनके स्वर में स्वर मिलाया. अब आप डर रहे थे की कहीं उसकी गोली आपके चिल्लाने

में बाधा न बन जाए. डरते-२ आपने रसोई की बिजली का बटन दबा दिया. रोशनी होने पर इधर-उधर झाँका. अचानक आपकी दृष्टि सामने दरवाज़े पर पड़ी.

'धत तेरे की.' आपकी आवाज़ वहाँ गूँज उठी थी. जान में जान आई. रुका साँस फिर चलने लगा. श्रीमती जी की ओर देखते हुए आपने दरवाज़े की ओर इशारा किया. पड़ोस की काली बिल्ली भागी जा रही थी. 'ओह...कम्बख़्त...' कह कर श्रीमती जी उसके पीछे भागी.

संसार के बड़े-बड़े लेखकों ने भगवान से लेकर चींटी जैसे छोटे-२ जीवों तक की कथाएँ लिख डालीं, नये पैसे से लेकर बादल तक की 'बायोग्राफ़ी' पर कलमें चला डालीं. लेकिन अफ़सोस कि चोर जैसे 'महान' व्यक्ति की प्रशंसनीय सेवा पर किसी ने कलम नहीं चलाई. ठीक है, चलाते भी क्यों ! भला आज 'भले' आदमियों को पूछता ही कौन है !

आप ज़रा कल्पना कीजिए कि अगर देश में चोर न होते तो देश की स्तिथि क्या होती. ओह, क्षमा कीजिएगा. मैने आपको यह कह कर ग़लती कर दी. मैं यह तो भूल ही गया था कि आप चोरों को पसंद नहीं करते. फिर भला आप उनके अभाव में होने वाली स्तिथि की इतनी ऊँची कल्पना ही क्योंकर कर सकते हैं. आप इतनी आसानी से नहीं सोच सकेंगे. ठहरिए, मैं आपको कुछ 'हिंट' दे दूं ताकि आपको कल्पना की 'बाउंड्री' तक पहुँचने में सुविधा हो.

अगर चोर न होते तो आज जो देश का वर्तमान रूप है, वह न होता. ज़रा नज़र उठा कर अपने चारों ओर देखिए - कदम-२ पर कितने थाने दिखाई देंगे. अगर हमारे ये 'राष्ट्र-सेवक' न होते तो देश में इतनी बड़ी संख्या में थाने कहाँ होते, जेल और सींखचे कहाँ होते. और न जेल होते, न ही उन पर बड़े-२ तालों का प्रयोग होता. जेलों के आगे खड़े होने वाले वार्डरों की आवश्यकता ही क्यों होती ! आज इतने बड़े पैमाने पर बड़े-२ कारखानों में जो हथकड़ियों का निर्माण हो रहा है, वह रुक जाता. अंडरग्राउंड कारखानों में बनने वाली बंदूकों, राइफलों और कारतूसों का तो बनाना ही बिल्कुल निरर्थक सिद्ध होता.

अब आप आसानी से कल्पना कर सकते हैं कि यदि यह सब न होता तो क्या हालत होती. इस ग़रीब भारत की. बड़ी अजीबो-ग़रीब दशा होती बेचारी 'सोने की चिड़िया' की. हर जगह बेकारी का बोलबाला होता. सब जगह बेकारों के झुंड के झुंड दिखाई देते. आज थानों के जो थानेदार, संतरी बेचारे गर्दन झुकाए चोरों को पकड़ कर सीना फुलाए खुली बाज़ारों पर घूमते नज़र आते हैं, चोरों के न होने से बेकारी से गर्दन झुकाए इन्हीं सड़कों की धूल फाँकते नज़र आते. जेल के आगे खड़े होने वाले वार्डर भी बेकारी को चार चाँद लगाने में सहायक होते. थानेदार, संतरी और वार्डरों के खाकी कपड़े पहनने वाला कोई न होता. खाकी कपड़े का प्रोडक्शन रुक जाता, मिलें बंद हो जाती,

मिल मज़दूर बेकार हो जाते. वर्दियों को प्रेस करने वाले बेचारे लाखों धोबियों का न जाने क्या होता ! इनके गधों पर तो बड़ा ही तरस आता. बेचारे बे-मौत मारे जाते.

चोर न होते तो - जेल के सींखचों, तालों तथा हथकड़ियों को कौन पूछता? इनका निर्माण बंद हो जाता. परिणाम स्वरूप भिलाई और राऊड़केला जैसे लोहे और इस्पात के बड़े-२ कारखानों को धक्का लगता. उनके श्रमिक बेकारी की संख्या-वृद्धि में सहायक होते. अंडरग्राउंड कारखानों में बनने वाली राइफलों, बंदूकों और कारतूसों का नामो-निशान न होता. जेलों में चोरों के भाग जाने पर जो ख़तरा-सूचक घंटियाँ बजाई जाती हैं, उनका उत्पादन रुक जाता. फ्लाइंग-स्क्वाड, जीपों तथा मोटर-साइकलों की खपत कम हो जाती और वे राज-मिस्त्री जो आज नये-२ थानों के विशाल भवनों का निर्माण कर रहे हैं, बेकार हो जाते...और...और इन सबका परिणाम यह होता कि देश का विकास रुक जाता, सरकार की आय कम हो जाती और इन सबसे भी अधिक जो भयंकर परिणाम होता, वह होता बेकारी का विकास. साधारण लोगों के साथ-२ वे लोग भी बेकारी का वरण करते जो चोरी के धंधों में लगे हुए हैं. कितना भयावह परिणाम निकलता फिर इन सबका! राष्ट्र का जीवन अस्त-व्यस्त हो जाता. आज देश में जो अशांति भंग हो रही है, वह न होती.

तो साहब, यह है चोर और उसकी 'महिमामयी' चोरी की दास्तान जिसकी महत्ता को आज तक किसी ने अपनी क़लम में उतारने की चेष्टा नहीं की. सभी इन बातों से कन्नी काटते दिखाई देते हैं. हमारे ये 'सम्मानीय' चोर अपनी रातों की नींद हराम करके अपनी जान हथेली पर रख कर सरकार की आर्थिक समस्या को सुलझाने के लिए घर-घर गाँव-गाँव जाते हैं. बड़े-२ सेठ लोग इन्कम टैक्स की चोरी करके जो पैसा छिपा कर ऐसी जगहों पर रखते हैं कि सरकार को ऐड़ी-चोटी का ज़ोर लगाने पर भी मालूम नहीं हो पाता, उसे हमारे ये 'देशोपकारी' बिना किसी मेहनत के ही निकाल लाते हैं. लेकिन फिर भी इन 'बहादुरों' की तनिक भी कदर नहीं की जाती इस ज़माने में. लोगों के दिलों में यह एक ग़लत फ़हमी घर कर गई है कि चोरी करना एक बहुत बड़ा अपराध है. लेकिन अब आप ही निर्णय कीजिए कि हक़ीक़त क्या है !

(चोरी निस्संदेह एक अक्षम्य, असामाजिक तथा दंडनीय अपराध है. मेरा इस लेख को लिखने का प्रयोजन केवल एक व्यंग्य प्रस्तुत करना है. कृपया इसे किसी और दृष्टि से न देखें.)

__________:0:__________

रचना क्रम तथा लेखन वर्ष/स्थान

1. लकीरें (1969) - दिल्ली
2. दरवाज़े के बाहर (1969) - दिल्ली
3. टूटते बंधन (1970) - दिल्ली
4. हत्या (1973) - दिल्ली
5. झील के उस पार (1969) - दिल्ली
6. पतझड़ (दिसम्बर-1971) - दिल्ली
7. ...और दीप बुझ गया - (1964) – जयपुर
8. एक तस्वीर (1970) - दिल्ली
9. गिरती दीवारें (1969) - दिल्ली
10. एक 'प्रेम' पत्र (जनवरी-1963) - जयपुर
11. यादों की अंगड़ाई - एक समस्या (मई-1964) - जयपुर
12. महामानव कैनेडी (सितम्बर-1963) - जयपुर
    (कॉलेज-पत्रिका हेतु लिखित)
13. चोरी की महता - (एक हास्य-व्यंग्य) – (अप्रैल – 1964) - जयपुर

*****